子宮

盛可以

河村昌子 訳

河出書房新社

子宮

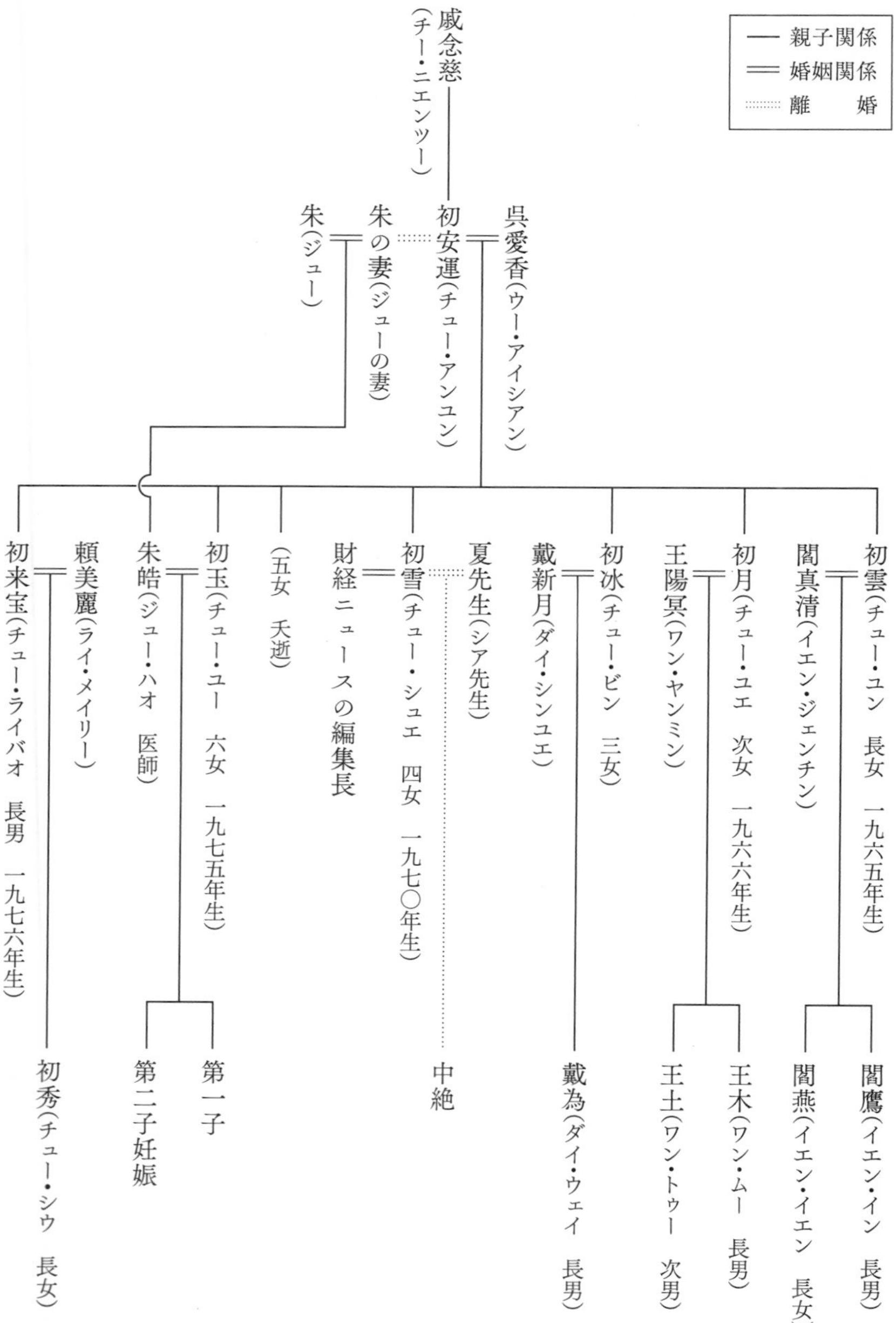
── 親子関係
══ 婚姻関係
…… 離婚
戚念慈（チー・ニエンツー）
呉愛香（ウー・アイシアン）
初安運（チュー・アンユン）
朱の妻（ジューの妻）
朱（ジュー）
初雲（チュー・ユン　長女　一九六五年生）
閻真清（イエン・ジェンチン）
初月（チュー・ユエ　次女　一九六六年生）
王陽冥（ワン・ヤンミン）
初冰（チュー・ビン　三女）
戴新月（ダイ・シンユエ）
夏先生（シア先生）
初雪（チュー・シュエ　四女　一九七〇年生）
財経ニュースの編集長
（五女　夭逝）
初玉（チュー・ユー　六女　一九七五年生）
朱皓（ジュー・ハオ　医師）
頼美麗（ライ・メイリー）
初来宝（チュー・ライバオ　長男　一九七六年生）
閻鷹（イエン・イン　長男）
閻燕（イエン・イエン　長女）
王木（ワン・ムー　長男）
王土（ワン・トゥー　次男）
戴為（ダイ・ウェイ　長男）
中絶
第一子
第二子妊娠
初秀（チュー・シウ　長女）

1

少女と雄鶏の去勢屋は、澄んだ水を張った白いホウロウのたらいを隔てて向き合っていた。水の中にナイフと金切りバサミが浸されていた。陽光がたらいに射しこんだ。澄んだ水はますます澄んだ。金属はますます冷たくなった。陽光はますます輝いた。澄んだ水と金属の器具の、肌を刺しそうな凄然とした光が、去勢屋の岩のような顔を洗った。

　彼が白い布を空中に向かってふるうと、布はぴんと広がり、かぶさるように落ちてきて、彼の作業ズボンを覆った。黒い布靴の底は、羊の脂の白い塊のようで、見るからに高級で、彼の傲岸不遜な表情は、靴底に合わせているのだ――と注釈がついているかのようだった。彼は口をキッと結んで、雄鶏をしっかりつかむと、便を絞りだし、紐で足を縛り、腹のあたりの毛をむしり取った。ナイフで一筋切り目を入れ、弓なりの細い竹の両端についたカギで両側から切れ目をひっぱり、穴を広げると、底に細い針金のついた、柄の長い、小さな鋼の杓子を穴の中に差し入れ、肉色のインゲン豆を掻きだし、水の入ったお椀に入れた。お習字でもしているかのような、なめらかな動作だった。

　どうして雄鶏を去勢するの　少女が尋ねた。初《チュー》家の末娘、初玉《チューユー》だ。くっきりとした目鼻立ちで、彫刻を思わせる。

　去勢すると雌鶏に興味がなくなって　自分を肥やすことに専念するようになるのさ　去勢屋は脇目もふらずに金属の器具を片づけ、きれいにぬぐい、ハンカチにくるんだ　**きめ細かくてやわらか**

い鶏肉になったらお前らに食べさせてやるよ

もし鶏が望んでなかったら

お前ん家《ち》じゃ鶏を絞めて食べるとき　まず鶏に　よろしいですか　なんて聞くのかい

まさか　女の子はきまじめに答えた。

去勢されたばかりの数十羽の雄鶏は、慌てふためいて、首を伸ばし、目を見開き、コケッコケッと低い声で抗議していた。悪い奴から離れるよう、女の子に警告しているみたいだった。

母ちゃんにキンタマがいるか聞いてきな　去勢屋は水中の女の子の影に向かって言いながら、両手を水の中に入れて、手についた血痕をもみ洗いした。彼の手は白く、田舎の人間らしくなく、指先も華奢《きゃしゃ》で、ピンク色をしていた。彼の動作はゆっくりとなめらかで、洗っているのが恋人の手でもあるかのように、一本一本の指を丹念にさすり、指はますますピンク色になった。

長女の初雲《チューユン》が、母親の言いつけで、キンタマを取りに来たが、水中で動き回っているしなやかな十本の手指に目を奪われて、お椀にぶつかり、ひっくり返した。キンタマが地面いっぱいに散らばった。近所のおばさんがそこへ通りかかり、二人に目を留めた。彼女はちょうど去勢屋のいとこでもあったため、その日のうちに仲人をし、キンタマも頂戴した。

来宝《ライバオ》　あんたたち初家にもうすぐお婿さんが来るよ　閻真清《イエンジエンチン》があんたの義兄《にい》さんになったら大きくなってから獣医学と去勢の方法を教えてもらうんだね　おばさんは門に体をくぐらせたとたん、のっぺり顔の男の子初来宝に出くわした　これほどいい仕事はないよ　考えてみな　こざっぱりしたなりして　黙って座ってるだけで金を稼げるんだよ　才があって畑仕事したがる者なんていやしない　六月のお日さまは死ぬほど照りつけるし　脱穀も田植えもくたくたになる　のっぺり顔の男の子はハアハアあえいでいた。彼は人の話だけは理解できるが口がきけない。

初雲の結婚はこうして決まった。行き来するうちに問題が起きた。

ほのぐらい人生の街道で、邪悪なものを見抜く眼力を養った祖母戚念慈《チーニエンツー》が、いち早く初雲の体がふっくらしてきたことに気づき、呉愛香《ウーアイシアン》に仔細を尋ねさせた。呉愛香はなす術《すべ》がなく、どんな言葉も思い浮かばず、初雲をつかまえて部屋に閉じこめると、単刀直入に重苦しい口調の震え声で、まるで自分が何かをしでかしたかのように言った。

この死にぞこないの尻軽女　もうあいつを体の上に乗らせたのかい

初雲ははじめ母親の言っていることがわからなかったが、母親が口汚く罵るのを聞いて、事態は重大らしいと気づいた。そして当惑した、驚きのまなざしで母親を見つめた。

お前赤ん坊ができたんじゃないかい　母親はぴたっと近づいてきて、声をさらに小さく低くして尋ねた　**長いことあれが来てないんじゃないかい**

その後の人生の長い道のりで、初雲の脳裏にはしばしば母親のこの問いかけが浮かんだ。地下党員が情報機密を漏らすような、恐慌をきたした語気に、彼女の心はいつも冷えきった。自分が母となり、祖母となってからも、少女のころの男女のことに対する無知と、母親の態度に込められた不潔感、軽蔑を思い起こすと、体中に不快を覚えた。母親は彼女に、女の子には月経があることも教えず、彼女がスカートを赤く染めて学校から帰ってきて初めて、黄色いざら紙を一巻寄こした。そのときも、生理が止まることと妊娠、月経と排卵の関係などについて何も教えず、女はどうやって妊娠するかなどなおさら語らなかった——母親は、成長の過程で起こるそれらの面倒についてまったく話さず、ただ目下の世代の愚かさをとがめだてする権威と機会を行使しただけだった。

彼女は母親が彼女の服の裾をめくりあげ、お腹に触り、椅子に腰を下ろして低い声で泣き、悪態をついていたのを覚えている。母親が何と言って罵っているのかは聞こえなかったが、一家の不幸だとか、お天道様はいったいどうしてこんな、といったたぐいの言葉を吐き散らしているにちがいなかった。彼女自身もこのときようやく自分のお腹の中に何かができ、それは恥知らずな悪さをした結果できたものなのだと理解した。また同時に、母親が言う　**体の上に乗らせる**　とは、閻真清が自分の体の上に這《は》い乗ったことを指しているのだとわかった——母親は男女が夜に交わす愛の営みを、男が一方的に　**体の上に乗る**　と表現し、女が持ち場を守らずにいたために男に山頂の果実を盗まれた、とでも言うかのようだった。閻真清は確かに数回そういうことをした。彼の母親はほとんどわざと彼と彼女をいっしょに寝させた。彼女にできたと聞くと、彼の母親はうきうきと喜んだ。二人の母親のこの件に対する態度はまったく違った。

ほどなくして、しっとりと霧雨が降るある日の午後、去勢屋は銅鑼《どら》を打ち鳴らして初雲を迎えにきて、連れていった。母親はさらしで彼女のお腹をぐるぐる巻きにして、歩くときはお腹をひっこめるよう言いつけ、ゆったりとした服を着せた。花嫁を花婿の家まで送る道すがら、母親はずっと頭を垂れたままで、二人の男性客はどちらも頼んだ人たちで、にぎやかな中にもみっともなさが透けて見え、昔の初家を知る人は、いささか口惜しく、痛ましい気持ちにさえなった。

初雲はのんびりした性格で、若くて世間を知らず、これらのことをまったく気に留めなかった。彼女は嫁入りするすべての娘が浮かべる涙を浮かべ、嫁入りするすべての娘が抱く複雑な気持ちを抱き、きっちり畳まれた嫁入り道具の綿布団の匂いを嗅ぎ、はしごのようにすらっと背が高く、あでやかで美しい、花嫁行列にめでたさを添えている四人の妹たちを眺めて、涙をこぼした。

次女の初月《チューユエ》は五人姉妹の中でいちばん美人だという評判だった。しかし惜しいかな、幼いころ熱湯でやけどしたために、頭の半分がギョッとするピンク色の禿《は》げになっていて、目にした人はみな残念に思った。初月は今やすっかり発育し、ぷりっとしたおっぱいに、くびれた腰で、ふっくらしたところはふっくらし、へこんでいるところはきゅっと締まっていて、花嫁行列の中でもひときわ際立っていた。彼女はおかっぱのかつらをつけ、かつらが落ちないよう首をピンとさせ、女王のように厳かだった——人々は、もし彼女の頭髪が完全だったら、仲人が次々と訪れ、彼女はいちばんいい人を選び、いちばんいい人に嫁ぐだろうと思い、初家の他のまだ薄っぺらい体をしている娘たちが、年ごろになった様子を想像した。

女の子たちは嫁入り行列のあいだじゅう飛んだり跳ねたりしていた。彼女たちのただ一人の弟来宝は、姉が誰かに嫁ぐというのは永遠に他人の家で暮らすということなのだと知って、ずっと鬱々としていた。

一九八二年のことだった。

初安運《チューアンユン》が生きていたころ、初家は裕福なことで知られていた。彼はスマートで背の高い容姿端麗な男で、誰もが認める品行方正な人で、いかめしい顔つきをしていた。とても親孝行で、いつも寡婦の母戚念慈の纏足《てんそく》を洗ってやった。妻のことも悪くは扱わなかった。呉愛香が十八歳で嫁いできてから、彼は彼女の子宮に休む暇を与えなかった——まぎれもなく相思相愛の夫婦だった——呉愛香は豆を数えるように続けざまに女の子を六人産み、一人は夭折したが、残りの五人はすくすくと健やかに育ち、華やかだった。初来宝が生まれたとき、その父親と母親は、子どもの股間の **尿瓶** に狂喜して頭がくらくらし、祖母の戚念慈はもっと喜んで両足を打ち震えさせた。このときの初家はまるで空の満月がもう決して欠けないかのようだった。満一ヶ月のお祝いは三日間続けられ、道路は爆竹の燃え殻で赤く敷きつめられ、花火が天の半分を焼き、百里四方に初安運が息子を得たことを知らせた。

呉愛香は産後一ヶ月で、子宮内リングを装着しに行った。

鎮の医院の低い建物はアオギリの木の下に鶏小屋のようにひっそりと建っていた。内部も鶏小屋のようで、壁はまだら、窓は真っ暗で、大便の匂いのする空気が漂っていた。

彼女はその人生で三回だけここへ来た。一回は子宮内リングを装着するため、あとの二回は子宮内リングを外すためである。彼女はとても健康な女性で、待ち合い廊下にいる生命力旺盛なすべての女性たちと同じように、むんむんと生育のエネルギーを放っていた。ぷりっぷりの潮州《ちょうしゅう》牛肉団子たちがたくさん病院に集まってきて、金属の機器に身体をこじ開けられ、鋼のリングを入れられるのを待っていた。旅館が宿泊拒否を、レストランが早めに店じまいすると宣告するためである。

医師は、呉愛香の子宮、そう簡単に妊娠するものではない子宮が、続けざまに七回出産したことにかなり驚いた。実を言えば、この夫婦の頻繁な性交、関心の持続に驚嘆したのである。呉愛香は、机に座って性生活を語るのが恥ずかしかったが、恥じらいの表情には幸せのぼかしがかかっていた。――あの農村の静かな夜、夫があれをするときに関節がたてるバチバチという音が、頭の中で集まって一面の雨音になり、彼女はその雨に洗われたバショウのようにつややかにきれいになった。

そのころ初安運はすでに農場長で、時運の頂点にのぼりつめており、彼女も富と名誉を手に入れていた。すべては彼女の意にかなっていた。しかし天のいたずらか、鳥の糞が彼女の頭の上に落ち、厄運がやってきた。子宮に金属のリングを入れてまもなく、初安運は奇病にかかり、二ヶ月後、体中にかさぶたと漢方薬のにおいをつけて土まんじゅうに入ったのである。

一九七六年のことだった。三十そこそこの呉愛香は、水もしたたる寡婦になった。

母さんとうまくやってくれ　母さんがこの家をちゃんと管理してくれる

初安運はいまわの際に権限を母親に渡した。

呉愛香はずっと、体内の鋼のリングと夫の死にはなにか不可思議な関連があり、あれは不吉なものだと思っていた。その後のゆるゆると細く長く続く日々、彼女は心の不調から身体も病気になった。この重たい鋼のリングは地球の引力以上に彼女を引きずり落とした。幸いにも生活が気をそらせ、かろうじて彼女を救った。彼女は夫の遺言に従い、姑《しゅうとめ》を助け、決して逆らったことがなかった。他人はこの姑と嫁の関係が穏やかで打ち解けているのを目にしながら、戚念慈のきつさ、冷酷さも見て取っていた。――彼女も三十歳前後で夫を亡くしており、どうやって自分の身体の中の女を殺し、寡婦となるかを知っていた　**清《しん》朝の人はほんとうに遊び方を知っている**　ある人が言うには、彼女は長々しい夜をつぶす方法をとりわけよく知っていて、暗闇の中で使ったニンジンやキュウリを、昼間の食卓に切り分けて出すのだという。また彼女が服の襟につけている玉のリングは、かつて彼女の男のイチモツに嵌められていたものだという。人々は必然的に、玉のリングの直径から彼女の男のあれの大きさを推測し、勝手な想像の中で彼女を、あるいは淫乱な、あるいは妖艶な女性として生き返らせた。

　今ではぶくぶくした白いまんじゅうのようになっている戚念慈をじっくりともみほぐし、シワをのばし、贅肉《ぜいにく》を取り除き、皮膚を引き締めたら、たちまちきめ細かい肌をした、情欲に満ちた若妻が戻ってくるだろう――彼女の若いころの写真を見れば一目瞭然だ――歳月はマスクでしかなく、真実を隠匿することに慣れているだけだ。

　戚念慈は太陽のもとでその希少な纏足を洗うのを好んだ。まるで出土品をきれいに洗っているかのようで――それが彼女の権威を示すやり方だった。彼女がそれを見せつけるのは、将校や兵士が勲章を見せびらかすのに似ていた。その纏足にどれほどの秘密の生活が隠されているのか、知る人はいなかった。初来宝は　**蒸し餅が二つ水に浸《つ》かっているみたいに**　纏足が水に浸かっていたり　**白いネズミが伏せて　逃げるタイミングをうかがっているみたいに**　纏足がたらいの縁で乾かされているのを見るのが好きだった。纏足の主は遠くの田野をじっと見つめ、何かに吸い寄せられているかのように、頭をそっと揺らした。彼女はもう何年もこうしてゆらゆらし、いつまでも執拗《しつよう》にすべてを否定していた。

　呉愛香はいつも、彼女が足を洗っているところへ胡麻豆茶を一杯運んでいった。戚念慈はお茶を飲んで咀嚼《そしゃく》しながら、家の事を取り決めた。

来宝が満五歳になったらお乳をやるのはおやめ　今はあの子が吸いたがったら　吸わせてやりなさい

ええ　お乳はもうとっくに出なくなってしまっていますけど　呉愛香は淡々とうなずいた。

戚念慈は首を振り、手を振った　あの子に足りないのはお乳じゃない　かわいがってくれる父さんがいない　愛情が足りないんだよ

呉愛香はまた淡々と、ええ、と答えた。

林からキジバトの鳴き声が聞こえてきた。

戚念慈の話はまた初月のことに及んだ。十年前にやかんの熱湯が彼女の頭にかかったという事実を変えることができない以上、いい結婚先を探して、たっぷり嫁入り道具をつけてやろう。初月は心根がいいから、きっと幸運をつかめるだろう。続けて彼女はまたほかの娘たちについてひとしきり論評した。例えば初雲はのんびり屋、初冰《チュービン》は策士、初雪《チューシュエ》は大胆、初玉は才がある　勉強ができる子は　家のものを売り払ってでも勉強させておやり　無理強いしてはいけない　でもわたしに言わせりゃ　いい人に嫁ぐのが何よりも大事だがね　彼女は首を振った　来宝は　あの様子じゃあ初家の線香の火を絶やさずにすめば　ご先祖様と菩薩《ぼさつ》様のおかげってとこだ

話を作りたがる人たちは、初安運の死という出来事について、少なからぬ言葉を費やした。彼らはこう決めつけていた。初安運は墓の中で横たわっていても、命を落としたあの夜のことを決して忘れないだろう。神は逃げ場を失った彼に糞の池を与えたが――棍棒《こんぼう》の下にもまだ活路はあったかもしれない、面《つら》の皮を少し厚くすれば、唾液の中でだって泳げる、道徳や世論は彼を殺しまではしない　品行方正な人　というイメージが壊れたところでどうということはない――彼は、幽鬼になっても、糞の池に飛びこみ、体中に毒を附着させたことを悔やんでいるにちがいない。

その夏の夜はきっと満天の星だったはずだ。月明かりはなく、広々とした養魚池が星夜に謎めいた光をきらめかせていた。眠れずにいる鳥が羽をバタバタと広げ、蛙が池にボトンと飛びこみ、水面を破った。嗅ぎ慣れた生臭い匂いが空中を漂っていた。養魚池は碁盤のように分布し、道に肉馬根草が生えていた——この、地面を這うように生える頑強な雑草は、冬は枯れて春に繁殖し、踏むとやわらかい。道ばたのメタセコイアはぴんとまっすぐで、黒々と一列に並んでいた。もうすぐ死ぬことになる人は、どの道に穴があり、どの養魚池に暗礁があるか、農場にどれほどメタセコイアがあるか、池にどれほどの稚魚が放たれているか、どの池が何という名か、それぞれの養魚池はどれほどの面積か、どれほどの雌豚が飼われているか、どれほどの雄鶏が去勢され、どれほどの雌鶏が卵を生むか、知っていた。この農場を熟知するために、彼は少なからず家を留守にし、妻を一人にしておいた。

　貝殻の生臭さ、豚の糞の匂い、飼料の匂い。犬の吠え声、猫の鳴き声。葦《あし》はさらさらと音を立て、柳の枝はそよそよと揺れている。そのもうすぐ死ぬことになる人は、落ち着いてゆっくりと歩いていた。影がまっすぐ伸び、ひそかに春情が湧きあがった。ほとばしる思いは彼に特異な力を与えた。彼は千百もの匂いの中から、正確にその女の肉の匂いを嗅ぎあてた。彼はその現実の農場を愛しつつ、彼女のあの神秘的な農場をも愛していた。あそこには花と雑草が生い茂り、丘と湖があり、沼と平原があり、さらに炊事の煙をあげる茅屋《ぼうおく》がある。もうすぐ死ぬことになる人は、赤瓦の家の前を通り過ぎ、豚の群れのケンカの声、ひいひいという喜びの声を聞き、天下太平を感じた。豚は伝染病にかからず、魚は病気にならず、真珠貝は肥え太っている。彼は国家に顔向けができ、群衆に顔向けができる。たちまち、彼女に会いたい気持ちがいっそう高まった。

　物好きな人の憶測が正しいかどうかはわからないが、追手に加わり、彼を捜索したと言っている人の言葉は、それなりに根拠があるだろう。女の夫はとっくに気づいていて、姦通《かんつう》の現場を押さえようとしていたのだという。またこの件は徹頭徹尾陰謀だったという人もいる。女の夫は以前から身の程をわきまえず農場長の地位を欲しがっており、女房を餌にして、初安運が食いついたら、辞職を迫り、仕事上のライバルを除こうとしたのだという。思いがけず女房が本気になって、ゲームに質的な変化が生じ――夫は二人が本当に男女のことをするとは思っていなかった――夫の心は嫉妬の炎に焼かれた。それも夫があの晩、姦通の証拠をつかむだけでは飽き足らず、追い詰めて手ひどく攻撃した理由だった。彼はあらかじめ数本の逃げ道を設計し、獲物を思うままにあやつり、どの道にも障碍を負うか、死ぬほかない陥穽《かんせい》を設けた。毒の糞の池はそのうちのひとつだった。

スキャンダルは腐った卵だ。臭いものにたかるハエはブンブン発言する自信と権利を持っている。これらの言説は、腐乱死体にびっしりついた蛆虫《うじむし》のように、真相を噛《か》み砕いてよくわからないものにしてしまう。

ある人の記憶によれば、あの晩九時ごろ、農場で懐中電灯の光が揺れているのが遠くに見え、光線が突然長くなったり短くなったり、円を描いたりし、豚が囲いから逃げ出したようだったという。光の乱れは静寂の中で十数分間続いた。同じ晩のもう少し遅い時分に、裏口で小用を足そうとした人が、蓮池で物音がするのでギョッとして、脚を小便で濡らしてしまった。彼は、水の中から何かの固まりが這いあがってきて、全身をてらてらと輝かせ、直立して去っていくのを目にした。その日の夜更け、初安運は全身ぐしょぬれで帰ってくると、夜道を歩いていて汚水溜めに落ちたと言った。呉愛香は起き出して鍋いっぱいに湯を沸かし、彼をもみ洗いし、まるまる一個の石鹸が紙のように薄っぺらになるまでかゆいところを掻き、雄鶏が夜明けを告げ、窓の外が白々してくるまで洗ってやった。乳首をくわえて眠る習慣の来宝は夜通しかすれ声で泣き続け、たくさんの眠りの浅い人の目を覚まさせた。

秋の野原は一面雑多な色をしている。黄、緑、赤、雨上がりに晴れあがると、青葉と河流も色とりどりになる。稲田は見渡すかぎり果てしなく広がり、苗の葉は青色に黄色が混ざり、穀物の穂は色気づいてきた少女のように頭を垂れて語らない。ところどころにクログワイが密生し、葉と茎が細く、ネギのようだ。排水溝のわきには雑草が生い茂り、脚の長い昆虫が水面すれすれに飛び、水の中の自分の影を追っているかのようだ。あぜ道には脚の長い白鳥が立っていて、悠々と歩いていたかと思うと、ときおり突然飛び上がって、天空にその影をはめ込む。海は広く空は高い、という喩《たと》えのように、大自然は広大で、鳥、樹、人、青空の下のすべてのものがさながら海底生物のようだ。

これは、初安運が墓の中から目にした光景である。墓の場所は、葬儀屋の王陽冥《ワンヤンミン》が選んだ。彼は、易経を研究していて風水を観ることができると称していたが、当時は流行らず、誰にも相手にされず、遺体の処理をして、葬儀の手配ができるだけだった。彼は、初安運の遺体を処理して棺に納めたあと、喪主からの礼金で、おかっぱのかつらを買い、初月に贈った。しばらくすると、また新しいものを彼女に贈り、続けて三つ贈り、その後初月を娶《めと》った。一九八三年のことで、初月は満十七歳になったばかりだった。

完全無欠なことはないものだ、と言われるが、数年後、初月と王陽冥は子宝に恵まれ、楽しくにぎやかに暮らし、家族全員肌の色つやもよく、目はきらきら輝き、本当にどんなあらも探し出せなかった。九〇年代初頭に、初家の末娘の初玉が北京《ペキン》の大学に合格すると、初安運が長年暮らしたものさびしい荒山は突然にぎやかになった。死人まで集まってきて、運が向くようにと、わざわざ祖先の墓を掘り返して、この風水の良い土地へ墓を移す者まであった。王陽冥の才能はこのときついに、風が起こり水が湧く、となり、彼は有名な風水師になって金脈をつかんだ。村で最初に二階建ての家を建て、百花園を造営した。

わたしに言わせりゃ　結婚は愛じゃない　運しだいさ　九十歳を過ぎた戚念慈は首を振った。あいかわらず目も耳もしっかりしていた。

初安運の死は、初家にとって山が崩れ地が裂けるようなことだったが、その重大なときに、戚念慈は纏足の小さな足でしっかりと立ち、もはや肘掛け椅子に腰かけ、頭を揺らして無駄口をたたいたりはしなかった。首飾りを売り払い、その後も次々と、清朝の宝飾品、陶磁器を売り払い、細かくそろばんをはじいて、一家八人、以前と同じように、衣食満ち足りるようにした。他人が衣食に事欠き、いよいよ崖っぷちに追い詰められたときでも、初家はまだ何かしら貸してやることができた。戚念慈は敏腕だった。初来宝の五歳の誕生日が過ぎると、断乳を敢行させ、初雲といっしょに寝させた。ある晩初雲は、夜更けに目を覚まし、来宝が自分の乳首をくわえてぐっすり眠っているのに気づいた。彼女は構わず、その後の数回も構わなかった。来宝の断乳にまつわる焦慮は、大姉さんのもとで緩和された。初雲が嫁入りするころ、おっぱいは完全に卒業していたが、知能指数はそれ以来成長がなかった。

2

柳絮《りゅうじょ》が舞う週末の朝、北京の空に湖南《こなん》方言が響きわたった。農村女性独特の大声が団地のしじまを破り、初玉の幼いころの呼び名を叫んでいる。初玉はびっくりして飛び起き、窓辺に駆け寄った。いちばん上の姉の初雲が中庭の真ん中につっ立って、両手をラッパのようにして高層ビルに向かって叫んでいるのが見えた。髪をお団子にまとめて、えび茶色のウールのカーディガンに黒のフレアースカートを身につけている。姉は一声叫んで身を翻すと、だらっとした身ごなしで、ゆったり動き、まるで誰かに答えてもらう必要などなく、喉ならしをして暇つぶししているだけ、というかんじだった——そういうのんびりした性格なのだ。

　彼女は緑色の鈍行列車で北京にやってきた　**安いし　途中の景色がきれいだし**　一晩中眠らず、暗闇を見つめていたら、北方の暗闇と南方の暗闇は違っていたとでも言いたいらしい。顔色が良く、体もたるんでいない。二十歳までに子どもを二人産みおわり、政策に従ってきまじめに子宮内リングを装着し、お腹にミミズのような傷跡を作った　**どれだけ面倒ごとを減らせたかしれないわ**　今でも腰はくびれ、お尻はプリッとしていて、四十歳の女のようにはまったく見えない。都市部で彼女のような容姿で、多少教養があって、ファッションや化粧を心得ていれば、ちょうど浮き名を流す年ごろだ。故郷を離れてからずいぶんになる初玉は、北京の大学に通い、仕事をし、方言を捨て去り、完全に北方の都市に溶け込み、農村生活から遠のき、農村女性の変化を理解していなかった。初雲が北京に来て起こそうとしたのが、彼女たちの故郷の湖にそよ風がたてるさざなみではなく、身体の津波だとは思いもよらなかった。

　去年の五月、初雲は何か気がかりがあるらしく、実家に戻って数日過ごし、何も言わずに帰っていった。皆は、閻真清に何か不満があるのだろうと推測した。彼女がかつて魅せられたあのピンク色の指先を持つ両手は、動物の去勢以外何もできず、稼いだ金をすべて母親に預け、畑仕事は初雲にさせるのだった。初雲はいつも両足で子どもを挟んで両手を空け、畑仕事をし、あるいは脇に挟んで片手で食事を作った。纏足の祖母ははじめのころ　**田舎の人間は畑に頼って生きていくもんだ何だろうと畑仕事ができるのがいちばんだ**　と注意したが、初雲はそのとき、生活がどんなものか、まったく考えていなかった。彼女の頭にあったのは、あの鮮やかなピンク色の手指、あんな手にひかれて何里かを歩き、野外映画を観に行くこと、白いゴム底靴に合わせたかのような傲岸不遜な彼の表情と、彼と自分の父親の似ているところだった。緑色の列車の中でさえ、彼女は自分が最初に十本のピンク色の手指に心ひかれたときの感情を否定はしていなかった。結婚して数年は良かったことを覚えていた。若いころのほとばしるような性欲は、激流のように阻まれると、いつもはけ口を求めて猛り狂い、あのピンク色の手指は、夜ごと、倦《う》むことなく情熱を捧げ、彼女が少しずつ女になっていくのを助けた。今ではもう彼女はジュースがあふれる心地よい感覚を思い出せず、味蕾《みらい》が覆われたかのようだったが、別のもっと温かい、満ち足りた感覚を得た。それは細く長く綿々と続く——愛情を理解し、愛情をこめたあとの性で、開闢《かいびゃく》以来初めてのものだった。それは別の男によってもたらされた。

彼女は緑色の汽車に乗って暗闇を鑑賞しながら、思い出にふけっていた。夜の車窓は鏡のように彼女の顔を映し出した。毅然としたり、茫然としたり、興奮したり、沈んだり。彼女はじっくりと自分を眺めてみた——この窓ガラスの鏡は家で使っているてのひらサイズの化粧鏡より、ずっとはっきりしていて、リアルだわ。

結局のところ北京へ来るべきだったのか　答えは肯定的になったり、懐疑的になったりした。初玉がこの件をどう見なすかわからなかった——彼女は本能的に、初玉のような都会の文化人の態度は、母親とは絶対に違うはずだと思っていた。長年後家を通してきた母親に、彼女がしようとしていることを理解し、支持してもらおうと思ったことはなく、この件について母親に話したこともなかった。父親が亡くなってから、彼女は課題を解決し、責任を分担する長女になった。中学を卒業するとすぐに母親を助けて家畜の世話をし、田植え、稲刈りをし、年寄りと子どもの世話をするようになった——祖母は強靭《きょうじん》な精神の持ち主だったが、つまるところ纏足で、地球が割れてしまうのではないかと思われるくらい杖にすがり、ちょっと風邪をひけばたちまち咳で寝込み、トウガラシを食べれば痔疾が悪くなり、そういったことはすべて初雲が面倒をみなければならなかった。咳と痔疾はまだよく、大変なのは毎日洗わされる纏足の足だった——十本の足指はすべて折れ曲がって足裏に食い込んでおり、貝殻がはめ込まれた泥砂か、玉石が埋め込まれたセメントのようで——熱い湯で浸し、力いっぱい揉《も》みほぐし、強くあんまをしなければならなかった。リウマチはこの世で唯一彼女を責めさいなむ、彼女には手の施しようがないひどいものだった。他の人もこの纏足の足を洗ったことがあったが、祖母は初雲でなければ嫌がった。初雲の手技がうまく、力があるからというよりも、心をこめて、まじめに取り組み、性格に怠けたところやいいかげんなところがないからだった。彼女はこのように生活に忠実だった。

他人は初雲が纏足の祖母の宝石を意識していて、だから一生懸命やるのだと言った。彼女は祖母の手にはめられている翡翠の腕輪が好きには好きだったが、祖母がそれを売ったときも、胸を痛めたものの何も言わなかった。結局祖母は気に入りの玉のペンダントを初雲ではなく、初玉に与えた。祖母はずっと初玉をひいきしていた。初雲は心のうちで嫉妬することもなく、落ち着いて穏やかで、ある意味で呉愛香の複製のようだった。他人は彼女がそそくさと去勢屋に嫁いだのは、家庭から逃れ、嫁に行けば曲がった腰をまっすぐ伸ばせると思ったからだと言った。実際には腰はもっとひどく曲がることになったのだが。ありがちな考えだが、実際のところ、この問題は初雲自身もうまく説明できなかった。

汽車が途中駅に停車するというアナウンスが入り、手に子どもを抱き、大小の荷物を下げた女を見た初雲は、自分が子どもを産み、連れ歩いていた日々を思い出した。自分がどうやってその日々をやり過ごしてきたのかわからなかった。今では調理を学んでいる息子は、きれいな女の子を見て胸を高鳴らせる年ごろになっているし、娘の閻燕《イエンイエン》は花も恥じらう乙女だ。二十一世紀の人々も、あいかわらず鶏を飼い、食べているが、去勢屋だけはいらなくなった。閻真清の手術器具は引き出しで寂しく光っており、手技は錆《さび》が出た廃鉄で、ピンク色だった十本の手指はとうに黒ずんで輝きをなくし、かつて女の食欲をそそったきらめきはどこにも見当たらなかった。彼がどこで去勢の技術を習い覚え、ひたすらそれだけを生活手段にしたのか、誰も知らなかった。

彼の年齢から計算すると、彼の幼少期はいたるところ赤色、赤旗、赤い太陽、肖像入りの赤バッジ、赤い腕章だった……彼は下放知識青年になった母親の産物だった——このことから彼の指先がなぜピンク色でやわらかいかを説明できそうである——彼の父親は塀のレンガのように誠実な当地の農民で、飢餓の時期に最後のひとくちのサツマイモを妻と子どもに食べさせ、自分は餓えて死んだ。四年後、母親は再び泥のように実直な当地の農民に嫁いだ。生産責任制になって、喜んで半瓶の白酒を飲み、用水路に落ちて溺死した——だから閻真清には都会の人間の傲岸さと、田舎の人間の朴訥《ぼくとつ》さがあるのである。問題はそこにあった。彼はいつも分裂していて、自我が格闘していた。とり乱すと、ふだんのあの刺繍をするように鶏の去勢をする上品な男とはまったく違った。

汽車はあえぐように走っていた。初雲は物思いにふけりながら、みかんの皮を剝《む》き、機械的に口に入れてほおばっていた。厚ぼったい唇が黙々と動いていた。あることについて考えをはっきりさせるまで、ずっと咀嚼していて、牛のように表情がなかった。車窓の外はぼんやりしていて、ときおり見える外の光が、暗闇に小さな穴をうがっていた。彼女は誰にも挨拶せずに北京にやってきた。誰かの意見に邪魔されたくなかったし、気が変わったらそっと戻ればいいからだ。彼女がこんなぶっ飛んだ考えを持っているとは誰も知らなかった。村の人間の習慣では、食事をして陰口をたたくと消化がよく、失敗について語るときはとりわけ辛辣である——彼女はそういう歯の隙間に宵越しの料理が挟まっている口にその件が突っ込まれるのが嫌だった。この半年ほど、人々の彼女に対する議論は、木の枝を押さえつける大雪のようで、彼女は雪を溶かす大事業をするために北京へやってきたのだ。彼女は遠出をしたことがなく、長沙《ちょうさ》にさえ行ったことがなかった。外がこれほどごちゃごちゃしているとは思いもよらず、あちこち歩きまわって、体中大汗をかき、ようやく切符を手に入れて汽車に乗った。落ち着いて腰を下ろしたとたん、心が騒ぎ、気持ちも揺らいできた。しかし汽車はためらいもなく、まるで彼女が後悔するのを恐れているかのように、力づよく一路北へと向かった。

初雲はシャワーを浴びて、ルームウェアに着替え、水を飲み、朝ごはんを食べた。彼女は家へ入ってくるなり、道中の見聞を語り、浴室でも声を張りあげていた。ぴょんぴょん飛び跳ねる方言は、不注意に家の中に入ってきたスズメがあちこちにぶつかっているかのようだった。昔の初雲はこれほどやかましくなかった。やむを得ず話をするときには、しまっておいたよそいきの服を着たかのようにきまじめだった。今や彼女の物入れや衣装ケースはすべて開けっ広げになり、カゴから出た鳩がクークー鳴いていた。これはおかしい。キョロキョロした目つきで、お椀の中の食べものを見ていたかと思えば、引き寄せられたかのように、壁にかかった書画を見つめたり。彼女の情緒には複雑な息遣いがにじみ出ており、楽しさをわざと押し殺しているようでもあり、鬱々としているようでもあり、初玉にいつでも難題をふっかけて承認を迫りそうだった。

彼女は、初めて遠出をしたこと、途中でお金は使わなかったこと、誰にも騙されなかったこと、だから詐欺師がどんな顔なのかわからないこと、出かける前によく思案して、財布はしっかり押さえて、誰も信用せず、何も買わず、何にも首を突っ込まず、ただ窓の外だけを見ていたことを話した。

前もって教えておいてくれればよかったのに　駅まで迎えに行ったのに　何も朝っぱらから団地中の人を叩き起こさなくったって　もしうちが出張に行ってたら　どうするつもりだったの　初玉はやむを得ず方言チャンネルに切り替え、喉を硬くして、ウンウンとくぐもった益陽《えきよう》の言葉で話した。下手な標準語を話しておもしろがっている田舎へ帰るたびに、彼女は長年の外での生活環境が彼女に与えた変化を隠さざるを得なかった。彼女は故郷ではもうよそ者になっている。彼女は方言が嫌いで、自分の口が熱湯で舌をやけどしたかのような音を立てているのを聞いて、自分で自分が嫌になった。だが標準語を話せない親族の前で標準語を話せば、もっと嫌な気分になるだろう。もし彼女が本音を話したら、人々は彼女が根本を忘れた、「モノサシをわかっちゃいない」つまり常識がないと皮肉り、初雲でさえ彼女が貧しい親族を見捨てたと思うだろう。彼女に唯一できることは、方言の調子を落とす、例えばD調をC調に落とし、A調をG調に落とすことだけだったが、そうすると、彼女の声やアクセントはいくぶん悲しげな調子になり、はるか遠いぼんやりしたかんじになった。

あたしが運がいいってことはわかってる　お湯で体を洗った初雲の頬は赤く、額の上の髪の生え際が低すぎて、かつらをつけているかのようだった　**あんたずいぶん長いこと　家に帰ってないよね　おばあちゃんは毎日あんたが帰ってきて　主治医になってくれればと思ってたんだよ**

仕事の話はよして　せっかく来たんだから時間を節約して遊びましょうよ　うち来週は当直なの　病人が多くてあんたにつきあえないわ　どこに行きたい？　天安門　長城　７９８　798と言うとき、初玉は標準語を使った。方言で8につく妙な末尾の音を避けると、その小さな行動で真っ暗な部屋に穴をうがたれたかのように、一息つくことができた。

今日は覆いの日だねえ　初雲は咀嚼しながら言い、さらに箸先で外を指した。彼女は方言の伝播に貢献する運命なのだ。はっきりした語句でいきいきとしたイメージを作り出し、そり舌音も、舌根音も、後鼻音もなく、舌先で玉石を転がしているような、ブツブツした音を鳴らしている。だが、彼女の口から飛び出してくる語彙のいくつかは、初玉にはもうわからなかった。

覆いの日って何？

ひどい霧だよ　ひどい霧の覆いだよ　いつになったら収まるんだろうね

冬眠していた方言が、この刺激的な練習を経て、初玉の脳裏に蘇《よみが》えってきていた。天気についての土地の言葉が耳元で鳴り響いた。祖母の声だ。祖母は初家の気象予報士で、毎朝起きるとまず扉を開けて空を見た。天気が確定してからようやく一日の日常が始まるのだった。彼女は「覆いの日（濃霧）」「白い塊の霜（大霜）」「冷たい毛が降る（みぞれが降る）」「麻がひらひらする（こぬか雨があがる）」「雪が押さえつけてくる（ぼたん雪）」という言い方を思い出した。祖母は天気予報をするとすぐに　**ああ　昨日は十時間も寝たよ**　とため息をつく。まるでふだんから睡眠時間は十二時間より少なく、不注意で寝過ごしたかのような言い方で。祖母は顔を洗い、歯を磨き、髪をとかしてお団子にまとめ、すべてをきちんと片づけたら、あとは杖をついて玄関先に立って、ゲップをして、胃の中のガスを吐き出すだけでいい。寝床でぐずぐずしていた者もすぐに起きあがり、一日のリズムについていく。初家には寝坊する勇気のある者はひとりもいなかった。

　初玉は初雲を見つめた。後者は天気のことを話しはじめると祖母のように自信に満ちていた。当然ながら、農民ほど天気に関心を持ち、穀物を理解している者はいない。彼らは天気で飯を食っているのだ。初玉は早くから遠くへ飛び立とうと決めていたし、さらに父親の病没が彼女に医師の道を選ばせた――それは纏足の祖母の意に最もかなったものでもあった――医者は永遠に失業しない。医学院の合格通知が届いたその日、戚念慈は玉のペンダントを初玉に手渡した。初家の最初の大学生、しかも名門大学の学生を、表彰したのである。

　初玉と初雲はほとんど異世代で、互いにいささか距離があった。だがしばらくすると、初玉の幼年時代の記憶が活性化してきて、彼女は、無形のいわゆる都市文化というベールの内側、体内に、田舎の少女があいかわらず生きていることに気づいた。初雲は多くを差し出してきたのだ。自分は彼女に利益をもたらし尽くすべき家族だ。今になって田舎の人間の振る舞いを煙たがり、あらさがしする理由はない。

お天道様が刀を振り下ろさない限り　どこへでも行けるよ　初玉は心中不安で、補うかのように言った　まず天安門と故宮に行って　夜は北京名物全聚徳《ぜんしゅとく》の北京ダックを食べようよ
ほんとのこと言うと　遊びに来たんじゃないの　遊ぶ季節じゃないよ　初雲は厳粛な表情になった。ようやく本題に戻ったという様子で、彼女は勇敢に初玉を直視し、唇を噛みしめ、目に千言万語をたたえた。
後者は目で彼女に話し続けるよう促した。
手術を受けに来たのよ
何の病気　初玉は顔色を変えた。
病気じゃない　したいの　初雲はまた言いよどみ、硬い食べものを喉に詰まらせたかのようだった　あたし　卵管を再開通させたいの
　初玉は初雲が想像していたような叫び声は上げなかった。彼女は何も聞こえなかったかのように、体の向きを変えて日めくりカレンダーを見た。

二〇〇五年四月九日土曜日

　彼女は歩み寄っていくと、そのもう過ぎ去っている昨日を破り捨てた。その日は数人の病人の症状が悪く、家族の願いをこめた視線が壊れた照明のように彼女の目の前でずっときらめいていた。ある家族は彼女に本を一冊贈り、中に現金が挟まれていた――彼女はすべて返却した。いつからなのか知らないが、患者の家族には袖の下を包まなければ安心できないという依存心理があった。彼らはそれを、病気になって入院することの一部と見なしており、袖の下の額を医師の重要性に応じて変えて分配することまで心得ており、看護師たちもしょっちゅう果物や菓子折りを受け取ってい

た。彼らは、そんなことをしたら人心を腐敗させること、袖の下は医師の品格を堕落させるだけで、医師の潜在力を活性化しはしないこと、何ら医術の助けにもならないことを、理解したがらなかった。それゆえ彼女は、所属部署の看護師に、辛抱強く、笑顔で、患者の家族の信頼を得るよう、病気や怪我を治すのは医師の職責だということをわかってもらうよう、何度も説得した。

初玉は日めくりをビリビリに破ってゴミ箱に放り込み、眉をひそめた。どこかが痛みだしたかのようだった。

それから彼女はバルコニーに行き、ジョーロで花に水をやった。

彼女ははっきり覚えていた。一九八五年の夏のことだ。学校から帰ってくると、使い走りの任務が待っていた。母親が老いた雌鶏一羽と籠半分の卵を準備していて、初雲に届けるよう言いつけた　**あの子は手術をしたからこれがとても必要なの**　卵がぶつかって割れないように、ゆっくりと自転車をこぎ、初雲の家に着いたときには空がもう暗くなっていた。初雲はベッドにまっすぐ横たわって、下腹部を外にはだけており、そこには赤く光る傷跡が一本あった。顔は発熱のせいで血色に乏しく、赤ん坊が懐で乳を吸っていた。この光景は初玉をひどく震撼《しんかん》させた。何ものかが初雲の体を生きながら食らっているようだった。彼女はすぐに、その何ものかとは、病気と赤ん坊だと気づいた。

赤ん坊を誰かに連れていってもらわなきゃ　病人を病院に連れていかなきゃ

初雲は彼女の心の声を聞き届けたかのように、淡々と　**大したことないよ　辛いものを食べなきゃ大丈夫**　と言った。最後には　**済んだらおしまい**　と大笑いまでした。

初玉は彼女がいっそ死んだらさっぱりする、と言っているのだと思ったが、何年もたってから**済んだらおしまい**　というのは、男女のこと――避妊を指しているのだと理解した。この手の夫婦によくある戦争は、最終的に女が避妊手術を受けることで収まるのである。

彼女の脳裏には、初雲がベッドに横たわり、赤ん坊がそれでも彼女の脇の下で乳を吸っていた光景が深く刻み込まれた。腹部のあの傷口はイナズマのように目に焼きついた。彼女は闇真清が鶏の去勢をするときに切り開く開口部を思い出した。初めて自分の女性の体に恐怖を覚えた。女の体がこれらのことを受け入れなければならないと考えたことがなかったのだ　**私は一生子どもを産まない　病気のときに　別の何ものかに体を食らわれたりしない　その後彼女は　結婚もしない　結婚しなければ子どもを産まなくていい　子どもを産まなければ卵管結紮《けっさつ》しなくていい　体のどこかにメスの傷跡が残るなんて死んでも嫌**　と考えるようになった。

数年後、初月が卵管結紮をして戻ってきたときの様子を目撃したことは、彼女の体に対する恐怖をますます増幅させた。

義兄の王陽冥は二輪の大八車をひいていた。彼は顔色が黒く、小柄で、丈夫な体つきをしていた。禿頭に玉のような汗が吹き出て、雨に濡れたかのようだった。彼の顔にはもともと縁起がよくない雰囲気があり、人々は、あんまりたくさんの死体を触ったから、陰気が顔にへばりついているのだと言った。年齢を重ねると、全身が死亡の液体に浸されたかのようになった。彼が身につけている黄金の装飾品は、副葬品のようだった——風水診断で、家計は多少潤ったのだが、お金があってもどう使えばいいのかわからず、すべて重ねて身につけ、重量は他人のそれをはるかにしのぎ、黄金のネックレスはこの上なく太くなっていた。大八車をひいていると、首飾りや腕飾りがずっしりと重そうで、まるで自由を失った奴隷が長く苦しい路を進んでいるかのようだった。初月は大八車に横たわっていた。花柄の布団が頭から足先までかけられ、身じろぎひとつせず、死人のようだった。

王陽冥が自分で初月を実家に送り届け、養生させたので、闇真清は纏足の祖母がえこひいきしていると思い、妻の目の前で祖母と袂《たもと》を分かちそうになったが、初雲に淡々と　**うちは初月に借金してる**　と言われ、引き下がった。

ある日初玉は幼いころ闇真清に鶏の去勢について尋ねたことを思い出した。大人になり、彼の答えの意味はわかったが、今度は新しい疑惑が生じた　**女も避妊手術をしたらもろもろの情欲を失うのだろうか**　彼女は誰かに尋ねたり、この件について誰かと話したことはなかった。女の成長の過程で出てくる多くの問題には、纏足の祖母の、太陽の光のもとで干されたことのない下着のように、いわく言いがたいタブーがあった。おかしいと思うことはたくさんあったが、子どもだったので、道理を説くことができなかった。例えば母親は、鋼のリングが精神と肉体の双方に与える苦しみをずっと耐え忍んでいた。いつも足腰が弱く、下腹部が張って痛んだ。重労働をしているときはさらに痛みが出て、もっと力を入れて、体内の冷たい異物をあしらわざるを得なかった。彼女が疲れきって椅子に腰を下ろし、鋼のリングがもたらした様々な不調をつぶさに味わっている様子は、あわれだった。

父親が死んでから、母親は　**来宝に部屋を空けておやり**　という祖母の意に従って、ベッドを姑の部屋に運び入れた。夜、二人はいつも灯《あか》りを消してそれぞれのベッドに横になり、暗闇の中でご近所のうわさ話をし、片方がいびきをかきはじめるまでおしゃべりした。そのため昼間はかえって話すことがなかった。互いにふてくされているようでさえあった。他人は、姑が嫁を厳しく見張るので　**嫁は内心おもしろくないのだ**　と言った。

母親は子宮内リングを外しに行きたいとしょっちゅう思っていた　**男がいなくなったのだからあれはもう必要ない**　そのころ彼女はそう考えていた。その晩祖母は機嫌がよく、母親は数枚の蚊帳越しに、さんざん逡巡《しゅんじゅん》したあげくついに口に出した。

寡婦がリングを外しに病院へ行くなんて　他人があれこれ言わないはずはない　纏足の祖母は息子の嫁にこう答えた。淡々とした、はっきりした声で、いつもの方策を決めるときの調子と同じだった　**そいつは放っておけば　何でもないよ**

母親はいつもどおり、ええ、と言って、それ以上語らなかった。彼女が亡くなってから、初玉は遺品を整理していて、一九八〇年のカルテを見つけた（彼女は自分の生活と関係があるものをすべて保存していた）。カルテによれば、母親は病院にリングの検査をしに行ったことがあり、リングは別のところへ動いてしまっていて、外すには入院して手術しなければならなかった。時間や費用など様々な問題のためだったのか、母親はリングとの共存を選んだ。母親は鎮に買い物に行く機会をとらえて、こっそり病院にリングを外しに行った。彼女の人生でおそらく初めて、纏足の祖母に逆らったのだが、失敗に終わった。

　戚ばあさんは若いころからやり手だった　旧社会で　彼女ほど辣腕の女はそう多くなかったろう　田舎の人は寄ると触ると昔のことをほじくり返した　彼女は美人で　男の家で豊かに暮らしていたが　惜しいかな腹黒い性格だった　どうやってやり遂げたのかわからないが　自分の男に絶対に妾を持たせなかった　男は後になって人に殴り殺された　他人の女に手を出して命を失ったのだという　寡婦になって二年もたたないうちに　男ができた　姑は彼女に二つの選択肢を与えた　ひとつ目は　再婚を認めるが　息子は残していくこと　財産は一銭たりともやらない　ふたつ目は　本分を守って後家を通し　息子が成人して所帯を持ったら　彼女に財産のすべてを管理させる　彼女は金銀財宝を枕にして眠ることができる　戚ばあさんが結局どうして再婚しなかったのか　今でも謎だ　ちょうど辛亥革命の混乱の時期で　その男が戦死したからだ　という話もあれば　財産に執着し　その道を選んだという話もある

　人々が言わんとしたことは、戚念慈は梅が二度花を咲かせる致命的な芳香をかいだことがあり、三十過ぎの寡婦が、万一第二の春の襲撃を制御しきれず、別の男のもとへ走ってしまったら、六人の子どもが彼女の手元に残され、その混沌《こんとん》状態を収拾できなくなるのを恐れていたということである。初家にはもう昔の豊かな財産はなく、彼女は息子の嫁に強いカードを切ることもなく、ただひそかに体でコントロールし、呉愛香と男が二人きりで接触する可能性をすべて断ち切ることができるだけだった。

個人の苦痛に満ちた経験は　他人の似たような境遇に憐憫《れんびん》の情を抱かせるのではなく　逆にいっそう冷淡で無情な心を作りあげることがある　母親が亡くなってから、初玉は自分の家庭を振り返り、人間性について熟慮し、纏足の祖母が母に対して取った態度から、こういう結論を得た。母親の、労働のために変形し、木のコブのようにゴツゴツした手を握りながら、彼女は涙をこぼしたこの世にこれほど辛い運命の女の人はいないわ　彼女は思った　母さんの冷えきった子宮の中にある　あのおぞましいリングが　大地に腐食させられたら　もう母さんを苦しめることはなくなるんだわ

「覆いの空」が太陽に片づけられた形跡はなく、あたり一面が白い霧でぼんやりし、鳥のシュプールのように何もなかった。道路をたまに通り過ぎる自動車を除けば、早朝は静かなもので、団地全体でこの姉妹だけが目を覚ましているかのようだった。

ふざけて言ってるんじゃないの　よく考えたのよ　初雲もバルコニーに来て、姉ならではの年の功と経験で舵を取ると、決然と風雨の激しい水域へと向かっていった。彼女は花の枝の黄色い葉を摘み取り、観葉植物を品評するかのように努めて声を低くし、淡々と言った　別の男と子どもを作りたいの　あたしはそうしたいのよ　彼女は自分とその男がどんなにいい関係か、卵管を再開通させたら閻真清と離婚するつもりだと話した。三十八年あっという間〔毛沢東の詞「水調歌頭　重上井岡山」の一句〕、ずっと他人のために生きてきたが、これからは自分のために生きたい。

もしあんたが大家族の長女で　下に五人もの弟妹がいて　父さんが死んじまって　母さんは体が悪く　おばあちゃんが纏足だったら　選択の余地なんてないの　あんたが二歳のときあたしはあん

たをおぶって学校に行かなくちゃいけなかった　家に帰っても草刈りしたり家畜に餌をやったりしなくちゃいけなかった　水がいっぱい入った桶を担いで　畑仕事して　川で洗濯して　夜は大急ぎで宿題やって　母さんはしょっちゅう腰が痛んで　ロウみたいに黄色い顔をしてて　あたしにこの世に嫁を可愛がる姑なんて何人もいないよって言わせるの　あんたにはわからない　あんたはお気楽なもんよ　目を閉じれば何も見えない　あんたは水遊びが大好きで　家のまわりはぜんぶ蓮沼だから　みんなあんたが沼に落っこちて溺れ死ぬんじゃないかと心配して　おばあちゃんはあんたのために　何度あたしを叱ったかしれないよ

　初雲は淡々とした口調で話し続けた。彼女はまるで、飛行機がしばらく縦揺れしたあとついに上空高く飛び立って、どんな気流の影響も受けなくなったかのようで、家の中にいるかのように穏やかだった。機上の乗客は体の緊張をゆるめ、窓外の景色に目をやり、縦揺れのあいだの恐怖感をいたわり、あの程度の揺れを、飛行事故が起きる予兆かと思うなんて、なんて臆病だったのだろう、と自分を嘲笑った。初雲は笑顔を見せ、苦しみを訴えるような様子はまったくなく、声の調子は観葉植物のように客観的で、とりわけ初玉の幼いころの話をするときなど、母親が子どものことを話しているかのように、顔中に慈愛が満ちあふれていた。何かがしだいに雪のように溶けてきて、飛行機の窓外の白い雲はふわふわした綿毛のように積み重なりうず高く、気分はもう完全に飛行モードに入っていた。まさにこのとき、初雲は初玉を見つめ、後者はいつの間にか涙で顔中を濡らしていることに気づいた。飛行機がまたひと揺れし、乗客は重力を失った感覚に自分が地球から離れている危険性を意識し、思わず座席の手すりを握りしめ、厚ぼったい唇を噛みしめた。

　初雲はぼんやりと妹を見ていた。初家の人間には抱きしめて慰めるという習慣がなかったので、彼女はただ一メートル離れた場所で身じろぎもせず、病原菌に相対しているかのようだった。

　そんなに苦労してきたんだから　今はもう気を楽にして自分のために生きていいのよ　自分によ

くしてあげて　旅行に行けばいいわ　外の景色を見に行ってみなさいよ　でもあんたは卵管の再開通手術をして子どもを産みたいっていうのね　卵管結紮して十数年にもなるのに　まだ生育の苦しみを求めたいってわけね　うちは小さいころからあんたたちが女としての苦しみをなめているのを見てきたわ　特に母さん　まるで動物みたいに子どもを産んで　おばあちゃんが孫息子を欲しがるから　父さんが息子を欲しがるから　最後には鋼のリングの苦しみまで耐え忍ばなくてはいけなかった　それから初月　難産でほとんど死にかかった　こういう危険を誰もちゃんと覚えてない　男たちは生育をウリが熟れて落ちるような自然な結果だと思ってる　どうして産婦人科で毎日あんなにもたくさんのウリが落ちようとしないのか考えもしない　あんたはそれでも危険を冒して手術したいのね　うちには本当にわからないわ　初玉は首を振った。患者の家族に病人はもう治癒の望みがないと告知しているかのようだった。

　彼と子どもを作るのは　あたしには　快楽なのよ　生活なのよ　あんたにはたぶんわからないわ　だってあんたはそういう人に出会ったことがないんだから　このとき初雲の顔は輝き、太陽が「覆いの空」を片づけたかのようだった。しかしたちまち黒雲が差し込んだ——彼女はついさっき言ったことの後半はうまく話せておらず、もしかしたら無意識のうちに初玉を傷つけ、彼女が三十歳にもなるのにまだ結婚しておらず、子どもも産んでいないことへの皮肉になったかもしれないと思った。農村であれば、この年齢の娘は、生理的欠陥があるか、性格がおかしいかで嫁に行けない、問題のあるオールドミスであり、家族全員の顔を曇らせる悩みの種である。初玉は身長一メートル六十五、小ぶりの顔は眉目秀麗で、胸はほどよい大きさで、脚もほどよい長さで、腰も太くも細くもなく、有名大学を出た、初家の　先祖の名をあげる存在　だったけれども。

　あんたは条件がいいから　釣り合う人を探すのは大変よ　ちょっと基準を下げれば　赤ちゃんだってできるかもしれないわ　彼女の下手くそなお世辞は、ボンドでくっつけた彫像の折れた腕のようで、誰の目にも破綻は明らかだった。

うちははなっから子どもを産もうなんて考えたことないの　ボンドで無理やりくっつけられた折れた腕は初玉を苛立たせた　村のものの見方ですべての女を見ないで　あんたたちは結婚　出産子育て　年取ったら息子や娘のためにまた子育て　長生きしたら孫世代のためにまた子育てで　結局かまどと子育てのあいだで老いさらばえるのよ　彼女の声は真冬の冷たい湖水のようで、言いはじめたからには徹底的に言ってやる、というふうだった　都会の女性は競争が激しくて　勉強して大学院を受けて　博士課程で勉強して　家庭以外に　事業があるの　今は二十一世紀よ　あんたみたいに誰かを愛して彼のために子どもを産みたいだなんて　彼のためにご飯を作ってあげるっていう古い考え方はもうだめなのよ　あんたの話のとおりだったら　世界中の女は料理を習わなくちゃいけないわ　愛が出産とイコールだったら　子どもを産みたくない　産めない女は　愛をわからないってこと？　愛する資格がないってこと？　それってどういうロジックよ　あんたが言ってる二つのものは　実際には女の安全保障になんてなりえないわ　よく考えてごらんなさいよ　ひとりの人間として　ひとりの女として　四十過ぎたらどう生きていくのが有意義か

　彼と子どもを作るの　あたしはそう考えてるの　初玉の長い立派な演説は、初雲にとっては、見えない光、聞こえない音、動物にとっての芸術のようなものだった。彼女は客観的な口調を保ち続けた　離婚についてはまだ何も意見を言ってないわね

　それとこれとは別よ　あんたの結婚の解決策とごちゃまぜにしないで　初玉は応接間に戻り、ソファーに腰を下ろした。さきほどの話をして力尽きたようだった　うちはね　あんたが卵管の再開通の手術を受けるのを止めるつもりはないの　ジャッジはしない　あんたが病院で検査を受けられるように便宜をはかってあげるわ　だけどあんたが出会ったその男はいいかんじがしないわ　子どもを産むのが彼の条件なんでしょ　もしうちの推測がまちがってなければ　そいつはあんたに難題

を突きつけてるのよ　まず　それは違法なの　関係する証明を出せなければ　手術できる病院はないわ　それから　避妊して何年にもなる　高齢出産の年齢の女性に再開通の手術をしても　生育能力を回復できる可能性は　医学的にとても小さいの　その男あんたを愛してなんかいないと思うわだからそんな理由をひねり出して　あるときになったらそれにかこつけてあんたを捨てられるようにしてるのよ　バナナの皮を捨てるみたいにね　だって必要な部分はもう食べおわってるんだから

違法　という二文字を聞いて、初雲はびっくりしたが、彼女はすばやくそれを投げ捨て、再開通の手術ができるかどうかの方を気にした　北京のお医者さんは技術があるから　地方の病院でも診てもらったけど　聞くなりだめって言われるだけで　産めるように戻すことはできないって意味なのか　手術はさせられないって意味なのか　わからないの　できるかどうか北京で検査したら　気持ちも落ち着くわ

わかりました　では来週　初玉は医師の口調で言った　北京には卵管の再開通手術よりもっとおもしろいことがあるってわかるわよ

3

初安運の死について、人々は長いあいだひそひそ語り合った。諸説が飛び交い、迷信まで出てきて、さらに主流になった。「子が父を克する」というもので、前世の敵同士なので、今生は父子になれないというのだ。人々は、戚念慈が息子を自分の命より愛していることも見抜いていた。もしかしたらあのとき彼女が再婚しなかった本当の理由はそれかもしれない。白髪の人間が黒髪の人間

を送りながら、彼女は他の村の女たちのように、地面にのたうち回って号泣し、自分の命で息子の命を取り戻そうとはしなかったが、手に杖をしっかり握り、泥の中に深く突き立てて、どこかをじっと見つめ、顔中のすべてのシワが悲しみをたたえ、運命を受け入れていた。

その日は一筋の風も吹いていなかったが、彼女の白髪はかすかに震えていた。注意深い人の目には、手も震えていて、纏足の脚が釘のように大地にしっかりと打ち込まれているのが見えた。彼女はその日きっと、ころころ変わる天気に乗じて、息子の一生を思い返していたのだろう。ある人が彼女に寄り添って支えてやったところ、その体は鉄のように冷えきっていて、硬かったという。だがそれも初安運を埋葬した日だけだった。

その後人々は彼女の変化に気づいた。目に見えない怪物が周辺に潜んでいて、彼女の命より大切なものを狙っているかのように、彼女は絶えず警戒し、いつでも出撃できるようにしていた。同時に、身辺の人々を、精兵、強将に訓練していった。そのために毎朝天気予報をし、早起きをさせ、全員を自分のレールの上で高速回転させたのである。

彼女はすぐにウサギを数匹飼いはじめた。人々は、辛くてたまらないのだろうと推測した。ペットは悲嘆にくれている人の慰めになる。彼女はまたしょっちゅう裏山に気晴らしに出かけ、ついでにキノコを採って帰ってきた。見たところ彼女は平静そのもので、息子を失ったことなどなく、何ごともなかったかのようだった。

ある晩、人々は救急車のような笑い声を耳にした。彼女がそれほど朗らかに大笑いするのを聞いたのは初めてだった。興奮して、声色が変わっていた。翌日、彼女のウサギがすべて死んでしまったことがわかった。一部の人は彼女がショックのあまり精神を病むのではないかと心配し、生活必需品を貸してほしいといった口実で彼女のもとを訪れ、真相を探ろうとし、また心をこめて慰めた。しかし、彼女は一見何ともないようで、清朝の調度品のように平静だった。彼女は嫁が山に穴を掘ってウサギを埋めるのを自分の目で見届けた。その後ある人が彼女に猫を贈り、また別の人は犬を贈ったが、彼女は断り、生涯ペットを飼うことはなかった。どんな命の死であろうともうこれ以上受け入れられない、という様子だった。

その後皆はしだいにこのことを忘れていった。初安運の秘密の風流韻事に対する興味も薄れていった。数年後、初安運が寝た女が新しい農場長夫人になったというニュースが駆けめぐった。自分の女房を餌にして、という以前出ていた説は、ある種のロジックからすると筋が通っていそうだ。人々はたちまちまた議論紛々になった。新しい農場長は最後にはいい目を見ないぞ、と言う者もいれば、妓女《ぎじょ》と変わらない、と女の悪口を言う者もあった。戚念慈はあいかわらずよろよろと裏山に散歩に行き、自分の世界に浸っていた。ときおり立ち止まって、笑顔で他人と言葉を交わし、精神に異常がないことを証明した。

数ヶ月たち、ちょうど山がキノコでいっぱいになる季節に、ある日突然、新しい農場長夫妻が二人とも家で急死した。毒キノコを食べたからだという。この件で村中がキノコに過敏になり、キノコは食卓から永久追放された。誰も採らないキノコはどんどん成長して腐り、踏みつけられてどろどろになった。

そのとき、初来宝はまだ言葉を話さず、六歳になってもしゃべりそうな気配はなかった。人々は戚念慈の手は二つの人命で汚れているので、因果応報で口のきけない孫息子ができたのだと言った。彼らはいい立ち位置を見つけるのがいつもうまく、周囲のささいなできごとについて、揚げ足を取り、正義の批判やら賛美やらする。それはだいたいいつも同じ人たちで、彼らには詮索する時間がたっぷりあるのだ。パズルをはめていくように、ある事実を作りあげたら、自分の思いつきに有頂天になる。例えば新しい農場長が就任したとき、彼にあれこれものを贈ってコネを作ろうとする者が跡を絶たなかった。ある者は受け取ってもらえない心配をして、こっそり品物を置いていき、数日たってから、雑談のように、あの乾物の味はどうだったか、アイロンの使い勝手は良かったか、などと尋ね、自分がそれらを贈ったのだと、巧みに相手に知らせた。この夫婦が死んだ前日にも、匿名の贈りものがあったという。人々はその中にキノコがあったのだろうと推測した。このとき、長年の謎が、イナズマのように夜空を切り裂き、人々は戚念慈を思い出した。こういうやり口はあの辣腕とぴったり符合している。

　彼女がウサギを飼いだしたときおかしいと思ったのよ　ふだんはペットを可愛がるような人じゃない　猫や犬を見かけたら棒でなぐりつけて毒づかんばかりだもの

　おっしゃるとおりだよ　裏山で彼女がキノコ狩りをしているのに何回か行きあたったんだが　よかれと思って　戚のおばあさん、お足元にお気をつけてってあいさつしたら　顔も上げずに　わたしゃ転んで死んだりしないよ　こんなところで転んで死んだら　死んでも死にきれないって言うんだ　いったいどんな気を取りこんだんだか

　あんたたちは戚のばあさんがウサギで実験して　五年かけて毒キノコで息子の仇《あだ》討ちをしたっていうんだね　俺は信じないな　そんなことないよ　纏足の女に　そんな大それたことはできやしないよ

　様々な話が戚念慈の耳にも入ったが、彼女の等速で揺れている頭は止まらず、加速もせず、白い丸顔には微笑みがたたえられており、こんがらがってわけがわからない情勢になっていることに、とても満足しているようだった。それ以降、彼女のゲップの音はますます大きく、自信満々になり、夜には部屋から救急車のような笑い声がしょっちゅう聞こえてきて、嫁姑ふたりで何かゲームでもしているかのようだった。しかしその救急車のような笑い声も、電池が消耗していくように、だんだんと弱っていき、最後には、まのびした調子のあえぎになり、玄関先か窓辺でようやく聞き取れる程度になった。そのとき彼女はもう八十過ぎだった。もう裏山に散歩に行くこともなく、扉を閉

めきってほぼ外へ出なかった。たまに太陽の下に出てくると、町に出かけるかのように小ざっぱりしていて、髪はきれいにとかされ、衣服も清潔だったが、顔色は悪く、目はたるんだシワの中に埋もれていた。人々は　**もう死相が出てるよ**　と言い、そう長く持つまい、と断じた。とうに準備してあるクスノキの棺桶に気持ちよく横たわり、息子の隣人になるだろう——それは彼女が待ち望んでいることでもあるはずだ。

　人々はよく気をつけて彼女の動静を観察していた。中には見舞いに行っているというより、彼女があとどれだけ生きられるか確かめに行っているような者さえいた。彼らが目にした光景は楽観的なものではなかった　**家中おしっこの臭いがして　見られたもんじゃなかったよ**　冬中そんな様子で、彼女は外出せず、ずっとベッドに横たわり、排泄《はいせつ》も例外ではなかった。家の中では火を絶やさず、呉愛香が火と彼女の世話をした。夜更けに目を覚ましてトイレに行った人は、窓の灯りを目にした。まるで何者かが家の中で秘密のものを製造しているかのようだった。

　春が来て少したち、柳の樹が緑に芽吹いたころ、戚念慈はまた杖をついて出てきた。冬眠を終えた彼女の活力は、呉愛香に勝っていた——後者はやつれた顔をして、春の生気はなかった——彼女は頭を揺らしてその後十数年生き、姉妹五人は小鳥のように飛び立っていき、巣には彼女と呉愛香母息子だけが残った。

　人々は皆この清朝の纏足の女がこの世を去った日を覚えている。それは二〇〇〇年の元日の早朝だった。一週間続いた極寒の冷え込みのあと、ぼたん雪が舞った。戚念慈は　**六時だよ　ぼたん雪だ**　と玄関先で最後の一回、時間と天気を告げると、ベッドに戻って横たわり、その後もう起きあがって杖を手に取ることはなかった。

　最初に駆けつけたのは王陽冥だった。

彼は風水師になって、死体処理の仕事はとっくにやらなくなっていたが、来るなり袖をまくりあげ、十数年前の商売の技をかき集めて、「請水〔死者が確かに亡くなっていることを確かめ、享年の数だけ銅鑼をならして周囲にふれてまわる〕」、遺体のお清め、入棺など葬送の一連の風俗儀礼をすべて受け持った。人々はみな彼が感謝しているのだと言った。というのも初月は、誰の目にも見える例の小さな欠陥を除けば、数えきれないほどの美点を持っていたからだ。一冊の良書に、ただ一人の読者がいて、読みながら傍線を引いていき、最後には傍線でいっぱいにして、箱の底にしまい込み、他人と分かち合いたくないのと似て、初月はまさにそういう傍線でいっぱいにするに値する本だった。王陽冥が初月を崇《あが》め奉っているのは、誰の目にも明らかだった。彼はまめで、何をやっても着実で、口が達者で、この世のこともあの世のことも何でも説明できた。孫娘の婿の中で、戚念慈がいちばん喜んでおしゃべりをしたのは彼だった。彼女は早くから、王陽冥は出世の見込みがあると信じていた。当時他の人々は皆彼が年を取りすぎており、背も高くなく、いつも死人を相手にしているので、体中に縁起が悪いかんじが染みついている、と思っていたにもかかわらずである。

　戚念慈はこう考えていた。たくさんの死を見た人は、命をよく理解している、初月は彼についていけばきっと苦労しないだろう。結果は戚念慈が予想した以上に良かった。苦労しなかったばかりか、蜜壺に入ったようなものだった。初月は嫁入りしてから、まったく畑仕事をしたことがなかった。肌はきめ細かで白く、豊満な体つきで、毎日家で掃き掃除、拭き掃除をするので、窓や家具はほこりひとつなく、台所の食器棚も清潔で片づいていた。玄関先にはバラ、コウシンバラ、クチナシの花を植え、家の裏側にはザクロ、ハクモクレン、イチジクがあり、最も育てにくいボタンも数株育てていた。二人の子どもが身につけているのは自分で裁断した粗末な麻布の服ではあったが、いつも清潔で、きちんとしていた。他人は初月は子どもで自分のおしゃれの夢を実現し、自分の人生の欠陥を補っているのだと言った。もちろん本当にそうかどうかは重要ではなく、初月の賢婦人ぶりは疑いようがなかった。彼女は王陽冥のこともいつも身ぎれいにさせ、出かけるときは、学校の臨時教員の「裸足の先生」のようだった。

人々は初月の天性にロマンチックなところがあるのに気づいた。彼女は少女時代に発揮できなかったロマンチックな情緒をすべて家庭に投入した。男たちは後悔の口ぶりで、昔は初月の頭が半分禿げているのに気を取られ、**体の九割方は非の打ちどころがなく　ベッドの上でもなかなかにちがいない**　ことに気づいていなかったと言った。彼らは　**みずみずしい花を牛糞に挿して　いいウリをチビの王に取られちまった　あいつはまったくラッキーだよ**　とも言った。

婚約が整うと、王陽冥は初月に裁縫を習いに行かせた。二人の婚礼衣装は彼女が作ったものだった。人々は、暮らしの手段を持っている二人がいっしょになったら、必ず幸せな結婚生活になるだろうと確信した。その上、王陽冥は半分戚念慈の孫、呉愛香の息子みたいなものなのだから。およそ初家で何かあると、大きいことでも小さいことでも、彼はいつも真っ先に駆けつけて処理した。人々はまさにこの点から彼と初月の愛情を見て取った。閻真清は能なしで、鶏の去勢しかできず、義理の親の家のことは気にかけず、たいてい王陽冥がすべてをうまく取り仕切ってから登場し、話しぶりも手の動かし方もいいかげんで、まったく形式的だった。人々は、鶏の去勢という手技が社会の発展につれてだんだん昔話と化し、一方王陽冥の技能はどんどん金銭的価値が出て、戚念慈がひいきするので、閻真清は心中おもしろくないのだろうと言った。あるとき、戚念慈が男は体だけではまったく役に立たないと言っているのが閻真清の耳に入った。具体的に彼を当てこすったのではなかったが、彼の心には当てこすりのように突き刺さった。

初月は夫の後ろからぴったりついて、死者の傍らに行き、死者の顔をなでてひとしきり声を上げて泣いた。臨終の前に死者の身近にいなかったことがひどく悔やまれて、彼女はなかなかその思いから抜け出せなかった。まるで最後の看取りをしていれば、これほど悲しまないとでもいうかのようだった。

呉愛香はやつれた表情だったが、それまで彼女を取り巻いていたじっとこらえるかんじはひっそり消え去っており、自分でもまったく無自覚の輝きを発していた。口の悪い何人かの人は、戚念慈は嫁の頭に緊箍児《きんこじ》〔孫悟空が頭にはめている金の輪〕をはめ、数十年間お経を読み、嫁の神経をいかれさせていたのだ　**とうとう彼女が一家の主《あるじ》だ**　と言った。呉愛香が最初にやろうとしたのは、目を開くことで、長年目の前につながれていた犬を解き放ち、自由にしてやった。彼女はときおり大雪が舞う空を見上げ、人々の憶測を証明するかのようだった。彼女の視線は大雪の厚いベールを通り抜け、遠くに投げかけられ、農場の氷が張った池の表面をかすめた。大きく膨れた屋根と、延々と続く丘陵は、横臥する女のようで、女は彼女に向かって微笑んでいるようだった――彼女はその女を恨んだことはなかった。あれらのことが彼女の耳に入ったときも、人々はイナズマ、雷鳴、狂風、暴雨を目にはしなかったし、小雨がしとしと降る音も聞かなかった。彼女は雪解けした池の表面のように何の声も発さなかった。人々は、彼女のあそこはもう凍てついているのだろうと推測した。

女たちはひそかに　**甘えるのが下手でお堅いおとなしい女は　容姿は並でも　色っぽくおねだり上手な女に負けるものよ**　と結論を下し、我が身を振り返って、意識的に変化を起こそうとした。実は、人々も、ただ表面的に判断していたにすぎない。呉愛香が夫と二人きりでいたとき、どんな態度だったか、続けて七人子どもが生まれた事実が何を示しているのか、誰も知らないのだ。イクという感覚を一生知らないままの妻がどれほどいることか。動物のように種を植えつけることしか知らない夫がどれほどいることか。だが、まさにこのようなはっきりしない物事こそが、人々にあれこれ考えさせるのである。死者、嫁との姦通、浮気、結婚、長寿のお祝い……様々な祝いごと、災難は傍観者の祝日である。ただ残念ながら、初家のようにストーリーが複雑で、スリル満点で、気になってしかたない連続ドラマの脚本は実に少ない。それゆえ、生活の大部分の時間は、退屈に統治されている。

初月は三分間大声で泣き、二分間しくしく泣き、一分間顔についた涙をぬぐい、同時に顔にあった悲しみの表情も消し去って、ふつうに話し、事にあたるようになった。このときの彼女の装いは、見るからにゴージャスで、ベルト付きのダウンコートに、ロングブーツで、体中にゴールドを身につけていた。顔も整えていて、眉を描き、アイラインを引き、かつらも本物のようで、都市部と農村部の境目あたりの地域の流行を一身に表現していた。人は、学問をせず、ただファッションだけに頼ったのでは、品位が備わらない。初月は化粧ができる方だった。小さな町の女の多くは、手元にお金が入ると、すぐに自分をけばけばしく飾り立て、街娼のようにしてしまう。当初背後で王陽冥を皮肉っていた人も、心中納得し、初月の頭の欠陥さえ問題ではなくなった。彼らはとうとう、二人が幸せでお似合いのカップルだと認めた。

三女の初冰と町の人である義足の夫を、村の人々をひとしきり羨ましがった。――ひとつの都市戸籍は半分の脚をあがなうだけにとどまらない――義足の夫戴新月《ダイシンユエ》と初冰のカップルは、どちらも得したと言いたいのである。初冰は五人姉妹の中でいちばん容姿が劣り、顔には両親の欠点だけが遺伝していて、何の取り柄もなかった。しかし、声はたおやかで、小柄で、色っぽく、胸はピンと張り、お尻もきゅっと跳ねあがり、歩くと秧歌《ヤンコー》踊り〔中国漢民族の民族舞踊〕を踊っているようで、ゆっくり歩けばゆったり踊り、早く歩けばスピーディに踊った。とりわけ笑い声が甘美で気ままなかんじで、アイスクリームにコーティングされたチョコレートのように、余韻がつきなかった。

戚念慈は彼女のことを　策士　と言った。言い方を変えればEQ〔心の知能指数〕が高いということだ。彼女はどこへ行ってもニコニコして、目をくりくりさせ、清らかな湧き水が流れているかのようだった。初冰は農民の生活が嫌で、早くから嫁入りして町へ行くと決めていた。彼女は体も性格も早熟で、中学を卒業するとすぐに目標を定め、計画を立て、二、三キロ歩いてしょっちゅう鎮を見に行った。やがて仕事を見つけ、朝早く出かけて夜遅く帰り、ほどなく鎮に引っ越して、一年後に雇い主に嫁いだ。

それは一九八六年、香港《ホンコン》のアクション映画が流行り、ビデオと武侠小説が盛んに売れていたときのことである。初冰は香港のアクション映画のビデオを流す店から音が漏れてくる町を歩き、祖母の言いつけどおり正月用の対聯《ついれん》〔縁起のいい言葉を書いた対の掛け物〕や年画を買っていた。彼女の体つきはとっくに小さな鎮の青年たちの注意を引きつけていた。恋愛という名目で彼女をもてあそぼうとした者も何人かいたが、たくらみは実現しなかった。というのも、このひたすら現実的な頭をした田舎娘は、小さな鎮の青年の優越感と、田舎の人間に対する蔑視をわかっていて、どんな天秤《てんびん》も傾いてくるはずがないと理解していたからだ。彼女は戴新月の空っぽのズボンの筒を目にしたとたん、重要なチップがすでに自分に賭けられているのを見て取った。

雪がやんで晴れあがったある午前、気温が上昇し、解けた雪の塊がときおり樹の枝から落ちてきて、軒下のつららから水がしたたりはじめ、往来する人々が雪解けのぬかるみでギシギシと音を立てていた。写真館の入り口で、ひとりの男がショーウィンドウに広告を糊づけしていた。男は老けてもおらず、若くもなく、角刈りで、四角い顔で、眉はりりしく、たくましい体つきで、ただ左脚がなかった——まさにこの空っぽのズボンの筒が初冰に確信と希望を抱かせたのだ——彼の動作はゆっくりと慎重で、細心の注意を払って、どんな小さな気泡も、皺もできないように、こすっていた。彼の脚が不自由であるがゆえにある種の慎重さという錯覚を生んだのかと言えば、彼の顔に浮かんでいる表情もまじめで、集中しており、まるで内心何かを祈っているかのようだった——実は本当に祈っていたのだと、彼女も後になって知った。彼はもういい年で、願いよ叶えと、勇気を奮い起こして、そうしていたのだ。

何年たっても、初冰はその募集広告を一字一句違えず諳《そら》んじることができた。

当写真館は女性の助手を一名募集いたします　未婚で　健康で　善良で　プロポーションがよく目鼻立ちが端正であること　戸籍は都市農村いずれも可　学歴不問　年齢十八―三十歳　不良な嗜《し》好《こう》がないこと

そのとき彼女はちょうど片側に立って、もみあげのある彼の横顔と肩に視線を絡めていて、何かに心をつき動かされた。彼女は黙って彼が広告を貼りおえるのを待ち、彼について写真館に入った。三十分後、彼女はその穏やかな目をした、寡黙なカメラマンの助手になっていた。彼は結婚する日になって初めて、一年前の募集広告は、実は結婚相手の公開募集で、はなから助手などいらず、パートナーを探していたのだと告げた。

彼女は、とっくに知っていた、結婚相手を探しているのだとひと目でわかった、自分は彼があの募集広告を貼っていたとき、その横顔が好きになったのだ、と言った。彼はそれを深く信じて疑わなかった。彼はだいたいいつも黙っていたが、気が塞いでいるのではなく、口がきけないように見えた。二人に息子ができてから、彼は以前より話すようになった。以前鎮の人々は、こんなに偏屈な退役軍人は見たことがない、誰とも付き合わず、女の子とデートもしない、とうわさしたものだったが、どうやら戦争に原因がありそうだとなり――彼の内心の傷を思いやりはじめ、彼に非常に友好的に接するようになった。さらに何年かたつと、ある者はそういったことを忘れ、ある者は知らず、彼はまた小さな鎮の変人になった。彼はその戦争について語ったことはなく、脚をどうしたのかも語らなかった。当時両親は、箔《はく》をつけさせようと彼を軍隊に送ったが、まさか本当に戦争が起きて、前線に赴くことになるとは思ってもいなかった。彼女も、助手になってずいぶんたってから、極めて残酷でほとんど全軍が壊滅した戦争で、彼の左脚は戦場に打ち捨てられたのだと聞いた。

彼女はそのとき　とにかく　あなたはわたしにとっての英雄よ　と言った。この言葉は彼女と彼という、少なからず燃料を消耗していた列車を正しい軌道に乗せ、たちまちガタンゴトンと終点の結婚まで連れていったのである。

初氷が町の人と結婚できようとは、誰も予想だにしていなかった。嫉妬にかられた一部の人は、当初あの空っぽのズボンの筒に慰めを得ていたが、それも実のところ、初月の半分禿げた頭と同様に大したことではないのだと気づいた。この戴新月という男は、空っぽのズボンの筒を充塡《じゅうてん》するだけの十分な資本を持っていた。彼には勲章があり——それはもう錆が出ていて、一文にもならなかったが、特別手当をもらっており、端正な顔立ちで、義足をつければ五体満足で、堂々たる男っぷりと言えた。そのため人々は、この田舎娘は、白鳥の肉を食らった女ガマガエルだ、初安運の墓の場所がいいおかげだ、子孫を守護しているのだ、とも言った。

皆は初雲、初月、初玉が幸せをつかむのを目にしたが、初雪だけは、大学入試に落ちてからひとりで上海《シャンハイ》に行ってしまって、めったに家に帰らず、人々は彼女の状況がよくわからなかった。戚念慈の葬儀で、人々がいちばん見たがったのは彼女だった。幼いころ、木に登って鳥の巣に手をつっこんで卵を取ったり、川に入ってイシガイを取ったりしていた大胆な娘は、祖母の葬儀のために数人を引き連れて大急ぎで帰ってくるにちがいない。

今はまだ本当の見物のタイミングではない、初雪が帰ってくるのは、早くても夜である。そのため人々はお棺の安置場所の設営作業を興味津々で眺め、彼らがどうやって巨大な天幕を張り、「奠《てん》」と書かれた白い紙の提灯をつるし、安置所に練炭火鉢と焚き火を設けて、弔問客と手伝いの者が暖を取れるようにしているかを見ていた　沈痛　追悼　と書かれたエアーアーチが数里にわたって道に設置され——道行く人にはひと目でそれが大金を投じた豪華な葬儀だとわかった。

朝食後、爆竹が鳴り響き、葬送曲が雪片に染み込んだ。まるで降っているのは雪ではなく、嘆きのようだった——だがそれは事実を誇張してもいた。新たに訪れた弔問客が講談のように物語を語り、気持ちを述べ、皆がお相伴して数分間抑えきれない涙を流すと、その他の時間は楽しくさえあった。

人々は　**享年百五歳　本当に大往生だよ　悲しみなさんな**　と死者の家族を慰めた。すると皆は何はばかることなく楽しめる。つまるところめいめい自分の商売に忙しくて、連絡を取っておらず、久しぶりに会ったのだ。外へ出ていって見識を広げた者はその見識をひけらかしたく、財産を得たものはその財産を見せびらかしたく、子や孫ができたものは子や孫を見せたがった。こうして人々は、三人、五人と、火を取り囲んで花を咲かせ、タバコを吸い、お茶を飲み、瓜子《グアズ》〔スイカやヒマワリの種などを炒った茶菓子〕を食べ、ビンロウを噛んだ。

戚念慈は心地よさそうにクスノキの棺桶に横たわっていた。精緻な絹織物で体を覆われ、顔には彼女がいつも流涙症の涙をぬぐうのに使っていた白いハンカチがかかっており、静かに周囲の声に聞き耳を立てていた。初家の一大事に初めて欠席し——実際には欠席しておらず、彼女はやはり主役だったのだが——起きあがって自分の葬儀を取り仕切れるものなら、彼女はきっと杖をつき、纏足の脚を地球に突きさして、バッサバッサと大鉈をふるい、酒席の費用を減らしたことだろう。

アワビ　海鮮　芙蓉王タバコ　茅台酒《マオタイ》なんていらない　川魚　白沙タバコに南洲大曲があれば最高だよ　わたしゃ早く土の中に入りたいよ　七日の宴会は三日にする　一日数十卓の酒席だから四日でかなり節約できる　それから　一日八千元、七日で五万六千元の芝居はやめて　一日挽歌《ばんか》を歌うことにすれば　もう五万節約できる　わたしに言わせりゃ　寒いし　ぼたん雪だし　上には劣るが下には優る　まずまずにできればそれでいいんだよ

人々は戚念慈を正確に理解しており、呉愛香が後に語った言葉もそれを証明したが、目下の者たちはそれでもやはり大騒ぎしたがった。王陽冥は十五万元を出して葬儀を取り仕切り、すべての費用を負担した。呉愛香は、お義母《かあ》さんはわざとそっと行くことになさったんですよ、誰かに死に水を取ってもらいたくはなかったんですよ、死者を見送るのも、他人に死ぬところを見られるのもお嫌だったんですよ、ご自分がいつ一世紀逗留《とうりゅう》したこの世を離れるのか、わかっていらしたんですよ、と語った。

亡くなる少し前、ごくあたりまえのおしゃべりの最中に、嫁姑二人は長話をした。戚念慈は呉愛香に葬儀のやり方を指示して、簡素な葬儀にするように言い――彼女はあのクスノキの棺桶に心から満足していた――やせ衰えた両手で初めて嫁の手を取り、四本の枯れた藤のつるをしっかりとより合わせてさすり、紙やすりのような声を出した。彼女は引き上げられた古い沈没船のように、平静に、陰鬱に、歴史の重みがあふれる口調で、呉愛香がこの家のためによく尽くした、立派な女性だと認め　**晩年はきっと福があるだろう**　と言った。戚念慈がそのときこれは遺言だとはっきり言ったわけではなかったが。

これらのことを話すとき、呉愛香は顔をくしゃくしゃにして、涙を絞り出し、まるで嬉し泣きしているように見えた。

親戚たちは食べものを見つけた鳥のように、チチッチチッと突撃してきた。初来宝は本能的に殴られまいとする姿勢を取り、頭を垂れ、両手で頭を抱え、上目遣いでちらっと見上げた。

女性の親戚たちはおしろいの香りがして、顔には大げさな熱意をたたえていた。来宝の脳裏に、「動物世界」〔中国で人気のテレビ番組〕の絵図がひらめいた。彼女たちは虫を食べる小鳥ではなく、腐った屍《しかばね》に群がるハゲタカだ。誰もかれも大きな翼をして、目が鋭く光っている。彼女たちはそっと彼をついばんだ。彼の肩を触り、髪をつまみ、腕をつかみ、顔をはたくものまでいたが、彼がもう四、五歳ではなく、しかもいい大人だと思い出すと、突然動作を止めた。
それらの手はひっこんでいくと、友好的に揉みあわされ、口からは滔々《とうとう》と言葉が出てきたが、来宝は一言も理解できなかった。これまでずっと自分にどれだけ親戚がいるのか知らなかったし、初対面の人もいれば、何年も前に会ったことがある人もいた。皆祖母の実家の人だった。彼女たちはおしゃべりをしながら、彼をじっと見ていた。彼は、彼らがあいかわらず自分のことを話しているのだとわかった。父親の名前が聞こえた。彼女たちは、彼の後ろ姿が父親にそっくりだ、二人とも栗のような後頭部をして、天然パーマで、と驚いていた。だがそれだけ言うと、すぐに別の話題に移っていった。ため息が風のように松林を過ぎていった。

彼は彼女たちを放っておき、線香とロウソクをつかんだ。長明灯の前の線香とロウソクが消えそうだった。もし絶やしてしまって、灯が消えたら、死者は目の前が真っ暗になって、道が見えなくなり、どこかに落っこちて、溺れ死んでしまうのだ。これは線香とロウソクを扱う線香先生が教えてくれたことで、彼はそれをしっかりと覚えていた。彼はとりわけ、祖母が纏足で、もともと歩くのが大変なのを知っていた。祖母にもしものことがあっては絶対に嫌だ、平穏無事に行くべきところへ行ってほしいと思った。

来宝　ここ数日はちゃんと遺族らしくするんだよ　線香とロウソクには構わなくていい　あちらに線香先生がいらっしゃるんだから

彼はひたすら棺桶の近くに行こうとし、耳で道を見ているかのように、他人の言葉が聞こえなかった。彼は祖母が太陽の下であの奇妙な足を洗っていたことを思い出した。二つのお餅か、二匹の白ネズミのようだった。

祖母は　わたしのこの足はね　あんたくらいの年ごろに纏足にされたのさ　痛くて毎日泣いたよ
と笑いながら言った。

来宝が　**おばあちゃんはどうしてそんなに痛いことをずっとやり続けたんだろう**　と思った瞬間、ひとひらの雪花が手の甲に落ちてきて、たちまち融けた　**六月にこんな冷たい雪花があったらいいのになあ　暑くて汗が出るときに冷たい雪花があったらなあ**

　誰かが自分のほうへ近寄ってくるのが見えた――クスノキの棺桶の外側に塗られた黒光りするニスは鏡のようだった。それは王陽冥が三週間かけて桶十杯のニスを使って、風のない晴れた日に八十遍塗った効果だった。彼はニスにほこりひとつつかせなかった――いずれ黄土に埋められるというのに――人々は敬虔で誠実で感謝の心があればこそ、これほどきれいに仕上げられるのだ、少しでも雑念があったり、面倒がって急いで済ませれば、ニスにほこりが入ったり、波打ったりするはずだ、と言った。王陽冥のニスはクスノキにしっかり染み込んだ。雨水が土壌に染み込んでいくようだった。

　来宝が棺桶に近寄っていくと、緞子《どんす》の赤が炎のように彼の顔を赤くした。彼は手を伸ばして白いハンカチを外し、ぐっすり眠っている人のナイフで削ったような顔を見た。自分の祖母だとはちょっと信じられなかった。祖母はぐっと若返ったようで、顔立ちがはっきりし、鼻が高く、初玉とそっくりだった。雪のせいなのかもしれないが、顔は白く清潔で、口は曲線を描き、以前のような厳しいかんじではなかった。彼の脳裏に数年前に祖母が彼に語った　**来宝　大姉さんを呼んできておくれ　あと数日で嫁入りだけど　嫁入り道具の準備はどうなっているのかね**　という言葉が蘇ってきた。彼は彼女の声を覚えていた。今も彼女はいつでも口を開けて似たようなことを言い出しそうだった。

　その日の午後、彼は初雲を見かけなかった。彼は彼女の部屋で長いあいだぼんやりとし、嫁入り道具を触り、どうして一気にこんなにたくさん新しいものを買ったのか、そしてどうしてこれらのものが他人の家に運ばれていってしまうのか、理解できずにいた。それから衣装箱にもぐり込んだ。

衣装箱を開けるとき、それはギーギーと音を立て、誰かに痛めつけられているかのようだった。彼は衣装箱の新しい衣服のにおいを思いきり嗅ぎ、やわらかい布地と男には絶対にない香りにくらくらして眠たくなった。

うちには女の人が七人いる　と思い至ると、彼はとても嬉しかった。彼はその数字を友だちにひけらかしさえした。彼は乳幼児期のほとんどを五人の姉たちの背中で過ごした。彼女たちは彼をおぶってどこへでも出かけた。しかし今、七人の女の人のうち家に残っているのは棺桶に横たわっている祖母と、炉端に座って悲しみをよりあわせている母親だけだった。そして毎朝起きると時刻と天候を告げ、ベッドでゲップをし、おならを放っていた祖母は、山腹に彼女を待ち受けている穴があるため、すべての仕事を放棄した。かつての彼の姉たちは、お客になって帰ってくれば、遠慮がちでそわそわし、せいぜい一晩か二晩泊まるだけで家に帰っていく。それに彼女たちの赤ん坊は泣いてうるさかった。さもなくば赤い電話に隠れていることもあって、時々母親を泣かせたが、本人は顔を見せなかった。母親は彼女たちにお金を送らないように言い、彼女たちは貯金しておいて来宝の嫁を迎えるようにと言い、母親はひとしきり涙を流すのだった。

　赤い電話が沈黙しているときには、母親はこらえきれずにしょっちゅうそれをちらちら見た。静まり返っているのを怖がっているようだった。彼女はずいぶん時がたってからそれの使い方を理解した。幸い電話番号の数字を理解できたので、彼女も電話を使って「もしもし」と言うことができるようになった。畑で大声で誰かに「ご飯だよ、帰っておいで」と呼びかけているようだった。来宝がいるときには、母親は受話器を彼の耳にあてたので、彼にもはるか遠くの女の人の声が聞こえた。彼女が自分は誰だと言ってもまったく聞き分けられなかったが、しだいに、その聞き慣れない声から改めて姉たちを認識していった。突然会ったことのない姉が何人も増えたような気がした。初雪だけは電話の中にいることはめったになかった。彼女は外が好きだから、きっと遠い遠いところへ行って、鳥の巣を取るために樹に登っているのだろう。あるいはオオカミといっしょにいるのかもしれない。彼女は以前いつも、野生動物を見に行きたい、原始林でオオカミの群れを飼いたい、と言っていたから――彼女はオオカミを連れてくるのだろう。祖母は犬を追い払うように杖でオオカミを追い払う勇気はないにちがいない。

衣装箱の中の品々のにおいを嗅いだ日からもう十数年になる。その日来宝ははじめて母親にぶたれた。彼は不思議な香りを放つ服を一着一着身につけ、着ぶくれして動けなくなり、新しい布地とおしろいの香りの中で眠ってしまった。もしかしたら彼自身もわかっていなかった傷心を抱えて。彼は夢の中で　**来宝　どこにいるの　早く出ておいで**　という母親の声を聞いた。彼らは彼を探していた。彼らはいささか焦り、祖母はすでに責める口調になっていた。

衣装箱の蓋が開けられ、初雲が幽霊でも見たかのようなぎょっとした表情をしていた。母親が近づいてきて、彼の後頭部をはたいた。彼が新しい衣装を汚したからではなく、彼が皆を捜索のためにあちこちさせたからでもなく、彼が初雲のブラジャーを頭に載せてパイロットごっこをし、初雲が腹立ちのあまり泣いてしまったからである。

その日のことを彼はずっとよく理解できなかったが、その後嫁をもらってから、それは頭に載せるものではなく、おっぱいにつけるものだとようやく知った　**ちゃんとした場所につけたら　ぶたれなかったのかな**　彼は嫁にもらった女のブラジャーを頭につけた。それが女を懲らしめる方法だと思ったのだ。だが彼が嫁にもらった女は少しも怒らず、逆に彼の真似をして、彼のパンツを頭に載せて出ていった。

嫁にもらった女は彼より五歳年下で、名を頼美麗《ライメイリー》といい、身長一メートル四十五、顔にそばかすがたくさんあり、髪は黒々として長く、きつく編んだ三つ編みで、何日もほどいて洗った形跡はなかった。彼女の母親が会いに来ると、彼女は「あんただれ？」と聞いた。時にはすぐに思い出すこともあった　あんたはあたしの母さんね　母さん　あたしはだれだと思う？

結婚の翌日、人々は頼美麗が朝早くに川辺の泥の中でズボンの裾をまくりあげてエビ捕りをしているのを見かけた。お下げの先が水面をゆらゆらしていた。

美麗　昨日の夜どうやって寝たか話してごらん

細目を開けて寝たのよ

来宝は高いところにいたかい　足元かい

お姑さんがあんたたちを相手にしちゃいけないって

俺たちは他人には話さないさ

他人ってだれ

お前のお姑さんさ

じゃ　話すわ

人々は頼美麗の口から、彼女と来宝は毎晩真っ裸になり、傍らに自分の影が横たわっているかのように、お互いの体を眺めて寝ていることを知った。このようにして数ヶ月が過ぎた。ある晩初来宝は頼美麗の体のあちこちに穴を探しはじめた。彼は彼女の体を何度もひっくり返し、くまなく探したが、結局耳の穴と、口と鼻の穴しか見つからなかった。彼は彼女の口の中の歯がとても怖かった。というのもそれらが豚足など多くのものを食いちぎるところを自分の目で見ていたし、ナイフでしか切れないようなものをガリッと噛みちぎることもできたからだ。彼女の雪のように白い固い歯は、まったく押し切りのようで、人間の喉もスパッと切れそうだった。その上彼女は歯磨きが好きで、歯を磨いているときは歌いながら天を見上げ、木の葉がザワザワと音をたてるのを聞いて、いつも時間を忘れて磨いた。今しがた血がしたたるものを噛みちぎったから、時間をかけてきれいにしなければならない、あるいは歯磨きは刃物研ぎのようなもので、次に噛みちぎるときに備えているかのようだった。

彼は人々が頼美麗の歯を褒めるのを一度ならず聞き、ますます内心の警戒を強めた。夜ベッドに入ると、彼女の口を何かで塞ぎ、キラキラした歯が見えないようにした。そうでなければ自分の目を覆った。しかしだいたいは床につくとすぐに灯りを消した。人々は彼がやり方を探りあて、飽くことなくうまみを味わっているのだと話したが、その後、彼は頼美麗の歯を怖がっていたのだと知った。

このようにして一年がたち、頼美麗はあいかわらず嫁いで来たときと同じようだったが、ただ器量がずっと良くなった。ある人が、動物の交配があったらこの夫婦を見学に行かせよう、意外にヒントになるかもしれない、と建議した。そこで村では、誰かが大声で**来宝　すぐに見においで**と言えば、そういうことが起きるのだった。この方法が功を奏したのか、それとも誰かがひそかに手取り足取り教えたのか、一年後頼美麗のお腹は大きく膨らんでからしぼみ、女の子が生まれ、初秀《チューシウ》と名づけられた。

一人っ子政策では、一人目が女の子であれば、二人目は四年間隔を開けなければならない。こうして避妊が初来宝の一大事になった。避妊は子づくりより複雑な問題で、必要な知能レベルはずっと高く、また具体的に見学して訓練する方法もなかったが、幸いちょうどいいタイミングで計画出産宣伝グループが村に来て、避妊の知識を広めていた。

来宝と頼美麗は木製のベンチに腰かけ、影絵芝居を観るようにまじめに宣伝責任者の解説を聞き、白い風船を人差し指にはめる重要な動作をしっかり覚えた。彼らは帰路ずっと、お釈迦様のように人差し指を立てていた。食事や家事のときも指を倒さなかった。夜になると彼は人差し指を立て、頼美麗に宣伝責任者がやっていたように白い風船をはめさせた。彼らはもうベッドに入っても灯りを消さず、彼はもう頼美麗の歯を怖がってもいなかった。というのも彼女はよく初秀の手を口の中に入れて噛んでやり、初秀はケタケタ笑って喜んだからだ。ある晩、彼も人差し指を頼美麗の口の中に入れてみた。頼美麗は母親になってからとても変わり、すべての人を赤ん坊と見なしてことのほか愛し守った。彼女は口をすぼめて彼の人差し指を吸い、舌で指先をちょっとなめた。彼は彼女の暖かさと潤いを感じた。むずむずした気持ちよさがたまらなかった。毎晩、初秀がゆりかごで熟睡すると、彼は手指を頼美麗の口に入れ、体中が彼女の暖かい潤いに包まれるのを感じた。それは、お釈迦様のように天を指し、白い風船をつけるために、指を出さざるを得なくなるまで、続いた。

　頼美麗のお腹はたちまちまた膨らんだ。人々は少なくとも妊娠六ヶ月にはなっていると思った。二人目を産める法定の時期にはほど遠い。法令を遵守してきた善人として、初家では白雲が浮かぶ良い天気の日を選んで、頼美麗を病院に中絶に連れていった。初雲と初月と王陽冥は入院用品を運んだ。数人が列になって堤防を歩いた。頼美麗は子どもを産みに行くのだと思い、ニコニコしていた。背が低く、脚が短いが、誰よりも急いで歩いているように見えた。戻ってきてから頼美麗はへこんだお腹を触って、犬のように息子を探した。

　病院にひどい人がいたの　白い服を着た人　箸みたいに長い針をあたしのお腹に刺して　痛くて死にそうだった　もう病院になんて行かないわ　あの人たちはあたしの息子を隠してしまったわ

彼女は家の中で箱という箱をひっくり返し、外では草の山をどけ、竹垣を壊し、会う人ごとに白い服の人のことを話し、あたしはあの女を見分けられる、あごに大きな痣《あざ》があるのだと言った。

　数ヶ月こんなふうに騒いでから、彼女は改めて注意力を初秀に傾け、しだいにこのことを忘れていった。このとき初来宝はどうすると頼美麗のお腹がもう一度膨らむのか理解した。彼は人差し指をひっこめ、残った白い風船を膨らませて部屋にかけて初秀と遊んだ。夜には早々にドアを閉めてベッドに上がり、人差し指を頼美麗の口の中に入れた。時には彼が頼美麗の指をしゃぶることもあった。頼美麗の手は少ししょっぱかった――彼女はあまり手を洗わないのだ。

彼は頼美麗のお腹を触り、毎日誰かがそこへ息を吹き込み、一口吹き込むごとに膨らみ、ゆっくりと丘のような形になっていくのを感じ取った。冬がちょうど彼らの援護になり、彼は、幼いころ衣装箱に隠れてやったのと同じように、彼女にたくさんの服を着せた。彼らはこのことを二人の秘密にし、お腹を隠そうとした。しかし風船はどんどん大きくなり、まもなく割れそうになり、どうにも隠しきれなくなり、子どもでもそれがわかった。

ある日の午後、おかっぱ頭をした、村の婦女主任が、ナツメ五百グラムと卵十個を提げて、満面に笑みをたたえて頼美麗のもとを訪れた。彼女は慈悲深い様子で言葉もやわらかく、聞き上手のカウンセラーのように椅子に腰を下ろし、頼美麗の手を握り、時々手の甲を叩いて、違法とか、罰金とか、目標値を達成する任務とか、集団の栄誉とか、頼美麗が聞いても理解できないことをたくさん話した。彼女は頼美麗が大局に配慮できる女性で、一時的に馬鹿なことをしてしまっただけであり、胸を割って話せば、自分の誤りに気づくはずだと堅く信じているようだった。婦女主任はもう一方で、優しく、しっかりした視線を初来宝に向け、夫である彼にもこの道理をわからせようとした。最終的に彼女は、これで決まりというようでもあり、懇願するようでもある調子で、彼女の仕事を支持してくれるよう求めた。

あなたがた準備なさい　明日の午前中　車で迎えに来てあなたを病院に連れていきますよ　彼女はさらに親しげに初秀の頭をなで、お利口さんだと褒めた。去っていくときも丁重に頼美麗の手を握った。そして勝利を確信した歩調で、この薄暗く空気が濁った場所を立ち去った。

婦女主任が立ち去ると、頼美麗はがたがた震えはじめた。初来宝は彼女の体に綿布団をかけてやったが、彼女は布団の中でずっと震え、目をきょろきょろさせていた。夕食のときには正常に戻り、餓鬼のようにご飯を食べ、目を見開いて呑《の》み込んだ。箸を下ろすとゲップをして嬉しそうに笑い出し、してやったりの表情をしていた。

あの人たちは明日と言ったから　明日隠れていれば大丈夫だわ　いま明日のご飯もぜんぶ食べちゃったから　洞穴に行って寝るわ　明日が過ぎたら帰ってくるわ

午後気温は零下まで下がり、日が暮れるころには道に氷が張りはじめた。頼美麗はペンギンのように、懐中電灯を持って、綿入れを着込んで裏山に入っていった。初来宝は祖母がかつて歩いた道を彼女が踏みしめ、暗闇へ向かって一歩一歩進んでいくのを、懐中電灯の光が闇の中に消えるまで見ていた。

雪のつぶが雨のように落ちてきた。

闇夜は騒がしかった。静かだった。

初来宝は屋根が激しくバチバチと鳴る音を聞きながら眠った。夜中に尿意をもよおして起き出すと、外は死んだように静まり返っていた。裏口を開けると、満天の雪だけが見え、地面も真っ白だった。小便は雪に黒い穴を開けた。

その晩は布団の中に頼美麗がいないのでどうしても暖かくならなかった。脚がずっと冷たく、彼は真っ暗な山林を眺めた。頼美麗も彼がいなければぐっすり眠れないにちがいないと思った。そして彼女と寝るために布団をかぶって雪あかりを頼りに山へ行った。ずいぶん探し回ったが、頼美麗を見つけることはできなかった。雪はすでに膝の高さまで積もっており、綿雪が彼を埋葬しそうだった。

彼は頼美麗が誰にも見つからない場所に隠れられると言っていたことを思い出した。彼女はやってのけたのだ。彼女はすごい、と彼は思った。彼は幼いころからおばあちゃんについてこの山に出入りしてきて、ここを、頼美麗の体のようによく知っていたが、その彼でさえ見つけられないところに彼女は隠れたのだ。

明日誰も彼女を見つけられないだろう　明日が過ぎれば大丈夫だ　彼は称賛の気持ちで森を離れ、家に戻って身を横たえると時を告げる雄鶏の鳴き声が聞こえた。布団はがらんとして冷たさが身に染み、震えが止まらなかった。

　翌日の午前九時、雪はもうやんでいた。婦女主任が雪だらけのライトバンから下りてきた。あいかわらずニコニコしていた。頼美麗が家にいないことに気づくと、彼女はニコニコして来宝に尋ねた。来宝はただ首を振っただけだった。彼女はまたニコニコして呉愛香の方へ行った。呉愛香は婦女主任には目もくれず、ぐずぐずとあちらの部屋行きこちらの部屋行きして、嫁の失踪について何の評価もせず、最後には「おばあちゃんに聞いてください」と婦女主任に告げた――戚念慈が亡くなって三年になっていた。

　頼美麗は　明日　隠れることには成功した。彼女は帰ってこなかった。人々は山へ彼女を探しに行ったが、大雪に覆われていて何の手がかりもなかった。三日後に雪が融け、人々は彼女が家から数百メートルのところで倒れているのを見つけた。頭を家の方に向け、手を前に伸ばして泥をつかみ、地面は一面赤く染まっていた。人々は、おそらくその晩に産気づいて、まずいことになったのだろうと分析した。

　大雪のために戚念慈は涙のお別れにやってくる若い世代をさらに長いこと待たなければならなかった。しかし彼女は辛抱強く暖かく心地よいクスノキの棺桶に横たわり続け、表情を変えず、心臓をトックントックンさせることもなかった。

　来宝は、別の死者との対面を終えたときと同じように、白いハンカチを祖母の顔にかけ直した。そして祖母のために線香とロウソクを替え、松根油を足した。

おばあちゃん　初氷が全身雪まみれになって泣きながら葬儀場に舞い込んできて、京劇に出てくる泣き女のように、棺桶に突進して棺を抱きかかえた。もう涙が乾いていた親類たちもいっしょにまたひとしきり泣いた。野次馬たちももらい泣きした——彼女たちはこのために駆けつけたのだ。

初氷は黒いショート丈のダウンとジーンズにスノーブーツを身につけ、棺桶に突っ伏した姿勢でも体つきが見て取れた。艶っぽく、以前より成熟していた。お尻がキュッと上がっていて、畑仕事をやったことがない手指は細く、鳥の爪が樹の枝をつかむように棺桶の縁をつかんでいた。彼女は来宝がかけたばかりのハンカチを外し、棺桶の中で死者といっしょに寝ないばかりの様子で泣いた。

人々はすぐに彼女を助け起こし、慰めた。彼女は何度もうなずくと、ポケットからティッシュペーパーを探り出し、鼻水をぬぐい、あっという間に悲しむのをやめた。彼女が正式に話した最初の言葉は　**戴為《ダイウエイ》はまだ箴言《しんげん》中学なの　もうすぐ父親といっしょに来るわ**　だった。こうして皆は彼女の息子が市でいちばんいい中学に行っていることを知った。

彼女は涙をぬぐうと、たちまち親戚の中に溶け込み、ひとりひとりに挨拶をして、楽しい雰囲気をいっそう盛りあげた。その他の遠縁近縁の親類たちは基本的に翌日の午後に駆けつけた。初雪と初玉はひとりで葬儀に来たので、見どころがなく、人々は少々がっかりし、こんな豪華な葬儀でも多少減点しなければならないとさえ思った。しかしこの大都市から戻ってきた二人の孫娘は、やはりほかの人たちとは違う息吹をもたらした。彼女たちはほかの人たちのように着ぶくれしていなかった。とりわけ初雪は、黒のロングコートに灰色のマフラーをして、素足にロングブーツを履き、肌を露出させていた。初玉も薄手の靴下を靴に合わせ、首を風雪にさらしていた。彼女たちは戚念慈の硬くなった手を握ったが、ふたりとも泣き声は立てなかった。

4

呉愛香が頭をスカーフでくるむようになったのは後家になって一年後のことだった。ある人は、髪を包み込むのは男を断つという意思表示で、自分に対して下心を持つなとほのめかしているのだと言った。彼女は三十歳を過ぎたばかりだったけれども。愛する夫を懐かしんでいるのだ、と言う人もいた。というのも、初安運が町で買ってきたそれらのスカーフは、ずっと畳んだまま衣装箱にしまわれており、活用されたことがなかったからだ。理由もなくきれいなスカーフを巻いて家畜に餌をやったり草刈りをしたり野菜に肥をやったりするはずはなく、あでやかな、町の女のような品を身につけて、台所で料理をしたりするはずもなく、まして身ぎれいにして、初安運と手に手を取ってどこかへ出かけたりするなどありえなかった。

彼らは肩を並べて歩いたことさえなかった。たまに親戚を訪ねるときも、見知らぬ人同士のように前後に並んで歩くか、そうでなければ、一人が先に行き、もう一人は後から出かけていくというふうだった。大多数の人と同じように、彼らも自分たちが同じベッドで寝ているものの、愛撫《あいぶ》もキスもしたことがなく、汚らしい情欲を催したことなどない聖人君子で、性別のない人間だと人に思われたがった。彼らは恋を語らったことはなく、見合いをしてうなずき、二度目に会って婚約し、その後二、三回会ったが、大人たちが目を炯々《けいけい》と光らせていて、手が触れ合うこともなく、結婚した。そして、戚念慈の　結婚は愛じゃない　運しだい　という言葉を実証したのである。呉愛香は運のいい人だった。結婚してから夫が早漏、インポテンツ、ふたなり、性的無能であることがわかったり、変態、サディスト、粗暴な性格、賭け好き、女郎買い、タダめし食いであることが判明した妻たちに比べれば、彼女の結婚は前世の功徳による福があった。長い年月ではなかったが、初安運との十数年は、百年にも相当し、彼女はこの幸せだった結婚生活を歯がすべて抜け落ちるまで嚙みしめていくことができると信じていた。

それが呉愛香が寡婦になったときの落ち着いた自信だった。彼女は初安運に関するうわさをまったく意に介さなかった。しばらくチクッとした痛みを感じはしたが、一呼吸する間に吐き出されていった。戚念慈が杖を泥に深々と突き刺すとき、人々は呉愛香が頭を両膝のあいだにうずめて、身じろぎもせずにいるのを見かけた。そのとき彼女はもしかしたら初安運がどこへ行こうと、彼らのかつての幸せは永遠に存在し続ける巨石だと考えていたのかもしれない。

そのとき彼女は知らなかったが、幸せは実は角砂糖のようなもので、追憶という温かい舌先で、少しずつなめていくとなくなってしまい、残されるのはもっと緩慢な、空っぽに向き合う時間なのだった。

彼女はとりわけ独り寝の寂しさと情欲と戦う長い苦しみについて考えていなかった。肉欲——その非理性的な猛獣は人の魂を血まみれに嚙み砕く。魂は昼間はもとの状態に戻るが、夜になればまたさいなまれる。そんなことを繰り返すうちに、心身は消耗し、苦しいことこの上ない。

女たちは呉愛香が初めて頭をスカーフでくるんだときのことを覚えていた。それは短い房飾りがついた薄くてやわらかいオレンジ色の正方形の布地で、灰の中で燃えていて消えることのない炭火のように彼女の頭に載っていた。そのスカーフが、適当に巻かれたのではなく、鏡に向かって注意深く巻かれたことは、誰の目にも明らかだった。彼女はスカーフの折り目を丹念に処理しており、ちまきを巻いたようにきっちりしていた。耳を出し、頭の後ろに髷《まげ》を結い、技巧が尽くされ、実に凝っていた。オレンジ色に包まれた精緻な顔にはかすかな手がかりさえなく、欲望のうごめきは見えなかった。スカーフは額を半分覆い、彼女の面長な卵型の顔を小さく見せていた。

人々はこのとき初めて、彼女が美しい女性であり、自分で自分が美人だとわかっておらず、きれいかどうかなどまったく気にしないタイプの人であることに気づいた。彼女は前開きの服を着たことがなく、いつも斜めの打ち合わせの、ウエストを絞った昔ながらの中国服を着て、脇の下でチャイナボタンを留めていた。生成りの布地で、あでやかなスカーフとずいぶん対照的だった。下半身はいつもズボンで、娘がスカートを買ってやっても、昔スカーフを畳んでそうしていたように衣装箱の底にしまい込んだ——彼女はいつも初安運といっしょだったときと同じ装いだった。頭のスカーフを除いては。

ある人は彼女が夜間に墓地の方から戻ってくるのを見かけた。幽霊に会いたいのでなければ、夜にそんな場所へ行く人間はいない。彼女は初安運の幽霊に会ったことがあるようだったが、夜にこんなふうに歩きまわると、昼間は綿羊のように暖かい目がさらに落ち着くのだった。

呉愛香は頭をスカーフでくるむようになってから人が変わったようだった。何人かの女たちは彼女を真似て、髪をくるみはじめた。ほどなくして村の女性たちの頭はみな色とりどりになった。髪をくるむ方法は人それぞれ違っていて、簡単に頭頂だけくるんで、髪を半分見せる者もあれば、髪をきちんとくるんでスカーフを少しだけ残し、風にひらひらさせる者もいた。人々はさらにスカーフの長所に気づいていった。料理の際に油煙を避けられる、仕事中にほこりをよけられる、暑いときに太陽を避けて汗をぬぐえる、誰かが家を新築して梁から地面に向かってお祝いの飴やビスケットを投げるとき、スカーフを広げると、誰よりもたくさん取れる、などなど。

一九七〇年代八〇年代の、農村の女性が頭をスカーフでくるむ現象が、呉愛香の発明なのかどうかは考察のしようがないが、村で最初にスカーフをつけたのが彼女であったのはまちがいない。計画経済体制が終わってから育った農村の女性たちは、スカーフには目もくれなくなった。彼女たちは髪は女の第二の顔であると気づき、友だちと連れ立って町へ行って髪を洗い、パーマをかけ、ヘアスタイルを工夫し、おそろいの服を買って身につけ、ひそかにベッドの上のことや女の秘密を語り合った。老婦人たちもとっくに次々とスカーフを外しており、老骨の硬くなった手では手間がかかるからか、時代の風潮が変わったからか、ともかく、スカーフを巻くというのは、自覚的に、自由意志で、自らを束縛したり解放したりするひとり遊びだった――もちろん彼女たちはこの行為により多くの文化レベル上の意味を与えることには同意しないだろうが、あるいは農村女性の同調志向と流行を追うがゆえの装いで、波風を立てず、後ろ指をさされないようにという心理の表現と解釈してもいいかもしれない。今日でもあいかわらず、食べるもの、着るもの、使うもの、みな同じでなければならず、家の築造さえまったく同じようでなければならないのだ。

　呉愛香は村で最後にスカーフを外した女性だった。彼女がぶつぶつ独りごとを言い続けた晩年を終わらせて、永遠に口を閉ざしたとき、人々は初めて彼女のまばらな真っ白な髪を見た。真っ黒な髪をした彼女の姿がまだ脳裏に残っていたので、髪が一夜にして真っ白になって抜け落ちたようで不思議なかんじがした。

　彼女は長いあいだその日を待っていた。もし棺桶から這い起きて発言することを許され、自分の一生をどう思うか話すように言われたら、彼女はきっと、もし　**カラダ**　がなければ、生きるのはとても気軽なおつかいだったと答えただろう――彼女は　**情欲**　などという単語は知らなかった。**情欲**　というのは文化人が使う言葉だ。村の人は普通　**ムラムラする**　と言い、動物のそれは　**さかりがつく**　と言う。こういう言葉はひどく俗っぽく、彼女は口にできなかった。ただ　**カラダ**　という言葉を使えば、ちゃんと服を着ているみたいに、人にどうこう言われるようなことはないとだけ知っていた。しかし、その世界と縁がなくなったとしても、彼女にも人に言えない無数の夜があり、体内の渇望と衝動があった。彼女は、自分には情欲などないが、ただ　**カラダ**　が彼女を呼び覚まし、催促する、規則正しかったカラダの生活が破壊され、自分がその反応を無視し、何も補塡しなかったので、やりくりがつかなくなっているようだ、と思っていた。

もし彼女が女性に関する著作をいくらかでも読んだことがあれば　**欲望とは全身性に関わる　化学性の爆弾だ**　という言い方に深く賛同し、さらに一歩進めて　**女性の自信　解放　自我の覚醒はどれも膣《ちつ》系統を通じて伝達される**　という観点を理解しただろう。秘部の八千本の末梢《まつしょう》神経が作り出す快感にスイッチが入りさえすれば、欲望はとめどなく襲ってきて、狼が羊の群れを襲うようで、手がつけられない。

それらの夜は真っ暗で何もなく、戚念慈のいびきが何かの警報のように夜通しやむことなく響いていた。呉愛香の若い肉体は、巨大な、飢えた口を開き、暗黒と虚空を貪った。まず彼女が渇望したのは初安運の愛撫で、やがて顔のはっきりしない男の体になり、最後に男根だけが脳裏に残った――動物のそれさえ想像した――彼女はそれらのことを口にはできなかったが、肉体の、畑仕事のせいではない苦痛、誰からも気にかけられず、誰にも尋ねられず、誰も関心を寄せない情欲の問題を、表現することはできた。最終的に彼女の骨身にこたえたのは、夫を失った苦痛ではなく、肉体の飢餓感との長い戦いだった。

リング装着手術のときの医師の勘は正しかった。そのころ、初安運との房事は確かにかなり頻繁で、激しく乱れ、彼女は堕落して恥ずかしいとさえ思ったが、肉体は喜び楽しんでいた。彼女は慎もうとし、体もそれに合わせたが、やがて自分の虚偽に恥じ入るのだった――だがそれは口にするのもはばかられることだった。とりわけ、生前彼女の生活にさして関心を払わなかった親戚たちが、何かネタを見つけて帰り道に味わうつもりで興味津々、虎視眈々と狙っている前では、自分のプライバシーをいっそう覆い隠し、その目的を絶対に遂げさせないようにした。彼女は微笑んで自分に墓誌銘を書くかのように彼らに告げた。

あたしは運が良くって　いい男に嫁ぎましたよ　早くに死んじまったけど　六人の聞き分けのいい子どもらがおりますし　いちばん大変なときには　すばらしいお姑さんが家を取り仕切ってくれました　お義母さんがおられなかったら　あたしらは生きていけませんでした

数十年間胸のうちに収めていた秘密を打ち明け、人々の心にある純潔な未亡人のイメージを壊すことなどとてもできない。

後家になって八年になる秋、彼女は自分でも思いもよらなかったことをした。その年は干ばつで、雨が少なく虫が多く、野菜は虫に食われて茎しか残っておらず、田んぼには虫がたかっていた。彼女は殺虫剤を買いに何回か町へ出かけた。街角を通るたびに、ほの暗い雑貨店の奥に座っている男のキラキラした目にぶつかった。その視線は彼女の空っぽの心に沁《し》み込み、家具のない部屋と真っ白な壁を映し出した。まるまる八年間、彼女はこんなふうに直接的に男の視線にさらされたことはなかった。すぐ近くにいる男の体臭を嗅いだことさえなかった。野菜畑で野良犬が交尾しているのを見れば、殴りつけて、ほうきの柄を折り、台所に身を隠して泣いた。妻だったころはめったに渇望を感じることはなく、むしろ満腹だったが、夫が亡くなってからの飢餓感は、自分が欲望の強い女で、四十歳になってとりわけそれがあからさまになっていることを悟らせた。

ほの暗い雑貨店の奥で光っている二つの目には、善意と、彼女に話しかけたいという欲望がたたえられていた。あるとき、彼は通りを凝視していて、彼女を見るや立ちあがった。声をかけられそうで、彼女は急いで頭を垂れて、彼を振り捨てたが、脳裏には背が高くてがっしりした彼の体つきが焼きついていた。三十七、八歳くらいだと思われた。彼女は彼の雄牛のようなにおいを嗅いだ。においはタコのように追ってきて、彼女にまとわりついた。その通りから逃げても、恐怖に心を鷲づかみにされたままで、息をつけなかった。同時に体のあるところが濡れてきたことに気づき、恥ずかしくて息もできなかった。

彼女は一時期町に買い物に行くのをやめた。あるいは意識的にあの通りを避けた。だが彼のことを思うと、すぐに体が濡れ、飢餓感と疲労を感じるのだった。

彼女が雑貨店に行ったのは、干ばつがまもなく終わろうというころだった。

その日彼女は草緑色のスカーフを巻いていた。秋風のせいか、スカーフの巻き方がいつもと違い、耳と両頬を覆い、下顎から後ろにまわして首の後ろで結んでいた。彼女の主要な任務は戚念慈のためにリウマチの湿布薬を買うことだった。後者の纏足天気予報によればまもなく天気が変わり、冷え込んで雨になるという。彼女はさらにたくさんの必需品を買い集め、姑に、どうしても今買わなければいけない、そうしなければ大根も白菜も種植えの機を逃してしまう、と信じさせようとした。ともかく、外出の理由には一分のすきもなかった。

その日彼女はいつになく早足だった。まるで何かが冷めてしまわないように、というかんじだった。

彼女はとても早く出かけた。雑貨店の入り口は板戸でしっかり塞がれていた。別のものを買いにいった際、彼女はひどく緊張し、数を数えまちがうのでなければ、お金だけ払って品物を忘れるという具合だった。野菜の種の店の主人に　**あんたってお客は魂がどこかへ行っちまったみたいだよ**　と言われ、彼女ははじめて自分の様子がどんなにおかしいか気づいた。それは彼女にあの件を実行するスピードを上げさせた。自分の気が変わるのを恐れているかのようだった。

彼女は雑貨店に引き返した。板戸はあいかわらずぎっしり並び、背後の領地をしっかりと守っていた。彼女は板戸をトントンと叩き、激しく大きな音で叩き、火災警報みたいに叩いた。そのとき彼女の頭は実のところ空っぽで、ただ機械的に大脳の司令　**扉を叩いて開かせろ**　を実行していただけだった。

中の男が尋ねた　**誰だ**

彼女は答えた　あたし

なじみの二人があらかじめ密会を申し合わせていたかのようだった。小さな扉が開かれると、彼女は男の驚喜の表情には目もくれず、身を翻して中へ入り、さっと扉を閉めた。

彼女は永遠にその瞬間を覚えている。名も知らぬ男が彼女の体を押さえつけたとき、彼女は、村に押し寄せた洪水が四方へ広がるように、羽毛がそよ風の中で徐々に飛翔していくように、自分が激しい火に徹底的に融かされ、呑まれるのを感じた。

彼女が身繕いして雑貨店を立ち去るまで、二人は一言も話さなかった。彼らはそれまでにも言葉を交わしたことはなかった。その日通りはとても静かで、後になって自分が扉を叩いた音を思い返すと、彼女は胸がドキドキ高鳴った。村に帰り着くころになっても、まだ落ち着かず、真新しい、異常な感覚に包まれていた。

これであたしの　カラダ　落ち着いた　これで数年持ちこたえられる　彼女は買うべきものを手にしっかりと握りしめていた。

彼女は一ヶ月通りに姿を表さず、買い物にはできるだけ子どもたちを行かせた。

ある日、あの男が村を見つけ、やってきた。台所で料理をしていると、後ろの窓から、彼が両手をズボンのポケットに入れて堤防をゆっくり歩き目を凝らしているのが見えた。彼は空を見上げたり、木の下にしばらく腰を下ろしたりしていた。彼女には彼がどうやってここを探りあてたのかわからなかった。きっとたくさんの人に訊《き》き、彼女がこのあたりに住んでいることを突きとめたにちがいない。彼女はギョッとして顔の筋肉まで震えてきた。あの朝雑貨店の扉を叩いていた女は一瞬生きていただけでとっくに青煙と化し、今は純潔な未亡人なのだ。その後彼女の心には人に気にかけられている喜びがかすかに生まれた　彼はあたしに会いに来たんだ　ずっとあたしを待ってたん

だ

その日多くの人がこのよそ者の男に注意を払った。人々は、黒い革靴を履いているよ、ひと目で町から来たとわかるな、何かを探しているようだ、悪事を働こうという人間ではなさそうだ、と語り合った。彼女はその日、戸口にさえ姿を見せず、家に籠もり、時々彼がいなくなったかどうか見に行った。彼は堤防の上をゆっくり二往復した。彼は、村人に見られ、話題になりさえすれば、彼女が彼を見つけ、自分に会いに来たことを知るのと同義だとわかっていた。

それでも彼女はもう一度雑貨店に行きはしなかった。

彼がやってきたのはその一回きりだった。五年が過ぎ、彼女がもう一度雑貨店の前を通り過ぎると、中に女が一人増えており、まだ歩けない子どもが一人いるのが見えた。彼女はもうあのキラキラした目に出会うことはなかった。彼は自分の子どもに食事をさせており、ふうふうして食べものを冷ましていた。妻は若く、長いポニーテールで、こざっぱりしていた。彼の妻は彼女が通り過ぎていくのを見た。すべての通行人を見るのと同じように。

彼女はある時期、戚念慈が町でのことに勘づき、それ以上彼女にリウマチの薬を買いに行かせなくなったのではないかと疑った。戚念慈は何か必要なものがあると、直接子どもたちにお金を渡してひとっ走りさせ、また多めに渡した。またあるとき、呉愛香は、もしかしたら戚念慈はわざと彼女に自由を与え、それでああいう機会を持てたのではないかと考えた——戚念慈の目から逃れられるものなど何もない、あのほとんど動かない褐色の目玉は深いシワの中にはめ込まれ、爬虫類のようだ。彼女はますます口数が少なくなり、首を振るとたるんだ皮膚もいっしょに揺れた。老いても威厳が減らないばかりか、むしろその緩慢な動作には、いっそう堅固な、揺るがせにできないものが表れていた。

呉愛香は雑貨店でしたことを極力忘れようとした——正確に言うと、あの件についての体の記憶を忘れようとした。あのとき彼女はカラダに包まれ、それは彼女をしっかりと挟みこみ、彼女はカラダの奴隷だったのだ。だが、忘却は別の欲望にすぎなかった。それは、あの件があった以前よりもずっと具体的で、リアルで、それゆえもっと苦しかった。それは別の感覚通路を開いた。その通路はすぐ近くにあり、ほんの二、三キロの距離だった。だが彼女はひとつの場所に囚われていた。戚念慈と互いにあえぎ声が聞こえる夜を過ごし、夜中にその男に関わる夢を見て音をたてることさえ心配した。

　彼女は何が自分を押さえつけているのか、どうして戚念慈の部屋から出ていこうとしないのか、別の男を探そうとしないのか、自分でもわからなかった——彼女の意識には、戚念慈に賛同し、戚念慈という模範のように生きるのが正しい、という考えがあるようだった——彼女は姑が彼女の体をしっかりとコントロールするのに進んで協力した——というのも彼女は自分のことを考えたことがなかったからだ。

　彼女は両手をウエスト近くのポケットに入れ、石段に立って畑の方を眺め、休憩した。その後の半生で、どんな男ともいっしょに自分の体を使いはしなかった。彼女はしだいにそれを感じられなくなり、それは淡白に、微弱になって、ついにはクモの糸のように細くなっていった。そのころには、スカーフで覆われた髪も真っ白になっていた。

　ある人は、嫁姑はとても仲が良く、戚念慈が死んで、彼女は精神的な支柱を失い、壊れてしまったのだと考えた。またある人は、過度の興奮による刺激で神経が錯乱し、毎日うつむいて一心不乱に紙を切る以外、何も関心を示さなくなったのだと言った。頼美麗の事故のとき、呉愛香はもう人の見分けがつかなくなっていた。彼女は淡々と頼美麗を見やると、そのまま手の中の紙を切り、もごもごと独りごとを言った。ときおりいくつかの言葉がはっきり聞こえた　町にいっちゃいけない　雑貨屋の扉を叩いちゃいけない　彼女はほうきを持って家の前後をひたすら掃いた。

彼女はしょっちゅう初秀の手を取って、どこの家の子かと尋ねた。初秀がいつも、お父さんとお母さんの子よ、と答えると、彼女はハッと悟ったような様子を見せるのだった。テレビが一日中ついていて、寝てからもつけっぱなしだった。電話を取ることもあったが、ベルが鳴ったとたん頭から布団をかぶることもあった。戚念慈が亡くなったあと、呉愛香が最初にしたのが、病院にリングを外しに行くことだったのを、誰もが知っていた　**長いことずっとできなかったんだよ　やっぱりリングをつけたまま幽霊にはなりたくないよ　なんとしても取り出したいんだ**

その日、初雲、初月、初冰の一行四人は、きれいさっぱり身なりを整えて病院へ向かう堤防を歩いた。母親に付き添うのを春のピクニックに見立てていた。

空には雲ひとつなかった。川辺ではしだれ柳が雨のとばりのようにゆらゆら動いていた。燕が水面をかすめ飛んだ。呉愛香は浅葱《あさぎ》色《いろ》のスカーフを巻き、黒っぽい藍色の襟付きシャツを着て、両手を背中に回し、めったにない笑みを浮かべて、ぶつぶつ独りごとを言いながら、自問自答していた。

またあの鶏小屋みたいな病院だった。老いたアオギリの木は切られ、空き地は五階建ての医務棟になっていた。医務室の蛍光灯が真っ白な壁を照らし出し、霊安室のようだった。かつて呉愛香と性生活について語った男性医師はいなくなっていて、代わりに首にまだシワひとつない女性医師がいた。親しみやすい様子で、自分の母親もリングを付けていたが、気づかないうちに外れ、思いがけず彼女が生まれたのだと話した。

医療事故のうちでですね　母は薬草を飲んでも私を堕《お》ろせなかったんです　そう言って彼女は、ハハハと大笑いし、気軽で楽しい雰囲気で診察を終えた　**リングをつけたあともいろんなことがありますから　定期的に病院で検査しなくちゃいけません**　女性医師は超音波検査の検査票を書きながら、ゆったりと　**こないだある患者さんは子宮に穴が開いて　ここから大病院に転院したんですよ**と話した。

あんたリングの検査したことある？　と初雲が初冰に尋ねた。

ないわ　わたしは市の病院でリングを装着したの　きちんとつけてもらったわ　主治医はお姑さんのいとこなのよ

親戚が病院にいるのに　なんだってあんなものを本当につけたりしたのよ　うちの村の支部書記の嫁たちは　みんな嘘《うそ》の卵管結紮してるよ

村支部書記の嫁がどうして嘘の卵管結紮なんてできるの　初月は尋ねた。

それが村支部書記の技量ってもんよ　誰だって逃れられるものなら逃れたいに決まってるじゃない　と初雲は答えた。

わたしはどうでもいいわ　大して痛くなかったし　と初月は言った。

そんな言い方しないで　初冰が彼女を遮った　初玉が聞いたら怒るわよ　絶対に体ってものはとか権利ってものはとか言いはじめるわよ　つらつら考えると　わたしだって彼女は正論を言ってると思う　でもわたしらにはどうすることもできない、そうでしょ？

女には子宮があるんだから　どうしようもないわ　今はただ闇燕や初秀たちはあたしらみたいじゃなくていいと思うだけ　初雲は母親の手を引いて、超音波検査室へ連れていこうとした。母親は壁にかかっているカラーの絵をじっと見つめていた。

あれは何ですか　初雲は尋ねた。

絵は見たところ動物の頭のようで、耳が横に向かって開き、口を大きく開けて大笑いしていた。

あなたがたの体にあるものですよ　女のいちばん厄介な部分でもあるわ　女性医師は答えた。

肺　初月は言った。

胃　初冰は言った。

子宮ですよ　と女性医師はあいかわらず親しい調子で、絵の前に立ち、穏やかに解説を始めた。

ご覧なさい　これが子宮口　ここは子宮頸《けい》　これが卵巣　これが卵管　この空いているところが子宮　胎児はここで発育します　子宮内リングを装着するのもここです

母娘四人はひとかたまりになって、変な音を聞いたニワトリの群れのように、首を伸ばしてじっと動かず、どう反応すればいいか考えているようだった。

あれって　こんなふうなのね　初氷はお腹をさすって、息を吐いた。

アサガオみたい　初月は花に詳しい　**マンシュウシオガマにも見えるわ**

初雲は何も言わなかった。あれが自分の体内にあるもので、こんな小さなところから子どもが育つなんて、彼女には想像もつかなかった。彼女の視線は　**卵管**　の位置で止まり、思いが千々に乱れた。

この　卵管を切ったら　卵子はどこへ行くんですか　初雲の心中の問いを、初月が尋ねた。

卵子は精子に出会えなければ三日で衰え、溶けて、組織に吸収されます　と医師は答えた。

女たちはわかったようなわからないような様子で、ゆっくりと医務室を出た。体内に卵子の屍がうず高く積もっているようなかんじがして、足取りが重くなった。

呉愛香のリングは体の中に食い込んでおり、医師はそのままにしておくことを提案した。でなければ開腹手術をしなければならず、かなりのリスクだという。娘たちは、母さんのリングはもう無かった、どこかへ落ちたのではないか、何もかも正常だ、と母親を騙した。それからというもの、リング探しが呉愛香の生活における重要事項になった。あるときは夜中に目を覚まして部屋中探し、あるときは初秀の体を触りまくり　**あたしのリングを見かけたかい**　と尋ねた。こんなふうに何年か探し、ついにベッドの下から銀色のきらきら光る金属製のリングを探しあてたとき——それは初氷が金物屋で買ってきたものだった——彼女は大喜びしてわあわあ叫んだ。彼女は菜の花がまだ枯れておらず、ミツバチがぶんぶんうなっている春に死んだ。彼女の葬儀は人々に戚念慈の葬儀以上に深い印象を与えた。出棺の日、麻の白い喪服を身に着けた行列が堤防と田野を白く染めた。銃、楽曲、太鼓、爆竹が鳴らされ、煙が空を覆い、草花は地にひれ伏し、まるまる一時間うごめいて、ようやく墓地に着いた。

5

初雲はしょっちゅう実家に帰った。月日がたつにつれて、人々は、まるで彼女自身が話したかのように、彼女の姑の事情に明るくなった。初雲の姑は、息子の善良な美徳を宣伝するのが好きで、荒野にぽつんと立っている電信柱を見ても寂しかろうと思いやる子だと自慢した。その美徳は、無能、怠惰、身勝手、ものぐさなどあらゆる欠点を帳消しにでき、それゆえ貧しく苦しい生活も他人の貧しさに比べればずっと甘美だとでもいうかのようだった。彼女は本当にそういう考え方をしており、この美徳で作られた生活のスイーツを絶えず初雲の目の前に差し出し、仔細に味わわせ、さらに個人的な経歴というスパイスを添えた。

わたしたちの世代は　下放運動　自然災害　十年の動乱〔文化大革命を指す〕でしょ　今みたいないい暮らしはどこへ行ってもできませんでしたよ　自分の田畑があって　自分のことは自分で決められて食べるものも着るものも使うものも揃ってる　改革開放やら　市場経済やらで　社会は平穏無事あなたたちの世代は　ちょっとまめに働きさえすれば　何でも手に入れられる

彼女にはもうまったく町の人の面影はなかった。彼女の家柄を知る人は、彼女の教養ある両親が二人とも不慮の死を遂げ、そのため彼女は都市生活を恐れており、町に帰るつもりはないこと、本当の農民でも彼女ほど熱烈に土地を愛し、裸足であぜ道を歩くのが好きな者はいないことを知っていた。息子が長じて知識人のようになり、彼女をあたふたさせることになろうとは、誰も思いもよらなかった。

人々はふざけて、閻真清の外祖父外祖母はどちらもペンを手に持つ文筆家だったから、彼の雄鶏の去勢の道具もペンなのだ、ただ外祖父外祖母は文字を書いたが、彼は雄鶏のキンタマに印をつけているだけだ、雄鶏の去勢で事故を起こしたことは一度もなく、書きものみたいに生命が脅かされることもない、と話した。

残念ながら、時代が発展し、社会が進歩すると、雄鶏の去勢という手技は明らかに無用になり、閑古鳥が鳴いて、見物客さえいなくなった。以前ならどこで去勢をしようと、厳粛な表情をした子どもたちが取り囲んで、この上ない尊敬のまなざしで彼の一挙手一投足を注視し、去勢を終えて手を洗うと、熱々の胡麻豆生姜茶を差し出されたものだったし、娘を嫁にやる、親戚になろう、というおめでたい話さえあった。

彼は結婚してからも、結婚前になじんでいたやり方を変えなかった。例えば、雄鶏の去勢から戻ると、まず紙幣を母親の手に押し込み、今回はどんなことがあったか、どれだけの雄鶏を去勢したか、雇い主がどんなふうに礼儀正しかったかを話し、小一時間も話してからようやく自分の部屋に戻るのだった。ただ、このとき、部屋には初雲が増えていた。一人の月並みな女は、彼に月並みな生活をもたらした。やがて娘ができ、その後息子ができた。彼が子どもたちをろくに抱きもしないうちに、子どもたちは歩けるようになり、田んぼに入ってドジョウを捕れるようになった。彼の女の骨盤は果てしなく広かった。仲人をした親戚の言葉どおり、初雲は子どもを産める女だった。もし政策が許せば、母親と同じように一気に六、七人産めただろう。

閻真清はそれほどたくさんの子どもを養えるとは思えず、自分の気持ちを汲んでくれるすばらしい政策に心から感謝していたが、卵管結紮の件だけは口論になった。闇真清は雄鶏の去勢以外に能がなく、家の主要な労働力は初雲だった。彼女は卵管結紮をしてもし体が弱くなったら畑仕事をどうすればいいのだろうと思った。闇真清は彼女が自分にパイプカットさせたがっているのだと知って、目を丸くした。

俺はこの人生でずっと去勢をしてきた　最後に自分の番になって去勢されるなんて　わざわざ笑いものにされにいくようなもんじゃないか

さらに闇真清の母親がしゃしゃり出てきて抵抗した　初雲　あなたは病気もない　痛むところもない　健康そのものなんだから　男にパイプカットさせようなんて無理ですよ　男が子どもを産めるわけでもなし　手術して十日か半月休めば　生活には何の影響もないってみんな言ってますよ　あれほどたくさんの女が卵管結紮してからも　物を担いだり運んだりしてるじゃないの　何ごともありませんよ

初雲はもともと畑仕事を心配して、懸念を述べただけで、まして自分の男にパイプカットさせたがる女など確かにほとんど見当たらないし、彼女自身も自分の男が去勢されたとあっては言うのも恥ずかしい、妻として顔を上げて歩けない、と思った。だが、彼女は何も言わなかった。闇真清母息子の態度が心中不愉快で、ぐっすり寝入っている自分の息子と娘をじっくりと眺めながら、自分と同じく母親である女性を理解した。

初雲は闇真清と母親の話し声が高くなったり低くなったりするのをいつも壁越しに聞いていた。また彼が何かを持ち帰って母親に渡していることも知っていた。彼がいないときに、彼女の方から姑に近づいていって、食事をしながらおしゃべりし、嫁姑の情を育むこともできたが、彼女はそうしなかった。あのお金や食べものは本来ならば彼女のところへ持ってこられるべきだ、彼女から姑に渡す方がずっと情理に合っている、それでこそ妻の尊厳というものだ、と彼女は思っていた。彼女は卑しくはなりたくはなかった。たとえ彼女が刃物だとしても、彼ら母息子のあいだに差し込みようがないことはわかっていた。彼女はこれほど親密な母息子を見たことがなかった。閻真清にとっては、結婚でさえ、閻家という樹木にあってもなくてもいいただの小枝だった。彼女は時々、彼らは人に顔向けできない関係なのではないかと妄想した。世間にはそういうこともあると知っていたのだ。仮に何かあるとしても、嫉妬はできない。そもそも彼は母親の体から生まれ落ちてきたのだから。もちろん彼女も自分が考えすぎだとわかっていた。閻真清はかつての来宝と同じように溺愛されているだけだ。それは田舎の娘が絶対に両親から得られないもので、田舎の人間は犬を飼うのでも雄を大切にし、雌を軽んじ、メス犬と言って鼻で笑うのである。

　いつから彼の体から鶏の羽の湿った臭いがするようになったのかはわからない。しょっちゅう魚をさばいているかのようで、どんなに洗っても、体はいつも生臭かった。彼女は一度それを口にした。もし、閻真清がどんな反応をするかわかっていたら、体から鶏の羽の臭いがするという事実を決して口にしなかっただろうし、鶏に関わる話さえしなかったろう。まさにそのとき、彼女は閻真清のうわべの傲岸不遜が、内心の劣等感をごまかすためのものにすぎないことに気づいた。

　王陽冥は死体を拭いて金儲けした色黒のチビにすぎないじゃないか　クズが運をつかみやがって　どいつもこいつもクソッタレだ　あいつがでたらめ言うのを信じやがる　王陽冥が風水で大儲けし、戚念慈がひどく差をつけて孫娘の婿たちを扱うようになってから、閻真清はいつも奥歯を噛みしめて一言も話さず、初家にもめったに顔を見せず、訪ねても食事を済ませるとさっと帰り、皆にどう思われようが気にしなかった。それが今や、彼は初めてハイエナのようにピンク色の牙をむき出しにしていた。

　お前は他人といっしょになって俺に嫌みを言おうっていうんだな　俺を馬鹿にするんだな　お前に才があるならどうしてはじめから鶏の糞の臭いがしない奴を探さなかったんだ　今からでも探し

にいっていいぞ　お前を拾ってくれる奴を　一秒たりとも引き留めないぞ　彼はさらに聞き苦しいことをたくさん言った。ベッドの上の彼女は死人のようだ、めんどくさそうにちょっと尻を動かして、ただやりすごしているだけ　**俺は何も言わなかったのに　お前がケンカを売ってくるのか**
彼女は黙ってあれやこれやの罵詈雑言を聞き、彼がしだいに声を枯らし、とうとう悔しそうに泣き出すまで、言いたいだけ言わせた。彼女が反撃しないので、彼はゲームがつまらなくなり、大の大人が子どものように、おっぱいの慰めを待っていた。

　初雲は彼に取り合わなかった。彼女は自分の母親と同じように、夫に楯突いたことがなかった。彼女は鋤《すき》を手に取り、菜園を耕し、作物を植えに行った。姑も鋤を持って近づいてくるのが見えた。壁越しに何もかも聞かれていることはわかっていた。彼らの生活はすべて彼女の耳に入っており、彼女が気に留めていさえすれば、どんなディテールも漏れなくリアルに伝わる。この知識青年あがりの老女の文化水準は、どうやらうまく立ち回ることにすべて傾けられたらしかった。彼女は倹約してうまく切り盛りするのだと言って、野菜を収穫すれば黄色い葉を取り除いて、いいところを売りに行った。彼女自身がそうやってきたのだから、初雲もこの伝統を受け継がなければならない。彼女の財布は入っていくだけで出ていくことはなかった。

　人々はこの老女がここ数年かなりの金額を貯《た》め込んでいると考えていた。何かしら危機を感じたのか、彼女は初雲のそばに寄ってくると、鋤の伴奏に合わせて淡々と、自分が以前夫とどのように暮らしていたか、女たるもの妻たるものの務めをどう果たしたか、どれほど親密でもぶつかることはある、宵越しの夫婦ゲンカはないものだ、と話した。

　わたしにはあの子しかいないの　わたしが死んだら　瓦のかけらさえ全部あなたたちのものよ
彼女は自分の蓄えのことを話した。いささか驚かされる額だった　**秘密にしておいてちょうだいね**
あの子も知らないの

初雲は顔中にイナズマのようなシワがある彼女の顔をそっと見つめ、彼女をスキンケアを多少心得ている町の老婦人、青い葉を売って自分では黄色い葉を食べるようなことは絶対にしない、生活をわかっている女性に戻そうとしたが、その衝撃的な額に邪魔されてできなかった。彼女はまじめに耳を傾けているふりをしながら、心の中ではそのお金で何ができるか計算していた。彼女はそれまで、それほど大きな金額を耳にしたことも、考えたこともなかった。部屋の裏からお金の入った袋が出てきて、たちまち大金持ちになったようだった。

さわやかな風が野菜畑を吹き過ぎた。青草と腐葉のにおいが同時に鼻孔に入ってきた。彼女のこの土地での労役は決して望みがないものではなかったのだ。そのお金のいくらかがあれば、彼女の子どもたちは、隙間風が入り雨漏りがする田舎のボロボロの教室を出て、赤旗がはためく鎮の学校で勉強し、エリート高校に通い、大学を受験するチャンスがある。そのため彼女は鋤を畑に差し込み、腰を伸ばして、自分の考えを姑に告げた。もちろん彼女は後者が勉学を目の敵にしており、文化知識は身に災いをもたらし、個人にとっていいことは何もないと考えていること、何かひどい目に遭ったことがあって、脳裏にときおり傷がちらつき、イナズマのように彼女を怯《おび》えさせているらしいことを知っていたけれども。

彼女は言ってから、姑にそういう問題について話したことを後悔した。彼女がこんなに衝動的に内心の考えをすぐさま口にすることはめったになかった。閻真清はいつも、彼女は何事においてもとろくさく、豚インフルエンザにかかった豚が何も食べないようで、性質がよさそうに見えるが、実は強情だ、と言っていた。彼は彼女を家畜といっしょにするのがお手のものだった。言い換えれば、家畜と妻は彼がいちばんよくわかっている二種類のもので、それゆえ彼はたやすく修辞や関連性を見つけることができ、彼女と家畜は見えない一本の線でつながっていた。

姑は不意に感情に襲われ　わたしはまだ死んでないわ　すぐさまわたしの財布を空っぽにして

生きながらわたしの骨をしゃぶろうってのね　と、鋤をなげうつようにして畑を出ていった。

閻真清は様子を聞きつけると母親の部屋へ行き、形だけ扉を閉めた。彼の慰めの言葉は途切れることなく、醤油漬けの壺に水泡が立っているようだった。

初雲はこのとき自分は荒野の電信柱だが、誰も彼女のために胸を痛めてはくれない、電信柱が多すぎるのでなければ、善良な美徳の持ち主が少なすぎるのだ、何年も立っているのに、誰一人彼女の孤独に目もくれない、と思った。

彼女は畑を耕し続けた。ミミズをよけず、真っ二つに叩き切った。この一九九八年のミミズが、そのとき死んでしまったか、再生してあと何年か生きたかどうかはわからない。

翌年、姑の生命にガタがきはじめた。まず糖尿病、そして腎が悪くなり、体全体の系統が正常でなくなっていき、部品が次々と壊れて、そこから土の中に入るまでたったの一年だった。彼女は自分の蓄えの話は二度とせず、あの驚くべき数字は彼女の腐った器官のように意味を失っていった。

何年かたってからようやく、初雲は姑が蓄えをひそかに息子に渡していたことを知った。あるとき機嫌よく酔っぱらった閻真清が口を滑らせたのだが、金額は半分に減っていた。母息子のどちらが嘘をついたかはわからない。ただ、そのころ初雲はもうそのお金は大したことがないと思うようになっていた。というのも彼女は町で仕事を見つけ、いとも簡単にその額を稼げるようになっていたからだ。そのお金は、自分では一銭も稼ぐことができず、姑が厳しく、夫は無能で、経済的来源がまったくない専業主婦をびっくりさせられる程度のものにすぎなかった。

そのころ閻燕はもう短大に通い、閻鷹《イエンイン》は調理を学んでおり、彼女は家事雑事から抜け出して、町に行って家事サービスで身を立てていた。最終的にある小さな会社が彼女を従業員のための調理員として雇い入れた。従業員たちは彼女の料理を好み、会社は彼女と二年契約を結んで、福利厚生までつけた。しかし彼女が行ってしまうと畑が荒れたため、閻真清は焦った。

彼は母親の蓄えを酒とタバコでなくしてしまった。たまにあの雄鶏の去勢の道具を持って辺鄙《へんぴ》な場所へ行き、運がよければ半椀のキンタマを取り出して、昼ご飯にありつき、まともなことはできない紙幣を数枚手に入れることもあったが、四、五十歳の人のこと、以前のように目は見えず、動作も機敏さがなく、最後には他人の鶏をだめにしてしまい、もうこれ以上この仕事はできないと気づいて、道具をくず鉄といっしょに廃品回収に売ってしまった。このとき彼はようやく、自分の両手には何もなく、絶技を持っていた武術の名手が技をすべて失い、一般人にも及ばないかのようだと、しみじみ感じた。彼には妻を家にとどめる力さえなかった——アルコールから発せられるどんよりした空気は彼を苦しめ、劣等感を覆い隠す傲岸不遜のマスクさえ見つからず、彼は初めて本当に自分は何ものでもないことを理解したようだった。

初雲は町からお金や品物を持ち帰った。生活は別の形で続いていき、自分がいなくても何でもないのだと彼は感じた。彼は初雲が町で何をしているのか聞きもしなかった。料理、掃除、子どもの世話なら彼女はお手のものだし、死人のように尻を少しも動かさないのも彼女の強みだ。彼は彼女に二言三言嫌みを言わないではいられなかった。彼女がやすやすと外の生活に適応したことに嫉妬したのかもしれない。彼女が町から戦利品を持ち帰って彼に渡すときの楽しそうな表情に嫉妬したのかもしれない。彼がもし、荒野の電信柱に同情する善良な美徳でもう少し彼女を優しくいたわっていたら、彼女は次にはもっとたくさんの品物と喜びを持ち帰ったことだろう。彼は一面では彼女の稼ぎを必要としており、一面ではそれらに人格と尊厳を深く傷つけられたように感じていた。もし彼が彼女の家庭への貢献を、奴隷の主人に対する従順な忠誠だと考えなければ、心穏やかに耐え忍んでいくことなどまったくできなかっただろう。

ある日彼は町に彼女に会いに行った。というのも彼女がもう二ヶ月も家に帰っておらず、お金の持ち合わせがなかったからである。彼は彼女に、村で数件慶事があり、閻家も祝儀を出さなければならない、家ごとに二百元として、おそらく千元は下らないだろうと話すつもりだった。奴らがこんなにたくさんのことをわざわざいっぺんにやるものだから、一度にそれほどの大金を出して、いったいいつ回収できるのかもわからない、と罵るつもりだった。このとき彼の背中はすでに少し弓なりになっていた。以前に頭を垂れて雄鶏の去勢をしていたせいなのか、年を取るごとにひどくなり、老人のように見えた。

　彼は通りを横切ろうとしてＢＭＷにぶつかった。彼の責任と言えばそうだったが、これほど広い道で車を避けるのも彼にとっては容易なことではなく、こちらの車を避けようとしてあちらの車にぶつかったのである。車の主は降りてくると、謝りながら大丈夫かと尋ね、急ぎの会議があるので、差し支えなければ、車にある一万元を持って自分で病院に行って傷の手当をしてもらえないか、と言った。さらに携帯番号を残し、何かあったらいつでも連絡してほしい、きちんと責任を負うから、と言った。

　閻真清は倒れたまま起きあがらず、足から血を流していた。交通事故と一万元の衝撃で頭がぐらぐらし、地震で様々なプレートが移動してずれて接合したかのように、錯乱していたが、知らず知らずのうちにうなずき、ＢＭＷが視界から消えていくのをぼんやりと眺めていた。彼はすぐにも起きあがろうとした。車の主の気が変わるのが心配なようだった。しかし何回か試してようやくしっかりと立ちあがり、左足がひどく痛むことに気づいた——彼はそれが筋肉の痛みで、傷は骨まで達していないとわかったが、地面に広がった血は彼が重傷を負ったと証明しているように見えた。

　彼は身につけている袋にお金をしまい込み、眉を寄せて大げさな表情で足を引きずり、野次馬の人だかりから一歩一歩抜け出していった。足取りがおぼつかず辛そうなのは、完全に心臓がバクバクしているせいだった——今朝家を出たときに期待していたのはたかだか一千元だったのに、現実は一万元の大金だ。想像力の範囲を超えており、顔の筋肉の動きをコントロールすることはできても、心臓の伴奏までは制御できなかった。

病院の検査結果は、彼の自己診断と同じで、大した問題はないというものだった。消毒して包帯を巻くと、彼は足は痛いのに心中ウキウキとして、ほとんど声を上げて笑い出しそうだった。帰り道にビンロウと酒とタバコを買い、足を引きずりながら初雲のことはきれいさっぱり忘れていた。村に入ると、会う人ごとにビンロウを渡した。それは店の主人がいちばん上物だと勧めたビンロウで、苦味がきつくなく、噛んでもなかなか割れなかった——彼はふだんこういうものを食べないのだが、純粋に嬉しくてどうしていいかわからず、道すがらずっと噛んで帰ってきたのだった。

彼の興奮が、一万元の刺激によるものか、ビンロウの麻薬性によるものか、判然としなかったが、顔は酒を飲んだあとのように赤く、目もアルコールに浸かっているかのようだった。傲岸不遜な輝きが再び顔に戻ってきた。彼は突然、今晩はひとりで寝たくないと思った。彼は荒野のどの女の電信柱が寂しがっていて、互いに気の毒がったことがあったかわかっていた。いとも簡単なことだった。彼は彼女に百元札を数枚やり、町で服を買ってあげようと思ったが、残念なことにサイズをまったく知らない　**今晩ちゃんと測ってあげたいんだ**　と言った。

その電信柱の女は、彼女も彼のサイズを知らない、亭主のサイズも覚えていない、死にぞこないの亭主は深圳《しんせん》の建築現場で朝から晩まで働いていて、年末にならなければ自分とはできない、と言った。その晩二本の電信柱は電線を絡ませ合い、パチパチと火花を飛ばし、寂しい夜にはならなかった。

そうこうするうちに、人の口に戸は立てられぬで　**自分の女房が必死に稼いだ金ででたらめやってるよ**　**初雲も気の毒なもんだ**　とうわさになった。閻真清を最も刺激したのは、彼の尊厳を傷つける心ない人々の言葉で　**やりたいほうだい**　などと言われると、彼らの口を塞いでおかねば、と思った。そこで、交通事故に遭い、ご先祖様と菩薩様のおかげで命拾いしたこと、もう少しで足をなくして障碍を負うところだったこと、車の主は責任を恐れ、はした金を置いて逃げてしまったことなどを話した。だからこのお金は本当に血と汗であがなったもので、彼は引き換えに数椀の血を流したのである。もちろん、火花を飛ばした幾晩かのこと、彼が彼女の家の裏口から忍び込んでいったこと、あるいは彼女が彼の家の裏口から抜け出していって、犬がワンワンと吠えたときの心臓の鼓動などは、認めなかった。しかし皆はとっくに初雲の味方になっていた。少しも働かない男に嫁ぎ、その男が一銭も稼がず、陰で女まで作ったとあって、助太刀せずにはおれようかとばかりに、初雲がまだ村へ戻らないうちに、伝書鳩より速く、このニュースを彼女に届けた。

　彼女は白黒つけにすぐ戻ってきたりせず、いつも通り反応が鈍く、自分で帰るべきだと思う頃合いになってから帰ってきた。彼女の家から伝わってくる物音に、たくさんの耳がそばだてられたが、缶を投げたり、机を叩いたり、食器を割ったりの交響楽は聞こえず、男女の高音のデュエットも聞こえず、家の中で空いているところはすべて静寂で満たされていた。

　その後人々は初雲が畑で野菜の種をまきながら、閻真清に二言三言指示しているのを見かけた。かいつまんで言うと、朝晩きれいな水をやってちょうだい、でないと芽が出なくて他人の畑の野菜を食べにいかなくちゃならなくなるから、といった内容だった。目ざとい人が、彼女がある朝、例の女の電信柱の家に入っていき、中で四、五分過ごしたあと、ごく自然なかんじで出ていくのを見た。

　このとき人々は初雲の首がとてもきれいなことに気づいた。もともとごっそりついていた垢《あか》は町へ行ってからすっかり洗い落とされたようだった　**革靴はピカピカで　髪全体にパーマをかけて実にしゃれたなりをしている**　というので、今度は逆に、初雲に対していささか疑いの目を向けるようになった　**旦那も女房もどっちもそれぞれよろしくやっていて　おあいこだから　騒がないんだね**　この仮説に人々は大いに賛同した。心中の疑惑はこれによって氷解した。寝室の灯りだけが、目を閉じて眠ったあと、暗闇の中で初雲がこう話すのを聞いていた　彼女の男は建築現場で働いて　腕力が取り柄　人を殴るとなったら加減を知らない　相手が死んだって構いやしない　あたしはあんたが馬鹿を見るんじゃないか心配なの　このあいだ彼女のところへ話しにいってきたわ　お願いだから勘弁して　騒ぎは起こさないで　収拾がつかなくなるって

　闇真清はよくよく考えた末に町へ行ったのだった。比較的鍵となったのはそのうちのある晩だった。その晩彼は自分の家の石段に座って、手に持ったライターを点《つ》けたり消したりしながら、目は町の方を見つめ、思うところあるような表情をしていた。月光が頭の片側にあたり、空は満天の星だった。夜空は小さな穴がたくさんうがたれたとばりのようで、穴から光が漏れ出て星になっていた。彼は未明まで考えた。自分の心にもたくさんの穴がうがたれ、光が射しているような気がした。彼とあの女の電信柱はそれぞれ自分の地盤に立ち、もうイナズマを光らせることはなかった。彼はもちろんその体格がいい建築現場の作業員が怖かったが、本当はそういう気持ちにならなかったからだった。町はいたるところ黄金だらけで、ある人にとって車に置いてあるお金は紙ナプキンみたいなものなのだ。百元を小銭と見なしている人もいる。しかし彼はと言えば、百元札を一枚使うのでも、使ったらすぐに無くなりそうで躊躇《ちゅうちょ》する。人々は高級レストランで取っ替え引っ替え新鮮なものを味わっているのに、彼はせいぜい漬物を変えるくらいで、肉のトウガラシ炒めならぬトウガラシの肉入り炒めばかり食べている。人々は暇ができると、グループで旅行に出かけるが、彼はこの泥だらけの場所に引きこもって酔いつぶれ、自分の女が財布から金を出して食べさせてくれるのを待っている。彼は考えれば考えるほど、これではいけないと思えてきた。自分は雄鶏の去勢があれほどうまく、頭脳も手指も敏捷《びんしょう》だったが、技術に忠実だったと言うべきか、去勢の仕事を大切にしすぎた。自分を捨てたこの時代と敵同士になっている場合ではない　あいつみたいな意固地なのろまでも町でうまくやってる　俺にも簡単にできるはずだ

彼がこれほどとことん考えたのは初めてのことだった。彼は突然、自分はまだ若いと思った。残念ながら、母親は死んでおり、この特別な意味を持った夜と気持ちを分かち合える人はいなかった——彼は町へ行って成果を上げるつもりだった。その晩彼はほとんど眠らず、ときおり何かを思いついては起きあがって準備した。夜明け前にようやく熟睡して、短い夢を見た。夢に出てきた母親が、彼に新しい服を一着買ってくれたが、なんと戚念慈の死装束にそっくりだった。彼はそこで目を覚まし、目を見開いてしばし熟考した。金運と関係がありそうだと思ったが、結局、この夢は彼が町へ行くのを母親が嫌がっているという意味だ、というのも母親にとって町とは死が待ち受ける陥穽だったからだ、と解釈した。しかし彼自身の考えは違った。濡れ手で粟《あわ》の一万元を手に入れ、彼は都市に対する態度を変えた——今はもう二十一世紀で、社会は彼に理解できないほど変わっていたけれども——今度町へ行くのは、その尻を触り、急所をつかみ、おふざけをして懇ろになろうというのだ。

　彼はひっそりと数日間過ごし、髪を草のようにボサボサにして、二十数年前の古い服、お尻と膝の部分が擦れてテカテカになって今にも破れそうな作業ズボン、つま先に穴があいたゴム底の布靴を引っ張り出した。ボロボロの布袋に一日分の水と携帯食を詰め込んで背負い、それらしく身繕いすると、初雲がいつも使っている、ハエの糞のようなシミがいっぱいついた手のひらサイズの鏡に自分を映してみた。目をギラギラさせた老人が唇を舐《な》め、狡猾《こうかつ》そうな笑みを浮かべていた　**うん　これならまさしく老いぼれだ　どこにぶつかっても壊れちまう**　彼は戸締まりをすると、外の世界に通じる大通りを歩いていった。彼は初めてじっくりと周囲を眺め、小川のような用水路が一尺程度の幅しかないこと、蓮池が水たまりになっていることに気づいた。地球は大口を開けて彼がそれまで親しんでいた記憶を喰《く》いつくしていた　**池がゴミで埋め立てられちまうころには　俺も死んでるな**　彼は地球が踏まれることに耐えきれず、地面が以前よりずいぶん沈みこんでいると思った

地球が踏みつくされた日を俺が目にすることはなさそうだな　彼はそれを残念なこととも思わなかった。

九時ごろ、彼は町の幹線道路を疾走する車を前にして、歩道に立っていた。まるで時空を超えてやってきた人のようだった。やがて彼は前回事故に遭った場所へやってきた。そこは人と車が入り乱れており、車はスピードを落としていた。彼はぴかぴかの高級車に目をつけると、にわかに車の前を横切り、膝を車のフロントにぶつけて地面に倒れた。人々が彼を取り囲んだ。ズボンの筒が破れ、膝が血だらけで真っ赤になっているのが見えた。彼はブルブル震え、恐怖のあまり一言も話せないように見えたが、実は事態の進展を緊張して観察し、機を見て事を起こそうとしていた　**運転手が千元置いてってくれさえすれば　それでいい**

まわりを取り囲む脚がどんどん増えていき、彼は呼吸困難で朦朧《もうろう》としているふりをしていた。人々は車の主を責め、彼は、公正な見物人に助けられて、二千元の賠償金を手に入れた。誰かが彼を病院に連れていこうとしたが、彼は何も言わず、非常にかたくなに断り、痛々しさに満ちあふれた後ろ姿で人々の視界から消えていった。彼は別の地区に移動し、公園のうちに入らない静かな片隅でしばらく休み、携帯食をいくらか食べ、もう一度道路へ行って運を試してみることにした。今回行きあたった車の主は、目にくまのある中年の女で、彼がタイヤの前で真っ赤な膝をむき出しにして、痛そうにしているのを見ると、突然ティッシュを取り出し、いまいましそうに膝の血痕を拭いた。かすり傷ひとつない皮膚がたちまちあらわになった。彼はすばやく起きあがり、風のように逃げた。

家へ帰る道すがら、風が起こり、空が突然暗くなって、霧雨が音もなく体に降りかかってきた。たちまち髪も服も濡れたが、ずぶ濡れになってあたふたするほどではなかった　**ほかにもこういうことをする奴がいて　運転手が知恵をつけていたとはな　どうやら本当の血を流さなけりゃあ　気**

の毒がられて紙幣を胸に投げ込んでもらえるってことはなさそうだ　奴らだって俺をそのまま行かせてごまかそうとしているんだ　今度はもう少しいい格好をしていって　電話で息子を呼びつけるふりをしてやろう　他人の親父に怪我をさせたんだ　息子ならもっとふっかける　奴らがその場で払う賠償金が増えるぞ　経験を総括しているときの彼の表情は、花崗岩《かこうがん》のように冷静だった　**詐欺はつまるところいかがわしいことだ　俺は血を流し　奴らは賠償金を払う　それでこそ情理に合うってもんだ**　彼はこの道を選んだのはまちがいなかったと改めて確信した。雄鶏の去勢をやっていたころは、鶏とおしゃべりなどしなかった。今も誰にも話す必要はない。賠償金が心づもりの額に達したら、体をそらして車をそのまま行かせればいい、そうでなければタイヤにしがみつく。彼は家で今回のことをゆっくりと吟味し、しばらく道路には行かなかった。

6

結婚して五、六年たってから、初冰は突然、昔、村に松葉杖をついて写真を撮りに来た人がいたことを思い出した。あの人が数年後に自分の夫になったのだ。つまり彼女と夫の縁も何年も前から始まっていたということだ。そのころ彼女はまだ幼く、写真など興味はなく、ただ一本足で松葉杖をついて歩いている男がちょっと気の毒だと思った　**どうやらわたしはずいぶん前から彼に心を動かされてたんだわ**

　彼女はすばらしい結婚にうっとり浸っていて、ロマンチックな波風を立てたくなることがあった。過去の、関係のうちに入りそうなものすべてにロマンチックな金の紐をかけ、女たちとどんなことがあったのか、彼に尋問したくなることがあった。彼女は記憶にとどめていた。着飾った女たちはカメラマンの前に立つと、体も笑顔もこわばる。もしかしたらわざとかもしれない。そうなるとカメラマンはやむを得ず、しかつめらしい顔をして厳かに彼女たちに近づき、腕を取って、体を引き、腰に添えさせ、もう片方の手を握ってあごの下に置き、考え込んでいるような様子をさせ、映画スターのようにする。

八〇年代には、普通の男女は肌が触れ合うとアーク溶接のように火花が飛び散るのを感じたものだったが、彼は撮影を大義名分に、正々堂々と女の体に触りまくっていた。写真の現像が仕上がると、みなそれぞれ自分で店に取りに来るので、単独で接触するチャンスだった。彼はまた気前がよく、よく撮れたと思う写真があると無料で引き伸ばしてやった。他にも気に入る人がいて、数年後に子や孫への話の種にしようと、お金をかけて額縁を買い、表装するかもしれないからだ。彼女は決して本気で焼き餅を焼いたりしなかった。そういうことを言うのは、じゃれ合いのもうひとつの表現に他ならなかった。彼女はセクシュアルなムード作りがうまく、その方面に天賦の才能があることを自分でもわかっていた。

鎮でポルノが流行りはじめたころ彼女はすぐにそれを見た。誰に教えてもらったわけでもなく自分ですでに使っている技もあるにはあったが、ほとんどの体位は彼女に目を見はらせ舌を巻かせるもので、彼女は現実に結びつけて学び、学ぶとすぐにそれを実践し、一本足の夫をますます喜ばせた。セクシーな下着や小道具は言わずもがな——夫は両手を枕にして、彼女が自分の体の上で乱れるのを見るのが好きだった。

彼女は夫の体の上で乱れて疑われたらどうしようと思ったことがなかった。もし別の男だったら、おそらく妻の淫乱なセックススタイルからふしだらな悪女を連想し、初雲がベッドの上でお尻を少しも動かさないことに闇真清が不満を感じたのと同じように、不満を感じたことだろう。いわゆる夫婦の釣り合いというものは、まさしく釣り合いで、釣り合うかどうかは、戚念慈が言っていたように、愛ではなく運しだいだ。だから、釣り合いの取れた男女は、媚《び》薬《やく》を飲んだように、決して離れない。昼間に殴られて泣いた女も、夜に一発やられればすっかりよくなる。殴られる、やられる、のあいだでぐるぐる往復し、その男から離れられないのである。実のところ、初冰がポルノから学んだことは、ポーズや体位だけではなかった。彼女はあえぎ声を徐々に激しくしていくやり方をわかっていて、ときにはあまりに我を忘れて、お隣の親切な老婦人に、真夜中にあんなに辛そうに泣いて、いったい何があったの、と心配されたこともあった。

九〇年代の初期に、ある詩人の名前が中国全土で有名になり、若者は彼の詩で恋を語らった。ちょうどそのころ、東西ドイツが統一され、イラクがクウェートに侵入し、華人が囲碁の世界一になり、最初のマクドナルドが深圳で開業し、上海証券交易所ができ、東欧の社会主義国に激変が生じて、長年政権を握ってきた共産党が次々とその座を退いた……これらのテレビの中の出来事は、初冰の生活にはまったく関係がなかった。夜の喜びに満ちた労働は、彼女の血色をよくし、満ち足りた気持ちにさせ、昼間は戴為を幼稚園に送り届け、野の花を摘んで花瓶に飾り、夫とともに写真館の雑用をこなした。料理はおおかた夫が作った。彼は軍隊ではもともと後方勤務で、ジャガイモを千切りして肉の煮込みを作り、三十分以内に食事を作る術を心得ていた。ただ復員後は、鶏を絞める、魚をさばく、肉をたたく、といったことができず、生臭物は口にしなかったが。復員したばかりのころは、耳の中でいつもハエが飛んでいるようで、聴力がどんどん下がり、結婚のことは長いあいだ考えず、両親も変わり者の彼をどうすることもできなかった。

彼が写真を選んだのは、ファインダーを通して見ると生活は映画のようで、そこから距離を置くことができ、実際ほど残酷でなく見えるものもあったからである。彼女は彼の知能がいささかも損傷を受けていないことを知っていた。彼には商売の才があり、他人のお金をいただいて、さらにその人を気分よくさせるコツを心得ていた。彼が言うには、そのころ田舎で写真を撮ろうという人は少なく、実際的でないことに散財して何日も豚肉を口にできないような羽目になろうという者はいなかった。そのため彼は田舎に行かなくなり、一日中自分の写真館で待っているか、客がいようといまいとまったく気に留めなかった。

　鎮には何人かの固定客があり、卒業写真、結婚写真、赤ん坊の満一ヶ月のお祝いの写真、家族写真、集合写真などなど、初氷が嫁いできてから、写真館の商売はみるみる繁盛していった。人々の財布が膨らみはじめたころで、あまったお金が衣食以外のことに費やされるようになっていた。写真は現像すればするほど大きくなり、金縁の高級写真立てがよく売れた。だがそのような好景気は長くは続かなかった。人々は自分で押すだけのコンパクトカメラを手に入れ、すぐにデジタルカメラを、さらにはビデオカメラまで使いこなすようになり、写真館は廃業寸前になった。

　ある晩、テレビを切ってベッドの上のことをしおわると、彼女はテレビドラマに出てきた感動的な結婚式の話を始めた。自分がウエディングドレスを着た姿を見たいのだという。彼は電気スタンドをつけ　**俺は写真館を結婚写真専門店にしようと思う**　と言い、彼女を見つめた。彼女の意見を求めているというより、彼女の称賛を待っているようだった。彼は以前から、青息吐息の状態にある写真館を変えたいと思っており、彼女の話からひらめきを得たのだ。

　二〇〇〇年春、新しい世紀の始まりのとき、彼らは結婚写真専門店を立ち上げた。店の装飾を一新し、彼女は真っ白なウエディングドレスを着てショーウィンドウに立ち、胸を張って艶っぽく微笑み、目をくりくりさせて、本当の新婦のようだった。彼は彼女のウエディングドレス姿をたくさん写真に撮ってやり、ツーショットも撮り、ショーウィンドウに飾ってお客をひきつけるための広告にした。結婚写真撮影スタジオは、若者に美しい思い出を残した。数年後、結婚写真撮影スタジオの話になると、人々はあの一本足のカメラマンと、とりわけその妻、妖艶な小柄な女性のことを語るのだった。彼女は、美術、事務、衣装の手配、メイク、写真加工、背景のセット、照明、撮影までマスターし、さらには新婦にこっそり、自分の男をどうやって気持ちよくさせるか、房中術を教えているといううわさもあった。あの妖艶な小柄な女性がふだんから生活をよくわかっていることを、誰もが知っていた。女たちのあいだで肉食草食に関わるひそひそ話がささやかれたとしても不思議はない。結婚する娘にとって初夜は、とうの昔に、新婚の部屋に華燭を灯す旧時のそれではなくなっていた。二十一世紀初頭のことである。どの時代にもその時代の道徳基準があるものだ。若者はすでにお試し婚、同棲をするようになり、この時期人々は昔よりはるかに寛容になっていた。それから十五年で、お腹が大きくならないと男は絶対に受け入れず、妊娠していない娘は結婚について話すことさえできなくなろうとは、誰が想像できただろうか。そして、世俗社会が寡婦に与えた貞操帯がゴミ箱に投げ込まれ、離婚していなければ人生は不完全というほどになろうとは。この時期に人々はまたたく間に開明的になっていき　**昔の社会は昔のもの　今の社会は今のもの**　社会の動きを追い、社会は人間が作るものであることを忘れた。

鎮は古く、数百年の歴史があった。蘭渓《らんけい》河沿いにあり、名を蘭渓鎮という。戚念慈の青春時代には、石灰岩の石畳の道に木造建築だった。窓格子は古色蒼然としていて、呉愛香の代になっても同じだった。雑貨店の入り口には硬い板戸がひとつひとつはめ込まれており、それがシャッターに変わったのは何年もたってからだった。初冰たちの代になると、木造建築はしだいに鉄筋コンクリートに取って代わられていった。タイルの外塀とガラス窓が現代的だった。多くの道はアスファルトの道路になり、荷物を積んだライトバンが牛車や手押し車を追い払い、船着き場は廃れて打ち捨てられ、雑草が生い茂り、最後の一艘の烏篷《うほう》船が川辺で朽ちていた。戴為が世間に出たころには、わずかに残っていた重要な古跡——築数百年の古い橋も壊されて新しくなった。ときはすでに二〇〇八年、鎮の木造建築はすべて完全になくなり、美観にこだわる地方官僚が大金を投じて、川沿いの建物を白い塀、黒い瓦の徽派《きは》建築風に変え、文化的な特色を出した。橋の横の古い林を伐採し、できた空き地を石レンガで敷きつめ、ダンス広場にし、中高年女性を喜ばせた。まさにこのとき、戴新月の結婚写真専門店は、鎮でいちばん目を引くランドマーク　新月写真館　となった。石膏《せっこう》のマネキンが大きなガラス張りのショーウィンドウで媚態を見せ、西洋風の純白のウエディングドレス、中国式のあでやかな赤色の婚礼衣装を着ているのが、橋の上から一目瞭然に見えた。いつ女主人がお客のメイクをしているか、買い付けに行っているか、店主がマネキンの婚礼衣装を取り替えているか、入り口のところで手を振ってお客を見送っているか、手にはめた金時計のきらめきも――それは彼の妻が広州《こうしゅう》で買ってきたものだった――橋を行く暇な人々にはっきりと見えた。人々は彼らが結構な額を稼ぎながら、お金を使う暇がなく、スタジオにこもりきりで、スタジオを離れたことがないと知っていた。

　やがて戴新月がある少女と性交しようとして未遂に終わったといううわさが流れてきた。それは単に失敗のうちのひとつにすぎない、という人もいた。彼が写真撮影のついでに手をつけた少女は、それなりにいきさつがあるものだけで五、六人いるという。戴新月がいつ処女フェティシズムを発達させたのかはわからない。もしかしたら、写真撮影の新業務を開拓してから、若い女の子たちの人を惑わす雰囲気に魅せられたのかもしれない。彼女たちは、中年の男にとっては、ケシの花のように美しく危険で、体の奥深くに潜んでいる嗜癖《しへき》を呼び覚ますのである。このころ処女はますます低年齢化し、田舎の娘なら十六、七歳前の子を探さなければならず、町の娘であれば、中学生でも公衆の面前で抱き合い、キスをするご時世、もっと年下でなければならなかった。もしかしたら彼には天賦の才能があり、独特の診察――直感、嗅覚、言葉、観察――によって、経験がある少女と経験がない少女を分別し、さらに手を出せるかどうかを判別できたのかもしれない。彼のもの静かな目と寡黙な口は、複雑な心理活動のうわべであり、表門についている一対のノッカーのようなものだった。

俗に、ある種の邪念は、往々にして、家庭円満な頭脳から生み出されるという。「たらふく食べ、たっぷり飲むと、淫欲が湧く」と言われるように、秘密の刺激がほしくなり、美しい生活をかき乱しがちなのだと。それに対して家庭が不幸な人はまったく逆で、温かさと慰めと心の通い合いを求め、心中の苦しみを希釈しようと躍起になると。あるアメリカ映画に、中産階級の家庭の主婦が、とても幸せに暮らしており、幸せすぎて何かをしてそれを打ち破りたくなり、身分を隠していかがわしい場所でマッサージ嬢になる、というものがある。戴新月はおそらくそういうタイプで、そのような逸脱行為に走り、自分自身を探しながらも、生活は変えたくなかったのだろう。彼の顔に喜怒哀楽の表情を認めることはできなかった。彼はただひたすら落ち着いた目、寡黙な口をしていた。

もしかしたら彼の表情のパターンは、戦争で被弾して壊れてしまったのかもしれない。彼が人を見る目つきはときおり望遠レンズを覗いて射撃訓練をしているように見えた。カゴの中でちょろちょろ動き回る白ネズミのように妖艶で小柄な彼の女房は、働きもので、聡明で、話がうまく、一瞬たりとも話をやめられないようだったが、もし彼女が涸《か》れ井戸を懐中電灯で照らすようにもう少し深くまで視線を射し入れていれば、穴の底に何かがあることを最後には見極められたかもしれない、彼の灰燼《かいじん》の中にある火種を見ることができたかもしれない——事物は奥深く隠されているのではなく、見る人が丁寧に仔細に見ていないということがある。

やくざが店をぶち壊した日、戴新月の女房は広州で新しいウエディングドレスとコーディネートグッズを買い付けていた。彼女は滞在を一日延ばして、広州の有名なマウス街〔かつて広州にあったショッピングセンター。ミッキーマウスに似た人形が置かれていた〕をぶらついて、偽ブランド品を買い、ショーウィンドウに置いて、顧客をひきつけ、販売しようと考えていた。彼女のビジネスセンスはますます磨かれていた。外地から帰ってくると毎回新しいアイデアを思いついた。女から金を稼ぐためには、女が何を思い、何をほしがっているか、わからなければならない。この点、彼女は男よりずっとよくわかっていた。初めて広州に行って仕入れをしたとき、彼女は九割がた方言の標準語で、八割がた広東《カントン》語の標準語と価格交渉した。まるで二人の外国人が身振り手振りで話しているようで、話がまとまったときには服の背中側が汗でぐっしょり濡れていた。戻ってからは標準語を学び、『全国ニュース』を見て、何かにつけて口の中で舌を巻き、発音を矯正した。数年もたたないうちに、全国的に標準語が普及し、湖南省北部の小さな町も例外ではなく、人に会えば、彼女も『全国ニュース』に近い話し方をするようになった。

　初冰にいつ広州に行くのかと尋ねる人があれば、それはおおかた何かを買ってきてくれ、という意味だった。中には、声の調子を変えて、彼女が出かけたあと家でたぶん何かあるよとほのめかす人もいたが、そういう微妙なニュアンスを彼女はつかむことができなかった。というのも彼女は何かまちがいが起きるなどと考えたことがなく、自分の家は絶対に問題ないと信じていたからである。さかしらにこう言う人もいた。戴新月の女房はわざと彼に自由な空間を与えて、自分を強大にし、財布の紐を握って、彼の変心をまったく恐れていないのだ——そうでなければ、彼女のように頭が切れる女が、こういうことだけ鈍いなんて、つじつまが合わない。

　鎮の人も村の人と何ら変わりはない。仕事をしていても他人を気にし、自分の生活より他人の生活で脳細胞を消耗させる。彼らの話はとりあえず聞いておき、まじめに受け取る必要はないが、まったく無視することもできない。彼女はご近所に煮込みスープ用の乾燥海鮮物と当地の特産品を持ち帰り、これらの品物の調理法をぺちゃくちゃと解説し、しばしば広東語を発して皆を楽しませた。彼女が初雲、初月に贈った誕生日プレゼントもマウス街で手に入れたものだった。初秀は夜、彼女からもらったＫＩＴＴＹちゃんのピンク色のカバンを抱いて眠った。彼女はもう小学校に上がっており、知能指数は父親より高かった。彼女の父親が最も関心を抱いているのは、あいかわらずどこで人が死んだかで、線香先生として、雨であれ風であれ駆けつけるのだった。彼の名声は遠くにまで知れ渡っており、皆は彼がタバコ一本吸わず、一分のお金も取らず、きまじめで義理堅いのを好んでいた　**私は長明灯を絶対に絶やしません　線香もロウソクも絶対に消えさせません　亡くなられた方においでになりたいところへご無事に行っていただきます**　初来宝ほど信頼できる線香先生はほかにいなかった。他人であれば、サボり、おいしいものを盗み、狡猾に立ち回るのが常で、死者を尊重せず、女たちとふざけて線香やロウソクを消してしまうなど、ざらだった。だから彼らが線香先生をやると、死者は何かの穴に落っこちて出てこられず、人にはその叫び声が聞こえないのかもしれない。

　戴新月の女房は弟にもマウス街で衣類を買ってきたが、彼を家に入れたことはなかった。息子にこんな叔父がいると人に見られたくなかったのである。初秀に対しては他の甥に対するよりあからさまによくしてやった。初秀は彼女たち一重まぶたの家系で、最も美しい娘だった。まさに俗に言う　**ゆがんだ瓮《かめ》は良酒を生み出す**　で、初秀は隔世遺伝で、曾祖母戚念慈と祖父初安運の長所を引き継ぎ、一重まぶた、高い鼻、薄い唇、きめ細かな肌をして、甘美な日本娘のようだった。戴新月の女房は彼女を養女にしたい気持ちに何度もなったが、政策上許されないようで、時々鎮に連れてきて遊ばせ、撮影モデルをやってもらうくらいしかできなかった。スタジオが発展してますます忙しくなると、彼女に構っていられなくなり、彼女も成長してしまって、連れ出して親しくすることはなくなった。

　店をぶち壊されてまもなく、ちょうどお昼どきに、戴新月の女房は古い橋を通りかかった。目の不自由な占い師が、橋の欄干によりかかって小さな折りたたみ椅子に腰かけ、白い目を動かしていた。彼女はたわむれにくじを引き、占い師に十元やった。彼女が橋を降りても、占い師は、とても仕事熱心に、くじの解説を続けていた。やがて人々は、戴新月の女房が橋の上で引いたのは結婚占いだったことを知った。彼らは占いくじの結果がどうだったかは問題にせず、くじを引いたという行為自体が、彼女の結婚に問題が起きていることを暗示していると考えた。中には、残念そうな表情と口調を準備万端整えて、無意識のいわく言いがたい興奮を抑えつつ、当事者を慰める機会を見つけて、より多くの内幕を探り出そうとする者もいた。

戴新月の女房が店に入ると、スタジオの周辺には人だかりができ、彼女がこの惨状にどう向き合うか見ようとし、彼女について店の中に入る者までいた。戴新月はゆっくりと後始末をしているところだった。マネキンの割れた頭を接着剤でつけ、かつらをつけ、自分と女房のあいだに立たせた。

やくざがみかじめ料を取りに来たんだ　ふっかけてきて　俺は同意しなかった　そうしたらぶち壊されたんだ　彼は早くから準備しておいた言葉を淡々と語った　手を変え品を変え因縁をつけてきやがる　借りた金を返していないと言ったかと思えば　次は奴の女に手を出したといちゃもんをつけてくる　もし俺が一本足じゃなかったら　従軍していたときの命知らずの勢いを出したら　やつら今ごろ飯も食えていないぞ　彼は初めてつかえずに話した。見えないマスクが取れたかのようだった。彼は自分の女房を見てさえいなかった。現場を分析し、糸口を提供するのが仕事の、ただの探偵のようだった。

彼の女房も婦人警官のように非常にまじめに耳を傾け、思うところあるようだった　くそったれの連中が　本当に時を選んでくれるわよね　二本足の健全な人間がいないときを狙って　戦争で負傷した障碍者を侮辱するとは　兵隊さんが前線でお国を守ってくれなかったら　そいつらはみかじめ料を取りに来ることさえできないのに　尻の赤い猿めらが

彼の婦人警官はこの事件について簡潔に陳述し、犯人の卑劣な非合法行為を蔑んだ。これらの言葉を聞いて、戴新月は何か違う気がし、そばにいた人々も少々辛辣だと思った。彼の婦人警官は中

も外もひとわたり検査して、他の損失がないか確認し、水を一口飲みもせず、部屋を片づけはじめ、同時にガラス屋に電話してショーウィンドウを修理する人を頼んだ。破れたウエディングドレスは捨て、繕えるものだけ残して繕った。

　戴新月は警察に通報しなかった　**数日捕まったとしても　出てきてからが面倒だ　こういう人間は監獄に入るのは勲章だ　威力が増すと思ってる**　一部の人は彼の言うことはもっともだと思った。鎮の青年は、生命に関わらなければ、無法極まりない。逆の見方をする者もいた。ガツンとやらなければ、そいつらは殺人や放火でさえしでかすだろう。戴新月の女房は手を振って、もう結構、というしぐさをし、今度奴らが来たら、顔におしっこをひっかけてやるわ、と言った。問題は小柄な女性にどうやってそんな難度の高い動きができるかだ。人々は散っていき、家に帰ってもそのことを考え、あの小柄な女性の体から噴き出してくる威嚇の力を多かれ少なかれ感じ、やくざだってそれを聞いたらひるむかもしれないと思った。

　俗に「和やかな家庭は万事うまくいく」と言うが、新月写真館は壊されてから、少し運が傾いた。それには客観的な原因もあった。大量の若者が、大都市での成功を夢見て鎮を離れ、外で結婚し、家を買うようになり、鎮の撮影水準ではもう彼らの要求を満たせなくなったのだ。わざわざ海辺に行ったり、桜が満開の日本、エッフェル塔、ニューヨークのタイムズスクエアまで行く者もあり、新月写真館は再び市場に淘汰《とうた》されそうになり、身近なわずかな需要で収益を得られるだけになった。もう一つの原因は、人々がスタジオに以前と違うにおいを嗅ぎつけていたことである。ショーウィンドウの飾りつけはうらぶれ、店の中の石膏のマネキンさえ重苦しさを漂わせ、鬱々として楽しんでいなかった。

7

初家の赤レンガの家には部屋が五つあり、以前は村では邸宅と言え、傲然とそびえ立ち、周囲の、出入りをするのに腰をかがめなければならず、屋根に野草が生い茂り、雨が降れば雨漏りし、風が吹けば屋根がめくれ、雪が降れば屋根が沈む、泥レンガの茅葺《かやぶき》小屋が実にみすぼらしく見えたものだったが、初安運が死んで二十年目、周囲の茅葺小屋はいつの間にかすべて二階建ての戸建てに変わり、黒瓦の屋根、白タイルの外壁、光る素材をはめ込んでいる家も現れて、逆に赤レンガの家を取り巻き、狼の群れが獲物を取り囲んで虎視眈々と狙うように、憐憫と嘲笑の表情をたたえていた。ある家などは、自家用車があり、行き来するたびにクラクションをプープー鳴らして、人々の耳目を引きつけた。今や初家の陋屋《ろうおく》は黙して語らず、人影もめったに見えなかった。かつては玄関先の竹竿に、娘たちの色とりどりの衣服が風に舞っていたが、その竹竿も今ではぽつんと突っ立っていた。たまにかかっているひとかたまりのボロ服は、初来宝の衣服だった。彼は、線香先生の仕事を終えて、葬儀をすっかり片づけると、服を脱いで水に浸し、竹竿にかけ、次の人が死ぬとまた着るのだった。家の七人の女性のうち二人だけが残ってから、彼は自分が自慢に思っていたものを失ったような気がして、重苦しい愁いに陥った。彼は五人の女性が家を離れたのは、彼女たちが彼を嫌いになったからだと思っていた。彼を抱いたり負ぶったりして野生の果実を採りに林に出かけたり、夏の涼しいときに蛍狩りに行ったり、蓮の花があでやかに咲いても彼に一輪取ってくれる人はもういない。彼女たちを見かけることさえ、ほとんどなくなった。

その後彼は、祖母の世話で、頼美麗という女性、暖かいベッドを手に入れた。彼女はさらに小さな女性を一人産んだ。またこの家は女性でいっぱいになる、と思ったとたん、頼美麗は行ってしまった。ほどなくして、時刻と天気を告げていた祖母も行くべきところへ行った。母親がいるうちは、まだ温かいご飯にありつけたが、ある日を境に母親も彼に構わなくなり、一日中独りごとをつぶやいて彼に目もくれなくなり、彼を知らないふりさえした。彼は思い出すと泣き叫び、大声で泣いた。彼はなぜこんなことになってしまったのかわからず、自分が何かまちがいをしでかしたのだと感じた。べつに長く泣くわけではなく、一、二分でぷつっと泣きやんだり、涙が出ないうちに泣きやむこともあれば、泣き出す前の赤ん坊が顔を真っ赤にしてこらえているときのような表情になることもあった。そのため彼にはいつもある種の悲壮な雰囲気が漂っており、愛国詩人が濃厚な憂国憂民の情をたたえているのに似ていた。彼はどんどん気が小さくなり、葬礼の場で勝手知ったる線香先生の仕事をする以外、他のことには手を出そうとしなかった。人々は、彼は大人になるにつれてますます馬鹿になっている、小さいころの方がまだもう少しロジックを理解し、頭を使えていた、二十歳を過ぎてから、娘を自分の姉だと思ったり、娘といっしょに学校に行って授業に出たり、放課後まで教室の外で娘を待ったりして、何もかもめちゃくちゃになった、と話した。

王陽冥は真剣に彼を祈禱師《きとうし》にしようとして、死体を清め、棺におさめ、末期の水を行い、出棺させることなど、葬送の儀式を教えようとしたことがあった。彼はすぐに覚えたが、忘れるのも早かった。誰かが導いてやらなければ、めちゃくちゃになり、順序がひっくり返った。王陽冥は結局、彼には線香先生しかできないと確信した。彼は傑出した線香先生だった。いつも、脇目もふらずに火がついた線香とロウソクを凝視し、少しずつ灰になっていくのを見守った。たまに祈禱師が法事を執り行う節回しに引き込まれることもあったが、それは耳のことで、法事では数百本の線香とロウソクの面倒を見なければならない。彼は手にしっかり線香とロウソクを握りしめ、絶えず目を光らせて線香とロウソクを見回った。天地を揺るがすほど泣く遺族もいれば、淡々としている遺族も、嬉々とする遺族もいる。遺族がどんな様子であろうと、彼はぶれなかった　**いずれみんなあっちへ行くんだ　遅かれ早かれだ　そのときが来たらやっぱりぼくが線香先生をやってあげるよ**　彼は、すべての死者のために線香先生をやるつもりだった。

彼の肌には線香とロウソクのにおいが染みついていた。線香とロウソクのにおいがすれば、彼が来る、あるいはたったいま通り過ぎた、とすぐわかった。酷薄な人は、死臭がする、と言った。姉婿の王陽冥と同じで、死の気が顔に溶け込んでいると。だが、王陽冥は魔除《まよ》け札を書き、まじないを唱えることができるが、初来宝はどうやって不浄を退け、祓《はら》うのか。彼は何度か口から泡を吹いて倒れ、しばらくすると何事もなかったように自分で起きあがった。それで人々は彼が心臓に何か問題を抱えていることに気づいた。

彼はしょっちゅう数ヶ月間家に帰らなかった。野人のようにあちこちさまよって、訃報を尋ね歩いた。ときには百キロ離れた場所の葬儀で彼が忙しくしていたとわかることもあった。彼はこのように、益陽《えきよう》一帯をめぐり歩き、休まなかった。ずいぶんたって、人々が彼は行方不明になったとか、どこかで死んでしまったのだろうと思うところに、彼は、ぼさぼさ頭で、ひょっこり帰ってきた。初秀さえも父親がしょっちゅう居なくなることに慣れてしまった。もし永遠に帰ってこなかったとしても、ちょっと長めに出かけているだけだ。

彼は線香先生をしっかりやった。他人が彼を必要とし、彼をひとかどの人物と見なすのだ。彼はとりわけ祈禱師が　**線香先生　線香先生　線香とロウソクと紙銭を用意しておくれ　川辺に行って末期の水をとるよ**　と大声で言うのを聞くのが好きだった。彼も他人の言葉を聞き取ることはできた。ただ、それらの言葉はなかなか彼の頭に入らず、爆竹の燃えかすが目の前を飛び交うように、あるいは秋の落葉のように、大自然の一部に属していた。

姉たちが一人また一人と家を出ていき、彼女たちが彼にもたらした快楽を持ち去ってしまっても、彼はただ困惑して腰掛けに座り爪をいじっているだけだった。暖かいベッドになってくれた女性が去ってからも、彼は自分の傍らを空けて眠った。彼は、どうすれば他人がそうしているように目から水を流せるのかさえわからなかった。みなはだいたい旧正月に帰ってきて家族団欒《だんらん》した。どの部屋も人でいっぱいになり、幼い子どもたちが泣いたり騒いだりした。姉たちの注意力は終始別のことに向けられ、たまたま彼に目を向けることがあっても、淡白でまったく気にしていないかんじだった。幼いころの相思相愛の日々などまるでなかったかのようだった。子どもたちも彼を嫌っているようで、彼が近づくと泣いた。子どもが泣くと、母親たちは　来宝　あんた叔父さんでしょ　子どものものを取らないでよ　とか　来宝　その子を抱きかかえないで　好きに遊ばせてやって　などと言い、彼はぼんやり突っ立っているほかなかった。首を鎖でつながれた犬が、楽しそうに走りまわる鶏や鴨を見ているようだった。

　彼らは昔のことは話さず、新しいことだけを話した。過去は語らず、未来だけを語った。家やら車やらを夢見るだけでなく、ヒョウ柄のコートを欲しがり、その後競馬の話になり、将来息子にどんな嫁がほしいか、娘の姑はどんな人になるだろうかを語り、やがてテーブルを整えて、楽しく団欒しはじめた。マージャン、トランプ、牌をジャラジャラ鳴らし、手をまちがってテーブルを打ったり頭を叩く者がいれば、喜色満面でお金を財布に入れる者があった。

　タバコの煙が家中に立ちこめ、床一面にビンロウのかすが落ちている。そのにぎわいは弾力のある薄い透明な膜にくるまれて丸い玉になっていた。彼は外から彼らを眺めたが、どうしても中に入っていけなかった。このとき彼ら大家族は和気あいあいとして、闇真清と王陽冥のあいだの隙間もなくなり、タバコとビンロウを互いにやりとりしていた。戴新月は多少上品で、町の人のたしなみがあり、牌を打つときも声を出さず、その口はあいかわらずもの静かだった。姉妹たちのあいだのひそかな嫉妬も影を潜め、彼女たちは牌を叫びながら、ものを食べた。ふだんは声の小さい初雲までが、よく通る声で牌を叫びはじめた。初雪はマージャンがさほどできるわけではなかったが、人数あわせのためにしぶしぶ参加していた。初玉はマージャンができなかったが、彼らにお茶を淹《い》れてやっていた。誰にも役割があった。

　来宝は彼女たちを眺めながら、彼女たちが少女だったころの様子をなんとか思い出そうとした。彼の記憶では、初雲は二本の太いお下げを胸の前に垂らしていた。初月の頭には黒雲が半分ひらひらしていた。初冰のショートボブには白い分け目があった。初雪は天を貫くポニーテールだった。初玉は長い髪をたなびかせていた……そのころ彼は、顔ではなく髪型で彼女たちを見分けていた。彼からすると彼女たちはみなそっくりで、みな一重まぶたで、みなが口々に母さんに母さんと呼びかけ、おばあちゃんにおばあちゃんと呼びかけ、髪型が違っていても、見分けがつかないこともあった。というのも彼の頭の中はもともとぐちゃぐちゃで、誰が誰なのか構っていなかったからである。みな同じ食卓で食事をしているのだから、家族なのだ。全員姉ちゃんだから、一番上も二番目もない。そのため彼は姉たちを分け隔てしなかった。祖母が好き嫌いをはっきりさせていたのとは違った。祖母は　**十本の指はどれも長さが違うものだ**　と言い、自分の考えをまったく隠そうとしなかった。何年もたってから、初雲と初雪は、祖母のやり方のせいで自分たちの性格と運命は変わってしまったと非難し、初雪に至っては祖母の葬儀には戻りたくなかったとまで言った。

　彼は彼女たちがおもしろそうにおしゃべりしているのを聞いていた。だが初雪は、いくつかのことは、彼にしか話さなかった。他の人々を信用していなかったのだ。

おばあちゃんってとにかく不人情よね　氷のように冷たい　あの人はそれまで三回もがっかりし

ていたから　瓶に入れられた悪魔みたいに　四番目に初家に来るのがまた女だったら　そいつを食っちまうって　呪いをかけてた　おばあちゃんがうちを嫌ってることはわかってた　おばあちゃんは利に聡い人だったわ　初玉がもし神童ちゃんで　勉強ができるのでなかったら　玉のペンダントを彼女にやったはずはないわ　お年玉はいつだって　初玉に多めにやった　そうそう　あの人は初玉に畑仕事もさせなかったわ　特に六月なんて　家の中にいさせて　日が照るところにはやらず料理や皿洗い　お風呂の湯わかしなんかをさせて　うちらがカンカン照りの畑で汗みずくになってるときに　初玉はゴザに寝ころんでお昼寝してた　うちは初玉が苦労してないとか働いてないとか言ってるんじゃないの　どうしてうちらには家に残って料理やお風呂の湯わかしをする機会がなかったのかってこと　誰だって涼しいところでお肌を真っ白にしておきたいわよ　色の白いは七難隠すだもの　少なくとも全員交代でさせるのが筋ってもんじゃない　どうしてあのころはおばあちゃんに交渉しようと思わなかったのかしらね　心の中じゃ不公平だと思ってたのに　時間になると足はやっぱり畑に向かって　反抗しようとも思わなかったわ　年寄りで　纏足なのに　どうしてあんなに威風堂々としていられたのかしら　すべての人間を服従させていたわ　母さんがあの人の悪魔の爪の下で　どれだけ抑えつけられていたか考えてごらんなさい　うちが結局お葬式に駆けつけたのは　目下世代の責務を考えたからよ　目上を恨むことはできないわ　もちろんうちだってあの人を恨んじゃいない　ただ愛してないだけ　だからうちは大人になるとすぐに逃げ出したの　できるだけ遠くに逃げたかったの　遠くへ行けば行くほど　あの人のこぶしがひねりだした家の形にぜんぜん未練はないという意味になる　あのトラの口から自分という歯を抜き取ったことになると思ってた　あの人がうちを気にかけたことがあるかって　あるわ　あの人はうちがよからぬことをしに外へ出ていった　初家に恥をかかせると思ってた　それも無理からぬことだけど　村には外で体を売って稼いでる女がいたからね　でもあの人はうちをそんな目で見るべきじゃなかった　うちが言

いたいのはうちらのなかで　あの人がいちばん理解していなかったのは　面倒くさがってわかろうとしなかったのはうちだってこと　うちは呪われた四番目だから　あんたたちは誰もうちがどういう道のりを歩んできたか知らない　あんたたちには想像もつかないわ　うちは一週間インスタントラーメンを食べて　固い板ベッドで寝て　冷水のシャワーを浴びて　まるまる二ヶ月宿舎の一部屋に八人いっしょに詰め込まれ　一日十六時間働いて　流れ作業のラインの機械だったこともある　病気のときにどうやって踏ん張りぬいたか　蔑まれたときどうやってやりすごしたか　誰も知らない　孤児みたいに世界から打ち捨てられていた　話を戻して　おばあちゃんがうちを恐れを知らぬ性格にしてくれたことには感謝しなくちゃね　うちがこの世で怖いのは暗闇と幽霊だけ　暗闇が怖いから夜道は歩かず部屋の電気をつけっぱなしにするの　幽霊は町へ行ってからはもう信じてないわ　田舎はいたるところにお墓がある　薄暗くて気味が悪い　わけのわからない神秘現象がしょっちゅう起こる　こういう環境だと幽霊を信じやすくなるものよ　大げさじゃなく　町はうちに新しい命と魂を与えてくれた　纏足のおばあちゃんのことを振り返ってみると　本当にかわいそうな人よ　あの人たちは束縛の中にあって選択の余地がなかった　あの人だってもがいたことがあったにちがいないわ　でも社会が出口を与えなかった　それであの人は生活をこんなものだと考えるようになって　母さんにも同じ生活を強いたのよ　でもおばあちゃんが死んでから家は本当に壊れてしまった　全員をひとつにまとめ　団結させられる人はいなくなってしまった　いちばん上の義兄《にい》さんはたちまち誰の顔もたてなくなって　ささいなことでもめごとを起こして争い　来たいときだけ来て　来たくないとなったらどんな大事があっても顔を出さなくなった　三番目の義兄さんはもともと心の中で田舎の人間を馬鹿にしていた　おばあちゃんが死んでも　遺族なのに脚が悪いのを口実にして跪《ひざまず》かず　街角のこれが悪いあれが悪いと言って　まるで街角の人間は親に育てられていないみたいな言い方をして　ここ数年うちが住んでいる街は　あいつの鎮より何倍も本当の都市よ

あんな横の通り一本　縦の通り一本　橋ひとつ　タバコ一本吸う間に歩きまわれるような鎮とは違うわ　あいつのロジックでいけば　あいつを馬鹿にしていい人間が　あいつの頭上にどれだけいることか　最近では都市と農村の差はどんどんなくなっているわ　農村戸籍から非農村戸籍に変わるのも簡単になった　都市戸籍と農村戸籍の関係も昔の白人と黒人の等級みたいではなくなった　大切なのは個人の才能　能力よ　鎮の戸籍なんてほとんど何のメリットもないわ　専門家の話じゃもう十年もしたら　農村戸籍はもっとおいしいものになるんですって　土地持ちで補助金ももらえるから　何が言いたいかっていうと　ゴキブリかどうかは戸籍で決まるんじゃないってこと　観念をみなければ　街のゴキブリも田舎のゴキブリもどっちもゴキブリよ　街のゴキブリが田舎のゴキブリより高等ってことはないわ　見識が豊かで視野が広いほど　人間や生活に対する理解が深まりキャパシティが広がるものよ

　おばあちゃんの話に戻りましょう　上海からお正月を過ごしに帰ってきて　食後に皿洗いをして振り返ったら　おばあちゃんが玄関先に立って私を見ていたことがあるの　慈愛のまなざしではなくて　何か醜聞みたいに　私は心中とても不愉快だった　あんなふうに私を見るべきじゃない　私が外でいい暮らしをしていても　うまくいってなくても　何もかもあの人の恥ってかんじだった尋ねてほしい　そうしたら何もかも話すのに　私が自分の目で見た上海灘《シャンハイタン》がどんなふうか　上海がどんな様子か　出会った男のことだって話すわ　聞きおわってから判断すればいい　私が男を利用してるって言ってもいいし　感情を傷つけてるって言ってもいい　どっちでもいいわ　私が出会った最初の男はね　私をこれ以上なく苦しい労働環境から救い出してくれたの　その人には奥さんがいた　そう　私も結婚なんて考えたことがなかった　私が処女だとわかって彼はびっくりしていたわ　私が大学受験に失敗したと聞くと　彼の方からこんないい子にはいい仕事を探してあげなきゃって　私は無意識のうちに男の本当の利用価値を知ったの　この世は実のところ男と女の関係な

のよ　女に頼って成功してお金持ちになった例はけっこうあるわ　野心のある男なら　嫁取りで女の家柄やステータスか財力権力を手に入れようとするもの　嫁がどんなにブスでも　男は女に自分の体を使わせるの　男のこの効用を意識しなかったら　いたずらに青春と時間を浪費することになるわ　ほとんどの女の子が既婚の男にいちばんいい時期を費やしてしまうことは知ってるわ　私は愛情とやらで無駄骨を折ったことはないわ　愛情が何かわかっていないと言われてもかまわないわ　これはやっぱりおばあちゃんに感謝しなければいけないわね　だっておばあちゃんはとっくの昔に結婚は愛じゃなくて運しだいだって言ってたもの　その既婚の男は私をある上場企業のレセプションに推薦してくれて　その後マーケティング担当になったの　彼は私にアメリカの学者のマーケティングの本を見せてくれて　私はまずマーケティングがどういうものか理解した　この消費者サービスの理論は　社会現象に対する一種の認識でもあって　販売というトンネルを通して生産企業と市場を結びつけるの　後になって私はマーケティングが実は芸術で　人の心や人間性を研究するものだとわかった　私はずっとこの人に感謝しているわ　彼がどんな顔だったかもう思い出せないけれど　私はたぶん彼の人生という川にいた一匹の小魚で　波しぶきひとつたてられなかったけれど　私たちはお互いに相手を温め合った　平和で楽しい男女関係を持った　血を見るような感情のほとばしる愛ではなくて　決して社会の治安と平静さの脅威にならない愛　まさに彼が言っていた通りよ　ぼくらはとても文明的で現代的な恋人だ　他の連中はいまだに原始人みたいに野蛮だって

　もしおばあちゃんがもっと聞いてくれたら　私がこの会社でどれだけ働いてから転職して　もっといい職を得たか話すのに　これは二人目の男の作用よ　彼の作用は直接的ではなく間接的なものだった　というのも私は彼と二年間恋人だったけれど　彼はまじめ一徹の大学生で　彼が私に与えた影響は真正面からのものではなかったから　もし継続的に充電して新しい学歴を手に入れていなかったら　私はたぶん自分に新しい発展の空間を開拓できていなかったと思うわ　実はそれが私た

ちが最後に別れた原因でもあるの　私の最終学歴が高卒だっていうことが最後まで彼の心に刺さったトゲだった　彼は私が独学で経済学の博士課程に合格するまでは待ってくれなかった　そんなに待てる男なんていないわよ　この十年間で男を何人取っ替え引っ替えしたかはっきり覚えていないくらいだから　自分からアプローチしたのでも言い寄られたのでも　誰かのために　感情や感傷のために　しばらく辛い思いをしたからって　立ちどまったことはないわ　泣いたことさえないわ　相手が別れたそうなそぶりを見せたら　私は自分から消えた　相手はわざわざ言う必要さえないの　自分から別れたくなったら　二人に自分を追いかけさせてチャンスをうかがう　私は歩くとき振り返らない　『聖書』に出てくる　振り返って塩の柱になった女のことなんて　想像もつかないわ　希望は前にあって　後ろにはないものよ　私を浅はかだなんて言わないでちょうだい　私はしたくないことはしないの　いま思い返してみると　私には青春がなかったわ　青春期に入ったとたんもう老いていた　初めて男と恋を語り合ったときからやり手のようだった　おかげでずいぶん面倒が減ったわ　情愛の砂浜にくくりつけられる人は多いものよ　死んでも愛す　とかいう歌があるけれど　愛に命をかけるなんて私には理解できないわ　特に女は　女にとって大切なのは事業よ　嫁入りという事業のことではなくて　容姿を売りものにする事業でもなくて　男のように発言権を持つこと　おばあちゃんは家庭経営を事業と見なしていた　母さんはおばあちゃんに合わせて服従することを事業にしていた　私たちは本当にあの人たちを偉大だと称える必要があるのかしら　古代人が賛美した纏足を　現代人は奇形と見なしているわ　私は小さいころから木登りして　地面を離れたところから村を見ていた　いつかとても遠い遠いところへ行けるとわかっていた　後づけで言っているのではないの　私はずっと見くだされてきた　家でおばあちゃんに見くだされたのを皮切りに　他人に見くだされたことはもっと多いわ　田舎者　色黒　野暮　低学歴　軽率　標準語ができないとか　まさにそういうあれやこれやの蔑視が私の羽根を作ったの　方言はとっくに役に立たな

くなっているのよ　表現しきれないの　はっきり言ってね　方言の音は　前進の途上では足手まといなのよ　方言も私が必死に振り捨ててきたものよ　私はとっくにやり遂げたけれど　その苦しい道のりも知っている　いつの日か方言は消え失せて　愚昧と野暮も同時になくなるかもしれない　国語とグローバルな言語が田舎に入ってきて　新しい文明の扉を開くかもしれない　それが農村に対する私の期待なの

　私は帰ってきたくなかった　視界を樹木に遮られたあの古い目つきで体中を眺められるのはほとんど恥辱よ　彼らはあんたがどの年に生まれたか　どの家の子があんたと同い年か　よく知っている　心の中で指を折って計算して　ああ　三十過ぎの娘がまだ嫁に行かず子どもも産んでないよ　手の施しようがないねとか　私ははなからあの人たちに負け犬と思われようと気にしていない　関係のない人たち　火星の生物よ　たまらないのはこの環境に入ったとたん　知らず識らずのうちに田舎の尺度を使いはじめて　自分で自分の敗北をはじき出してしまうこと　自分が二人いることに気づくの　一人は村に　一人は町に　村の私は町に入ったとたん溶けてなくなる　町の私は田舎に戻ったとたん　殲滅《せんめつ》させられる　そうしてようやくおばあちゃんのこと母さんのことが理解できたの　この世で最強なのは核兵器ではなく長い歳月積み重ねられてきた文化よ

　あの人たちは私を見かけると　必ず嬉しそうに　あんたは木に登って鳥の巣の卵を採ってまるでやんちゃ坊主だったね　あんたが尻を天に突き出して田植えをしている様子はまるっきり働いてるように見えなかったよ　教室で火を焚《た》いて火事を起こしたよね　死んだネズミを先生のご飯の上に載っけたっけ　だとか言ってくる　あんたがとっくに忘れていることを覚えているのよ　まるであんたが帰ってきたらいつでも取り出せるように　あんたの代わりに大切に保存していたみたい　私はあの人たちを避けて時間をつぶしに裏山へ行った　でも山には穴がたくさん掘られていて　どこもかしこもお墓だらけで　コンクリートの道がお墓まで続いていた　皇帝陵みたいなお墓があって

塀が空き地を占領して　竜を彫った柱がそびえ立って壮観だった　全体がコンクリートで覆われたお墓もあった　お墓のてっぺんにお椀くらいの穴が空いていて　青草がひとたば生え出ていた　爆竹のくずとビニール袋　そして花火の燃えかすが　あたり一面に散らばっていた　野生のキノコはほとんど見当たらなくなっていた　おばあちゃんがキノコ狩りをしたいい季節はなくなったということよ　蓮池も埋め立てられて　二年で豚の糞とハエだらけになっていた　豚が聖歌隊みたいにブーブー鳴いて　蓮の花の香りのかわりに豚の糞が臭っていた　私は私たちの古い赤レンガの家にいるしかなかった　ある瞬間に恐怖と幸せを同時に感じたの　私は暗闇と幽霊が怖いだけじゃない　一生こんな家で生きていくしかなくなるのがいちばん恐ろしいわ

それは二〇一六年のことだった。その晩はひどい天気で、氷のような雨が降っていた。初雪は頼美麗が嫁入り道具に持ってきたソファーにあぐらをかいていた。妊娠した頼美麗がいつもそこに座っていたので、くぼみができ、スプリングもだめになっており、布張りの木の椅子のように座り心地が悪く、初雪はしょっちゅうお尻の位置を変えたが、口は一刻たりとも止まらず、一気にこれほどたくさんしゃべった。彼女は彼を知己と、あるいは家具と見なしていた——人はこの二つにだけ本音を語れる、日記を書くのと同じである。彼は耳をそばだて、彼女の顔をしっかりと注視していた。言葉の豆粒がどんなふうに彼女の赤い二枚の唇のあいだからあふれ出て地面に落ちていくか見ていた。彼女の口調はおかしく、最初は彼にわかる田舎の言葉だったが、話していくうちになじみのない調子に変わっていった。彼にはそれが、標準語、上海語、英語など数種の調子を同時に使っているのだとはわからなかった。彼は努めて彼女の気持ちに応ずる表情をしていたが、ひそかに無理をしているようにも見えた。以前は天に向かって突っ立っていた彼女のポニーテールは、長くなって背中に垂れていた。何年もたっているのに、彼女は髪型を変えず、前髪を切ってもおらず、広い額を銀幕のように出して、いつでも映画を上映できそうだった。グレーのスカーフを外したとき、首に細いシワが数回り刻まれているのが見えた。顔は平べったく、一重まぶたの先が少し上がっており、鼻のてっぺんと頬には数個の薄いシミが散らばっていた。これら数個のシミこそが彼女に他人とはちがう息吹を発させているようだった。シミは上品で、もの静かで、深みがあった。

彼はそれらを見て、研究し、それらが形作る図案に引きつけられた。草を食《は》む一頭の羊のように見えたのが、まばたきをしたら鉈《なた》に変わったり、彼女が顔の向きを変えると、片側の半分はへたのついた梨のようだった。それは彼に頼美麗を思い出させた。彼女の顔にはもっとたくさん斑点があってもっとおもしろかった。彼はそこにどんな図案でも見つけ出すことができた。男と女がいっしょに寝ている様子さえあった。彼女が笑うと顔の上で羊の群れがびっくりして震えているようで、泣くとヤギがメエメエ鳴いているようだった。棺桶に横たわった彼女の静かな顔には一群のスズメが永遠にとまっていた。閉じられた目は曲線を描いてかすかな地平線のようだった。だが彼はやがてそれらを忘れてしまった。あまりにも多くの死者の顔が彼の記憶を混乱させた。しかし、線香先生としての誇りだけは、終始揺らがなかった。

初雪の声はだんだん背景になっていった。彼は突然彼女が目を閉じて鼻がもう呼吸をしていない様子を想像した。彼は、そうなれば彼女の口は閉じられ、彼女ももう暗闇や幽霊を怖がらなくていいし、この古い家に閉じ込められる恐れもないのに、と思った。外で大風が起こり、野獣のように家のまわりで吠え立て、巨大な嘆息が屋根に落ちてきた。雨が窓に激しくあたり、タコが窓に貼りついてうごめいているようだった。さらに猛烈な風の音がした。屋外で何かがぶつかり倒れた。突然停電し、家の中が真っ暗になった。彼女は話をやめた。彼は葬式から持って帰ってきたロウソクに灯をつけた。彼女は卓上のロウソクを見つめた。彼は先ほどまでと同じように背筋を伸ばして座り、また彼女の話を聞き続けた。

人々はテレビ番組に出ている初雪を見たことがあった。彼女はスカイブルーのVネックの半袖ワンピースに、細い銀のネックレスをつけ、ポニーテールをきれいに梳《す》き、つやつやした顔で、二本の脚を斜めに揃え、小さな目をじっとそらさず司会者を見つめていた。それはインタビュー番組で、キャスターはうやうやしく尋ね、彼女は微笑みをたたえて質問に答えていた。彼女が話しているのは故郷の言葉ではなかった。彼女がテレビで話していたことと初来宝に語ったことはまったく違っていた。とりわけキャスターが、あなたは愛を信じますかと尋ねたとき、彼女は愛を信じていると述べたばかりでなく、愛は永遠で、本来値段がないのに、残念ながら最近の愛には値札がついている、と言ったのである。

キャスターは　**値札をつける風潮の中で考え方を変えないんですか　あなたはそれでも愛を信じているんですか**　と尋ねた。

彼女は、それは考えるまでもない問題だ、十年前に愛していた人を今でも愛していて、しょっちゅう夢に見ているのだから、と答えた。人間は一生のうちで本当に深く愛した経験が一度でもありさえすれば、いつでもそれを思い出して、この上ない幸せを感じるのだと。

その愛に励まされてあなたは博士課程まで進み　自分の人生を徹底的に変えたということですね
愛の力は本当にはかりしれませんね

彼女は、自分の愛は最後には片思いになり、彼女の独り相撲になる、それでも彼女は今でもとても麗しいと思っている、男のほうはもう別の世界に行ってしまっているけれど、と言った。

ああ　ああ　キャスターは言った。

もし初来宝がその晩初雪の言葉を真剣に聞き、すべてのディテールを覚えていたら、彼女が言っているその男はそもそも存在せず、彼女が誰かに心ひかれたことなどないとすぐにわかっただろう。

キャスターは話題を変え　**あなたはとても貧しい農村家庭に生まれたそうですね　その家で　あ**

なたに重要な影響を与えたのはどういう人ですか　と尋ねた。人々は初雪が考え込み、しばらく厳かな表情をしているのを見た。まるでこれから話そうとしている人に対してまず粛然と尊敬の念を示しているように見えた。彼女はゆっくりと口を開くと、祖母、いちばん影響を受けたのは祖母だ、と言った。祖母は伝統的な纏足の女性で、清朝の読書人の家柄に生まれ、字を解し、絵を描き、詩を作った。だが家が没落し、大所帯に嫁ぎ、戦争、飢餓、土地改革、大躍進と、浮いたり沈んだり、起きたり倒れたりを繰り返した。しかし祖母は目下の二世代の家族を支え　私にめそめそする軟弱な女になるな　天が墜《お》ちてきても両手で支えなければならないと教えてくれました　私には祖母の性格が遺伝してるのです　私はおばあちゃんを愛しています　おばあちゃんがとっても恋しい　キャスターは祖母を褒めそやし、さりげなく女性の纏足の問題について尋ねた。というのも国際女性の日関連の女性向け番組だったからである。

　ひとりの人間が時代にあらがうのはおそらく無理なことです　とりわけ長く続いている社会制度の場合はいっそう無理です　習俗も獰猛《どうもう》な野獣です　生理的な纏足は最もあわれむべきものではなく　いちばん悲しいのは女性の精神上の纏足です　初雪の答えはその場にいた観衆の拍手を勝ち取った。キャスターは円満な結末という表情で初雪に感謝し、初雪も礼儀正しく返した。画面に字幕が出て、キャスターと来賓は、番組のディレクターが準備したスポンサーのリストの中を退場していった。村の人はみなこの件を語り合い、生放送を見なかった者は再放送を見た。初家には北京の大学の合格者がおり、さらにテレビに出る者も現れた。人々は改めて王陽冥はすごいと思った。まるでこれらすべてが初安運の墓の位置が良かったからだとでもいうように。

8

二人は、初医師がかっちりと立てた計画に従って、朝八時に天安門広場に着いた。初雲は田舎の広々とした環境に慣れていた。県政府所在地のバスなら窓を閉めきっていることはなく、地底を通り抜けていくこんな怪物もいない。地下鉄は前進し、窓の外は真っ暗だった。乗客はお尻をぶつけあい、胸をくっつけあって、車両の速度にあわせて生身の体を揺らしていた。イヤフォンをしてぼーっとしている人、携帯を見ている人、小声でおしゃべりをしている人、目を閉じてまどろんでいる人、みなゆりかごの中にいるかのように落ち着いていた。彼らのほとんどは若者で、元気はつらつとしていた。娘たちはみな美しく、その話し声は耳に心地よく、彼女が聞いたこともない事柄について話していた。誰も彼女に目もくれず、田舎の言葉を話しても好奇の目にさらされることはなく、よそ者のごまかしきれない怖じ気を嘲笑う人もいなかった。そこで彼女は目をキョロキョロさせて、これらの新鮮な人類を大胆にじろじろと観察した。

　彼女は、淡い頬紅、鮮やかな口紅、目をぱっちり見せるアイラインなどの娘たちの化粧、流行の衣服、くるぶしを見せるショートソックス、カラフルなネイル、様々な形のイヤリングなどにハッとした。以前はテレビの中でだけ見ることができたものが、今すべて目の前にあった　**若いって本当にいいねえ　若くて北京のような大都市にいて　最高だわ**　彼らの自信に満ちた様子に、彼女は初めて、自分は年を取った、青春を無駄に過ごした、と感じた。北京へ来た目的を思い出し、突然恥ずかしくなって　**北京には卵管の再開通手術よりもっとおもしろいことがあるってわかるわよ**

という初玉の言葉の意味がうっすらわかったような気がし、まさにそのおもしろいことが、目の前の顔をこれほど若々しく、きらきらと輝かせており、彼らは北京で老いていくのだと悟った。彼女は北京の老人も目にした。彼らの老いと村の人の老いは違っていた。彼らの老いには宿命感がなく、闊達《かったつ》でさっぱりしていて、公園という結婚相談所で子どものためにお相手探しをし、理詰めで意気盛んだった。何と言っても彼らは老いに屈服していなかった。老婦人のファッションはピンクやらグリーンやらカラフルで、若かりしころの美貌が精いっぱい保たれ、歳月で過去の輝きを覆い隠してはいなかった。老人男性たちは襟付きのチャイナ服を着て、公園で京劇を歌ったり太極拳をやったり鳥自慢をしあったり犬と遊んだりしていた。彼らの表情は　**世界は君たちのものだが　我々のものでもある**　と言っているようだった。

　地下鉄が停車したり発車したりするたびに、彼女は重心を失った。やわらかい人垣といっしょに揺れ動いて、倒れる場所さえなく、両足が浮いて、体が流されることもあった。彼女は混雑時の北京の地下鉄で妊娠したという話を思い出し、ようやく自分の体に注意を向けた。胸はとある男の肩にくっついており、右側のお尻のあたりには別の男の股ぐらが貼りついており、左側から女が尻を押しつけてきて、後ろに何かがあたっていた。彼女は欲情した男だと思ったが、身動きできず、振り返りもできなかった。こちら側の娘の淡い香水の香りが、濁った空気の中でプレッシャーをやわらげていた。反対側からニラ入り小籠包のにおいがする息が顔に吹きかけられた。身動きできず、じっと黙って耐え、何ごともないふりをしていたが、拷問を受けているような気分だった。初玉を見ると、両手で胸を抱き、昨夜遅くまで語り明かしきちんと睡眠を取れなかったので、立ったまま居眠りして睡眠不足を補おうとしていた。水色のアイシャドウが夢幻のように美しく、まつ毛は長くないが、たっぷりとして、弧を描いていた。地下鉄といっしょに体がゆらゆら揺れていた。顔には薄いシミやそばかすがあり、それらが肌をますます白く見せていた。初雲は隙間から漆黒の窓を見た。ネオン広告が暗闇を突き破って窓一面にあざやかな図案を映し出していた。内容はまったくわからなかったが、呼吸が早くなり、額に汗がにじんだのが感じられ、頭がくらくらした。もしかしたら吐きそうな様子に見えたのかもしれない。近くの人が慌てて後ろに下がった。

地下鉄に一回乗って彼女は疲労困憊《こんぱい》した。地上に戻ると本当のめまいが始まり、東西南北がわからなかった。せわしなく動く道路と、光を反射させてひしめきあっている高層ビルが作り出す巨大な渦に呑み込まれそうな気がして、いわく言いがたい恐怖を感じ、前に進めなくなった。

もういいよ帰ろうよ　本当に遊びに来たんじゃないんだから　天安門も見なくていい　だだっぴろい広場なんて見るところないよ　故宮のがらんとした建物は陰気が強すぎる　長城に行くのもやめた　ただの古ぼけた壁と石畳じゃないさ　テレビの天気予報でも見られるわ

初玉は何も言わず、足を踏み出して肉まん屋に入った。

あんたは手術のメスが自分の体に一本一本切り傷をつけていくのはがまんできる　それを認めているからよ　でも都市の発達と文明は受け入れられない　心理的抵抗よ　あんたも二十一世紀の女性なんだから　もし本当に自分のために生きるんだったら　いつまでも生育機能の発揮に留まっていてはだめよ　考えてもみて　もし卵管の再開通に成功して　また子どもを産んだら　うんちやおしっこの面倒を見て断乳までいかないうちに白髪になっちゃうわよ　それってどういう生き方よ

初雲がお皿の漬物と肉まんを食べおえると、初玉はまた説得を始めた。農村の女性は生まれつきＩＱが低いわけではなく、同じように高等教育を受け、田植えをするように書物を耕し、知識を獲得すれば、自我や世界に対する認識もまるで違ったものになるはずだと、初玉はわかっていた。

しばらくして彼女は気落ちした。というのも初雲の目には啓発を受けた輝きが現れなかったからである。それどころか彼女は積極的に初玉と等級を分けてきた。あんたたち知識のある人は、あんたたちお金のある人は、あんたたち都会の人はなどなど、初玉はそれを聞いて不愉快になった。彼女は覚えていた。幼いころ自分は初雲に勉強を見てもらった。算数やら、なぞなぞやら、いろいろと。初雲は頭が切れ、学校で紅花奨励賞を受賞したこともあった。彼女は結婚してから文字を棄て、自分が文字を解することも忘れた。子どもたちが学校に上がってからは、短い説明書さえ読まず、息子と娘は一時期、自分たちの母親は読み書きができないのだと思っていた。彼女は何年も自我を放棄してきて、今になって自分自身を取り戻そうとしている。残念なことに、あいかわらずの誤った方法で。彼女の　**あんたたち文化や知識がある人**　という言い方に、彼女は突き刺された。

　初玉は彼女の語気に恨みがこもっていることにハッと気づいた。昔はこんなふうではなかった。がまん強い性格なのだ。もしかしたら妹のきつい言葉遣いに、彼女を脳足りんだと見くだす嫌いがあるのを感じ取ったのかもしれない。彼女が脳足りんなのは、まさしく妹たちの頭脳を良くするためだったのだが、晴れて頭脳明晰になった妹たちは、この脳足りんにあれこれ説教し、ほとんど非難しはじめた。初玉は　**田舎の人間**　とは言わなかったが、明らかに田舎の人間を別扱いしていた。まるで同じ釜の飯を食べ、同じベッドで眠り、同じ祖母の厳しい視線のもとで育ち、同じ父親に抱かれ、キスされ、甘え、だだをこね、同じ母親に幼名を呼ばれたことなどないかのようだった。初玉は大学に合格して家を出ると、年々変わり、年々疎遠になり、幼いころのように初雲の家に来て何日か泊まって、あれ食べたいこれ食べたいと騒ぐことはなくなった。学問をして都会の人間になってからはほとんど訪ねて来ず、来てもお愛想に食事をするだけですぐに辞去し、食事の前には洗ってある食器や箸を何度も洗い直し、腰掛けを拭いて、昔その腰掛けに座って食事をしたことなどなかったかのようだった。そのうえ彼女は彼女に、ファッションをどうしろ、美容をどうしろ、どんなサプリメントを飲め、シワを増やすな、と指図した。あるときなど、彼女の爪に泥が詰まっているのを見て、なぜ切らないのかとまで言った。どうして考えてみないのだろう、彼女は野良仕事のために爪を残しておきたいのだということを。彼女は都会の人のようにペンを握っているのでも、手術のメスを持っているのでもない。毎日泥や石など固いものを扱い、きめ細かい肌を痛める事柄を相手にしているのだ。

初玉が理路整然と自分の文化知識を駆使して高邁《こうまい》な理念を説くのを見ながら、初雲は心の中で、もし彼女に泥と冷水で皮膚を痛めた経験があれば、農村の女性が爪を切ったら、やわらかい指先で硬いものと格闘せざるを得なくなるとわかったはずだ、少しでも生活の苦労を理解していたら、こんなものの言い方をするわけがない、と思っていた。初雲はこれらの不愉快なディテールを思い起こしながら　**あたしは文化のない貧しい親戚にすぎないんだ**　**これが現実ね**　と思ったが、知識に対するある種の敬意から、あるいは長年培ってきた従順さから、習慣的に口をちょっとすぼめ、本当なら深く分け入って討論する価値のある会話を黙って終わらせた。

二人は食事を終えると予定通り天安門に行った。

長安街《ちょうあんがい》の両側には大きなハクモクレンの樹が通り沿いにずっと並んでいた。ふっくらしたハクモクレンの花は綿の実のように大きく咲き誇り、香りが鼻をついた。初雲はそこが教科書にあった「十里の道を総理をお送りして」〔長安街の沿道から周恩来の亡骸を乗せた霊柩車を見送る人々を描いた追悼文〕の場所だと知って、たちまち目頭が熱くなった。この文を勉強して泣いたことを鮮明に覚えていた。今でも一字一句違えず諳んじることができた。

空は陰鬱で、暗く寒かった。長安街の沿道は老若男女で埋めつくされていた。通りは長く、人も多く、東を向いても先頭は見えず、西を向いても最後尾は見えなかった。人々は腕に黒い喪章を巻き、胸に白い花をつけ、目で周総理の霊柩車《れいきゅうしゃ》が来るはずの方向を見つめていた。総白髪の老婦人が杖をついて、ハリエンジュの樹にもたれかかり、気をもみながら忍耐強く待っていた。一組の若い夫婦は、夫が娘を抱き、妻は六、七歳の息子の手を引いて、歩道からはみ出し、身を乗り出して眺めていた。赤いネッカチーフを巻いた泣き顔の少年少女たちが、互いに肩を寄せ合い、つま先立ち

して見つめていた、見つめていた
　東をひと目見ても先端は見えず、西をひと目見ても末尾は見えず、現実の通りは想像していたよりずっと広く、静かな大河のようだった　帰ったらあの人たちに言おう　あたしは長安街に行ったんだよ　教科書に出てきた長安街だよって　天安門の赤い城門に着いて、巨大な毛《もう》主席の肖像を目にすると、彼女は涙をこぼして　北京にいたら　毎日天安門に毛主席に会いに来られるんだね　と独りごちた。
　うちの知る限り　北京で生活している人は　毎日天安門に毛主席を見に来ようなんて考えもしないわ　一年に二回だって来ないわね　彼女は彼女をからかい　毎日毛主席を見に来られるとしても卵管の再開通手術をするつもり？　と言った。
　北京はあんたたちのような知識がある人が住む場所だよ　あたしみたいな文化のない人間は　毛主席を一回見られればもう十分ありがたいってもんよ
　あんたはまちがっているわ　北京は様々なタイプの人を必要としているの　ここでは誰でも価値を創造できる　奇跡だって　宅配便の配達員が英語を独学して国際業務部に入って社長になったり産後の手伝いをしていた中年女性が筆を執って自分の物語を書いて　作家になったり　チャンスが流れ星のようにきらめいてるの　要はどの手がそれをつかむかよ　うちの病院の看護助手は　しっかり経験を積んで資金を貯めてから　介護の会社を設立して　患者に付き添い看護を斡旋《あっせん》し　栄養豊富な病人食も扱って　どんどん評判になって　別の病院にまで事業を広げたわ　こういう人たちの学歴は中卒に過ぎないけれど　そこでそのまま足踏みしてはいない　二人の子ども以外何も持たない四十過ぎの女がまだ子どもを産もうっていうなら　そのまま足踏みさえできずに　退歩するしかないわ
　あたしはもうこんな年だもの　何もできないよ　奇跡を生み出すなんてなおさら無理

逆にこう思ってるのよ　卵管再開通の手術が成功して　もうひとり子どもを産んだら　それは普通の人にはできないことだって

彼女たちの会話はどこからスタートしても、結局卵管再開通手術のことに戻っていった。卵管再開通手術が円の中心で、外周はすべてその下地であるかのように。初玉は彼女が卵管再開通手術を受けることを止めないとは言ったものの、話しはじめるとしつこく絡んで、ストレートに言ったり、逆説的に言ったり、虚実ないまぜに、皮肉っぽく辛辣に、様々な修辞を使った。初雲の考えは来たときと同じで変わらなかった。重労働をこなしてきた頑固さは、足腰が疲れるまで止まらないのである。

意外にも、初雲は自分からその男について話しはじめた。そのとき彼女たちはもう故宮のがらんとした建物と竜の彫刻が施された皇帝の大きな玉座を見おわり、頤和園《いわえん》の昆明湖《こんめいこ》で船を漕いでいた。春の陽が降り注ぎ、そよ風が湖水にさざ波をたて、飛行機が空に白い跡を描き出していた。初玉は初雲のために観光ガイドになり、頤和園は西太后《せいたいこう》が軍事費を流用して自分のために建てさせた桁外れの別荘で、自分の六十の誕生日祝いに突貫工事で建設させたのだが、残酷な日清戦争によって彼女のバースデーケーキは血なまぐさい味になったと説明した。

野史では西太后は浮気して懐妊したって言われてるの　清の人の記録によれば西太后はある時期「湯臥果《タンウオグオ》」が好物だった　「湯臥果」というのは樹になる実じゃなくて　一種の点心よ　北京の人は落とし卵のことをそう呼ぶの　西太后は毎朝人をやって料理屋に「湯臥果」を買いに行かせていたのだけれど　料理屋から品物を届けてくる若者が美形で李蓮英《りれんえい》〔西太后に仕えた宦官〕が気に入って　よくひそかに宮中に招じ入れていた　そのうち西太后が目をつけて　宮中にとどめて専属で仕えさせ　光《こう》緒《しょ》帝を身ごもった　だから西太后はどうしても光緒帝を擁立したがったんですって　光緒は彼女が

自分で産んだ子だから

テレビドラマで見たけど西太后の食事は毎回点心だけで数十数椀もあったよ　正餐《せいさん》ともなれば百椀が整然と並んで　食べきれない分は宮女やら使用人やら宦官たちに食べさせてた　世界一のコックだって宮中にいたはずよ　わざわざ外の料理屋から食べものを買ったりするかなあ　西太后が浮気して光緒帝を懐妊したのかどうかは知らないけど　外の食べものを買ったってのは信じられないそのコックの落とし卵がいいなら　西太后ほどの権力があれば　宮中に召し抱えればいいじゃない人をやってその料理の作り方を習わせてもいいんだし

あんたの疑問はもっともね　人々は大人物の物語を作るのが好きなのよ　もともとはただ彼女の生活に興味があるだけ　村の人も同じでしょ　あんたがこっそり北京に来たのは正解だわ　どれだけ人聞きの悪いことを言われるか知れたもんじゃない　うちはあんたの感情問題に価値判断を下さないけど　およそものごとには道徳基準があるものよ　あんたはフリーじゃない　今は思想が開放されているように見えるけど　人々の頭の中に深く根を張っている女性の逸脱に対する憎悪の意識は密通者を竹籠に入れて水に沈めていたころとほとんど変わらないわ　今はインターネットが発達して　そういうことが起きようものなら　ネットユーザーたちは人喰い魚みたいに　血なまぐさいものを味わおうと襲いかかる　竹籠の話になれば　ますます熱狂するのよ

遠くから笑い声が聞こえてきた。湖面が少し涼しくなった。まさにこのとき初雲は男の話を始めた。人は映画に出てくるような美男美女だけが愛を語り抱き合ってキスするのだと考えがちで、無器量で、何の教育も受けたことのない二人が、霊と肉の結合を解するとはなかなか想像できない。そのため初玉は、初雲が自分の愛情について語りはじめたとき、体をきれいに洗っていない人間が互いを噛み合って、しょっぱさとすっぱさとホルモンの味以外に、甘い愛情や美感を味わえるものなのか、想像がつかなかった。彼女は自分の考えが実に公平さを欠いていることに気づいた。彼女もあの貧しく汚いちっぽけな場所から来たのだ、そこに対して蔑視で報いることはできない、あるいは蔑視ではなく偏見と言うのかもしれないが、それでも大して違いはない。彼女は内心好奇心が募っていた。どういう男が初雲にほれ、彼女にこれほど甘美な思いをさせているのだろう？　ゴシップの角度からでも、医学的な角度からでもなく、ただこのカップルを自分の感覚の天秤にかけ、お似合いかどうか見定めてみたかった。

　正午の陽の光がますます強くなっていた。空気中に春のむわっとした熱気が立ちこめていた。初雲のことをよく思いやってくれる、閻真清とは天と地ほども違う男が、船の揺れとともに現れてきた。彼女は彼の容貌や身長は説明しなかった。重要ではないようだった。あるいは別の言い方をするとわざとぼかしていた。その人はこの世でいちばん彼女に優しい人で、都会の人が言うところの「ぬくもり系男子」である——才覚のない男の多くはぬくもり系男子にしかなれない、女を喜ばせて暮らしていくのである——彼女にはぬくもりが欠けており、その人が埋めてくれた。彼は彼女に何かしてくれと求めたわけではなく、卵管開通手術は彼女が自分で考えついたのだった。というのもその人はまだ若く、子どももがなかったからである。もし離婚して彼に嫁ぐなら、どうしても生殖能力が必要で、さもなければ彼女は彼に無駄をさせてしまう。彼女が自分で決めた条件だった。

　彼女は自分の子宮をほとんどチャリティー機関扱いしている上に　あの梨型の器官の力を過大評価している　初玉は心中こう思った　彼女のこういう考えは絶対にやめさせなければいけないわ　寝たのは寝たとして　余計なものを付け加えてはだめ　この馬鹿女　自分の体にもう秋が来ていることさえ　わかっていない　初玉はその感情にどれほど深い愛があるか、感じ取れなかった。というのも艱難辛苦《かんなんしんく》の経験がなかったからである。男がぬくもりで女の肉体を勝ち得たら——女は肉体を感謝の贈りものにし、全身全霊を捧げるものなのだ。初玉は、自分が思想の奥深くで、教養のない婦女子は内面的な力がなく感情に乏しいと思っていることに気づいていなかった。医師の彼女の目から見ると、初雲の感情は病人と疾病の関係のようなものだった。彼女はただ病理研究をし、臨床観察をするだけで、白手袋をした手で病人の手を握り、病人の肩を抱いて心のこもった話をすることは決してなかった。

二日間の北京観光が終わった。北京ダック、モツ煮、ジャージャー麺、二毛《アルマオ》の火鍋を食べおえて、厳粛な時が訪れた。月曜日の朝、初雲は目覚まし時計より早く起き出し、卵料理とおかゆを作った。毎週末にする整理整頓が外出でおざなりになっていたため家はちらかっていた。彼女はすばやく床にモップをかけ家具を拭き、汚れた衣服を洗濯機に放り込み、ベランダの草花に水をやった。初玉が目覚ましの音で起きると、初雲が家政婦のようにトイレの便器に覆いかぶさって掃除しているのが見えた。心にいわく言いがたく申し訳ない気持ちが起こり、幼いころ彼女がいつもこんなふうに働いていたことを思い出した。これほど長い年月が過ぎたのに、彼女はまだそれをやめられないのだ。

病院に行くのはやめたわ　初雲は言った　明日帰る　彼女は初玉がどんな顔をしているかまったく構わず、目もくれず、便器をピカピカに磨いていた　あたし頭がおかしくなってたみたい　あんなことしようと思いつめるなんて　昨日の晩よく寝たら　いっぺんに目が覚めた　いったいなんで北京に来たのかね　家のことをほったらかして　きっとみんなとんでもなく焦ってるよ　馬鹿な考えが浮かんだとたん魔法にかけられたみたいになっちまって　あたしったらもう四十になろうってのに他の男のために子どもを産もうだなんて　人生まだ苦労したりないとでも言わんばかりだよね　闇燕も闇鷹ももうすぐ子どもを抱く年ごろよ　あの子たちに恥をかかせちまう　あたしは北京みたいな大きなところにはいられないってわかった　頭がくらくらしてどっちがどっちかわからなくなる　あたしらのとこの鎮でも仕事は探せる　畑の面倒はもう見ない　荒れさせておけばいい　畑が荒れてるのはうちだけじゃない　深圳や広州に行った人たちの畑は雑草が人の背丈くらいになって

るわ　畑で食べてく人間なんてもうほとんどいない　でもここには来たかいがあった　出てこなければ目が覚めなかった　出てきたからあんたたちがみんなこんな生活をしてて　本当に自分の人生を生きてるのを見られた　誰もあんたに要求しない　誰もあんたを管理しない　誰もあんたを毎日見張ったりしてない　とにかく自由自在だよね

　二〇〇五年、初雲の生活に起きたひそかな波は跡形なく消えていった。

9

　北京から戻った初雲は、血液に何かが注入されたかのように、両目がきらきら輝き、気力が充実していた。例の男に子どもを産んであげる壮大な計画は人知れず終わりを告げた　ひとつの穴ぐらから別の穴ぐらに飛び込むわけにいくもんか　あたしは四十歳から生きるんだ　もう泥まみれになるのはまっぴらごめん　泥からお金が出てくるわけでもなし　自分のポケットからいつでもお金を取り出して買いたいものを買えるようになる　あの人に同意を求めたりお説教を聞く必要なしにね　どっちみち誰かが出ていって始めなけりゃいけないんだから　彼女は自分の人生が本当に新しい段階に入ろうとしているのを感じていた。数年後に自分の生活を振り返ったら、きっと北京で見た、生気にあふれた顔を思い出すだろう。彼らは彼女に傲慢な、馬鹿にしたような視線を投げかけたわけではないが、彼らが醸し出す息吹に包み込まれて、彼女は自分がちっぽけに思われ、恥ずかしい気持ちにさせられた。携帯を眺めて突然満面の笑みを浮かべた娘に、彼女は心を動かされた。その娘がなぜ笑顔になったのか、彼女には永遠にわかりようがないにもかかわらずである。北京行きは彼女に、町に出て生計を立てようという考えを抱かせた。土地から得られる見返りは少なすぎる、別のやり方で奮闘しなければ。彼女は、町へ行こうと思いついた最初の人間ではなかった。彼女はこのときようやく、周囲の家々は玄関を閉ざしているか、そうでなければ、老人と子どもだけであることに気づいた。青年、壮年の者は、遠くは珠江《しゅこう》デルタ、長江《ちょうこう》デルタへ、近くは鎮、県政府所在地、あるいは長沙へ行っていた。

外でお金を稼いでいる人たちはみんな古い家を洋館に建て替えてる　家を守っているところはどんどんボロ屋になってる　あたしもバルコニーのついた真っ白な壁の家がほしい　広々とした客間　シャワーがある洗面所　ガスコンロと換気扇のついたキッチンがほしい　彼女はまた初玉の生活を羨んだ。コンサートを聴きに行ったり、絵画展を観に行ったり、旅行したり、バーベキューをしたり、いつもあれやこれやの計画があるのだ　もう村の生活はがまんできない　あいつにも耐えられない　あいつに引きずられて腐っていくのはいや　数ヶ月後、彼女は最後の収穫を終えると、穀物を倉庫に収め、家の内外のことを手配し、閻真清の反対には頓着せず、県政府所在地に向かう大通りを進んでいった。町にはお金持ちがたくさんおり、彼らの生活には彼女のようなきまじめで有能な女性が必要だった。彼女の顔つきをひと目見ただけで、人々は彼女を信用した。彼らの信用ぶりは彼女を驚かせた。家の中にはお金が無造作に置かれており、食材を買って料理をしても、材料費がいくらだったか聞かれることはなかった。ある女主人などは自分の衣装箪笥《だんす》から高価な古着を彼女にくれた。その後家事代行業のコミュニティでは、雲《ユン》姉さんという女性が広く知られるようになった。彼女はメニューも工夫して、料理の腕をどんどん上げていった。雇い主は彼女を引き留めるために何度も賃上げをした。はじめのうち彼女は住み込みで働いていたが、やがて外に住み、仕事とプライベートを分けるようになった。さらにその後数回転職して、パーソナルシェフになり、掃除や植物の世話などの雑用はやらなくなった。彼女の関心は料理に集中しており、閻鷹が生まれつき料理好きなのは、彼女からの遺伝だったのだと気づいた。

　初めてお金持ちの家の品々を前にしたとき、彼女は割ったり壊したりしたらどうしようと怖かった。もし割ってしまったら、弁償できず、来る日も来る日も働くしかないだろう。あるとき本棚を拭いていて、彼女は色鮮やかな陶器のお皿を割ってしまった。破片を捨てて、何も知らないふりをしたいと思ったが、正直者の血が、誠実、勇敢であれと促した。彼女は心中気が気でない不安な午前中を過ごし、雇い主が帰宅すると、すぐにありのままを告げ、弁償を申し出た。雇い主は、旅行のお土産で大したものではないから、と言った。後になって、それは彼らがイランで数千元で求めたものだったことがわかった。人々の寛容さに彼女は感動し、ますます誠実に仕事に精を出した。彼女はそれを他人に仕える低級な仕事だと思ったことはなく、それどころか労働にある種の尊厳を見いだしていた。それまでに体験したことのない、本当の価値の感覚だった。彼女は一度だけ口うるさい雇い主に遭遇したことがあった。というのも彼らの娘は海鮮が好きだったが、彼女は海鮮を食べたことがなく、見たことさえなかったからである。うごめく貝を見てもどうしたらいいのかわからず、それらをどう料理にすればいいのか皆目見当がつかなかった。その横暴な娘は毎回海鮮の味について嫌みを言うので、彼女は半月やってみただけで自分から辞職を申し出た。彼らは一ヶ月分の給料を支払おうとしたが、彼女は自分がもらうべき分しか受け取らなかった。彼女はたくさんの人と知り合い、少なからぬ物語を知り、お金持ちのめちゃくちゃでもあり幸せでもある生活を理解した。ある女主人は、おそらくひそかな苦痛を誰にも話せずにいたのだろう、彼女に仕事の手をとめて腰を下ろすよう言い、茶飲み話に誘った。女主人の夫が外で別の女と抜き差しならない関係になり、多角関係の泥沼から抜け出せなくなっていると聞いて、彼女はこの富んでいる女性にあわれみの気持ちを抱きそうになった。富んでいる人が流す黄金の涙は、貧しい彼女の同情心などまったく必要としていなかったかもしれないけれども。

あなたはあっさりすっきりしていて　本当に羨ましいわ　富んでいる女性にそう言われて、彼女はびっくりした。こうして彼女はお金持ちにも悩みがないわけではないことを知ったが、彼らの苦悩は貧しい夫婦の悲哀とはまったく違っていた。お金持ちはお金がたくさんあるがために精神的な苦痛を得るが、貧乏人の場合は衣食住など日常の必要が満たされず、病気を治すお金さえないのである。

彼女は村に寝たきりの癌《がん》患者が二人いることを思い出した。彼らは病院に行ったとたん末期癌と診断され、帰宅して死を待っている。死に至る痛みの苦しみをなめ、全身浮腫だらけになり、せわしない呼吸をしているが、棺桶を買うお金の目処《めど》さえたっていない。どっちみち死ぬのだから、お金をかけて治療をしたら人も財も失うだけ、家族に巨額の債務を負わせるわけにはいかない、と皆わかっている。毎日誰かが見舞いに行き、戻ってくると、顔が真っ黒だったとか、ほっぺたもへこんでしまったとか、食べものを全部吐いたとか、病人の様子を描写した。彼女は初めて給料が出て、休暇をもらったとき、家に戻り、埋葬費用がない死者のために数百元を渡した。彼女に続いてお金を出した人もいた。だが、こういう配慮は本当なら村の幹部が率先してやることなのに、彼女にお株を奪われて、幹部の誰それは恥をかかされたよ、町へ行ってどんな商売をやっているんだか、戻ってくるなり見せびらかして、きれいなお金かどうかわかったもんじゃないね、と言う者もいた。それらの言葉が耳に入り、彼女は単身外にいる女はこういう憶測を招くものだということを知った。まるで女は肉体と容貌によってしか他所では自立できないとでも言うかのようだった。彼女も以前は憶測好きの人たちといっしょに他の女を疑っていたので、あまり気にしなかった。じきに彼らのほうから彼女に近づいてきて、どうやったら町で儲けられるか、自分を連れていってくれないか、と頼んでくるだろうこともわかっていた。

村中で閻真清だけは彼女のお金がきれいかどうか気にしていないようだった。あるいは彼女が良からぬことなどできるはずはないと百パーセント信じているようだった。彼女が彼にお金を渡しても、彼は一言も尋ねず、時間が巻き戻されたかのように、彼女が出ていくのに反対したときのままの情緒に浸っていた。彼が大まじめに町へ出かけるようになるのは、二、三年後のことである。彼女の仕事がどんどん軌道に乗り、着ているものや容貌に変化が現れると、彼はこんな堅ぶつがどうして町でやっていけるのか知りたくなった。彼女は閻燕に分割払いでノートパソコンまで買ってやった。娘が寮の同級生はみんなパソコンを持っていて、勉強の役に立つ、と言ったからである。そこは最底辺の短大にすぎず、中身はでたらめで、学生たちはお金をかけて青春を浪費していたのだが、彼女は娘を有名大学の学生のように扱い、何が何でも卒業証書を手に入れるよう言いつけた。

娘は大学に行っているの　息子はもう調理師よ　他人と子どもの話をするとき、彼女はいつも大学に進んだ娘のことを先に話した。家政婦仲間で娘を大学にやっている例は少ないと思いこんでいたのだ。だが話してみると、よその子どもは広州や上海の大学に行き、金融学、経済学、コンピューターなどを学び、正真正銘ぴかぴかの学歴で、費用の方も底辺大学の数倍かかっていた。それでも彼女は負けたとは思わなかった。閻燕の成果は彼女の期待をはるかに超えていた。というのも村で閻燕と同じ年ごろの娘は、中学を卒業して店員になっているのでなければ、十代で嫁に行き、前の世代と同じ道を歩んでいたからだ。閻燕の幸せについて人々は、初家の墓のいい影響が若い世代にまで及んでいる、よく考えれば、八回竿を振り回してやっと当たるくらいの関係はある、結局彼女は初家の血筋だもの、とうわさした。

　初雲は町で部屋を借りた。「スズメは小さくともしっかり五臓が揃っている」で、閻燕は週末になると二時間汽車に乗って彼女のところへ直行し、狭苦しいところでいっしょに過ごし、田舎には帰りたがらなかった。閻鷹には自分の世界があった。閻真清はいつもひとりで空っぽの家を守っていた。地下足袋を履いて、幹部が視察するように畑のこちらからあちらまで歩き、どんどん生い茂っていく雑草が、美しくても実のならない花を咲かせるのを見た。彼はそれらの野花に唾を吐く以外、何もできなかった。彼の唾から滋養を得て、野花たちは彼を見かけると感謝して頭を垂れた。彼は一輪一輪の野花を自分の民だと想像し、彼らの臣服を欣然と受け入れた。

　閻真清のそんな様子に、人々は、彼の哀れな後ろ姿、その孤独な電信柱について、議論せずにはいられなかった。誰にでも他人の不幸をあわれむ資格がある。泣いている人にティッシュペーパーを差し出すようなものである。彼は勝手きままに世捨て人の生活を楽しんでいるのだと言う人もいた。田園の詩情の中で生を終えたいと生涯考え続ける人は実に多い。よく知られているところでは陶淵明《とうえんめい》がいる。陶淵明の『桃花源記』に書かれているのは彼らが暮らす桃源《とうげん》県のことだと言われている。ここの地勢は『桃花源記』の描写にそっくりである。桃花源は滔々たる沅江《げんこう》に面し、背後に高くそびえる山がある。桃花源牌楼を過ぎると桃花渓流があり、渓流沿いに進んでいくと大きな桃林がある。桃花源の人間は誰でも　**中に雑樹無し　芳草鮮美にして、落英繽紛《ひんぷん》たり**　という数句を諳んじている。詩文に書かれている桃花源は仙境のようだが、現実の桃花源は貧しい片田舎にすぎない。人々は次々と外に生活を求めながら、死んだら桃の花が咲く山に身を埋めたいと願っている。

　彼が後になって思いついたアイデアは、あぜ道を歩きながらぐねぐねと生まれてきたものだった。あるとき彼は母親の墓の前に腰を下ろし、生い茂る草の中で、とりわけ腹を割って長談義をした。彼はずっと母親のために墓を修繕して墓碑を立て、他人が入ってこられないように石で墓を囲んでやりたいと思っていたが、一年また一年と先延ばしにしていた。このことで彼はひどく罪悪感を抱いていた。母の遺産で墓を作ればよかった。妻に渡して管理させても、一銭たりとも残らないところまではいかなかったろう。どういうわけか、彼はこの初家の長女を心の底で信頼していなかった。彼はいつも、自分が妻にああいう態度を取るのは戚念慈が原因だと考えていた。初家は不公平で、彼の自尊心をいたく傷つけた。彼は王陽冥のように初家に溶け込んで談笑したりしない。腰をかがめて人にへつらうのがうまくない。

彼は母親の墓前で脚がしびれるまで座り続けた。日が西に傾き、彼らの桃花源は一種のメランコリックな光芒の中に陥り、薄い霧が田野を覆った。彼が認めようと認めまいと、眼前の田園の詩情は彼の心に突き刺さった。あるいは彼が感じたのは田園の詩情ではなく、それまでそれほど真剣に周囲のすべてを長時間見つめたことがなく、そのとき突然、その見慣れない華美な風景に惑わされたのかもしれない。田畑は労役をするところではなく、飛び跳ね踊るべき場所であるかのようだった。彼の心が震えたのはわずか一秒間だけだった。脳裏にある年の春、ある人がこの畑で雷に打たれた光景が浮かんだ。その黒焦げの屍体は目の前の情景をぶち壊した――それは彼の父親だった、父親は餓死したのではなく、飢饉《ききん》で食べものを探しに来て雷に打たれたのである――民間の言い伝えでは、雷に打たれる人間は、徳を積まず、良いことをしなかった報いだと考えられていた。人聞きの悪い死に方だった。彼には父親の記憶がなく、いくつかの情景は人から聞いたものだった。父親はこの地で初めて不幸にして雷に口づけされた人だった。

初雲は家に一晩泊まっただけだった。昼間は二人ともこれといって何も話さず、ただ畑や家畜に関する話をしただけだった。食事のときも、咀嚼し、スープを飲む音が聞こえるだけで、その音はどんなときより大きく響いた。まるで彼らは咀嚼という言語を使って激しく深い議論をしているかのようだった。彼女が箸を置いても、彼はまだくちゃくちゃと椀の中の食べものを片づけていた。彼女はいくつか新しい料理を作り、料理の腕が少なからず上がっていた。新しい味わいに、彼は一瞬、自分は新しい女房をもらったのではないかと思ったが、顔を上げると見慣れた顔で、幻想を打ち砕かれた。

彼はこの顔が好きでも嫌いでもなく、数ヶ月見なくてもまったく恋しさを感じなかった。その晩二人は最終的に、ベッドに並んで横になったが、二人のあいだには将棋盤の楚河と漢界の境界のように三十センチほどの越えられない溝があり、彼は「卒《ズー》」を出動させず、彼女も「兵《ビン》」を繰り出さず、互いに自分の陣地内でコマを動かした。「炮《パオ》」は飛び越えて離れたところから相手を倒せるのにびくとも動かず、「車《ジュー》」は長駆して直接入っていけるのに停まったまま前に進まず、「馬《マー》」を下手にぴょんぴょん飛び跳ねさせているだけだった。彼はもしかしたら彼女が汚れていると思って嫌ったのかもしれない。彼女はもしかしたら彼が彼女を汚れていると思って嫌ったと感じたのかもしれない。この将棋は暗闇の中で深夜まで指された。双方ともに一兵卒、一人の将も失わないまま、勝負はつかず、片方がかすかにいびきの音をたてたところで、もう一方は引き分けのポーズを取った。

　彼女はふと自分のあの一時の激情を思い出し、彼に対してすまなく思った。とにかく彼は蚊帳の外におり、不倫されたことに気づいていないのだ。彼女は何度か彼に正直に話そうと思ったが、打ち明けた結果できる傷が怖かった。あるいは心の奥深くにある身勝手さから、道徳的に傷のある人間にはなりたくなかった。それは彼女がしたことのある唯一の不誠実な事柄だった。

　彼女は早朝まだ暗いうちに起き出して服を着た。大通りまで行って振り返ると、背の低い家が動物のように這いつくばっていた。窓はまだ暗く、村中が眠っていた。彼は暗い窓の向こうから彼女がしだいに遠ざかっていくのを見つめていた。監視者のように冷静沈着だった。このとき彼女は、彼がほどなくして事故に遭うことをまだ知らなかったし、彼の事故で自分の人生計画が変わることもわかっていなかった。もし彼女が、自分で言っていたように、自分のために生きることにしたならば、それに構わず、新しい生活と仕事を続けることはできた。夜のあいだ、彼女は実は寝ていなかった。彼女はたくさんのことを考えたが、見通しは立たず、何も決まらなかった。彼女はもともと筋の通った人間ではなく、ただ生活に促されるまま前進していた。

10

毎日夕暮れ時になると、呉愛香は戚念慈のように、木製の肘掛け椅子に座り、肘掛けに両手を平行に載せ、両足を足湯たらいに入れてこすり合わせながら、淡々と窓の外を見つめた。春は窓いっぱいに桃の花と柳の新緑が見え、山一面タケノコが生え、鳥の清らかな鳴き声が時空を澄み渡らせる。秋はほとんど陰鬱な雨が綿々と降っている。冬も雨がちであまり晴れない。時々大雪が吹きすさび、お天気は泥沼に陥り、十日、半月、顔をほころばせない　**またこぬか雨がふっているよ**　村に戚念慈の声がこだまする。

呉愛香は窓の景色を眺めていたが、天候のことはあまり気に留めなかった。まるで見えていないかのようだった。彼女の顔は六十代の女性に見えなかった。娘たちに面倒を見てもらい、十数年間何の憂いもない日々を過ごして、彼女は体重が増え、色白の顔には肉がつき、容貌がどんどん戚念慈に似てきていた。肘掛け椅子に座っているときは特にそうだった。外にいる娘たちは絶え間なく彼女にものを送ってきた。食べるもの、使うもの、着るもの、彼女はすべて整理して、誰かが戻ってきてカビが生えた食品を捨てるまで、きちんと片づけておいた。服は新品のままで、お気に入りの斜めの打ち合わせの二枚の上着しか着なかった。このころちょうど中学にあがった初秀は胸が膨らみはじめ、月経の知識がなかったため、自分の体からだらだら血が流れ出てくるのにびっくりし、家にこもって外に出ようとしなかった。学校を二日間サボり、担任の先生が家庭訪問して、この件はようやく解決した。

初秀はこの変化を嬉々として受け入れた。まず、テレビのきれいなお姉さんみたいに、紅い唇、ハイヒール、たなびく長髪、美しいスタイルになりたがった。あるときには、ハイヒールを出してきて履き、絵筆で唇を紅く塗り、胸を突き出して、様々な姿で鏡に映し、前髪をかきあげてでっぱったおでこを出し、いろいろな角度から自分の顔を眺め、じっと目を見つめ、唇をすぼめて鏡にキスした。鏡は頼美麗の嫁入り道具で、彼女は生前いつも鏡の前で髪をとかしていたが、死後鏡に女が映し出されることはなく、分厚くほこりをかぶっていた。初秀は鏡面を拭き、鏡の中の顔のそばかすも拭いた。きれいな雪のように白い肌に青い血管が見えた。色白は初家の人間の第二の特徴である。夏に日焼けして黒くなっても、すぐに回復した。

彼女はショートヘアをセンター分け、サイド分けなど、いくつかのスタイルにしてから、結局もとのように前髪を下ろした。髪が額を覆っていると安全に感じられ、自分を隠せるような気がした。このとき彼女は十二歳、身長百五十五センチだった。その後、体はどこもかしこも膨らんでいったが、背丈はそれ以上伸びなかった。十六歳になると、彼女はおっぱいぷりぷりの色白のセクシーな少女になった。黒い目は大きくはないがきらきら輝き、なまめかしく動いていた。中学三年になってすぐ成績がガタ落ちし、理系科目はクソみたいにひどかったが、気にしなかった。だるそうな様子で、早くに色気づいて精力を使いきったかのようだった。まずある男子同級生を好きになり、一日中妄想にふけり、初恋の甘酸っぱい味に溺れた。身近にしつけをする人がおらず、遠方の親戚の鞭《むち》は届かず、彼女はどんどん野生の牝馬のようになっていった。彼女は十四歳で処女喪失した、いや十五歳だ、法事を執り行っていた歌と楽器のうまい若い道士が、彼女の両親の部屋で彼女を女にしたのだ、といううわさだった。

その法事は三日間行われたので、彼らには大勢の人の中から互いを見初め、気持ちを伝える十分な時間があった。法事が二日目の晩になったとき、人々は、道士が歌い踊りながら、軽快かつ淫らに尻をくねらせているのに気づいた。岸に上げられたばかりの魚のようだった。見習いの少年の、くねくねしたなまめかしい動きは、彼がその方面の実演に天賦の才があろうことを示しており、舞台上の若いアイドル歌手のような魅力を四方に放っていた。

　これまでこれほど多くの観客が集まった法事はなかった。しかも多くは女性だった。彼女たちはうっとりと見つめて、いつまでも帰らなかった。大方の女は、彼のセクシーな尻が目当てだった。まだ幼さが残る美しい顔と均整のとれた体がたまらなかった。彼は自分の引力をわかっているようで、踊りの足取りは敏捷でなまめかしく、呪術的な狂おしさが染みわたり、誘惑のニュアンスに満ちあふれていた。彼はくるりと回って体をひねるたびに、少し笑みを含んだ視線を棺の置いてある部屋の一角に向けていた。そこに初秀がいるのが見えた。少女らしい恥じらいは少しもなく、女性たちの内心の欲望をわざと隠しているのとも違った。もしかすると我を忘れて浸りきっていたためか、彼女は大胆に踊り手を見つめ、彼に合わせて目を動かしており、向かいの灯りが彼女の目をきらきら輝かせていた。中年に足を踏み入れた彼女の父親は鋳鉄のようにロウソクをじっと見つめていて、空中を飛び交う欲情にまったく気づかなかった。彼は四、五歳から線香先生をやりはじめ、この職業に精通し、ロウソクと黙契を結ぶ域にまで達していた。彼はロウソクの光の強弱で、ロウソクを交換する時間を判断できた。また線香から出る煙の濃淡で何分後に新しい線香に取り換えなければならないかわかった。このころの彼にはもう、百戦錬磨を経て胸にたくさんの勲章をつけている将軍の気概が備わっていた。彼の視野の中で人々の群れはかすみ、彼の目には死者とロウソク、線香しか映らず、耳には弔いの音楽と法事の演奏、朗詠しか入らなかった。祈禱師は　**線香先生　線香先生**　と急《せ》かす必要はなかった。というのも彼はいつも準備万端だからである。

　顔立ちも体つきも、この父娘に似たところは見当たらなかった。人々は誰かが初来宝に代わって夫の義務を果たしたのではないかとさえ想像した。この世はその手の暇人に事欠かず、彼らは虎視眈々と機をうかがっており、チャンスがありさえすれば躊躇なく行動する。初来宝はまだ童貞かもしれない、あの様子ではどこに入れればいいかわかるはずがない、という人もいた。数人のいたずら者が機をうかがって彼のまたぐらを触ってみたところ、そこは空っぽで何の手応えもなかったという。人々はいつも、自分の悪意のない冗談でささやかな楽しみを作り出すことができるなら、誰にとってもいいと思っているのである。

　来宝　娘をちゃんと見張ってるんだよ　誰かにそそのかされないようにね　彼の耳元で誰かがささやいた。彼の耳は動いたが、目はロウソクとロウソクの上空を見つめていた。法事の場では芝居の内外が渾然《こんぜん》一体になっていた。遺族たちは、指定の箇所で大声を上げて号泣し、指定のときに休んで談笑した。彼らは道具のようにあちこちに呼びつけられ、夜中は仮眠した。さらに、道士先生が設置した机と椅子の迷宮のあいだを、銅鑼や太鼓の激しい早打ちに追われて走りながら、あらかじめ準備しておいた紙幣をすばやく籠の中に投げ入れなければならない。入れたお金は規定料金外で道士たちに渡される心付となる。それは法事全体のクライマックスで、演奏も頂点に達し、遺族たちは、まるでセックスの最後の放出のように、自分のポケットを空《から》にした。こんな状況ではあったが、若い道士は初秀の方へ視線を投げかけ続け、諸々の所作も巧みにこなしていた。彼の体は太極図をあしらった黄色い道服の中でぶるぶる震えてぶつかり、縛られている何かの動物のようだった。人々は初秀が白い歯で下唇を噛み、目を細めて横を見ているのを目にした。誘い込むような、怒っているような、恥じらっているような、正確に描写しがたい表情だった。

　法事は深夜に終わり、人々は去っていった。一匹の猫が食べものをあさりに来て、若者と初秀が灯りの影で話しているのを見つけた。猫は変な鳴き声をたて、梁の上に飛び乗り、彼らを見下ろして警戒するように見つめ続けた。猫の変な鳴き声を聞いて、多くの人は発情しているのだろうと話した。その後半月のあいだに、若者は二回やってきた。寝たきりで死を待っていた二人の癌患者が、一週間違いで立て続けに亡くなったからである。彼はこれで村人と親しくなった。死者の名前を言えるだけでなく、生きている人間ともかなり知り合いになった。彼はよく話し、ユーモラスな性格で、誰とでもニコニコ付き合い、まるで村の一員のようだった。ある人が彼に縁談を紹介しようとし、一度結婚したが、性格の不一致で離婚したのだとわかった。女性たちはたちまち大胆になり、生々しい話題もきまじめな話題もはばかるところがなくなった。若者はそれらをほどほどにうまくあしらい、下品に流れず、堅苦しくもならず、女性たちを存分に楽しませた。彼はいつでもたやすく初秀の影を目にすることができた。彼女がわざと彼の視界に入り、遠くから彼に影響を与えようとしていることは、どんな馬鹿にもわかった。彼女は女同士の競争について天性の勘を持っていた。若者は決して気晴らしに一回寝てうまい汁を吸おうとしたのではなく、心を動かされ、まじめに愛情を育もうとした。その後彼は、初秀が彼に仲人を立てて結婚話を進めてほしいと思っておらず、誰かに嫁ぐなど考えたこともないと知った。彼女はただ、肌がほてるのを感じて、体の呼びかけに従っただけだったのだ。彼女はいつもどこから来たのかわからない虚空が体にあるのを感じていた。巨大な黒い穴が開いているようだった。若者は数ヶ月ねばって進展を望んだが、初秀のほうが相手にしなくなった。受験勉強に精を出しているように見えたが、試験の結果は思わしくなく、結局親類縁者がお金をかき集めて看護学校に送りこみ、彼女の青春をしばらく落ち着かせた。

はじめのうち彼女はしょっちゅう家に帰り、祖母に学校の話をした。祖母は青く染められた彼女の髪をじっと見つめた。頭はぼけていたものの　そうですか　それはいいですね　という口癖をどこで使えばいいかは覚えていた。初秀はおもしろくてたまらないという様子で、話しだすと止まらなかった。あるときは覚えたてのストリートダンスを披露し、たけり狂って手足を痙攣《けいれん》させ、ばーんと百八十度開脚で座ってみせ、祖母はびっくり仰天して　おやまあ　とんでもないこった　母さんはどこへ行ってるんだい　あんたの世話もしないで　と肘掛け椅子から立ちあがった。初秀は両手を地面について倒立し、手で数歩進むと、ハイタカのようにとんぼ返りして言った　**おばあちゃん　何度も言ってるのにどうしても覚えられないのね　母さんはもうずーっと前に死んじゃったわ**

彼女が話しているのは訛《なま》った標準語だった。彼女にとって言葉とは新しいおもちゃのようなもので、とても熱心にそれで遊んだ。彼女がその音に感じたおもしろみは、体のあるところに新しい功能を見つけたのと似ていた。彼女は村の人にも標準語で話しかけ、相手の反応に構わなかった。人がやっかむかどうか気にせずに新しい服をひけらかしているかのようだった。伯母たちは故郷に戻ると、コートを脱ぐように標準語を脱ぎ捨て、できるだけもとの田舎の特徴を保とうとし、周囲と不調和がないかひどく心配したが、彼女は正反対で、意気揚々とバタ臭いコートを着こみ、他人に彼女の身なりの変化を見せ、情熱と活力が体中の毛穴からほとばしり出ているのを感じさせた。

二学期が始まると、村人は彼女が戻ってくるのをほとんど見かけなくなった。彼女の父親はあいかわらず旅芸人のように四海を家としていた。祖母は黒猫のように、昼夜を分かたず家の中を行ったり来たりしていた。人々は祖母が玄関に出てくるのをしばらく見かけないと、死体になって臭いを発しているのではないかと心配した。彼女と同年輩の老人の中には、嫁に魚の塩干物、燻製肉、漬物、甘酒、もち米ケーキなど、食べものを運ばせて、生活を整えている者もいた。まだ頭がしっかりしていたころ、呉愛香が作るこういったものはおいしいと評判で、近所の人たちは真似しようとしたが、味はどうしても彼女の作るものに及ばず、しょっちゅう彼女のところへ来て、何かと引き換えにひと椀もらっていった。彼女はこの特技で女性たちと関係を打ち立て、それほど深くはないが、友情を育んだ。初秀は、百軒の家に食事や着るものを恵んでもらって育ったというほどではなかったが、どのご近所も彼女にたくさんの食べものと手助けを与えた。人々はこの人好きのする少女が、しばしば食事も満足に食べられず、着ているものはぼろぼろ、ちぐはぐで、汚らしいのを見過ごしにできなかったのである。今日こちらの家が顔を洗ってやれば、明日あちらの家が着替えさせてやるという具合だった。彼女の脇の下をくすぐるとケタケタ笑うので、誰もがおもしろがって彼女をからかった。彼女の性格は、家庭環境のせいで卑屈になることはなく、むしろ自信に満ちた、屈託のないものになった。すべては善良な近所の人たちのおかげだった。

二〇一四年、夏休み中のある黄昏、まるまる一学期間帰ってきていなかった初秀が、再び顔を見せた。ある人が、背の低い太った女が堤防をこちらに向かって歩いてくるのを、はるか遠くから見かけた。ゆったりとした黄色いワンピースを身にまとっており、風が向かいから吹きつけると、スカート越しにお腹の形がくっきり見えた。スカートは後ろまでたなびき、炎がきらめくようで、勝利の女神さながらだった。見知らぬ人が村に来て、およそそれが誰かわからないとなれば、村の人間はそう簡単に目をそらさない。彼らは、誰の親戚だろうか、結婚の知らせだろうか、それとも葬式の知らせだろうか、と思案しながら、じっと見つめる――ふだん村に人が来るのはほとんどこの二つの理由だけだからだ。

誰かがあれは初秀に似ていると言ったが、たちまち否定された　**初秀はまだ学生だよ　十六、七歳の娘がこんなふうになるはずないよ**　だがその来訪者がゆっくりと近づいてきて、顔がはっきりしてくると、目ざとい者が　**おやまあ　初秀　本当に初秀じゃないの**　と驚きの声を上げ、全員が押し黙り、あどけなさの残る天真爛漫《らんまん》な顔に似合わない、彼女の大きなお腹を、目を見開いて見つめた。彼らはさらに彼女の表情をうかがったが、妊婦のメーキャップをしているだけといったかんじで、そのずっしり重い事柄はまったく負担でないようだった。プッと地面に何かの固まりを吐き出したところを見ると、口の中でガムを噛んでいたらしい。彼女は平然と彼女たちに挨拶した。

張《ジャン》おばさん、劉《リウ》姉さん、何の騒ぎを見ているの　わざわざ出迎えに来てくれているはずはないわよね　彼女はそう言うと、自分から先に大笑いしだした。

初秀　あたしらずっと見てたけどあんただとわからなかったわ　長いこと帰ってこなかったね

あんたこれは……太ったの？　あはははは
太ったのと大して変わらないわね　もとの服はみんな着られなくなっちゃったから
ひとりで帰ってきたのかい
うん　いつもひとりで帰ってきてるでしょ　べつに護衛はいらないわ
そう言いながら初秀は彼女たちの中に入ってきた。まるでひよこたちに取り囲まれた雌鶏のようで、ひよこたちはすぐさま、雌鶏にぴったりくっついて、いっしょに家へ帰った——ひよこたちは困惑していた　これはいったいどういうこと　何も聞いてなかったわ　何の前触れもなくこんなことになって　男はいったいどういう奴なの　街の男？村の男？　年がいっている？若い？　ハンサム？ブ男？　お金持ち？貧乏人？　事件全体のたくさんのキーポイントが何ひとつ把握できず、顔につぶれそうなニキビがあるのがはっきり見えるのにつぶせないみたいに、じれったかった。しかも他人に伝えるとなったら、初秀はお腹が大きくなったと様子を描写できるだけで、ほかのことが皆目わからないのだ。笑われて、皮肉さえ言われるかもしれない。

　ほどなくして、うわさを聞きつけた近所の人たちがうごめきはじめた。次々と初家の古家を訪れ、まな板に載せてどういうことなのか見極めようとした。その日人々が最も心配したのは、自分の記憶力に何か問題が生じたのではないか、ということだった。初秀の嫁入りの祝い酒を飲んだ記憶がない、集団記憶喪失の伝染病にかかったんじゃないか。数十年前は伝染病に関するデマがよく流れていたので、それを覚えている人はわけもなくおののき、本当に病気が発生したのではないかと恐れた。彼らは自分の耳で、初秀の口から、結婚したのか、披露宴をしたのか、何年何月何日に嫁入りしたのか、彼らはその男に会ったことがあるか、聞きたかった。彼らはまた彼女にこう言いたかった。三十前なら、結婚前にお腹が大きくなった女は、嫁入りの日には布をきつく巻きつけて隠したものだ、それより数十年前なら、竹籠に入れられ水に落とされたのだ。

彼らの願いはすぐに叶い、こういうことがわかった。初秀は結婚しておらず、どこかのプータローといい関係になり、お腹がスイカみたいになってから、ようやく自分が妊娠したことを知った。そのプータローとはとっくに別れていて、別れ話さえ持ちあがらなかった。彼女は彼の住所も知らなかった。彼のそのときの仕事は舞台美術の照明スタッフで、二人はストリートダンスのコンテストで知り合った。もしかしたら本当の照明スタッフではなく、ただの使い走りだったのかもしれない。彼女はその点を気にせず、詳しく尋ねなかったので、実のところ彼のことをそれほどよく知らなかった。彼はあの法事を執り行っていた若者に顔立ちが似ており、彼女はそれで胸がときめいたのだった。彼はダンスをするとき誰よりも生き生きと尻で円を描き、あのことをするときも敏捷で、技が豊富だった——彼女は彼からシックスナインを教わった。どうやらそれが、彼女の記憶に残った唯一のことらしかった。

相手がボーイフレンドでさえないと聞いて、人々の脳裏にはたちまち新たな疑問が湧いた　**この子はひとりでお腹を大きくしていったいどうするんだろう？**

呉愛香の病気が悪化しないよう、初月夫妻は彼女を引き取って同居していた。道理から言えば、姉妹が交代で世話をするべきだが、条件が整っているのは初月の家だけだった。王陽冥と初月は他の姉妹と貸し借りの話をしなかった。彼は、誰もが一人っ子のように、母親が頼りにできるのは自分だけだと見なすべきだ、子どもが多いほど老人の世話をする人がいないというよくある現象は、老人の愛情を切り分けた結果起こるもので、何人兄弟だから自分は何分の一だけ責任を持つのではだめだ、どんなときも百パーセント親孝行し、両親の養育の恩に報いなければならない、と考えていた。彼らは呉愛香に日当たりのいい部屋をあてがい、しょっちゅう彼女を外に連れ出し、新鮮な空気を吸わせ、彼女がわかろうとわかるまいと、話し相手になった。

初秀は戻ってきて初めて、祖母が月《ユエ》おばさんの家に行ったことを知った。そこは十キロほど離れた別の村である。彼らの家の隣には幅の広い大きな川が流れており、船が行ったり来たりしている。彼女は船が鳴らす汽笛の音を聞くのが好きだった。船が白い霧を吹き出しながらゆっくりポンポンポンポンと進んでいく光景も好きだった。彼女は幼いころ、船に向かって大声で呼びかけ、手を振ったものだった。船の人が手を振り返してくれることもあった。彼女の村には、汚れた小川、臭いはらわたのように村に巻きついている黒い水のドブしかない。伯母たちはよく、家の隣の小川が昔はどれほど美しく、澄みきっていたか、その小川で泳いだり洗濯をしたり水を汲んで料理をしたりしたのだと話していたが、伯母たちの年代までさかのぼっていっしょに確かめるわけにもいかず、想像しようがなく、共鳴もできなかった。伯母たちが描き出す、蓮や菱が川面を五キロにわたって埋めつくす光景など、掛け値なしにデタラメだ、何かがかつて本当に存在したことを示す痕跡は、どこにも見当たらない。歴史は、コンピューターの初期化と同じで、上書きされていく。古い文書を見ることはできない。

　人々は、祖母の具合はあまり良くない、認知症だと言った。だがそういう話はすべて雑談で、スポーツ選手が競技場に入る前のウォーミングアップ、試合前の潤滑剤であり、雰囲気が打ち解けてくると、彼らは一歩踏み込んで核心の問題を尋ねた　**お腹の子をどうするつもり**

　人々はじきに去っていった。というのも初秀に考えがなかったからである。彼女はそれを考えるために帰ってきたのだった。人々は厳粛に　**産むか　堕ろすか**　二つの道しかないと考え、何人かのあくまで悲観的な人は　**急いで結婚するか　死ぬか**　という二つの道をつけ加えた。人々は私生児に対してあまり楽観的ではなかった。だが初秀ははっきり、結婚も自殺も考えていない、堕ろしたくもない、そんな残忍なことはできない、と表明し　**どんなこともなんとかなるものよ**　と目を細めて笑顔で人々を慰めた。まるで困難に直面しているのは彼らであって、彼女ではないかのように。

人々は帰る道々議論紛々だった。ある人はこう考えた。こんなことが起こってしまったら、どうやっても妥当なところに収めることはできない、堕ろすのは残忍だし、子どもを産むのも残忍だ、初秀みたいに百軒の家に食事や着るものを恵んでもらうつもりか？　今は十数年前とは大違いで、村は住む人のいない空き家が半数を占めている。町に働きに行った人たちは、町で家を買い、正月にも帰ってこなくなった。家屋の戸や窓は傷み、雑草が石段に生い茂っている。他人の子どもにご飯をやったり手や顔を洗ってやったりする暇人がどこにいるものか。人々は心を砕き、頭が割れるほど考えたが、彼女に　**妥当**　な方法を見つけてやることはできなかった。

　こんな大事が起きているのに、初秀の顔には狼狽《ろうばい》も、憂いも、恥じらいも、恐れも見えなかった。妊娠しても肌の色さえ変わらず、あいかわらず張りがあり、白いところに赤みがさしていた。人々は、彼女の振る舞いはふつうの人とはちがう、初来宝から何か良からぬものを受け継いでいるのではないか、例えばどこかの神経がまちがって短くつながっているのではないか、と考えはじめた。俗に言う　**馬鹿には馬鹿の福がある**　というのは慰め言葉にすぎない。

　人々は数日数晩考え続け、気の利く人が、彼女には遠く北京や上海にオールドミスの伯母がいるのを思い出した。人々はついに　**妥当**　な方法を見つけたと感じ、伯母たちが戻ってきて最終決断を下してくれるのを待ちわびた。

11

四女初雪が三十三歳のときに起きたその件を、ほとんどの人は知らない。彼女は日記にさえそのことを書かず、まして彼女から直接話を聞いた人はいなかった。例外は医師たちで――彼女は彼らに対面し　**問題**　を解決してほしいと伝えざるを得なかった――そう　**問題**　それから何年たっても、その　**問題**　のことを思い出すと、彼女の心はうずいた。そのトゲは胸に刺さっており、心が揺さぶられるといつも深く食い込んだ。その　**問題**　は、ほとんどの人にとっては問題ではなく、めでたいことで、家中の慶事にまでなる。だが、本来であれば問題にならない問題も、不適当なときに起こると　**問題**　になるのである。

二〇〇三年は初雪にとって悲喜こもごもの年だった。この年、SARSが終息し、彼女も博士課程を修了して、そのまま母校に残って教員になった。長い年月を経て、樹はすばらしい実をならせた――彼女は模範表彰までされた。これらのことは村の人もみな知っていた。まず彼女自身が、夏休みに、大学で教えるようになったというグッドニュースを持ち帰った。いくらもしないうちに、人々は彼女がテレビで自分の奮闘の歴史を語っているのを目にした。すでに学者らしい風情があり、彼らは彼女の言っていることをすべて理解できたわけではなかったが、わからなければわからないほど、彼女はすごいと思った。

人々は、木に登って鳥の巣をさらう女の子を褒め、励まそうと、準備万端で待ちかまえた。なぜならその女の子は初家の四女のように出世する公算が高いからである。だがこのころ、鳥はほとんどいなくなり、木の上の鳥の巣もなくなっていた。たまにとても高い樹に巣がかかっていても、危険な人間をどう避ければいいかよくわかっているようだった。鳥たちは携帯電話とゲームにも感謝すべきだ。というのは新しい科学技術の産物のために、子どもたちは自然や動物に対する興味を失い、木に登る少女を見かけることもなくなっていたからである。

私たちのところは湖水地区で　夏は蓮の花が十里を埋めつくします　村は小川に囲まれていて川は長い堤防で守られていました　川を白い帆掛け船が行き　土手には萌葱《もえぎ》色の草が生い茂ります　当時はとても貧乏でカメラを持っていなかったので　写真がなくて残念です　あのころは湖も川も池も用水路も　水が澄んでいて底まで見えました　魚や川エビが泳いでいるのも見えて　食べたくなったら川の中に入って手づかみで捕るんです　魚肉はさっぱりして甘みがありました　私の家の裏手には丘と林があって　子どものころは大きな森だと思っていました　たぶん背が低くて脚が短かかったからでしょうね　林には野ウサギやらキジやら野生の果実やら　数えきれないほどのキノコやら　猛毒キノコもありました

先生はしょっちゅう木登りをしておられたと聞きましたが　そうなんですか

ええ　木に登って鳥の巣をさらっていました　でも卵をつぶしたり　雛《ひな》を傷つけたことはありませんし　虫をつかまえて食べさせてやりもしましたよ　七、八歳のころは放牛をやって　牛にも乗りました　今でも牛が青草を噛んで食べる音を覚えています　チャ　チャ　チャ　チャ　落ち着いたリズムで　鼻いっぱいに草の香りがするんです　あのころの農村はまだ集団経済でした　父が亡くなったばかりだったので　私は好んで放牛をやりました　うちは七人兄弟で　私が四番目です　いちばん上の姉が大黒柱で　男の仕事をやっていました　うちにはほかに力仕事をする人がいなかったんです

農村での子ども時代を懐かしく思われますか　故郷の話になると　故郷はもう見る影もない　もう戻れない　詩や絵にあるような昔の田舎は失われてしまった　きれいだった用水路が事業系ゴミで埋めつくされた　コンクリートの舗装道路が玄関先まで来た　人間の純朴な精神はお金のせいで腐ってしまった　などと嘆く方が多いですが　いま故郷についてどのように感じていらっしゃいますか　今でも故郷に幼いころの記憶が見つかりますか

費《ひ》孝通《こうつう》先生が七十年前に提起された　郷土再建　という課題は　今日でも完成していません　いまあなたがおっしゃったことは　多くの人が同じように感じていることです　活気がなく衰えていく農村　きゃっきゃとはしゃぎまわる子どもはおらず　道には人影ひとつ見えない　家はたくさん建ちましたが　建てた人間は町で暮らしています　古い家屋を荒れ放題にしている人もいて　そういう空き家ボロ家の窓は一面クモの巣だらけで　昼間も真っ暗で恐いくらいです　老人世代はひたすら労働に明け暮れた人生を終えて　土に帰りつつあります　環境汚染のせいで　自然死はほとんどなく　畑の中にお墓がどんどん増えていっています　人は宗教的に次世代に希望を託したがりますが　青少年の状況も楽観できません　というのも彼らは忍耐力がなく　いつも手っ取り早く何かを手に入れようとばかりしているからです　落葉帰根の地であるはずの農村は　人口がどんどん減少していますが　町でやっていけて　農村に戻りたいと思う人はほとんどいません　もっと残念なのは　伝統的な美しい風俗習慣が跡形もなくなってしまったことです　おおかたお金の問題で　心はばらばら　男女関係は乱れ　家庭という屋台骨が揺らぎはじめています　教育　医療　老人福祉などの状況も早急に改めなければなりません

　こういう問題は本当に深刻です　先生のご親族ではどなたが故郷に残っていらっしゃいますか　その方々はこの変化をどう感じておられるのでしょうか

　家には私の母がいます　母はたとえ洪水が来ようと家を打ち捨てて逃げるようなことはしないというタイプの人です　それから姪《めい》がひとりいます　彼女にはまだこの世界をどう思っているか語る力がありません　世界が変わっているのを横目で見ながら　自分は変わらない　あるいは受動的に変わるだけの人もいます　時勢に順応して積極的に新しい事物を受け入れる人もいます　感情のモデルが変わり　人間関係も淡白になっています　費孝通先生が初めて国外へ出たとき　先生のお祖母様は赤い紙にかまどの泥を包み　水が合わなかったり故郷が恋しくなったら　その泥を沸かして

飲むようにと持たせたそうです　『西遊記』に　唐僧玄奘《げんじょう》が出立する際　唐の皇帝は別れの酒坏に土を入れ　故郷を思って土をこねようとも　ゆめゆめ他国の千両万両を求むるなかれ　と言いました　こういう故郷の土に恋着する文化　あるいは情緒は　基本的になくなりました　恋しい故郷のものごとはすべて過去になっているからです

　これはテレビ番組の一部で、初雪の　問題　が起きてから五年後のインタビューである。それは二〇〇八年北京オリンピックの年でもあり、彼女は三十八歳だった。人々は彼女の首に隠しようのない細かいシワがあるだけでなく、一重まぶたの目に涙がにじみ出しそうな憂鬱が宿っているのを目にした。彼女はきっと心楽しくないのだろう、こんな年になってもまだ子どもが生まれず、心中ひそかに焦っているから気重なのだろう、と人々は認定した。

　彼女は三十五歳前後に一度慌ただしく結婚し、また慌ただしく離婚した。体に傷を負って、適当に漢方薬を塗ってみたものの、効き目がなく、やめてしまったようだった。母親さえその婿に会ったことがなかった。彼女は連れ帰らなかったのだ。人々が彼女の結婚を知ったのも、彼女が自分で話をばらまいたからだった。まるで意図的に村の人に、自分はもうオールドミスではないと知らせているようだった。彼女の目のああいう色合いはもしかしたら生まれつきなのかもしれない、何も特別な理由はないのかもしれない。ある人は、彼女が成長して木登りをしなくなってから、ひっそりとした静かな目になったことを思い出した。彼女には少女らしい華麗さがあったことはなく、咲いたことのない花、芽を出したことのない種だった。

　離婚も彼女が自分から話したことだった。人々が知ったところによれば、その人は別の大学の教授で、二歳ほど年上の上海人で、他人から見れば実に似合いのカップルだった。昔から、結婚は靴のようなものだと言う。履いてみてきれいだからといって具合がいいとは限らない。新しい靴は足にあたり、足を痛めたら歩くのもままならない。俗に美女と野獣の結婚を、美しい花を牛糞に挿すと皮肉るが、牛糞は花をいっそう美しく咲かせるものだ。人々は、その上海人の教授にはきっと、虐待癖か、人に顔向けできない変な嗜癖など、何かしらあったのだろうと推測した。女が正常ならば、問題は男にあるに決まっている。だが、当事者さえもう忘れている結婚について、部外者が推測をし続けても、不毛である。この結婚は一年あまりしか続かず、双方ともに友好的に別れ、別れてからも友人だった——そこで人々はまたわけがわからなくなった。というのも村の人の離婚は、蜂の巣をつついたような大騒ぎで、反目しあって敵同士になり、子どもたちを自分の側につけて相手を敵視させ、相手の親戚とは関係を断ち切るのである。ある五十歳の男は鎮に出稼ぎに行って、別の女といい関係になった。無一文の丸裸になって家を出たが、妻は決して許さず、三人の娘息子を前夫に敵対させ、前夫の母親が亡くなっても、孫たちを葬式にさえ行かせず、恨み骨髄に徹するだった。夫はかつてこの女をこっぴどく殴っていたので、長じた子どもたちは母の肩を持ち、大変威勢がよかった。離婚してもその上海人の教授は変わらず初雪を愛していて、何年も彼女を待っていたらしい。彼女は復縁するつもりがなく、彼が再婚したときには結婚式に行って、お祝いまでした。初雪のこの行為は、人々にとってもっとわけがわからないことだった。

あのひとたち文化人のことは　あたしらには本当にわからないわ　前の旦那の結婚式に行くだなんて　お互いバツが悪くないのかしら

すべてのことは初雪自身が話し、村に嫁に来た中学の同級生が村中に広めた。人々が彼女について知っているのはこれだけだった。彼女は自分が人に知らせたいと思うことだけを知らせていた。例の深刻な　**問題**　については、中学の同級生にも話しておらず、誰もこのことを知らなかった。何年もたってから、女性をテーマにした講演で、女性の権利について話したときに初めて、彼女はこのほとんど命を落としかねなかった　**問題**　に触れた。そのときはもう、ひとりっ子政策時代が終わって、ふたりっ子政策が始まり、政府は出産を奨励し、超過出産や私生児に対する処罰もずいぶん軽減されていた。だが彼女は機を逸しており、自分の痛ましい経験を例に出して、多くの女性の涙を誘った。

では閑話休題　**問題**　の話に戻ろう。生活は一＋一＝二のように単純明快ではない。母校で教えはじめて三ヶ月目、初雪は突然、自分が妊娠していることに気づいた。子どもを産もうと考えたことはなかったが、その男とは純粋に互いに好きになり、結ばれた。すぐに彼には妻子がいることがわかったが、彼女は退かず、感情のおもむくまま自由に関係を発展させた。相手に離婚を求めたことはなく、どんなプレッシャーも与えなかった。彼女は愛情を味わった。しかし結ばれた実は苦かった。その人は夏《シア》という姓で、文化研究をしており、著書もあり、四十過ぎだった。二人とも上海にいたが、しょっちゅう会っていたわけではなかった。というのも夏先生の妻は事業が忙しく、彼は娘を塾やピアノ教室に送り迎えし、宿題を見てやらなければならなかったからである。つまり彼らが会った回数は多くなく、まるまる一晩をともにしたこともなかった。

不倫している大多数の既婚男性と同じく、夏先生の心には目覚まし時計がかかっており、時間になると鳴るのである。真冬にうつらうつらしてまだ目が覚めきらないのに起き出して出勤しなければならない人が、目覚ましの一回目の音を聞くと、普通スヌーズボタンを押してもう二、三分眠り、もう一回鳴ったらまた押し、何度かそれを繰り返して、最後に不承不承起きあがってベッドを出るのに似ていた。そういう未練たっぷりの様子には愛情がこもっていると同時に、数々のどうしようもなさも表れていた。彼女は彼を理解していた。彼女自身も自分の寛容さと従順さに驚いていた。過去のどの恋愛でも、彼女がこんなに母性的な輝きを放ったことはなかった。

夏先生の容貌は少し彼女に似ていて、ふたりとも一重まぶたで鼻が高く、ふちなしメガネをかけていた。彼は穏やかな性格で、人に対しても物に対しても、歴史に対するように尊重した。それは幼いころからの家庭教育、その後の教育背景、学術研究によって培われたもので、せっかちにはできないことだった。仕事が彼の気性を鍛錬し、変えたのかもしれないし、生まれつき温和で、他人をよく解する人だったのかもしれない。別の言い方をすると、彼は他人に自分と同じ思考方法で考えるよう強いることがなかった。こういう人との付き合いでは、ふつう楽しくのびのびした気持ちになる。その上彼には膨大な知識の備蓄があり、逢瀬《おうせ》の時間は情趣に富んでいた。初雪は彼とともに過ごして、少しずつ柔和に、色っぽくなっていった。

　彼らの関係が七ヶ月続いたところで彼女は妊娠した。SARSが原因で、彼らはめったに会っていなかった。当時上海の状況はそれほどひどくはなかったが、隔離、検問、戒厳令といった措置はあった。そういう死神に空からうかがわれているような緊張した雰囲気のせいで、彼らの感情は平常時よりも激しく燃えたった。彼は　**もし子どものことがなかったら　僕は君と生死をともにしたいよ**　と口にしたことがあった。感情を煽《あお》り、自分で気持ちを高ぶらせ、ある種の想像上の危機の中で、自分の愛と勇気を誇張するのがとてもうまく、聞いた人間は鳥肌が立った。だから後から思い返してみると、その愛情が結局のところ真実だったのかどうか、彼女自身もはっきり言えなかった。真実だったなら、どうしてあんな悲惨な終わり方をしたのか。虚幻だったなら、どうして彼女は人生で夏先生という人を得てはじめて、本当に青春がはつらつと輝いたと感じたのか。彼も火をつけられたように、ひたすらパチパチ燃えたのか。

　彼女は政策と政策違反に対する措置を理解した。学校には以前に政策に違反して解雇された人がいた。出産の前提は夫婦、法律は私生児を支持せず、結婚していなければ出産する権利はない。もし手に入れたばかりの仕事を失ったら、子どもを養う力もない。お金でどこかの誰かと偽装結婚できることは知っていたが、自分と夏先生の子どもが生まれる前から難民みたいに避難しなければならないのは嫌だった。のっけからやるせなさすぎる。これまで度胸が据わっていたのは、単独行動で怖いものがなかったからだ。彼女は妊娠して気が小さく、怯懦《きょうだ》になったようだった。

彼女は病院の超音波写真を握りしめ、長いこと眺め、考え、思った。少なくとも夏先生と話さなくては——愛のために。

一週間後、彼らはカフェで会った。彼は一時間後に文化イベントでの発言を控えていた。胎児の影響なのか、彼女は突然彼と彼女の関係に変化が生じたと感じた。以前は彼に会うたび全身に欲望がみなぎり、適当な場所で発散しないではいられなかった。今回はとても平静で、老夫婦のようだった。彼が三口目のコーヒーを飲んだところで、彼女は本題に入った。

どうしていいかわからないことがあるの　いいことでもあるし　悪いことでもある　簡単と言えば簡単　複雑と言えば複雑なこと

話してごらんよ　彼は海を越えて彼女の手をしっかりと握った。

私自分で育てたい　でもたぶんそのために仕事を失ってしまうわ　経済的基盤がなくなる　すべての努力がこのために灰になってしまうの

何を言ってるんだい　よくわからない

私妊娠したの

まさか　彼は少し慌てた。

彼女は検査票を彼に見せ、写真の上の小さな黒い点を指した。この小さな黒い点が、彼と彼女の子どもだというが、まったく本当のことのようには聞こえなかった。

私あなたを煩わせたくはないわ　彼女は言った　ただどうしていいかわからないの　あなたなら決めてくれるかもしれないと思って

彼はメガネを外し、またかけた。小さな黒い点を見つめたまま、黙って何も言わなかった。彼女も静寂を破りはしなかった。何かがゆっくりと固まっていった。もしかしたら空気だったかもしれない。というのも二人とも窒息感があったから。

ひとつの問題を解決すれば　すべての問題は解決する　彼は言った。慣れ親しんでいる学者の口調で、学術討論の発言のようなしゃべり方だった。

あなたが言っていることもわからないわ　彼女は言った。

堕ろす　彼は手振りをした　君のキャリアは始まったばかりだ

私はもう三十三歳なのよ　彼女は言った。

僕の母が僕を産んだときにはもう四十三歳だったよ　彼は言った　君はとても健康だ　健康な女性の生殖力は　五十歳くらいまで保てる

彼女は黙った。目は彼の喉を見つめていた。彼女はそこに口づけするのが好きだった。そこは彼が感じるところでもあった。だが今、その喉には黒い点ができていた。黒い点はまだ飛び跳ねていた。

君はまだ若い　キャリアは安定したばかりだ　教育の仕事をしっかり自分のものにしなければならない　もうすぐ職務評価がある　長江学者推薦の　君はいばらの道を歩んできた　途中で放棄してはいけないよ

彼女は彼の言うことはもっともだが、ただそれらの理屈は、まちがった人がまちがったときに口にすれば、道理ではなく、偽善になると思った。

私もう三十三歳なの　彼女はもう一度言った。

すると彼は腕時計に目をやり　そんな小さなことにこだわるなよ　と言った　君はすばらしい成果をあげるって僕は信じてるよ　野心を失うんじゃない

とりあえず会議に行ってくるよ　彼は、慎重に考えなければならない、と言うと、彼女の額に口づけし、身を翻して去っていった。

このそそくさとした話し合いが、彼と彼女が面と向かって行った、ただ一回の話し合いだった。彼がそれを　**小さなこと**　と言ったので、彼女はそれ以上彼に相談しなかった。彼も尋ねなかった。まるでそのときの面会と慰撫で、親友としての情誼《じょうぎ》はもう尽くしたというかのようだった。ゲームは彼女が自ら望んで参加したのであり、彼も本当のことを隠していたわけではない。こういう　**問題**　が生じ、彼女はそれが自分の責任であることを認めた。子宮は自分の体にあり、男の体にはない、子宮の安全は彼女自身が守らなければならない、彼に子宮の責任を負わせるわけにはいかない。というのも彼はそもそも、彼女を楽しませ、互いに楽しむことを望んでいたのであり、悪いのは、子宮を持っていながらそれをきちんと管理しなかった彼女なのだから。

　彼女は数日静かに自分に向き合った。何かが壊れた。いっそ死んでしまおうという考えさえ頭をよぎった。彼らの愛情は——彼女は、自分たちは意気投合しており、セックスの相性もすばらしいと思っていたが——小さな黒い点によって瓦解した。その小さな黒い点を愛情の結晶だと言って、二人で大喜びし、家族みんなでお祝いしている人もいれば、その小さな点のために、医師や薬を求めたり、大金を払って子宮を借りる人もいるというのに。

　もちろん彼女は死ねなかった。死んだら本当の意気地なしだ。それは行き場を失った人が、他人に非を悟らせ、報復し、懲罰するために取りたがる最後の行動だ。彼女は彼に非を悟らせたいわけではなく、報復したり懲罰したりしたくもなかった。彼女は本当にそれは完全に自分のことだと思っていた。ただ頭の中を整理し、その小さな黒い点と自分の感情と生活を改めてよく見直す必要があっただけだ。彼女はもしキャリアを保てるなら小さな黒い点を残したいと考えもした。彼女はその小さな黒い点に自分でも思いもよらなかったほど期待していた。彼女はもともと、自分は子どもに関心がないと思っていた。あのいつもズボンのマチをオシッコで濡らし、泣きわめく赤ん坊は、人の生活をめちゃくちゃにしてしまう、と思っていた。彼らは病気になったり、早世したり、怪我をしたり、つまづいたりするかもしれない。いたずらに生活に苦痛を増すであろうそういう様々な要素を――彼女は引き受けたくなり、問題だと思わなくなった。その小さなものに自分の生活の中に入ってきてかき乱してほしいとさえ思った。

彼女はいつまでも引きずってはいなかった。新学期が始まり、彼女にはやらなければならない仕事が実にたくさんあり、小さな黒い点は自然に脇にやられていた。ある日ふと手を止めて、ハッとそのことを思い出した。それが生活のうちに占める空間はどんどん小さくなっていた。彼女の心の中においてさえそうだった。前進し続けようという意気込みが小さな黒い点を薄れさせていった。確かに子どもを産むタイミングではない、と彼女はわかっていた。夏先生が言ったことは何もまちがっていない。ただ当事者のひとりとして、もう少し違うことを言ってくれたほうがよかった気がするが。彼女は彼をとがめだてるつもりはなかった。彼の口にはどんなことでも言う自由な権利がある。あんなことを言ったのが、自分の家庭を守るためだったとしても、家庭を守るのは決して悪いことではない。彼女は終始そんなふうに彼を思いやり、彼のために弁解し続けていた。そんな具合で、ある授業のない日に、彼女は穏やかな気持ちで病院に　問題　を解決しに行った。まるで風邪か鼻炎にかかったみたいに。受付で、中の人が荒っぽい調子で何科を受診するのか尋ねたとき、彼女は前回検査に来たのが何科だったか思い出せなかった。こんなことが身に起こったのは初めてであり、あの血なまぐさい医学用語　堕胎　を口にすることもできなかった。

医師は　赤ちゃんは元気ですよ　もう若くはないのだから　もういちどよく考えてみませんかと言った。

よく考えました　堕ろします　自分の氷のような声を聞いて、彼女は自分でも驚いた。

妊娠したくてできない人がたくさんいるのに　妊娠したあなたはいらないというんですね　医師は首を横に振った。

私は今日　問題　を解決しに来たんです　彼女は慌てて医師の言葉を遮った。彼女は彼女にこれ以上おせっかいを焼いてほしくなかった。彼女の言葉はすでに彼女を辛い気持ちにさせていた。

二時間後、彼女はがらんとした体で漂うように病院の正門を出ていった。重荷を下ろしたようだった。悲しみがこみ上げてきたのか、息をつくとため息に変わった。学校に戻ったとき、彼女は完全に平静になっていた。行き来する若い学生たちと静かで美しいキャンパスが、温かくやわらかい手のひらのように彼女の氷のように冷えた胸に触れた　**私はもう少しでこれをぶち壊してしまうところだったんだわ**　と彼女は思った。ちょうどそのとき夏先生から電話がかかってきているのが見えた。まるでこの件を知っていたかのようだ。

こんにちは　彼女は言った。

仕事はどうだい　学生を教えるのは大変かい

とてもうまくいってるわ　ただちょっと忙しいだけ　彼女は答えた。

体は元気だろ

とても元気よ

彼はあのことを直接的に尋ねはしなかった。彼女も話さなかった。彼女は彼が電話の向こうで耳をそばだてて、自分に必要な答えを探し求めるかのように、必死に彼女の様子をうかがっているのを感じた。そのとき数人の男子学生が鼻歌を歌いながら彼女の脇を通りすぎていった。グラウンドから試合のホイッスルが聞こえてきた。応援団のかけ声が湧き起こった。背の高いポプラの木の葉がさらさらと音をたてていた。彼女は何度も、彼がこう尋ねてくるだろうと思った。

問題は解決したかい

彼女は　**心配しないで　あれは私のことよ**　という答えを準備していたのだが。

彼らの恋愛関係は彼女が妊娠を告げてからぴたりと止まった。小さい黒い点は愛情ゲームの範囲を超えており、余計なものだった。彼は監督のようにこの子役をなくすよう彼女に求めた。彼は彼女がプロデューサーであり、決定権は彼女の側にあって、彼女は監督を取り替えることさえできるのを忘れていた。彼女は小さな黒い点に関する情報と、それをどう処理するつもりなのか、一切漏らさなかった。まるで彼らのあいだにそんなことは存在しなかったかのように。そのとき彼女はかすかな心地よさを感じ、ナイフのように冷ややかだったが、本当に愉悦を感じていた。彼にこの処理の結果を告げることは永遠にない。もう少ししたら、彼の電話も拒否する。小さな黒い点が彼の脳裏で大きくなっていこうと、彼の窓に差し込む陽の光を覆いつくす黒い影にまで成長しようと、夜な夜な眠っている彼の胸を夢のように押さえつけようと、彼女の知ったことではない。それは彼のことだ。誰にでも引き受けるべきことがある。たとえ中身が空っぽだとしても。

　彼らは関係を断った。彼女は付き合い続ける理由を何ひとつ考えつかなかったし、もしかしたら彼もそうだったのかもしれない。もの言わぬ小さな黒い点が終止符だった。彼女はときおりネット上で、インタビュー、写真、新著など、彼の消息を見かけた。彼の生活に小さな黒い点の影響は見当たらなかった。彼女は彼がインタビューで好んで **僕の妻** の話をし、ときにはツーショット写真まで載せていることに気づいた。以前はそんなことはしなかった。

　彼女はしばらく非常に孤独な日々を過ごした。薄暗く、小雨が綿々と降っていた。彼女の苦しみは、溺死者の屍体が数日後にやっと水面に浮かび上がり、体積が数倍に膨張しているのに似て、後になってだんだんと現れてきた。授業をしていて、講義しながら辛くなってくることがあった。道を歩いていて何ともいえない悲しみが湧いてくることがあった。彼女は突然疲れを覚えた。やむことのない闘志にあふれていた以前とは様変わりして、老けこんだ。このときようやく、彼女は自分がどれほど彼に心ひかれていたかわかった。彼女は以前、一生のうちで一回、これほど燃えたら、愛し生きたということで、恨みも後悔もないと思っていた。今、彼女は後悔してはいなかったが、考え方を改めていた。もし愛と痛みを切り離すことができないのなら、愛さないことを願う、なぜなら痛みは愛よりもずっと深くずっと長く、成長と発芽の関係のようだからだ。

いつになったらすべてを本当に終わらせることができるのか、彼女にはわからなかった。彼女はずっと　**もし政策が許せば**　**いわゆる問題なるものは**　**問題でも何でもないのに**　と考えていた。その後彼女は、夏先生の言ったことを忘れ、夏先生という人を忘れ、自分が彼にどれほど心ひかれていたかを忘れ、女性の基本的な権利について考えるようになった。同じ制度のもとで、同じようにやむを得ない選択を迫られている女性がたくさんいるはずだ。彼女の子宮に種を植えつけながら収穫を拒む男を恨んでいる女性がいるはずだ。あの件から一年ほどで、彼女はいいかげんにある人に嫁いだ。宴席を設けず、婚礼もせず、結婚指輪があたたまる間もないうちに外してしまった。彼女はこれまでにも少なからぬ女性が犯してきた愚を犯し、結婚すれば状況が変わるという幻想を抱いていたが、結果はさらに悲惨で、あっという間に離婚したのだった。

結婚は状況を変えることはできなかったが、この結婚と離婚は生活の構造と心理状態を根本から変えた。彼女は何も望まなくなり、すべてのエネルギーを教育事業に注ぎ、三十八歳のとき、模範教師に選ばれ、二歳年下の財経ニュースの編集長と結婚し、気持ちが落ち着いた。二人とも病気はなかったが、彼女はずっと妊娠できなかった。彼女はひそかに因果応報だと思った。編集長は、自然に任せよう、子どもはいればいいたでいいし、いなければいないでかまわない、二人で幸せに暮らしていければいい、という姿勢だった。編集長は一人っ子ではなく、兄が家の血統をつなぐ任務を果たしており、家族からのプレッシャーもなかった。それらのことを、編集長は自分の口から彼女に伝えた。彼は外では彼女のことを　**僕の妻**　と呼んでいた。彼女はかつて夏先生が　**僕の妻**　という冠を彼女の頭に載せてくれることを望んでいたが、財経ニュースの夫は完璧にその穴を埋めてくれ、さらにありあまるほどだった。その後彼女は退職し、絵を描きはじめた。女性の体や器官など、女性と関係のある絵で、薄暗かったり真っ赤だったりする背景の中に様々な姿態がうやうやしく捧げられていた。芸術界では彼女をフェミニストアーティストと呼び、メキシコの女性画家フリーダ・カーロになぞらえた。というのも、彼女たちの絵にはよく似た痛みが表現されていたからである。

四十二歳を過ぎても彼女にまだ子どもがないのを見て、他人が彼女の代わりに焦りはじめた。都市の人間は有名な不妊治療の医師を紹介し、村の人間は漢方薬の処方箋や観音廟《かんのんびょう》を紹介した。彼女と財経ニュースの夫は丁重に礼を言って断った。ＤＩＮＫＳでやっていくと決めたのだ。こうなると他人があれこれ心配するのも気まずくなった。だが村の人は、初安運の墓の位置は本当に良かったわけではない、と言い合った　あの人たちの家を見てごらん　馬鹿は馬鹿のまま　死んだ人間は死んじまって　子どもを産むべき人間には子どもがなく　産むべきじゃないのが腹をデカくして結婚するべきなのが結婚せず　結婚したのは離婚騒ぎを起こしてる

12

ここ数日人々は、初秀がお腹を突き出し、隠すべきところを隠しているだけの薄着で、京劇の隈《くま》取《どり》が描かれた扇子をあおぎながら、暑くて死にそうだわ、と騒ぎ続けているのを目にしていた。まるで、この土地に来たばかりで、風土になじんでいないかのようだった。彼女のお腹とあどけなさが残る顔を見つめ、彼女が耐えきれない様子で大騒ぎしているのを見ていると、開けた考えを持っ

ている数人の人たちでさえも、度がすぎる、もう少しおとなしくするべきだ、婚外子を身ごもっただけで、何もそんなに偉そうにすることはない、と思った。

彼女は何の憂いもなく、一切気に留めず、ガムを噛みながら、石を拾って湖の鴨に投げたり、長い竹竿に白いポリ袋をつけて、天を仰いでセミを捕ろうとした。この様子に人々は、自分に出る幕はない、自分たちの同情心も、憐憫も、人助けの精神も、同郷人の温かい人情も、ことごとく心のうちに封じこめるしかなく、まったく発揮できない、と思った。

皆は、ある年に村の李家《リー》の次女が、色恋沙汰で事故を起こし、精神が錯乱し、言葉もしどろもどろになり、両目は幽霊でも見たかのように怯えきって、水も光も見られなくなったことを思い出した。はじめの数時間、皆で李家を取り囲んで水も漏らさぬようにし、彼女に灰をかける、糞をかけるといった処方も含めて、知恵を出し合った。夜中も何人かが輪番で彼女を見守った。翌日は見舞いの人で家がいっぱいになった。李家の次女の頭がはっきりしているときには、駆け寄って、人間長い目で見なければならないと、具体例を挙げて人生の道理を説いた。このころ村中の人々の興味と精力はすべて李家の次女に傾けられ、食事も忘れるほどで、道で会えば、あの娘はどうしてる、と尋ねた。一部の人々は、彼女のそばにいるのでなければ、彼女の様子を見に出かけるところというふうだった。お節介な人になると、霊験あらたかな巫女《みこ》を呼んできて魔除け札を書いてもらった。人々はみな、彼女のようないい娘が幸せになるのを楽しみにしていたのに、こんな結果を望んではいなかったのに、と思った。半月たってもまだ、少なからぬ人々が食事を済ませると彼女を見舞いに行き、彼女の身辺には彼女の世話を焼く人が六、七人いた。その件は春から秋まで続いた。まるまるひと夏過ぎたころようやく、人々は李家の次女の事実を受け入れた。というのも、彼女はいつも、仙女になるのだなどとおかしなことを言い、両腕を広げて田畑を飛んでいたからだ。人々は彼女に　**二番目の仙女ちゃん**　というあだ名を与えた。二番目の仙女ちゃんは二年間そのままで、ある夜、湖に落ちて溺れ死んだ。入水自殺だという人もあった。というのも彼女は小さいころから泳げたからである。

　ここで二番目の仙女ちゃんの話を持ち出したのは、人々がいかに周囲の事物を熱愛しているかを説明したかったからにすぎない。彼らはまったく、情熱と善良さを餌にして他人の不幸の前に垂らし、両目を釣り針のように銀色に光らせているのである。

　それだけでなく、人々は初秀がイヤフォンをして歌を歌っているのをしょっちゅう目にしていた。自分の家の敷地内にいることもあれば、人ひとりいない広い荒野にいることもあった。吹きこんだ歌が、携帯から流れてきて、音楽までついていた。その後人々は彼女があるカラオケアプリを使ったのだと知った。数日もたたないうちに、村では夜も昼間も誰かがスマホカラオケを歌っている状態になった。ぞっとするほど静かで、伸ばした手の五本の指も見えない真っ暗な農村の夜に、調子外れの歌声が響き、カゴの中で熟睡していた鶏たちはびっくりして羽をバタバタさせて、ひとしきり大騒ぎした。夜鳥は林を飛び出し、静かな場所へ逃げていった。

　人々の喉ははじめて音楽と関わりを持つようになった。恥じらいの壁を突破してからは、歌でおしゃべりできればいいのに、というほどだった。道を歩いていても口はいつも動いていて、歌に夢中で、通り過ぎてしまったり、ナスをトウガラシとまちがえたり、焼き餅を焼く女が現れたりした。というのも旦那が別の女とネット上でデュエットし、花を捧げたり、口づけしたりしたからである。もちろん場面は虚構で、一生会うこともないのだが、しかし考えただけで耐えがたい。こうして村の男たちの携帯に問題が出はじめた。壊れたものもあり、修理に出されたものもあり、液晶を何回も取り替えることになったものもあった。女が落とすのでなければ、男が壊した。新しい事物は夫婦ゲンカの種になり、ずっと穏やかだった生活に波乱が生じた。ひどいケンカになった夫婦の中には、古傷を持ち出して離婚騒ぎにまでなったところもあった。何人かの女たちは初秀を恨んだ　この父《てて》

無《な》し子を身ごもった女が携帯カラオケを村に持ちこまなければ　あたしら何ごともなく　幸せにやってたのに

　初秀は少しも怒らなかった。彼女は何も気にせず、ひたすら自分だけを愛していた。少しでも汗が出ると体を洗うので、体は白く清潔で、顔は英気はつらつとしていた。彼女のことを「君子が仇を討つには十年かかっても遅くない」というタイプの人間で、戚念慈のように顔色ひとつ変えないのだ、と言う人もいた。たった十六、七歳の小娘にそれは言いすぎだ、ふつうの女の子じゃないか、目を見れば心根が単純なことはすぐわかる、大人にありがちな権謀術数をめぐらせているはずがない、と反論する人もいた。大多数の人は初秀の側に立って彼女の肩を持った。婚外子を抱いていようとも、彼女を待ち受けているのは家法による仕置ではなく、家族全員の気遣いと助けで、数日後に親戚たちが戻ってきて顔を合わせ、いっしょに検討し、問題に対処する約束になっていた。彼らのおんぼろで寒々しい家は再びにぎやかになるのだ。

　盛夏の酷暑、空が暗くなり、セミがミンミンと鳴いていた。初秀は仰向けで大の字になって編み込みのデッキチェアに横たわり、奇妙な昆虫のようだった。彼女から携帯ゲームを教わった女たちは料理を焦げつかせ、鍋底に穴をあけた女は、夫に叱られていた。彼女は嬉しそうに、農村の夫婦ゲンカを眺め、酔っ払いが浮かれているのを眺め、急な大雨で刈り入れできずに濡れてしまった籾《もみ》を眺め、何もせずにただ親戚たちが帰ってくるのを待っていた。

　初雲が最初に家に着いた。彼女は太りはじめていた。彼女が鶏の去勢屋と別居し、今や名ばかりの夫婦であることは、誰もが知っていた。彼女は見たところ健康で、生活もうまくいっているようだった。人々は彼女が多少のお金を稼ぎ、息子に家を買ってやり、娘の車の手付金を払ってやったことを知っていた。彼女にとって、自分のために生きるとは、自分が稼いだお金を息子や孫のために使うことだった――孫ができ、息子は二人目を作ろうとしていた。彼女は孫の世話に行かなかった。息子の嫁が自分の母親といっしょに暮らしたがったからである。閻燕も嫁いで母親になったが、やはり彼女には子どもの世話をさせなかった。姑がテキパキしていて、何もかも引き受けたのだ。姑はきつい人で、息子は何度も結婚しようとしたが、その度に母親に妨げられた。嫁をもらっても子どもができない例が周囲に多く、彼女はそんな面倒に遭遇したくなく、娘たちのお腹が大きくならなければ、絶対に嫁に来させなかった。たちまち、男の子の母親会議でも開かれたかのように、身ごもっていない娘は嫁と認めないという風潮が生まれた。そのためあっちもこっちも、「おひとつお買い求めいただいたお客様にもれなくひとつプレゼント」と言わんばかりの、お腹の大きな花嫁ばかりになった。たまにお腹がへこんだまま嫁入りする娘がいると、おかしなことに、後ろ指をさされ、娘も家族も顔を上げられなかった。閻燕は学校で、読めるだけで話せない英語を少しかじったが、都市で使えるほどではなく、田舎では役に立たず、短期訓練を受けただけのキャンペーンスタッフにも及ばなかった。彼女自身にも特に考えはなく、村でしばらく過ごしていたが、父親とうまくやっていけなかった。彼は酒に酔うと家畜を鞭で打ち、檻《おり》に閉じこめられている豚がヒーヒー鳴くまで打ち、大声で **お前を去勢してやる** と罵ると、本当に身を翻してあのピカピカの器具を取りに行くのだが、やがてとうの昔に廃品回収に売ってしまったことを思い出すのだった。

　閻燕は町で仕事を見つけ、母親のところに転がりこんだ。家政婦業界の女たちは閻燕がいい子で、何の欠点もないので、お相手を探してやった。最後に彼女と相愛になったのが、町でファストフードの商売をやっていた田舎出身の若者である。若者は朝から晩までてんてこ舞いで忙しく、信用できる手伝いをすぐにも必要としていた。英語はできなくてもいいが、多少教育があり、お金の計算をまちがえず、管理がわかる人がよかった。互いに気に入ってから習慣に従ってまず婚約し、閻燕は店に入って経理を担当し、弁当配達の手伝いもした。小さな店は潤滑油が注《さ》されたようにうまく回るようになった。閻燕は母親に似てまじめで、お金にきれいで、一銭たりともごまかさなかった。

二人は寝起きをともにして、愛情も育まれた。半年後ファストフードの若者は、結婚を望んだ。若者の母親は閻燕に、あのことをするとき、予防をしていたか尋ねた。セックスについて、上の世代の人間が若い世代に対してこれほど単刀直入に尋ねるのは珍しい。閻燕は首を横に振り、少しきまりが悪かった。彼女はそれまで恋愛をしたことがなく、性経験はすべてファストフードの若者に与えられたものだったからだ。彼女はファストフードの若者と心を合わせて商売に打ち込み、子どもを産もうと考えたことはなく、しかし避妊にも気が回っていなかった。そこまで周到に考えている若者などいない。兵が来たら遮り、水が来たら土を埋めるの喩えどおり、事が起きてから対処するものだ。だが半年間ベッドをともにしたものの、兵も水も来ず、閻燕の体には何の変化もなかった。また三ヶ月がたったが、やはり何もなかった。するとファストフードの母親はなんだかんだと結婚を認めず、最後にストレートに言い放った。

結婚は　妊娠してからだね

閻燕の母親は焦り、ファストフードの母親と直談判しに行き、自分の娘は健康そのものでなんの問題もなく、月経も正常で、生理痛さえないと伝えた。

あの娘は妊娠したことあるんですか　ファストフードの母親は尋ねた。

いったい何をおっしゃるんですか　うちの閻燕はきれいそのもので　恋愛さえしたことはありません　閻燕の母親は答えた。

それとこれとは別ですよ　恋愛しなくても妊娠する娘はいますよ

うちの娘はきれいそのもので　恋愛の経験もなければ　妊娠したこともありません

困るのはそのきれいそのものってところですよ　あんまりいい兆しじゃないわ

二人のことですから　原因が女の方とは限りませんよ

問題は女の方にあるに決まってます　ファストフードの母親は息巻いた　うちの息子には何の問

題もありません　去年別の娘を妊娠させたんだから　感情がこじれて結局別れたけど　れっきとした証拠よ

　閻燕の母親はそれを聞いて頭を垂れた。翌日閻燕は病院に行き、婦人科の精密検査ですべて正常との結果を得て、検査結果をファストフードの母親に見せたが、後者は考えを変えようとしなかった。また八ヶ月が過ぎ、閻燕に変化が起こり、妊娠五、六ヶ月になってからようやく結婚式をあげた。結婚における子宮の重要性は以前よりずっとはっきりしてきたようだ。姑の中には、息子が気に入った娘にずっと反対していたのに、その娘が身ごもったと聞いたとたん、たちまち態度を変え、すぐに結婚式をあげさせた者もいる　**孫はもちろんいただきますよ**　というわけである。

　子どもの世話をしなくていいので、初雲は気軽だったが、ひとりぼっちだった。彼女は手助けに行ってやりたかった。年を取って子どもや孫に必要とされないと、老いぼれは不要という悲観的な考えを抱きがちである。気の合う家政婦仲間とたまに広場でダンスを踊るのでなければ、余暇をどう過ごせばいいのか、彼女にはまったくわからなかった。料理はますますうまくなり、準備に必要な時間はどんどん減り、さほど頑張らなくてもよくなっていた。彼女が孫を抱いて出ていくとすぐに呼び戻された。息子の嫁は彼女が子どもを連れ歩くと子どもに悪い影響があると思っていた。二歳で唐詩の暗誦やお絵かきをさせる就学前教育を、田舎のおばあちゃんにできるはずがない。そのため孫に会いに行くのは囚人の面会に行くようなもので、食べものとおもちゃを渡したら、二言三言話しただけで立ち去らなければならなかった。

　初雲は食べものを持参し、荷物を下ろすとすぐに料理を始めた。家の中はしばらく人が住んでいなかったので、ほこりっぽい、すえた臭いがした。彼女は何も尋ねず、まず初秀に滋養がつく鶏スープを作ってやった。いい匂いが部屋中に立ちこめ、この赤ん坊を必ず生かすと認めているようなかんじだった。そうなれば彼女は名実ともに父方の伯母である。

次に王陽冥がやってきた。彼と初月はふだん二人で一セットなのだが、初月は家で母親の面倒を見なければならず、彼はひとりで来た。彼も何も尋ねず、若者向けの話題を探して、初秀とおしゃべりをした。

外でセミがせわしなく鋭く鳴いていた。セミの鳴き声が途絶えそうになったとき、初冰が到着した。セミの鳴き声に誘い出されてきたかのようだった。彼女は夜のうちに広州から駆けつけたのだ。彼女はここ数年いろいろなことがあり、本を一冊書けそうなくらいだった。彼女はあいかわらず小柄で、妖艶な顔つきで、唇にバラ色の紅を差し、新幹線のお弁当って高くてまずいわ、と言いながら、カバンの中から竜眼と荔枝《れいし》を取り出してテーブルの上に並べた。

初秀が器用に荔枝の皮を剝いた。

すると隣人たちがもっともらしく玄関口にやってきた。畑に野菜を取りに行ったり、売店に醬油を買いに行ったりする道すがら、初家の玄関を通り過ぎるとき、歩みを緩め、耳をそばだて、何気ないふうを装って、家の中をちらっと見やり、入ってきて荔枝を食べないかと声をかけられると、慌てて顔を赤らめた。

夕食時になると、来られる者は全員やって来た。初雪と財経ニュースの編集長の二人はインディゴブルーのカジュアルなペアルックで、子育てをしていないからだろう、二十代後半の若者のようで、歩き方も軽やかだった。彼らが現れると、陰鬱な村にも生気があふれた。

初玉は帰郷を拒否した。彼女の態度は一貫して、堕胎すべしだった。彼女は医師らしい冷静さで、相談の余地などまったくない、自分には帰る時間はなく、こんな　ばかばかしいこと　にかかずらいたくない、と宣言した。彼女は出産と聞くやいなや嫌悪感をあらわにした。

あの娘は自分だっていくつだというの　十六歳で子どもを産むなんて　それじゃあ旧社会と同じよ　野良犬みたいに孕《はら》んだら産む　母親の尊厳なんてどこにもありゃしない　あの娘は自分でもわ

かっていないわ　命ってものをわかっていないわ　生活ってものをわかってないわ　あの娘はそういったことを全然考えたことがない　この件はまったく考えるまでもないわ　選択の余地なしよ　私の提案はすぐさま病院に行くこと　堕ろすのが早ければ早いほど負担は少ない　こんなときに手を差し伸べる人間はあの娘を傷つけているのよ　彼女はそのとき一息にこれだけ言い、カッとしないよう精いっぱい抑えていたが、ジリジリした空気を誰もが嗅ぎつけていた　あなたたちが帰るのは結構だけど　だったらこれを機によくよく教育してやることね

　初雲は初玉が出産を毛嫌いしており、北京に彼女を訪ねたときよりひどくなっていることに気づいた。彼女の言葉には、胎児に対する温かみや憐憫がかけらもなく、十六歳の姪に対する親愛の情や思いやりさえもなかった。彼女はひんやりとした手術のメスにどんどん似てきて、言葉遣いも表情も態度も、彼女が使っている手術の道具のように冷たく光っていた。人々は結婚もせず子どももいない独身女性は年を取るにつれて性格がひねくれる、初玉にはそれがはっきり現れている、と思った。彼女は早くから、子どもは産まない、生理的には何の問題もない、ベビーシッターがやるような些末な事柄に時間を浪費したくないだけだ、と態度表明をしていた。彼女の初恋は、男性側が子どもを欲しがったために破綻した。それからはあらかじめ子どもは欲しくないと伝えるようにした。同意の上で関係を始めた相手もあったが、関係が深まっていくうちに考えが変わった。家族からプレッシャーがかかったり、本人が気が変わったりした。彼女は大部分の男があいかわらず生育を最優先にしていることを知った。血統を次世代につなぐという伝統思想の根は深い。うわさによれば、彼女はまた恋をしており、相手はジョギングやフィットネスが好きな欧米文化の影響を受けた留学帰りの医師で、アルツハイマー病の専門家だという。彼がはじめて病院に出勤した日、彼らは病院の入り口でばったり出会い、ほとんど一目ぼれした。彼女は母親の認知症のことで何度か彼にアドバイスを求め、彼女が留学帰りの医師の建議を伝えたため、初月たち一家が母親と同居する

ようになり、母親は彼らに面倒をみてもらって、病状が好転し、穏やかな生活を送るようになったのである。三回目のデートで、彼女は、留学帰りの医師が両親を早くに事故で亡くしていることを知った。

僕は市内の学校で寮生活をしていた　知らせを受け取ったとき　僕らはちょうど英語の原書講読の授業中で　英語の先生から　ヘミングウェイの　老人と海　を教わっていた　先生は　あらゆるものが　それぞれに　自分以外のあらゆるものを殺して生きているじゃないか　という言葉はどういう意味か　英語で説明するようおっしゃった　魯迅の食人思想のことが頭にパッと浮かんだとたん　校長先生が僕を呼びに扉を開けて入って来られた　先生はおっしゃった　朱皓《ジューハオ》君　とても残念な知らせがある　ちょっと心の準備をして　男らしく持ちこたえてくれ　校長先生は厳粛な面持ちだった　僕は全国生物学オリンピックで最下位になり　学校に恥をかかせただけでなく　大学に推薦してもらう希望もなくなったんじゃないかと思った　僕は　校長先生　申し訳ありません　と言った　校長先生の目は顔の表情よりもっと厳粛だった　君のご両親が事故に遭われた　急いで家に帰りなさい　僕は道すがらめちゃくちゃに走った　大型バスに小一時間乗って鎮まで行き　鎮で小型バスに乗り換えて農場に着いた　農場の中を人が行き来しているのが遠くから見えた　うちの玄関は人だかりで中に入れなかった　悲痛な泣き声が中から聞こえてきた　僕は敷地に立っていた　頭がガンガン鳴っていた　そのとき誰かが　朱農場長の息子さんが帰ってきたぞ　と叫んで　皆が道を空けてくれた　誰かが僕の手を引いて　中に入れてくれた　あの光景は君には想像がつかないだろう　父さんと母さんは並んで床にまっすぐに横たわっていた　脚を門のほうに向けて　彼らは僕の幼名を呼んで抱きしめてはくれなかった　冷たく横たわっていた　眠っているみたいだった　親戚が僕を一目見るなり　ますます辛そうに泣いた　まるで両親は彼らを無視しているが　僕が呼

びかけさえすれば目を覚まさせることができるとでも言わんばかりに　僕に希望を託して　皆ひとりひとり僕を抱きしめて声を上げて泣いた　僕は本当に男らしく直立していた　彼女たちが落ち着き　いったい誰がお父さんお母さんを殺したのか教えてくれるのを待っていた　たぶん推理小説を読みすぎだったんだろう　本能的に　計画的な殺人でなければこうはならない　男らしく復讐《ふくしゅう》しなければ　たとえ三十年　一生涯　かかったとしても　と思った　だが彼らは僕に　お前の父さん母さんは毒キノコにあたって亡くなった　救急車が病院に着く前にだめになってしまった　と教えてくれた　キノコに復讐するわけにはいかない　この世のすべてのキノコを無くすことなんてできるわけないだろ　僕はずいぶんたってからようやく泣きはじめた　幸い僕には　父方の祖父母　父方の伯父伯母　母方の祖父母　母方の伯父伯母　たくさんの親戚がいた　それから僕は大学に推薦入学し　奨学金をもらって海外留学して　医学博士になって帰国した　両親がずっと願っていたことでもある　父は性格が悪かったが　僕のためには何でもしてくれた　僕のためでなければ　たぶん農場長になりたいなんて思わなかっただろう　実のところ　権力と経済的収益は正比例するからね　両親はそのときから僕の留学費用を工面しはじめたんだ　僕は国内でまったく苦労せず　国外でも苦労しなかった　皿洗いや清掃などのアルバイトをしたことはない　すべてのエネルギーを勉強と専門の研究に傾けることができた

　妹もアメリカに留学して　卒業してから白人と結婚した　妹は帰国を望んでいない　もう国内の生活になじめないんだ　毎年清明節に両親の墓参りをする約束になってる　僕は本当に両親に僕らの今の生活を見てほしいと思ってる　両親を外の世界に連れていってやりたい　世界各地のグルメを味わわせてやりたい　もし北京で暮らしたければ　しょっちゅう京劇を観に行ける　母は昔革命模範劇をやっていて　白毛女《はくもうじょ》を演じたことがあるんだ　声が良くて　舞台がよく似合う人だった

その日の夕焼けは血のように赤かった。家族の歴史を語る朱皓の顔もオレンジ色になった。彼は、能ある鷹は爪を隠すという風情の顔立ちで、鼻が大きく、唇が厚ぼったく、皮膚は白くも黒くもなく、目は冷静沈着だった。彼は両親を失ってからの苦しみを語らなかったが、初玉は我がことのように感じた。彼女は父親が亡くなってから、父さんに会いたいと毎日泣いて騒ぎ、大人たちの目を潤ませたことを覚えていた。彼女も自分の家系について語った。なんと彼らの父親は同じ農場にいて、彼女の父親は彼の父親より五年早く亡くなっていた。

もしこんな都合のいい筋書きの小説があれば　読者はきっと嘘っぽいと思うだろうけど　現実にはこんな偶然があるんだね　僕たちは目の前の真実を認めるしかない

あなたは小説を読むのが好きみたいね

うん　僕はエドガー・アラン・ポーのホラーとか　コナン・ドイルのシャーロック・ホームズシリーズとか　ヒッチコックのスリラーが好きなんだ　僕は何年もずっと両親は殺されたっていう仮説を持ってる　この仮説を覆す理由はない　両親が毒キノコを　どのキノコが食べられてどのキノコを食べてはいけないか　わからなかったとは思えない　もし本当にキノコの毒にあたって死んだのなら　可能性はひとつしかない　誰かが毒キノコの毒素をいいキノコに注入したんだ　でも僕には殺人の動機がわからない　家の中の金目のものは何ひとつ動かされていなかった　誰かと敵同士になっていたこともない　僕はずっと両親が殺されたと思ってるんだが　これまでは勉強が忙しくて暇がなかった　僕はそのために農場に戻って誰かに話を聞いてみるつもりなんだ　父の知り合いや　父が接触していた人について　その人たちがふだん何をしていたか　どんな特徴や趣味があるのか　両親の死の前後に何か不審な動きをしていなかったか　聞いてみたいんだ　自分でもその人たちに会いに行くつもりだ

こんなに長いこと　あなたは手がかりを探して事件を解決しようとしていたのね　殺人犯なんているはずないわ　あなたはただ事実を受け入れられないだけよ

事実が真相とは限らない　最後の入棺のとき　僕は両親を見つめた　両親は僕に言いたいことがあると感じた　いつかきっと啓示があると思う

小説の読みすぎで頭がおかしくなっちゃったんじゃない？　その件に個人的な想像をつけ加えすぎてると思うわ　彼女は習慣的に胸に下げた玉を触った。

きれいなアンティークの玉だね　彼は目に留めた。

私の纏足の祖母がくれたの　漢代の玉だって言う人もいるけど　私にとっては祖母の形見というだけ　値段をつけられない宝物よ

おばあさんは君がお気に入りだったんだね

たぶん私がいちばん父に似ていたからだと思うわ　もしかしたら成績が良かったからかも　わからない　ある種の愛ははっきり語れないものよ

愛と恨みは実のところ同種のものだからね

祖母は何年も前に亡くなった　百歳過ぎまで生きたの

旧式の女性が　そんな大家族を支えて　実にすごいことだよ

そうなの　祖母はちょっと変わっていて　うちの人はみんな怖がってた　小さいころしょっちゅう籠を持って祖母について裏山にキノコを採りに行ったわ　祖母はキノコを育てたり　ウサギを育てたりしてた　ウサギは草も食べるし　キノコも食べるから　そのあとウサギはみんな死んでしまった　祖母はとても悲しんで　それからうちではもうペットを飼わないことになったの

ウサギがキノコを食べるなんて初めて聞いたよ

ウサギがキノコ狩りをするお話を聞いたことない？　むかしむかし森に二匹のウサギがおりまし

た　一匹は白ウサギ　もう一匹は灰色ウサギです　お日さまがさんさんと照りつけるある朝　白ウサギと灰色ウサギは　お昼に友だちにごちそうしようと　森にキノコ狩りに行く相談をしました

ウサギがキノコを食べないんなら　キノコ狩りに行くはずないでしょ

言い負かされちゃったな　彼は鼻をこすって考えた　そうだ　例えばセンダンの樹に実がぎっしりなると　幼い子どもは喜んで樹に登って実を採るけど　センダンは食べられない　ではどうして実を採るのか　童話は科学のロジック通りというわけじゃないよ

　ウサギのことをいたずらっ子だと言いたいの？　私は自分の目でウサギがキノコを食べるところを見たことがあるわよ　小さいころ樹に登ってセンダンを採って噛んだこともあるわ　苦くて渋くて　おばあちゃんが飢饉のころには　センダンどころか　木の皮　木の根　野草　鳥の糞　泥　何だって食べたって言ってたわ　あなたの個人的な経験の限界がわかったでしょ　私に纏足のおばあちゃんがいてよかったわ

　ウサギだって差し迫った状況では人を噛む　飢えればキノコでも食べる　わかったよ　ウサギはキノコを食べると信じよう　本当に君の家の裏山に行って歩いてみたいよ　君の清代生まれの纏足のおばあさんがまだ生きておられたらもっとよかったのに　僕はご老人の話を聞くのが好きなんだ　曽祖父が若いころ夜中に魚釣りに行って女の死体を釣り上げた話をしてくれたことがある　体に石がくくりつけられていたんだって　失踪していた女が突然再び姿を現して　三年間手がかりなしだった殺人事件がたちまち解決したんだ　警察は石がくくりつけられていた縄を手がかりに殺人犯を探しあてた　どうやら僕の探偵事件好きは曽祖父から受け継いだものらしい　彼自身の人生は平々凡々たるものだったけど　頭の中は奇っ怪な物語でいっぱいだった　本当に人殺しをしようとする人間は　予告された殺人の記録　なんてことにはならない　これはマルケスの小説の題名だよ　僕の父もこの手の物語から多くのことを学んだ　例えばロジカルに緻密に何をやるにも筋道を立てる

とか　どんなことをするにもまず攻略法を複数列挙して　いちばんいい攻略法から始めるんだ　父
は母を追いかけていたとき　攻略法Ａから攻略法Ｄまで　一歩一歩しっかりと進めて目当ての女を
つかまえ　明らかに彼女を幸せにもしてやった
あなたはいま攻略法何番を実施中なの　彼女もからかった。
じゃあ僕を君んちの裏山に連れていってくれるかい
あそこは荒れ放題よ
僕らが行けば　もっと荒れたところにだって　花が咲くよ
祖母　父　弟の奥さん　みんなあそこに眠っているの
じゃあなおさらお会いしに行かなきゃ
母は私のことさえわからないのよ
かまわないよ　僕らがお母さんだとわかればそれでいいんだ
弟はあなたのポケットにミミズを入れるかもしれないわ
好きなようにさせればいいさ
姪っ子はあなたといっしょに寝たがるかもしれないわよ
いくつだい
十六
二、三歳だったら考えてもいいけど
あの娘は自分が気に入った男と寝るのが好きなの　きっとあなたを気に入るわ
僕が伯母の夫だとしても　そうするかい
あの娘は野性的なのよ　自尊心さえなくしてしまった　彼女一人の責任というわけではないけど
もうほとんど成人だろ　成人は自分の人生に責任を負うものだよ

北方の夏は、日が落ちるとすぐに涼しくなる。風がそっと吹いた。月光が夜のとばりに貼りついた。恋を語らう美しい夜がひっそりとやって来た。周囲のすべては何もかも彼らのために準備されていた。

　初玉は初秀の件への対応で帰郷することを拒否し、電話でひとしきり耳障りな話をしたが、その晩朱皓と愛情に満ちた夜を過ごしてから、気持ちが少し揺らいだ。彼女と彼は、君しかいない、あなたしかいない、の境地になりつつあった。このときの愛情は若いころの恋愛のように気ままではなく、丸木橋をぐらつかずに渡るような、注意深さと落ち着きがあった。彼女は大学を卒業して二年目にあるファイナンシャル・アナリストとわずか三ヶ月ほど付き合ったことを思い出した。急行軍に似て、夜道も水路も山道も沼沢地《しょうたくち》も、雨の日も晴れの日も霧の日も、雷鳴が鳴り響き大雪が吹きすさんでも、早馬のように歩みを止めることなく前へ疾駆した。ファイナンシャル・アナリストは父性愛に満ちあふれた未来を思い描いていた。あるとき情事のあとのまどろみの最中に、彼は彼女とサッカーチームができるくらい子どもをつくりたいと言った。彼女はスポーツに疎《うと》く、サッカーチームは十一人編成だと教えられると、自分の体中におっぱいがついていて、地面に横たわっており、身辺を子どもの群れがハイハイしているのが見えたような気がした。彼女は農場の豚小屋でそういう光景を見たことがあった。手術のあとベッドで横になっていた初雲の脇の下で、小動物が彼女の乳首をしゃぶっていたことを思い出した。

　ファイナンシャル・アナリストの子どもへののめり込み方は、彼女に甘い蜜につかったハエの死骸をイメージさせ、彼女はそのイメージにすっかり興をそがれた。

　私がこの世でいちばん嫌いなものが何かわかる？

　わからないよ

　私お産が嫌いなの

そう言ったとたん、彼の肌が冷たくなったのを彼女は感じた。彼はもう一度彼女に尋ね、彼女は同じように答えた。

　彼女は今でも彼の表情を覚えている。彼女の頭に角が生えていると思っているようだった。彼の体はどんどん冷えていき、服を着ないではいられなくなった。彼の服もずっと冷たかった。まるで体温をなくしてしまった人のようだった。彼女は彼を抱きしめ温めてやりはしなかった。彼が内心の失望で凍えてしまったとしても、彼女には関係のないことである。フロイトがそう言ったかどうか知らないが、男は子どもを産む女を熱愛し、子宮に恋い焦がれ、子宮を崇拝する。女の子のペニスに対する嫉妬のようなものである。男は女に子どもを産ませたがり、そのくせ腹の中では出産経験のある女を毛嫌いしている。彼女たちのあそこが弛《ゆる》んだり壊れたりしたとたん、締まりがよく、出産経験がなく、他人が触れたことのない若い女の子へとまっしぐらに向かう。人々は女をメス豚、メス犬と罵る。なぜなら出産によってこれら雌たちの乳房は垂れ下がり、汚く醜くなるからである。誰もその乳房を尊重せず、乳房は本来受けるべき待遇を受けることはなく、挙句の果てにはその肉がまずい、固くて噛めないとまで言われる。多くの人はお相手探しで出産経験のある女性を対象外と見なす。出産経験は結婚と恋愛にとってほとんど一種の原罪である。さらには未婚の娘の堕胎も、致命的な汚点となる。道徳、出産、苦痛の一切の責任を誰が担うかは、完全に誰が子宮を持っているかで決められる。男と女は同時に感覚器官の快楽を得るが、わずかに子宮の違いで、男は網を逃れて自由自在、女は網に絡め取られる。さらに女が妊娠しているあいだ、男は外で精神的にも肉体的にも快適である。女は出産の痛みで大声で叫ぶが、男は外で酒坏を満たし、他人のベッドで他人とあえいでいる——彼女はそういうことを知っていた。というのもちょうど、そういう男が彼女のベッドにいたり、彼女と飲んで酔っ払ったりしたことがあったからだ。そのうちのひとりは妻がすでに妊娠七ヶ月だったが、彼女は彼に　**味わったことのない感覚**　を与えてくれると言った。女はこういう言葉を聞くと、愛情たっぷりな告白だと思いがちだが　**味わったことのない感覚**　というのは、実はつかみどころのない曖昧な表現で、何も言い表せておらず、愛情の虚偽の部分を埋め合わせるのに具合がいいだけである――彼は女と寝るとき、体だけの関係では気に入らず、扇情的なものを求めていたので、出会うのが遅すぎた、でもありがたいことに、君はとにかく僕の生に現れてくれた、驚きと、喜びと、かすかなやるせなさでいっぱいだ、などと言わないではいられなかった。もしかするとただ快感が最高潮に達するよう、言葉で煽る必要があっただけなのかもしれない。彼は、家にいる妊娠中の女には、何の感情もなく、長いこといっしょに寝ていない、ともほのめかした。まるで、だから自分は純潔だ、恋愛への再入場チケットがあるのは当然だ、というかのようだった。あるいはひそかに自分へのねぎらいと見なしていたのかもしれない。

　彼女はいつも不幸な結婚について語っている男に出会ったことがあった。彼は自分たちは別居中で、離婚話になっていると言っていた。ところが妻が突然また妊娠し、しかも隣の王《ワン》さんの責任ではなく、別居中の一回の偶然の刺激が新しい果実をもたらしたのである。彼らはまたいっしょに暮らしはじめた。彼はあいかわらず不幸だと言っていたが、おしゃべりが止まらず、まるで餌を待つ雛鳥がピーピー鳴きやまないみたいで、嘘か本当かわからなかった。彼女はあってもなくてもいいという気持ちで、そのつかず離れずの関係から、肉体的に取れるものを取った。もし生理的特徴をあまり細かく気にせず、性愛を愛と見なさなければ、灯りを消せば男はみな同じだ。彼らはアダルトビデオから多くを学び、少なくとも五人の体で実践してみたことがあり、自分ではこんな雄姿を見せれば相手はうっとりするだろうと思っていたが、実際には秘部の構造さえよくわかっていない男もいた。女性軍の火薬庫の装備も把握せずに一戦交えようとし、あの複雑な地形については何も知らないのだった。

　湿った通路を中に向かい、さらに上へ、子宮頸、子宮、卵管と卵巣、そして毎月面倒を起こすやんちゃな卵胞を通過して、Uスポットを巡って、後ろへ下へと回ってきて、会陰と肛門に到達する。これらの部位は大量の骨盤底筋と無数のシグナルを伝える神経回路にコントロールされていて、このシステムと比較すると、現代化された国際大都市の高速道路など、まったくリラクゼーション用お散歩コースにすぎない。男はこれらのことを理解したがらず、ただ快感と、出産だけを求め、得意げに時を告げる雄鶏、羽を広げて威容をひけらかしたがる孔雀である。もちろん、彼女は女も男のあそこについてよく知らないことはわかっていた。あれは伸びたり縮んだりできて、突然やわらかくなったり固くなったりすると知っているだけだ。口あたりがよく、味も香りも揃ったものには、真実の愛と同じくなかなか出会えない。

　もしかすると、過去の恋愛経験が彼女に負の影響を与えたのかもしれない。男の行為は彼女が幼少時に抱いた出産への恐怖を嫌悪に変えた。もしかしたら彼女は本当にファイナンシャル・アナリストが言ったとおり、女性らしさがなく、母性が欠けていて、人格が未熟なのかもしれない。しかし彼女は、ひとりの人間として別のひとりの人間を、子どもを産むのとは違うやり方で愛せることを、完全にわかっていた。彼女はそれを望んでいなかった。彼女は他の女たちのように、月経が来なくなると妊娠の診断を受け、定期的に病院に行ってスカートを脱いで他人に取り囲まれ、代わる代わる指やら器具やらを器官の中に差し込まれてかき回されるのが嫌だった。玉のように美しく、厳かな態度で吐き出される冷ややかな医学用語や、水を飲ませて膀胱が破裂しそうなほど尿意をこらえさせたかと思えば、次は最後の一滴まで搾り出せと言われたりするのも嫌だった。それは幼いころに見た鶏の去勢の様子を思い起こさせた。女たちは廊下にひしめいて、鶏の群れがカゴの中から頭を突き出すように、電子掲示板に出される番号を見たり、番号を呼ぶアナウンスを聞いたりする。閻真清は中に手を伸ばすと適当に一羽捕まえ、あっという間にきれいに処置し、目線を切り取るべき部位に据えて、鶏の様子には構わなかった。彼が、鶏の目をみつめて、緊張するなよ、すぐに済むからな、などと言うはずはもちろんなく、二粒のものをかき出すと、鶏を地面に放り投げ、手を伸ばして次の一羽を捕まえる。

　病院でいちばん忙しいのが産婦人科である。入り口は一年中、堕胎の順番を待っている　**出産適齢期の女性**　であふれかえっている——彼女は　**出産適齢期の女性**　という言い方にも反感を抱いていた。選抜を通って種付けを待っている家畜の群れみたいな感じがする——彼女たちとカゴの中の鶏は同じだ。ただ鶏は雄鶏で、人は雌だが。中絶手術は短時間で済み、痛みはなく、傷も残りません、という宣伝広告のためか、先進技術が発表されてからというもの、その広告が本当かどうか試してみよう、先進的中絶とやらをやってみようという人たちがやってきた——妊娠中絶は痰を吐くみたいに簡単らしい。女たちが尻を丸出しにして脚を広げ、陰部を見せ、子宮を差し出している様子を考えると、それらが空に向かって声なき叫び声を上げているのを聞き取る何ものかがあるはずだ。金属の器機がぶつかり合うガチャガチャいう音では隠せるものではない。

　ファイナンシャル・アナリストは、彼女がお産を嫌う根本的な原因は男嫌いだ、愛する人の子どもを産みたくない女なんていない、とも言った。彼は彼女の体に時間を費やして、彼女の考えを変えさせてやろうとし、大胆にも子づくりを実践しようとした。まるで子どもに、ほら甘いものだよ、と言って薬を飲ませるように。彼女は、飲むべき薬なら苦くても平気だが、飲まないとなったら甘くても飲まないというタイプの人間である。子宮で実験はできない。もし肉体で精神の問題を解決できるなら、同様に、精神で肉体の問題を解決できるはずだ。彼女はまた彼はまったく大まちがいをしているとも思った。彼女は男を愛しており、この性を嫌ったことはなく、男という雄の動物を好み、夢中になっているのを隠したこともなかった。彼女はただお産が嫌だったのだ。彼女はそれまでに母親の孤独をさんざん目にしてきた。あんなにたくさんの子どもを産み育てたが、彼女が彼らを必要とするようになったとき身辺には誰ひとりいなかった。認知症は孤独が作ると言われている。孤独は子どもたちが作ったものだ。だから子どもたちが母親を病気にしたとも言える。子どもたち全員が自分の家庭を持ってから、母親は遠い親戚、ほとんど負担になってしまった。彼らがかつて母親の懐で毎日毎晩を過ごしていたとはとても想像できない。

彼女は幼いころから村の人のおしゃべりを聞いてきた。東の家には老人が三人もいてきついことだ、西の家は老人が一人逝ってしまって少し楽になった等々。結婚相手を探していて、相手方にまだ何人か老人がいると聞くと、ぞっとして慌てて方向転換する。家に老人がいない者はいちばん人気があり、とにかく、誰の家は老人が死に絶えたと羨ましがり、誰の家は一人死んだと羨ましがり、心中老人に死んでくれと思っている者もいて、ある種の場ではばかることなく口にする。村の人間はもってまわった言い方はしないのだ。農村の子どもは家畜のようなもので、都市の子どもはペットみたいに一家数人に取り囲まれるが、最終的な結末はどちらも同じである。運のいい家畜やペットには、生老病死の面倒をみてくれる人がいる。不幸なのは年老いて寄る辺がない者である。彼女はときおりあれこれ考えをめぐらせて、自分で自分を説得しようとしたが、毎回うまくいかず、前よりもいっそう毅然とした。彼女は自分がお産を嫌っている原因を整理した。他人が子どもをつくる理由が、本能、老後のため、大勢に従うため、人類を繁殖させるため、であるならば、自分にはそういう要素は備わっていない。

彼女とファイナンシャル・アナリストは、はじめのうちは、考え方や感じ方について話し合うことができたが、話せば話すほど離れていき、本題からそれ、二人とも実ははじめから相手が嫌いだったようだと気づいた。それまでは何かに魅入られ、愛情とまちがえていたのだ。どうしてこんな人と触れ合い、熱っぽくなったのか、すべては闇の中だった。最終的に二人は図書館の知識を展開して、舌戦を繰り広げ、それぞれ我が道を行き、二度と連絡を取り合わなくなり、二滴のしずくが水中に消えたようになった。

ファイナンシャル・アナリストは彼女の思想の深いところにあった考えをたくさん引き出した。彼女は冷静に自我を分析できる人で、自分がどのタイムラインにいるか、絶えずはっきりさせていた。彼女はいま、本当に彼女を理解してくれる男に出会った。彼は彼女の子どもをほしくない気持ちを尊重してくれた。彼らは考え方がかなり近かった。彼も女性に　**出産適齢期**　という帽子をかぶせるのをいいとは思っていなかった。彼は、精神的に骨盤が広くお尻がふくよかなのが好きで、彼女をそうだと思っていた。もうひとつの重要な事実は、彼は医師なので、女性の肉体の複雑な高速道路を知っていただけでなく、どうすればこの高速道路を脳の神経につなげ、生殖器あたりの筋肉を躍動させられるかわかっていた。

　彼女は、心の中の何かが、氷の塊のように、太陽のもとでしだいに溶けていくのを感じた　**旅行は理解を深めてくれる　もしかしたら朱皓を家に連れて帰るときかもしれない**　彼女は思った　**男性を連れて田舎に帰ったことはこれまでなかったわ　そうしてみたいわ**　彼女は裏山の野外セックスにぴったりの場所を数か所思いついた。みっしり茂った葦は人間の背丈より高く、よくなぎ倒されていた。青草は絨毯《じゅうたん》のようで、もみくちゃにされた痕跡もあった。彼女と彼もあそこで何かして、空飛ぶ鳥を鋭く鳴かせてもいい。もしかしたら農場を見に行くかもしれない。父が死んでからそこへ行ったことはなかった。家では口にすることも許されなかった。彼女は農場の大きな蓮の花、桃の木、葦、湖に停泊している魚釣り用の小舟、白鳥が船の苫《とま》にとまっていたのを覚えていた。大きなブンタンの木があり、ブンタンはカボチャほど大きかったことも覚えていた。みな彼女をからかうのが好きだった。彼女が農場長の娘だったからだけではなく、彼女が誰に対してもニコニコして、誰にでも抱っこされたからである。

夕食後、初秀はキャミソールワンピースを身にまとい、ビーチサンダルをひっかけて、手に紙の扇子を持って、あちらの人こちらの人をあおいでやった。彼女はようやくいくらか落ち着いてきて、多少は目下らしい態度で、誰かが話すとその人をじっと見つめ、尋ねられない限り決して口を開かなかった。まちがったことを言われても、口を挟んだり反駁《はんぱく》したりせず、聞き分けのいい三歳児のようだった。彼女の目をじっくり見ると、彼女は自分のことに没頭している部外者なのだった。あるいは何も考えずに、くどくどしい議論が一刻も早く終わるのを待っており、結果がどうなろうと気にしていなかったのかもしれない。

　家族会議を仕切ったのは王陽冥だった。彼は前ボタン式の中国風ジャケットを着て、首にも腕にも紫檀《したん》の数珠をかけていた。話しながら手にはめた数珠を外し、念仏を唱えるように親指でひとつずつ珠をはじいた。紫檀の球がカチンカチンと鳴った。

　来宝は欠席です　我々は来宝がいまどこにいるかわかりませんし　いつ帰ってくるのかもわかりません　もちろん来宝はいてもいなくても同じですが　お母さんはもう人の顔もわからないようになっておられる　初秀はこんなことになって待ったなしだ　来宝の帰りも待っていられねえ　お母さんの頭がはっきりするのも待っていられねえ　今日我々が集まったのは　どうすれば適切に問題を解決できるか　相談して考えるためです　おばあさんは亡くなられる前にこう言い残された　家族は苦難をともにし　互いに愛し合い助け合わなければならんと　おばあさんは家で何かあったら皆を集めて相談するようにとわしに言いつけなさった　相談の結果をご老人はきっとお喜びになる　わしの苗字は初ではないが　半分息子みたいなもんだ　自分でも他人と思ったことはありません　初月は家でお母さんの面倒を見ていて来られねえから　まず家族も代表して意見を言わせてもらいます　人間この年になると　上に老人あり下に子どもあり　いろんなことが意余って力足らずです　だがどんな結果になろうと　我々は経済的にも精神的にも全力で支持する　初玉は堕ろせと言うが　堕ろそうが堕ろすまいが　とにかく皆で議論して　いろいろ比べて　どれがいちばん妥当な方法か

考えてみましょうや

スタンド式扇風機の羽が突然音をたて、続いて何かに遮られて動かなくなり、熱風が湧いてきた。

扇風機は数年前に王陽冥が贈ったものだった。羽には黒いほこりが積もっており、ひと目でずっと掃除していないことがわかった。

彼が扇風機を手のひらで何回か力いっぱい叩くと、扇風機はまた回りはじめた。物事が良い方向には行かないだろうことを暗示しているかのようだった。彼は多くの物事のあいだには神秘的な関係があることを知っていた。力比べでもするかのように、彼は眉をひそめて扇風機を見つめた。

あたしが先に考えを言うわ　初雲が話しだした　あたしにわかるのはそれが命だってことだけ　その子はいま　あたしらがその子について話してることを　耳をすまして聞いてるよ　これくらいの月齢の子はとっても賢い　もう完全に人間　ただお腹の皮に遮られて見えないだけ　あたしはああいうやり方にはあんまり賛成できない　あたしのことを元気いっぱい伯母ちゃんって呼ぶことになる子を殺してしまうのはあんまり賛成できない　でも初秀もものをわかってない子どもだから子どもが生まれてからどうすればいいか　あたしにもわからないんだよ

お姉さんは解決策をおっしゃったわけじゃないが　くだらないことを言われたわけでもありません　少なくとも我々の胸のうちの矛盾をすっかり話してくださった　まったくそういうことです板挟みだ　王陽冥は言った。

わたしに言わせればね　初冰が戚念慈の口癖を使って話を引き継いだ　産むべきだっていうのには　ちゃんとした理由と方法があるし　堕ろすべきだっていうのも　説得力があるわ

私たち忘れていたことがあるわよ　まず本人に自分の考えを聞くべきじゃない　そうは言ってもあの子ももう十六歳よ　初雪の手はずっと財経ニュースの編集長の手の中に置かれていた。彼女が手を戻して両手を揉みあわせると、財経ニュースの編集長も同じ動作をした。ひどく緊張して手に汗をかいているようだった。

初雪の問題提起は筋が通っていますよ　コミュニケーションは最も重要なプロセスです　少なくとも子ども自身の意見を尊重しましょうよ　財経ニュースの編集長は、妻にぴたりと付いて同じ戦線に立った。

王陽冥が数珠をはじくのをやめ、改めて腕にはめたとたん、紐が切れて、珠が床に落ち、四方八方に散らばった。

また悪い兆しだ　彼は今回は声に出して言った。極めて深刻な表情で、他の人も全員それを聞き、珠が暗がりへ流れていくのを見て、いささか不安になった。

討論会は中休みになった。王陽冥は尻を突き出して珠をあちこち探しまわった。その数珠は王陽冥の宝もので、寺で祈禱を受けたものだと誰もが知っていた。そこでみなで手分けして、腰をかがめて机や椅子の隅までくまなく探し、額に大汗をかいた。探し回っても、珠はひとつ足らず、最後に王陽冥のポケットに落ちていたことがわかった。

後になって、人々は、王陽冥には確かに超自然的な力があると、以前よりもいっそう信じるようになった。怪異や鬼神を信じない初雪夫妻でさえ、彼に神秘的な力があると認めざるを得なかった。彼の不吉な予感は確かに正しかったのだ。ただ彼は、その凶兆が自分に関係があり、後々どれほど深刻なことが我が身に振りかかるか、そのときは思いもよらなかったのだが。

初玉が中へ入っていくと、王陽冥が這いつくばり、お尻を天に突き立てて地面に貼りついているのが見えた。他の人々も腰をかがめて家の中を行ったり来たりして、妖術にかかっているかのようだった。初めて朱皓を連れ帰ってこんな光景を目にし、彼女は耐えがたかった。家の中にいた人々は、初玉を見ていぶかしく思ったが、背後のがっしりとした男性を見て、驚きは百倍に膨れあがった。全員がまるで役者のように、たちまちそれぞれの役柄をふさわしい表情で演じはじめた。

初秀は自分のお腹のことを完全に忘れて初玉に駆け寄った。羽が濡れていることを知らずに飛ぼうとしている小鳥のようだった。その様子は見るからに滑稽で、人々はやるせない気持ちになった。

この人が伯母さんの旦那さん？　初秀は朱皓をジロジロ何回も見た　**五番目の伯父さんはこんな人だったのね　ずっと伯母さんは異星人と結婚するんだと思ってたわ**

本当に異星人かもしれないよ　朱皓は言った　**遅れまして　申し訳ありません**

遅れたのが、初玉の生活の中に現れるのが遅かったという意味なのか、今回来るのが遅れたという意味なのか、誰にもわからなかった。

いやいやそんなことはありません　ちょうどいい時分です　王陽冥がアハハと笑い、雰囲気が盛りあがり、にぎやかになった。

外を通りかかる人があったが、ウォンウォンという話し声や笑い声を聞くだけで、中に入りたくてもおいそれと入れなかった。老人が健在であったころは、実に気軽に出入りしたものだったが、若い世代の世界をかき乱すのは気が引けた。しかし家の中はわいわいがやがや沸き返っていると言うにふさわしかった。益陽方言の話し声は怒っているみたいに甲高く、硬い声、低く太い声、人間が増えると鴨の群れが岸に上がったみたいで、めちゃくちゃな、ガーガーいう叫び声が聞こえるだけである。そのにぎやかな声を聞いていてむずむずし、外にいた人たちもとうとうこらえきれずに中へ入ってきた。

初家の古くからの隣人として、羅《ルオ》おばさんは子どもたちの成長を見守ってきたから、彼女たちが家を出て何年になろうと、おばさんがひと目で誰が誰だかわかるのは不思議なことではなかったが、朱皓のことまでわかったのは驚きだった。羅おばさんは、何年か前に農場で真珠の養殖に携わり、朱一家と親しかったのだ　**あのころからこの痩せっぽちの子は大物になるとわかってたよ　あんた**

のお父さんお母さんはホントにあんたたち兄妹のためには何だってやったからね　残念なことに二人とも死んじまって　息子娘に楽させてもらうこともできない　羅おばさんは口を開くやいなや辛気臭いことを言い、親世代の話をしなければ自分にはここで口を挟む資格はないとでもいうかのようだった。彼女はペラペラひと通り話すと、突然、朱皓がこの家に現れるのは、尋常ではないことに気づいた。初家の人間と朱家の人間がいっしょにしゃべったり笑ったりしている。言っても誰も信じてくれないだろうが、墓の中で横たわっている人たちが知ったら、怒りのあまり棺桶を突き破って跳び出してくるにちがいないのだ。彼女は感度抜群の人生経験から朱皓と初玉の関係を見て取ると、目を見張り、口をぽかんと開けて、中風の発作に襲われたようになった。うっかりしたことを言って目の前の光景をぶち壊してしまうのを恐れて、中風のような様子のまま右手を振り、何も言わずに立ち去った。家にいた人々は、羅おばさんが出ていってからたちまち村に広がったうわさ、敵同士の家の者がいっしょになろうとしてるよ、といううわさを誰ひとり知らなかった　**あたしゃこの目で　朱家の息子と初家の娘がいっしょにいるのを見た　才子に佳人のお似合いカップルだがどっちも何も知っちゃいないね**

　家族会議は夜九時まで行われたが、結論は出なかった。お湯が何回も沸かされた。床には瓜子の殻が層になるほどいっぱいに積もった。初秀は完全に議論の結果に従うつもりだった。産めと言われれば産むし、堕ろせと言われれば堕ろす。すべての関係者の中で彼女の心理的負担がいちばん少なかった。初雲はずっと矛盾にとらわれていた。初冰はあいかわらず決めかねて、産むこと堕ろすことの問題を山のようにあげた。初玉はずっと同じ考え方だった。初雪と財経ニュースの編集長は戚念慈の部屋で長いこと語り合っていた。別れようとしている恋人同士が話しているかのようだった。王陽冥の顔には疲労の色が現れていた。数珠が切れたことで、彼には答えがわかっていた。この赤ん坊は生きていけない。生かしてもいいことにはならない。

夜になっても蒸し暑く、気温は昼間とほとんど変わらなかった。みな頭がくらくらしてきた。汗でIQもEQも鈍ってしまったようで、いささか朦朧としてきた。

窓の外から蛙の騒々しい鳴き声が聞こえてきた。にぎやかでもあり穏やかでもあった。

私たちこの子を養子にもらいたいの　初雪が近づいてきて言った。淡々としたよく通る声だった。財経ニュースの編集長は後ろでいっしょにうなずき、犬歯を見せて微笑んだ　納めるべき罰金は二人で支払えます　どなたからも経済的に援助していただく必要はありません

家の中が水を打ったように静かになった。蛙は鳴き声を競っていた。

伯母さん　そしたらあたしの子はあたしのことを姉さんって呼ばなきゃいけなくなるわね　初秀が沈黙をナイフで切り裂いた　それか　あたしが伯母さんを姉さんって呼ぶことになるか　なんだか複雑

またしーんと静まり返った。

そんなのたいしたことじゃないわ　病院で妊婦健診を受けたことある？　何もかも正常なの？初雪が言った。

知らない　行ったことない

こうしましょう　明日まず検査に行って　それから相談しましょう

だめよ　初玉が反対した　そんなの考えなしなやり方だわ　手助けではなくて　面倒を増やしているだけよ　生活がめちゃくちゃになるわ

こういうやり方をしても　あんたには大して関係ないでしょ

私はその子の祖父母世代なのに　叔母さんになって　母親世代にされるってのに　関係ないってことはないでしょ　善意をまちがったところで使わないでよ　耳に痛い言い方でしょうけど　そういう善意はエゴよ　無責任よ　彼女は子どもを堕ろして　人間としてやり直すしかないの

あんたはいつも　私は高等教育を受けましたって顔してお高くとまって　こういうことに血の通った情を持たないのね　この家ではね　あんたはただの冷たい医者　身内じゃないわ　初雪は言った　いったい誰が身勝手で　誰が無責任なのかしら　あんたが言ってるみたいに安易に乱暴に堕胎したら　みんな気が楽　そのあとは何事もなかったようにできるでしょうよ　七ヶ月まで育った骨も肉もある胎児なんて　はなっからいなかったみたいに　悪い夢を見ちゃったってね

子どもがほしいなら　若いときに自分で産むべきだったわね　今の年齢じゃ妊娠する確率は五パーセントしかないわ　でもまだ希望はありますよ　初玉は言った　これが冷たい医者のまっとうな処方箋よ

初雪は呆然として、突然両手で顔を覆うと、屋外の暗がりへと出ていった。

たちまち問題は、胎児のことから、姉妹間の齟齬《そご》に移り変わった。

初玉が初家で唯一辛い目にあったことがなく、学業も仕事も順風満帆な人であることは、誰もが認めるところだった。彼女は人生の辛酸や不遇を理解しておらず、そのため生命に対して相対的に冷たかった。初雪は何もかも自分ひとりで頑張ってきて、出産に最も適した時期を逸し、今でも努力している。初雪がどれだけ青春の努力を差し出したか、初玉が理解していたら、これほど辛辣、酷薄に親密さを壊すようなことはしなかっただろう。

初玉　あんたは学問のある人だけど　この学のないわたしにひとこと言わせてちょうだい　初冰は場をまとめるのがうまい　わたしに言わせれば　子どもを産むってのは女の天性よ　あんたが絶対産まないってのは　わたしらも理解する　でもあんただって産みたい人のことを理解するべきよそうでしょ

あたしら五人姉妹じゃ　あんただけが子どもをほしくない　あんたが出産を嫌ってるのは知ってるけど　でも人間の一生ってこんなもんよ　子どもを産んで子どもを育てて　子どもらはたくさん

の楽しみをもたらしてくれる　初雲が言った。

王陽冥はもう討論を放棄し、ひたすら最終結果を待っているようで、椅子に座ったまままときおり目を細めて一休みしていた。ある瞬間に鼻からいびきの音が漏れ出て、すぐに目を覚ました。

部外者ですので　あなたがたの家のことについて　話す資格は本来ないんですが　参考までに言わせてください　初玉は歯に衣着せぬ言い方をしていますけど　出発点には何の問題もありませんよ　この件をずっと傍観していた朱皓が話し出した　アメリカだったら　この件の決定権は初秀にあります　彼女が産むと決めるなら　彼女はこの子を愛していて　自分の手で子どもを育てていくつもりだということです　彼女が中絶するなら　自分が犯した不適切を認識し　誤りを正して　人生を仕切り直すことの証明になります　堕胎は生命の軽視を意味するわけではありません　これもひとつの人生に責任を負う態度です　世の中にはどうすることもできない　残念なことはあるもので　これだって善です　それから　申し上げたいのは　初玉は子どもをつくりたくありませんが潜在的な原因は愛にあるということです　彼女は子どもに最良のものを与えられないこと　病気や早世　子どもを失うことを恐れているんです　見せかけの冷淡さにくるまれているのは　愛なんですよ

みな声もなく、このがっしりしているが上品なよそ者の話す様子を注視し、留学帰りの医師が長広舌をふるって言わんとしていることを細かく吟味していた。その目は明らかに　さすが留学帰りだけに　話の筋が通ってる　と称賛していた。皆彼の言葉にたちまち納得させられたようだった。これまでの長ったらしい議論は、彼のスピーチにはるかに及ばない。もっと早く話してくれていたら、もっと早く結論が出て、今ごろはシャワーを浴びて寝ていられたのに。

そのとき王陽冥がのっそり立ちあがり、司会者の椅子を空けると、初秀を座らせた。非常に目立つ位置にさらされて、彼女はそれ以上背後に隠れて、自分には関係ないというそぶりをし続けることができなくなった。すべての視線が彼女の身に投げかけられると、彼女の目にはかすかにそれとはわからない恐れが浮かんだ。こう言い換えることもできる。彼女のあの何ものも恐れない態度という戦線は、ついに一筋の恐れからどんどん敗退していった。彼女は学校の演劇団のメンバーで、誰も彼女に演技の才能があると見抜けていなかったのだが、彼女の演技はすでに熟練の域に達していた。家の人たちが彼女のために大騒ぎをしているのを見て、彼女はもう演じ続けるのはやめようと思った。この蛙の鳴き声がやかましい夜中すぎ、彼女は勇敢につけていた仮面を外し、本当の自分をさらけ出した。彼女はそっと泣いた。弱さ、虚栄心、勃々たる野心をあらわにした。すべての十六歳の少女と同じように、無自覚の無知と非現実的な夢に満ちあふれながら、自分では成熟している、周囲の世界をよくわかっていると思っていた。

　女たちは進み出て彼女を取り巻き、なでてやり、自分を癒やす独りごとのようにぶつぶつと慰めの言葉をかけた。彼女たちも、このときようやく、実はいちばん辛いのは初秀であることに気づいた。どんな選択をしようと、すべて彼女自身が経験し、受けとめなければならないのだ。彼女たちはただここで言葉を弄するだけで、自分たちはなんて立派なんだろうと思っていた。それまで彼女たちは、ずっと彼女をお人形扱いし、彼女の気持ちにはお構いなしだった。ビジネスミーティングのような家族会議をして、そのうえ姉妹間の矛盾まで噴出して、内心の深いところにあった偏見、初玉に対する嫉妬や、家族が姉妹を公平に扱わなかったという恨みまで、引き出された。

　初秀は言った。これまで子どもを産もうなどと考えたことはない、今でも子どもを育てたくはない　あたしスター歌手か　俳優になりたいの　世界中を旅行したいの　でも今は本当にどうすればいいのかわからないの　彼女の言葉を聞いて、女たちは目頭が熱くなった。それは本当に母性に満ちた情愛と悟りだった　うちの初秀は　ほんとにまだ子どもだわ　この子の夢がどんなに非現実的だとしても　大きくなれば自然にわかることよ　誰もが通ってきた道だわ

落ち着きを取り戻した初雪が暗がりの中から電灯の下に出てきた　秀秀《シウシウ》　明日病院に行って詳しく検査しましょう　いいわね

どうしてもひとりの子どもにもうひとりの子どもを産ませたいのね　あんたたちが一致団結するなら　私も反対しないわ　でもそのやり方は　本当に非人道的よ　初玉は一歩譲った。

七ヶ月の命が生きる権利を扼殺《やくさつ》するのが　人道だって言うの？　その子はもう完全な赤ちゃんなのよ　その子には私たちがケンカしてるのがちゃんと聞こえてるわよ　どうして生きるチャンスを与えてやらないの　初雪がまた目を赤くし、言葉を詰まらせながらしゃべった　いいわ　とりあえず　人道的とか　非人道的とか言うのはやめるわ　私が身をもって経験したことをあんたたちに話すわ　私はね　一回中絶して　母親になる資格をはく奪されたの　もう子どもができないのよ

この言葉を聞いて、家中の人が雷に打たれたようになった。蛙の鳴き声さえやんだ。電灯がチリチリ数回点滅して、光が落ち着いた。田舎は夏になると電気の供給が不足し、電圧がひどく低くなるのだ。

あんたたちの中に子どもがほしくてもできない苦しみがわかる人がいる？　秀秀が中絶したらどういうことになるか　保証できるの？　もし秀秀に何かあったら　後悔しても間に合わないのよ

蛙がゲロゲロ鳴きはじめた。初雪の言葉にブラボーと喝采を浴びせているようだった。ためらっていた人たちは、とたんに初雪に傾き、全員が、とにかくまず検査だ、すべて順調かどうか確かめることだ、と言った。

本当にごめんなさい　私の態度は極端すぎたわ　初玉が初雪に謝った。

長い議論はようやく終わりを告げた。

農場は彼と彼女の記憶とはまったく違っていた。大きな道も小さな道もコンクリートで舗装され、

寒々しい商業的な空気を撒き散らしていた。昔は、土手や野道は、一面黄色いヒナギク、ハクチョウゲ、タンポポ、水草が生い茂り、背の高い葦が風につれて揺れていた。以前は果樹林が広がっていたが、今はみな切り倒されて、その場所には鴨舎や鶏舎が建てられていた。

彼はここで子ども時代を過ごしたので、農場のことは彼女よりもよく知っており、思い入れもあった。彼は少なくとも二十年農場に戻ってきていなかった。夕日が湖水に落ち、真っ赤に焼けたようだった。彼らは手をつないで共通の思い出にふけった。道端に野花が爛漫と咲き誇っている光景、風が吹いて果樹林がサワサワと音をたてている光景、空中に花の香が漂っている光景、湖面に漁船が静かに泊まっている光景、炊事の煙がゆっくりと立ち上っている光景の中にいる様を思い描いた。彼女は父を思い起こし、彼は両親を思い起こした。彼は彼女の手をしっかりと握った。

周囲に人は見当たらなかった。集団経済の時代は、いつも一群の人々がここで働き、歌を歌い、よもやま話をしていたものだった。夜にはどの家の灯りもともっていた。

飼料を運搬するハンドトラクターが近づいてきて、前に停まった。麦わら帽子をかぶった運転手が彼の方へやってきた。黒くて赤みがさしている顔には油のてかりがついていた。

朱の坊っちゃんか　長いこと見てねえな　運転手は言いながら芙蓉王タバコを一箱取り出すと、箱の底を指でトントンと叩いて、箱からタバコを一本出した　**ほらやるよ**

朱皓は手を振った　**ありがとうございます　タバコは吸いません**

運転手はニコニコしている自分の口にタバコをくわえ、火をつけた　**俺は最初飼料係だったんだお前の父ちゃんが農場長になってから俺を養豚場の主幹に抜擢《ばってき》してくれた　そのことはずっと覚えてるよ　残念なことだったな**

朱皓は彼が何を残念がっているのかわかっていた。彼はもう何年も聞き飽きるほどこのセリフを耳にしてきた。そのため笑って彼を遮った　**どうやらトラックいっぱい飼料を運んで　養豚場を請**

け負うようになられたようですね
　運転手はうなずいているときも、タバコの煙を鼻からプワプワ出し続けていた　俺はこれまでの人生でずっと豚と付き合ってきた　人間と豚は同じさね　俺はお前の父ちゃん母ちゃんのあのときのことを覚えてる　ちょいと怪しいとずっと思っておってね
　何が怪しいんですか　朱皓は初玉の手を離し、後者は脇へどいて空の雲を眺めた。
　もう何年にもなる　今さら持ち出すべきかどうかわからん　言ってどうなるもんだか
　話してくださりさえすればいいんです　役立つかどうかは　僕が判断します
　初玉は彼らの話が聞こえないところまで行って立ち止まった。思いがけず足元にスミレが群生していて、あでやかに花を咲かせているのに気づいた。この花は父が彼女に教えてくれたものだった。彼女は父親を思い起こしたが、父の様子は覚えていなかった。農場の野生の草花の名前は実に多いが、スミレの紫色の小花はとりわけ好きだったので、ずっと忘れていなかった。彼女は身をかがめて悠然とひと束摘んだ。やることのないむなしさが少しあった。振り返ると彼らがまだそこに立って話しているのが見えた。タバコの煙が彼らの頭上を漂っていた。
　運転手がトラクターを運転して行ってしまっても、朱皓はもとの場所でずっと微動だにしなかった。一本の樹のように頭を垂れて沈思黙考していた。彼女は彼が、メガネを外して服の裾で拭き、かけ直して、天を仰いで長いため息をつくと、身を翻して彼女のほうにやってくるのを見た。
　錆のような赤色の夕日が彼の背後で今にも沈んでいこうとしていた。彼の影は彼よりも十メートルほど早く彼女の側に到達し、彼の頭の影が彼女の胸に映ったとき、彼はまだ数メートル向こうをゆっくりと動いていた。敗戦を喫して疲労困憊した兵士が前に目を向けられないかのようだった。彼はゆっくりと近づいてくると、何も言わずに手を伸ばして彼女を抱きしめた。洪水の中でなんとか生き残るために一本の樹にしがみつくかのように。

そのとき、空模様がさっと変わって崩れた。すべてが夜のとばりに吸い込まれ、まわりの景色は茫漠とした。蛍のいない夏の夜が、飼料と糞便の、濃厚とまでは言えないにおいとともに、彼らのあいだに入りこんだ。彼らはホルモンに促されるままに葦や草むらに倒れこむこともせず、思い出のエデンの園を見に行くことさえしなかった。あの麦わら帽子をかぶった運転手に出会ってから、すべてが突然止まってしまった。

　彼女は何が起こったのかわからなかったが、彼の表情を見るに、相当きついことにちがいなかった。彼にはいま安静と思考が必要なのだと彼女にはわかった。よく考えた結果、もし重大なプランを立てるのであれば、彼は必ず自分から彼女の意見を求めてくるだろう。だから彼女は何も尋ねず、ただ彼の手を握って、慰めた。しかし彼にはそれさえも必要ないようだった。彼はどうやら彼女がいない真空地帯でこの件を処理しようとしているようだった。

　何人かの人に会いに行かなくちゃいけない　個人的に処理することがある　彼はもともと彼女を連れてこのプロジェクトをやる計画でいたが、麦わら帽子の運転手に会ってから、彼女を外して単独でやるつもりらしかった　**その人たちはとっくに農場を離れていて　会えるかどうかわからない　もしかしたらもう亡くなっている人もいるかもしれない**　彼の様子は真相を究明しようとしている探偵が手中の案件に精神を集中させているかのようだった。あるいは軍事戦略家が地図を睨《にら》んで作戦を練っているかのようだった。彼女は何も尋ねず、手を握って慰めるのもやめた。なぜならいま慰めてもらう必要があるのは彼女自身だ、と感じたからである。計画が変更された背景には彼が彼女に知られたくない何かがあり、苦心して隠蔽している、と感じたからである。別の言い方をすれば、それは彼が彼女を信用していないということだ。信用できないというのは、男女関係で最も致命的な問題である。理解し合っている人にとって、一方がもう一方を突然信用しなくなったという気持ちは、由々しい言い方をすればもう一方の人格を侮辱しているのである。しかし彼女は逆に彼のこういう気持ちも理解できた。つまるところ彼らの恋愛関係はそれほど堅固ではない。彼女は少なくとも、席を立って袂を分かたないでいることはできた。

彼女は彼を慰める優しさを差し出すことが本当にできなかった。それは彼女の本心に背いていた。もしそうすれば、まちがいなく小声でこせこせした言い方になり、人をいらだたしい気持ちにさせただろう。

彼がやろうとしていることと自分に何か関係があるか、推測しようともしてみた。例えば彼女の父親は彼の父親の前任である。彼らのあいだに何かトラブルがあったのではないか？　だが彼女の父親は彼の父親よりも前に死んでいる。父親の幽霊が夜中に出てきて生きている人間を襲撃でもしない限りありえない。彼らは二人とも医師で、怪異は信じない。彼は半分クリスチャンだと言ってもいいが、哲学的な角度から宗教を見ているのであって、迷信、盲信しているのではない。彼女は彼ほど小説を読んでいないので、人類の物語や人間性に対する理解は彼ほど深くなかったが、突拍子もない考えで生命を無駄遣いする可能性を否定もしなかった——何年も前の不慮の事故と謀殺を結びつけずにいられないとは、小説の毒に当たって、とどのつまり自ら求めて苦しんでいるだけだ。

これらすべてを彼女は口に出さなかった。彼がその気になっているのに打ち消すことはできない。とりわけ彼は、何かの情報のパスワードを手に入れてから、ますます止まれなくなっているように見える。彼はひとりの女の涙や甘えで計画を変えるような人間ではない。彼は、ふたりの感情はお互いへの理解と尊重の上に打ち立てられるもので、涙と甘えは手段、非理性的な道具だと固く信じている。それは彼が欧米の文化の影響を受けているからで、彼が彼女をすばらしいと思い、気に入った理由でもある。彼女はパッと見には欧米の女性のように独立して強靭なように見える。このアドバンテージを捨て去り、か弱い小鳥が人に寄りかかるように、なんだかんだ絡むことなどできない——人はおしなべて、女は男の前ではか弱く依存的になり、男の自信と男根を大きくするべきだと思い、少なからぬ人がそれで成功しているが——彼女はそんな手を使おうと思ったことがなかった。思想と精神の平等は、彼女にとって絶対に変えられない、交際の土台だった。自己の矮小《わいしょう》化、脆弱《ぜいじゃく》化は、動物が危険に直面したときに取る、本能的な生存方式にほかならない。しかし彼女は人間なのだ。彼女は長年にわたってそのような考えを守り通してきて、人との付き合いでも、恋愛でも、後悔したことはなかった。彼女は、そういう女を必要とする男は、実は弱く、自分以外のもの、例えば社会習俗、伝統観念、大衆迎合などのまやかしにすがって、自分の権威を支えようとしているのだと考えていた。

昔から　婦徳に屈して　奴隷のように使われて　現実的な利益を得る女性はいた　現代の女性が自分を物のように扱って　矮小化し　脆弱化させるのは　自ら望んで纏足するのと同じ道理だよ

彼には彼の見解があった。

　これまでの付き合いの中で、彼はそう言っていた。彼の態度は、彼女の中にもある程度潜在している可愛い女の心理を満足させられないことがあった。彼は絶対に娘をあやすようには自分の女を喜ばせなかったということでもある。実際にこの件で、彼は突然彼女の手を離し、突然計画を変え、突然冷ややかになった。可愛い女なら、どうしてこんなことになっちゃったの？　何か悪いことを言った？　私のこと嫌いになったの？　と矢継ぎ早に質問を浴びせるだろう。彼が質問攻めにあってうんざりし、ますます冷ややかになると、可愛い女なら、傷心の、可愛がらずにはいられない様子でメソメソ泣くものだ。だが彼女と彼のあいだにそういうパターンはない。彼は彼女が心中不愉快なことはわかっている。彼は話したくなったら話すだろう。

　彼女は、彼が鬱々としているのに自分にはなす術がない状態が、少し耐えられなくなってきた。

あなたを待っていっしょに北京へ戻る必要がある？　彼女は尋ねた。

君は先に帰ってくれ　僕はたぶんもう数日かかるから　彼は言った。

夏の夜に飛び交う蛍はあいかわらず一匹もいなかった。昼間にはトンボさえ見かけなかった。彼女は彼女と彼のあいだに問題が起きたことを確信した。その障害はどんどん明らかになっていたが、彼女は農場に来たことを後悔はしなかったし、麦わら帽子の運転手に出会わなければよかったのにとも思わなかった。ある種のものは、ひそかに存在しており、別の化学作用に遭遇してから姿を現すのである。彼女はほとんど別れる気持ちで彼から離れた。彼は唐突に冷淡になったことでどんな影響が引き起こされるかはっきりわかっていたが、依然として何も言わなかった。彼は苦痛に絡めとられ、彼女の助けを必要としていないことが見て取れた。むしろ彼女が身近にいると苦痛がいっそう増すようだった。

いつかきっと答えがわかるわ　答えがないのもひとつの答えだわ　彼女はそう自分に言い聞かせた。

続いてもうひとつ不愉快な出来事が起こった。検査の結果初秀の胎児はいけなくなっており、分娩誘発しなければならないという知らせを受け取ったのである。ひょんなことからこの件は解決したと思いながらも、むなしいかんじがした。あの晩以来、全員が子どもを残すという意見だった。彼女は実際のところ子どもの誕生に期待しはじめていた。それに子どもを初雪に育てさせれば、確かにウィンウィンのうちである。

彼女は、お腹がぺちゃんこになっているが、おっぱいが張って、お乳でシャツを濡らしている初秀を見舞った。張ったおっぱいが痛くて彼女は歯ぎしりし、髪を振り乱し、衣服は整っていなかった。その乱れた様子がまた初玉の出産に対する嫌悪感を引き起こした。ここはまるで野戦病院だ。出産のために、人とも幽霊ともつかなくなり、下半身丸出しの、うめいたり、精気をなくしたりしている雌の動物は、女性とは呼びがたい。彼女たちのうち、幸いにして元気な子どもを産み落とした女でも、その生命に　母親　という勲章を授けられ　偉大　と称賛される者もいれば、社会的障碍者になる者もいる。妊娠、堕胎、分娩誘発などの経験は正常な評価を引き下げるが、それでも勲章を得る道を苦しみながら前進する。

伯父さんは？　初秀が尋ねた。

しっかり病気を治しなさい　初玉が言った。

病気じゃないわ

病気じゃないのにどうして入院するのよ

とにかくあたし病人じゃないわ

カワイ子ぶってるの？　もう　あなたは少女じゃない　出産経験のある人間になったのよ

これからはあなたのこの経歴を他人がいつも取りざたすることになるのよ　初玉は厳しい口調になった　十六歳で分娩誘発するなんて　そんな娘　誰だってちょっとよく考えた方がいいと思うわよ　自分をこんなに台無しにして　立てたしっぽをどう下ろせばいいんだか

初先生　ご安心を　あたしは何も隠すつもりはありません　他人に何かあげつらわれるんじゃないかと戦々恐々しているつもりもありません　十六歳で恋をして　分娩誘発した　これがあたしなのよ　あたし自身が堂々と向き合って　自分を貶《おとし》めなければ　他人がどう言おうと関係ないわ

初玉はこの言葉を聞いて、心が震え、自分が誤りを犯したことにハッと気づいた。自分は、初秀の前で、いつも自分が非難しているたぐいの人間に変わり果てていた。初秀のほうが彼女になっていた――初秀の骨の中にあるのは彼女自身の性格だった。

初秀の言葉に彼女は安心した。初秀の自分を受動的な　女　の中に入れない意識は、実に慶賀すべきだ。

いいこと言うわね　私も啓発されたわ　私は凡俗な観念の地雷を踏んでたわ　私はあなたに自分

でも信じていない考え方を話してた　あなたのことをよくいるタイプの女だと思いこんでいたものだから　もうちょっとで大衆の考え方に屈服するところだったわ　そうよ　秀秀　とっても正しいわ　女の呪縛から抜け出しましょ　性別は背景にするの　顔ではなくて　基礎にするの　負担ではなくて　彼女は思わず笑い出し、自分が負かされたことを認めた。

　彼女たちは抱き合った。まるでもう性別に打ち勝ちはじめたかのように。

　初雲は彼女たちが何を話しているのかよくわからず、はじめのうちはほとんど耳まで真っ赤になっていたが、彼女たちが改めて打ち解け、抱き合っているのを見て、何の問題もなくなったことを理解した。彼女は誰かが初玉の語気をやわらげられるのをほとんど見たことがなかったが、なんと今、十六歳の初秀に征服され、初秀に一目置かざるを得なくなったのだ。初雲も大喜びで初秀の顔を洗い、服を着替えさせ、乱れた髪をといてやった。ひとしきりせわしなく立ち働くと、女の子は生まれ変わったかのように生命の輝きを放ちはじめた。

　あなたは今でも少女よ　純真で　天真爛漫な少女よ　初玉は最後に言った。この言葉は初秀に体の痛みを忘れさせた。

13

　ほとんど悪あがきのような気持ちで、初雪は病院を変えて再検査することにした。これまでの医師はみな、原因はおそらく何年も前の中絶で、手術後に生殖能力が失われたのだろう　こういう症例は多くはありませんが、決して少なくもありません　と言った。彼らは、三十三歳という高齢で初めて妊娠したのになぜ産まなかったのかと、ほとんど責めるような口調で言った。まるで担任教師がいいかげんな学生のできの悪い宿題や試験答案を叱りつけるようだった。彼女たちは彼女の軽率を責め、軽率についてくるものは懲罰だ、懲罰は遅かれ早かれ漏れなくついてくるのだ、と言った。彼女の今の年齢と生理不順の状態では、妊娠は十年前よりずっと難しくなっていた。

初雪は、希望がなくても漢方薬を飲み続けていたが、結局自分が薬の缶のように思えてうんざりし、養生を放棄して、自然に任せるようになった。

医師たちが好意で語る鋭い言葉の一言一言が、彼女には非常に辛く、苦しくて何も言えなかった。あの日のことはまったく遠のいていなかった。永遠にくっきりと目の前にあった。顔を上げればすぐに、自分がどんなふうに彼を訪ね、彼の態度にどんなふうに傷ついたか、内心の極めて大きな痛みをどうやって耐え忍んだかが見えた。九ヶ月後、彼女は思った。子どもがいれば今生まれていたんだわ。五年後、彼女は思った。生きていたら五歳になっているわ……彼女はその子どもが彼女の見えないところで成長しており、その子の命は消えていないように感じた。

それはあまりいい感覚ではなかった。ある人は彼女に、子どもを一人実際に生んで、忘れて、代替させるしかない、と言った。彼女は財経ニュースの編集長がこの件に寛容で理解があることに、心から感謝していた。子づくりに対して、彼はさほど積極的ではなかった。それは一長一短だった。もし彼がもっと積極的だったら、彼女はもっと不妊治療に勤《いそ》しみ、進展があったかもしれない。だが彼は毎日、本を読み文字を書き、他人の子どもを見かけるとちょっとあやしてやるだけだった。

二人はいっしょにいても冷ややかな感覚になることがあった。とりわけご近所や庭園から子どもが泣いたり騒いだりする声が耳に入ってくるとき、そういう感覚はいっそう強まり、厳寒の冬に、外で大雪が降っているのに、貧しくて薪一本なく、空っぽで冷たい暖炉を前にしているかのようだった。

二人ともそれを感じていたが、触れようとはしなかった。そういうとき財経ニュースの編集長がまずそういう局面を避けて、何か話題を振ったり、映画を観に行こうと提案した。こういう状態に助け船を出すのは、ほぼ毎回彼のほうだった。初雪は後になって、彼がそうするのは、内心の不安と焦慮のためなのだとわかった。実は彼は心の底では、あの小さな生き物が膝にまとわりつく生活を望んでいたのだ。子どもに関わる物事に対して、彼は彼女よりずっと敏感だった。児童遊園や、子ども服の店の前を通りかかると、彼は足早になった。まるでそこが耐えがたい異臭を放っていて慌てて逃げなければならないかのように。

それも彼女がもう一度病院へ行こうと決めた理由だった。ヤギひげをたくわえた年老いた漢方医が、マホガニーのデスクの向こう側に座っていた。デスクにはやわらかい布製の枕が置かれていて、彼女は伸ばした腕をその上に乗せた。ヤギひげの老漢方医は、クモの足のような指で彼女の手首を押さえ、目を閉じて脈を聞いた。まぶたとひげがぶるぶる震え、まるで神霊とつながっているかのようだった。脈を診おわると、今度は舌を出させ、白目を確認し、陰虚血熱といったたぐいの診断を下した。処方箋を書きながら、彼女の職業と収入、家庭の状況を尋ね、彼のところは自費診療で、医療保険は使えず、公費治療もできないと告げた。彼女が大学教員だと聞くと、生薬をいくつか変更し、七服で二千元あまり、少なくとも二十一服、多ければ半年間飲み続けて、治療の効果を見てみましょう、と言った。

彼女は処方箋を受け取り、冷えきった心で漢方医院を後にした。金額のせいではなく、医師の話が大同小異であることに気づいて、すっかり失望したのだった。彼女はこの件はもう難病になってしまったのだと思った。漢方医もおおかたいちおうやってみるくらいしかできないのだろう、治療しながら心中無駄だと思っているのかもしれない――あのときの医師は彼女に手術のリスクを説明したが、そんな低い確率のことが自分の身に起こるとは思いもよらなかっただけだ。時々たまらなく辛くなると、彼女はとても後悔し、もし一切を顧みずに産んでいたら今ごろどうなっていたのだろうと考えた。彼女よりずっと貧しくても子どもを産み育てている女性はたくさんいるのだから、やむを得ず別の道を選んでいたら、あるいはうまくいっていたかもしれない。農村から都市へ出て、独学で博士になる道のりよりも辛いことなどない――だからこそ彼女は、手に入れた権益を失いたくなかったのだ。

結婚してから、彼女はひそかに、すべての精力を妊活にかけていた。彼女は表面的には淡々としていたが、財経ニュースの編集長も協力的だった。はじめの数年は、真実の愛でまだ持ちこたえることができた。だがしだいに、二人とも心ここにあらずの荒涼とした気持ちになっていった。財経ニュースの編集長は外での活動が増えていき、中年男性特有の酒の席で、才気あふれる言論を展開した。

中年男性の酒の席では、容姿端麗で世慣れていない女の子がひとりふたり、博学多才なおじさんに、花のように美しい笑顔を見せるものである。財経ニュースの編集長に摘み取られた花に、彼女が気づいたときには、もう手遅れになっていた。その花は二輪になっており、一輪はお腹の中で咲いていた。彼女はどこでその花に出会ったのだろうか。座談会かもしれない。酒の席かもしれない。それは重要なことではない。彼女はいきさつを調べあげようとは思わなかった。要するに、川の向こう岸に花が二輪、母花一輪、子花一輪が咲き、こちら岸には古い柳の木しかなく、財経ニュースの編集長はひとりで小舟を漕ぎ、花が咲いている河畔へ行ったり、古い柳のある港に戻ったり、河を行き来していた、ということである。彼女は河に向かって叫びはせず、岸辺の港から撤退もせず、様子を見守っていた。彼女はその母花がかつて彼女自身がいた位置に身をおいていて、自分と瓜二つであるのを見ていた。彼女はその母花を見つめながら、自分を見ているような気がした。その母花の望みが叶えば、自分の夢も叶ったことになるような気がした。

彼女には、その母花にお腹の中の子花を摘み取らせ、母花がしぼむ窮地に追い込もうという気持ちはさらさらなかった。彼女は母花に対してまったく先入観を持っていなかった。彼女が考えたのは財経ニュースの編集長の問題だった。自分ではお互いに心が通じ合い、信頼し合い、しょっちゅう膝を突き合わせて語り合い、肝胆相照らす仲だと思っていたのに、これまでのすべてが水中の月のように揺らいで夢まぼろしになってしまったのが、彼女には本当にいささか受け入れがたかった。財経ニュースの編集長に何か要求できる権利などないことは自分でもわかっていた。というのも彼女の荒れ果てた子宮には長年一粒たりとも収穫がなかったのだから。

　彼女はずっと彼に対して借りがあると感じていた。今彼女はわかった。彼女は彼が上げるはずだった収穫を奪っていたのだ。彼の蔵を満たすはずだった穀物を奪っていたのだ。肥沃に、豊かになっていくはずだった彼の土地を奪っていたのだ。ずっしりと実るはずだった彼の果実を奪っていたのだ。彼女の唯一の不満は、彼は嘘をつくべきではなかった、彼女をごまかすべきではなかった、ということだった。彼は何度も嘘をついたからこそ、母花に子花を咲かせることができたのだ。彼は彼女たちを何度も騙したからこそ、子花は母花のお腹の中で四ヶ月咲き、どちらの女にも彼は自分の男だと思い込ませることができたのだ。彼女の唯一の不満は、彼は嘘をつくべきではなかった、騙すべきではなかった、ということだった。それは彼女が最も容認できないことだった。そのために彼女は彼ととことんやり合うことにした。

　二人が対決したとき、彼はベテランの研究者が学術考証を失敗したかのような様子だった。自分が提出した証拠の誤り、論拠の乱れ、結論のでたらめさを深く恥じた。彼はこれまで学術的な問題に対して慎み深く、緻密で、どんなことも多方面から考察し、正確さを追い求め、万にひとつも誤らなかった。考証の誤りは、一時の粗忽《そこつ》、インターネット上のデータや観点の不正確さから起こるのだと考えていた。修正の機会はあったのだが、この程度の誤りならば一般の読者は気づかないだろうと、高をくくっていた。ところがまさしく一般の読者が――さほど親密ではない同僚が――財経ニュースの編集長の疑わしい行動を、彼女に教えてくれたのである。同僚は北京郊外にある潭柘《たんしゃく》寺《じ》の銀杏《いちょう》の木陰から、財経ニュースの編集長とあの母花が恋人同士しかしないことをしているのを見たというのだった。

彼らは潭柘寺に何をしに行ったのか？　初雪に早く子どもができるよう祈りに行くはずはない。彼の結婚がいついつまでも続くよう菩薩に加護を求めに行くはずもない。彼女は誠実に潭柘寺のことを尋ねた。彼は頑として認めなかった。根も葉もないうわさ話だ、お寺に恋を語りに行かなければならない理由などないと彼は言った　**お前は他人を信じるのか　それとも枕をともにしている人間を信じるのか**　彼の言葉に彼女は押し黙った。彼女はもちろん枕をともにしている人を信じた。というのも、そのさして親しくもない同僚女性は、大のゴシップ好きで、いざこざを起こすのがお得意だったからだ。だが次は別の人が別のことを彼女に教え、彼女は前の情報も正しかったのだと確信した。もし彼が彼女をもてあそばなければ、彼女もそれほど怒らなかっただろう。彼女の知能を侮辱しただけでなく、尊厳を愚弄したのである。彼女には彼が風雨の中で揺れ動き、彼女を傷つけないよう考えているのがわかった。彼女にわからなかったのは、彼のようにＩＱの高い知識人が、なぜ頭隠して尻隠さずの愚を犯したのか、ということだった。彼女のような女はごまかせないと、彼はわかっているべきだった。彼に必要だったのは、ただ自分の考えを述べることだった。そうすれば彼女は必ず心から彼を祝福し、すべての障害物を蹴り飛ばし、彼のために絨毯を敷いてやったのに。過去の交際で、彼女はずっとそうしてきた。元彼はみな親友になった。肝胆相照らす仲になった人さえいた。

彼は自分がどのように一歩一歩深みにはまって、抜け出せなくなったかを語った。大部分の不倫がそうであるように、良心の呵責《かしゃく》、幾晩かの眠れない夜という最初の段階を過ぎると、問題はもう問題ではなくなった。はじめは、彼とあの母花は、話が合うだけだった。それからとても馬が合うようになった。やがて彼女と話をしなければ体中が苦しくなった。こういう辛さは最終的に語り合うだけでは解決せず、どうしても肉体を用いなければならなくなる。肉体で語り合うのは楽しく、肉体は記憶を持ち、それに溺れて、制御できるつもりでいたペースを失った。

彼がそのように語ったのは、自分はいいかげんな人間ではなく、霊と肉の革命だったと証明したかったのだ。それを聞いて彼女は心中おもしろくなかった。体だけの関係であることを願い、自分を説き伏せ、彼を許す理由も考えてあった。彼女は彼女とのあいだで霊と肉の革命が起これば、再度革命する武器弾薬はもうないものと思いこんでいた。男は老いて歯が抜け落ちてももう一回したがり、歯がなくなったら、手で革命し、口で革命し、舌で革命し、足の指先で革命し、膝頭で革命すると言われていることを、忘れていた。

彼女は彼が滔々と話すのを聞きながら、彼の隠しきれない幸せをとらえていた。そう、彼は一種哀愁を帯びた、沈んだ、悲しげな口調で、自分の幸福と愉悦を語っていた。彼女は受け入れられなかった。彼女は彼がストレートに、興奮して、喜色満面で、この風流韻事にいかに溺れたか、語ってほしかった。壊れた花瓶のような表情をする必要はない。

その後彼女は、どうであれ受け入れられないことに気づいた。実はすべてが受け入れられなかったのだ。その感覚は、彼女の自己理解を超えていた。彼女は自分の心の中に焦って追い詰められた獣がいることに気づいた。嚙みつくのでなければ飛びかかり、爪をむき出しにして、めちゃくちゃに踏みつけようとしている。彼女は胸を押さえた。どこかに倒れこみそうだったが、彼には打撃を受けている様子をみじんも見せたくなかった。

こういうことになってしまったんだから　あなたの思うようになさいよ　私はあなたに言われた通りにするわ　彼女はそっと言った。

彼は警戒するように彼女を見つめた。彼女が言っているとは信じられないようだった。彼は明らかに、これほどすんなりいくとは思っていなかった。拳を握りしめ、全身の力をこめて相手と戦おうとしたら、相手はふにゃふにゃの案山子《かかし》で、拳を打ち込んだとたん、平衡を失ったかのようだった。

倒れなかった案山子は、続けてそっと母花の状況を尋ね、彼女を大切にしてやってほしい、母花はともかく、既婚男性の子どもを身ごもり、大きな危険を犯しているのだから、と求めた。彼女はあれこれ他人のために考え、まるで彼女自身がやり遂げられなかったことを他人が代わりにやってくれて、肩の荷が下りた、と思っているようだった。

こうして彼は、おうかがいを立てる必要もなく、大胆に、数日失踪し、財産分割の話をしに戻ってきた。彼は道中考えを決めていた。家は売って二等分にする、貯金も半分ずつ、家電などの雑多なものはすべて彼女のものとする、以前は彼のほうが彼女より収入が良く、彼女が画廊を開いてからは彼女の収入のほうが彼を上回っていたが、基本的に割り勘でかまわない、公平で合理的な財産分割だろう。だが、もし彼女が望むなら、自分は貯金だけ持って家を出てもいい。不動産の価格より安いが、時間を節約できる。彼が考えたいくつかの方法は、どれも彼女が受け入れられるものだった。彼女が受け入れられない方法を、彼が出すはずはない。

憂い悲しみ、しみじみ懐かしんでいる暇など彼には本当になかった。生活を刷新することへの喜びが胸にあふれ、歩きながら鼻歌まで数曲歌った。戻ってみると彼女は家におらず、身の回りのものをいくらか持って、いなくなっていた。彼はティーテーブルの上に置かれたメモを読んだ。

ちょっと日本へ行ってきます　財産のことは帰ってからお話ししましょう　何もかもうまくいくわ　心配しないで

雪

何もかもうまくいくわ　というのは、彼と母花のことか、彼のことか、彼女のことか、それとも彼と彼女のことか？　**心配しないで**　というのは、財産のことを心配しなくていいという意味か、彼女の気持ちや旅行での安全を心配しなくていいという意味か？　彼にはわからなかった。一枚の紙切れに書かれた片言隻句《へんげんせっく》にかかずらってはいられない。彼は、彼女が外に出かけるのは事のスムーズな解決に役立つにちがいないと考え、十日、半月待つ準備をした。

実のところ、彼女はそれほど遠くまで行っていなかった。彼女がいるホテルの窓からは、マンションの敷地やゲートが見え、彼がいつ帰ってきたか、いつ出かけたかも、よくわかった。彼女は彼の鼻歌さえ耳にした。階段を踏む彼の足取りが、以前よりも弾んでいて、胸もピンと張られていることに彼女は気づいた。その上彼は、これまでの傲岸不遜な態度を改め、自分から周囲に挨拶していた。彼は彼女の目の届かないところでは違った様子をしていた。

彼女は綿密に計画を立てて何かをしようと思っていたわけではなかった。ただ家を出て、ちょっと冷静になり、事態の展開を観察したかっただけだった。ある瞬間、彼女は突然、ドラマの演出家をやりたくなった。はじめのうち、彼女はどうシナリオを作ればいいのかわからなかった。だが多くの人が小説を書くとそうなるように、人物は歩き回り、突然作者のコントロールから外れ、自己主張を始め、殺意を抱いたり、欲情したりして、とにかくはじめに敷かれていたレールからそれていった。そして新しい局面が開かれ、霊感がひらめいた。

これは子宮の戦争だわ

三日後、彼女はお金を使って、あの母花の素性を突きとめた。彼女の住所、職場を知り、彼女が北方の人間で、まだ三十にはなっておらず、英文雑誌の編集者をしており、借家住まいであることを知った。週末に彼女は数枚の写真を入手した。彼女の夫と母花がいっしょに散歩し、日本料理を食べていた。彼の散歩のときに片手を誰かの腰にそえる習慣と食事のときの姿勢はまったく変わっていなかった。彼らの様子からは別の女性の存在はまったくうかがえなかった。

彼らのあいだに彼女が入る隙間はまったくなく、空気みたいなものであることに気づいて、彼女はおもしろくなかった。彼らはニューメキシコ州の女性画家の展覧会にまで行った。彼は花を性器のように描くこの女性作家のことを彼女から教わったのだ。彼は絶対に、彼女が彼に話した絵に関するあれやこれやのことを母花に受け売りしているにちがいない。彼女はそれもおもしろくなかった。実際のところ、彼女はこのことを知ってから、ずっとおもしろくなかった。

これらのことを調べあげてから、彼女は本当に旅行に出かけ、ウィチャットに毎日デコった写真を投稿した。旅行の風景、グルメ、人文的な事柄、楽しそうなスタンプも使って、ノリノリなかんじだった。次の日もまたその次の日も、ひとつの町から別の町へ。彼女は一人旅で、自分だけ楽しんで旦那さんに申し訳ないと思っているようで、彼に服を買った、ネクタイを買った、電動歯ブラシを買った、などと書いていた。彼らの昔の写真もアップして、かつてのすばらしかったころを大いに見せていた。彼女の生活が破綻しているとは、誰も見抜けなかった。

彼女は、日本に行って十五日目に、いつ帰ってくるのか、というウィチャットを、彼から受け取った。彼は財産分割には言及せず、何も言わず、まるで出張中の妻に夫が淡々と尋ねるような調子だった。そこに期待と心配事が潜んでいるのを、彼女は感じ取った。彼女はわかっていた、大雪が舞う冬に、ひとりで冷たい暖炉に向かっているのは、ふたりでいるよりずっと辛い。彼は二人の日々を懐かしんでいる。彼は彼女を求めている。彼女は思わず謎めいた笑みを漏らした。

一週間後、彼女は家に戻った。彼は夕食を作って彼女を待っていた。ワインもあった。以前はしょっちゅうふたりで飲んでいた。

あら　最後の晩餐なの？　彼女は旅から戻ってすっきり晴れ晴れとしており、彼をからかうだけのゆとりがあり、たちまち優位に立った。

どう思おうとかまわないさ　彼はボトルを開けると、デキャンタージュし、トクトクとグラスに注いだ　**君へのご接待だ**

驚いたわ　まだこんなことまでしてもらえるなんて　彼女は微笑んで言った　**礼には礼をもってお返ししなくちゃね　私もあなたに贈りものがあるわ**

彼らは以前と同じように、食べものと贈りものを分かち合うプロセスに入っていった。まるであの母花が出現したことなどまったくなかったかのようだった。彼女は日本旅行の感想を述べ、両国の文化を比較し、日本で見た芸術展、浮世絵のこと、草間《くさま》彌生《やよい》のことなども話した。彼らの生活にトラブルが起きたことをすっかり忘れているようだった。彼女はあいかわらず妻らしく振る舞って、彼が無理に楽しそうにしているのに気づかないふりをしていた。一杯また一杯とワインを空けていくあいだ、彼が口をさしはさむ余地はなかった。彼女はこの機会に未来に語るべきすべてを語りきってしまおうとしているようだった。

彼は彼女が確かにこれを　**最後の晩餐**　だと思っていることがわかった。彼は何度も口をはさもうとしてやめて、遠慮深い、あるいはためらいの表情を見せていた。彼は自分を抑え続け、彼女の話を遮らなかった。

ボトルのワインがなくなっていき、すっかり空になりそうになったとき、彼は発言しようと身構えた。だが彼女はまだ話をやめなかった。テーブルを片づけ、食器を洗い、床を拭き、手を洗ってぬぐうと、次は贈りものの鑑賞タイム、試着タイムになった。

彼女が彼に買ってやる服はいつもぴったり体に合っていた。彼女は彼のサイズ、目方、適切な長さを、天才的に理解していた。例えば洋服箪笥を買うのにサイズを測り忘れていても、彼女なら一目で合うかどうかわかる。実際もそうだった。彼が新しいグレーのスーツを着て、黒っぽい藍色の地にくすんだ紅い花があしらわれたネクタイを締めると、面目が一新した。彼女が腹の中で何をたくらんでいるのか、彼にはどうもよくわからなかった。自分はあれほどの過ちを犯したのに、こんなに平静で落ち着いているとは、もしかしたら女が男を引き留める手段なのか、と彼は思った。

喉元まで出かかった言葉をいくつか飲み込んでから、彼はあっさり話すのをやめた。このままでいけば、彼女にも、彼が戻ってきて、何もかも元の鞘《さや》に収まったことがわかるだろう。彼と彼女は今度こそ二人とも白髪になるまで添い遂げるのだ。

彼女が戻ってから十数日、彼はずっと家を離れなかった。彼らは財産分割の話もしなかった。ある晩には、無言のまま激情をほとばしらせた肉体関係まで持った。あのことをしているときに必然的に出る声、あえぎ以外、真っ暗な中で互いに一言も口をきかなかった。彼の気持ちが戻ってきたと彼女は確信した。

彼は知らなかったが、彼の心に重くのしかかっていて、話そうとしながら話せなかった件を、彼女は知っていた。それどころか、彼女は彼よりも早くそのことを知っていた。自分の日本旅行中にその件が起きることを、彼女は知っていた。というのも、彼女がシナリオライターで、演出家で、筋書きは彼女が計画した通りに進んだからである。

これは子宮の戦争よ　あの子花を咲かせるわけにはいかないわ　母花のお腹の中でしおれ枯れて命を失うしかないの

その事件は彼女が日本へ旅立って三日目に起きた。その日の午後、母花は突然産気づいて入院した。彼が駆けつけたときには、もうやつれ果てた母花一輪しか残っていなかった。彼は彼女のへこんだお腹をさすりながらずっと無言だった。彼女を慰める言葉さえ浮かばなかった。もし彼女が妻だったら、思いやりたっぷり　**かまわないよ　赤ちゃんはまたできるから**　と言うことができる。だが彼は彼女にそう言えなかった。というのもその時点で次のことは考えられなかったからである。妻の顔が彼の脳裏に飛びこんできた。子花が枯れたことで、彼と母花の紐帯は切れた。彼は自分の彼女に対する感情が無自覚のうちに微妙に変化したのを感じた。彼の心の一部は、早々に目を覚まして妻のもとへ戻っていた。別の一部は人道主義的な愛をたたえてそこにとどまっていた。母花の魅力は子花が消失したとたん減じてしまったようだった。

　もしかしたら子花の出現で一時的にのぼせあがり、子花に関わるすべてのことを深い愛情で覆ってしまったのかもしれない、と彼は思った。本当に頭がおかしくなっていた。あんなに優秀な妻のもとを離れようとしていたなんて、彼女は有能で、才気煥発で、道理と人情をわきまえており、彼らのあいだには、子どもがないこと以外、感情のもつれはない。世界でいちばん自分に合っている人だとさえ思える。だがこのアバンチュールがなければ、いちばん愛しているのは妻だった、とはわからなかったろう、子どもに関する問題を本当に完全に手放せる、とはわからなかったろう。大多数の既婚男性がそうであるように、家庭と妻に対する彼らの認識は、往々にして外遊びを経由する。いわゆる波風は人が作るもので、結婚という小舟はその中で壊れてしまいがちだ。

　彼は妻と最後の談判をしていなくてよかったと喜び、彼女が旅行に出かけてくれたことに感謝した。旅行が彼に方向転換するための貴重な余地と空間を残してくれたのだ。彼は彼女の日本行きが、その場にいない証拠を作り出すためだったことを、まったくわかっていなかった。彼女はもちろんその場にいなかった。そもそも自分でやりに行く必要もなかった。この世には、札束が積まれれば彼をぶち壊す人間はいくらでもいた。

彼女も心中苦悩しないわけではなかった。あの母花が子どもを錦の御旗にしておごり高ぶっている姿が目の前にちらついた。彼女はとうとう自分を納得させられる理由を思いついた。

彼女は妻の存在をまるっきり無視して平気でいるんだから　私も彼女に情けをかけてやる必要はないわ　これはただの子宮の戦争よ

子宮の戦争——彼女は終わったばかりの家庭の危機をこう理解した。

二ヶ月後、結婚記念日に、彼は彼女を外灘《ワイタン》にあるとても上品な西洋料理店に連れていった。この人は母花をここに連れてきたのだな、と彼女は思った。というのもそこにはロマンチックな愛の息遣いが充満していたからだ。タキシードに白シャツ黒ネクタイのウエイターは折り目正しく、品が良かった。ピアノの生演奏がバックに流れていた。心あたたまるライトがテーブルの中央にあたっていた。金属のカトラリーが鏡のように光っていた。客のほとんどはささめくように話す外国人だった。たくさんの男女。耳と鬢《びん》が擦れあうほど親しくなれるいいところ。彼女はいささかおもしろくなかった。だが最終勝利の喜びがすべてを覆いつくした。彼女は子宮の戦争に勝っただけでなく、彼が開拓した領地もすべて奪い返した。それはもともと彼女のものだったのだ。彼女ははじめ財経ニュースの編集長を取り返そうと思っていたのではなかった。彼が彼女を欺いたことに報復し、彼が喜んでいる子花をダメにしたかったのだ。もしかしたら心の奥深くに認めたくない嫉妬が潜んでいたのかもしれない、他人の肥沃な子宮に嫉妬していたのかもしれない。

いいえ　私は別に嫉妬してない　ただ彼に何かを失わせたかっただけ

自分がどういうことをしようとしているか意識したとき、彼女は自分の心に生じた邪悪なものにギョッとした。だが彼女は自分を説き伏せた。彼女自身が母花の立場だったとき、彼女はやむを得ず堕胎して敗れ去った。人妻になったら、母花が彼女の家庭に脅威を持ち込んできた。何らかの処置をしなければ、彼女はまた敗北する側になってしまう。まるで宿命みたいに。村の人たちがもし彼女のことを知ったら、さすがに戚念慈の実の孫娘だ、運命のなすがままにはさせない、と感嘆するだろう。

財経ニュースの編集長はこれらを彼女の彼に対する深い愛情、引き留めだと考えた。それは美しい誤解だったが、彼女は誤解から生まれた結果を阻止しなかった。嬉しいことに彼は戻ってきてくれた、彼女がそれを罰するはずはない。理由は簡単——彼女は確かに彼を愛していたからだ。彼女は寛容の見返りを理解していた。肝心なところで計略、むごい手がなければ、寛容を発揮する場所などない、つまるところすべて俗事俗人である。

あの件はなんとかなったの？　彼が食べものと飲みものを注文しおえると、彼女はそっと尋ねた。彼女は真剣に考察を済ませていた。もし子花のことをまったく尋ねなかったとしたら、それも変だ、今がチャンスだ　**彼女はひとりで産んで育てるつもりなの？**　それはよくよく考え抜いたセリフだった。彼らの結婚が無傷のまま続いていくことを前提にして、子花の問題を持ち出したのである**最近は未婚の母もだいぶあたりまえになっているわ　人々の観念が変わるのは本当に速いわね**

雪　その件はとっくに終わってる　もっと早くお前に言うべきだったが　俺にお前と別れる気がないことは　お前もわかっているはずだ　彼はグラスに向かってつぶやき、視線をグラスの中に落とした　**お前が日本へ行っているあいだに　彼女には子どもを堕ろさせた**　彼は勇敢に顔を上げ、彼女の目を見つめた。

彼女は大げさな表情をした。彼の目には、彼女がその結果に驚いていると映ったが、実は彼女は彼が言い出した内容に心底驚いたのだった。波風は過ぎ去り、彼らの結婚は荒波を乗り越えたあと穏やかに未来へ向かっていくのだと思っていたが、波がまた揺れ動いたのを感じて、彼女はめまいがした。

俺はお前のメモを見てから　ずっとこの問題について考えていた　罪は犯してしまったが　罪を改めないままにするのか　本当にこのすばらしい結婚をダメにしてしまうのか　幾晩も眠らなかった　深く恥じ入った　彼女のところに　俺にはこの子どもを得る資格はない　この子に何も与えてやれない　妻のもとを離れることはできない　と話しに行った　彼は感情を顔に出さず、理路整然と話していた。彼女は初めて彼に驚くべき演技力があることに気づき、審査員のように仔細に観察し、耳を傾けた　じゃあどうすればいいの　と彼女は言った　俺はこう答えた　この件には二人とも責任がある　俺も知らぬ存ぜぬではいられない　幸いお金で問題を解決できる　こうしよう　慰謝料として五万元出すよ　彼女は十万元要求した　結局八万元やった　聞いたか　商売みたいだろ　彼は鼻息を荒くして、軽蔑したように頭を振ると、厳かに彼女を見つめた　お前のそばにいると俺がどんなに心地いいか　お前は知らないだろう　雪　俺たちはどんな困難も乗り越えられる　これからはもっと愛情を大切にするよ

彼の演技はどんどん真に迫っていき、どんどん常軌を逸していった。彼女は彼の体がどんどん小さくなっていき、地面を這う動物くらいになったような気がした。

もう少しでもっとひどい過ちを犯すところだった　全部俺の責任だ　彼の態度は誠実だった　これからは他の女を見かけたら逃げることにするよ　どうせみんな金に腐らされた動物だからさ

そういう動物に喜んでお金をやる人がこの世に大勢いるのはどういうことかしら　彼女はまだ微笑んでいた　金持ちは金持ちなりに　貧乏人は貧乏人なりに与える　余計なことを言うようだけれど　お金以外に何をやるというの　どうやら結婚だけが無償のようね

タキシードがポタージュスープを運んできた。片手にトレイを持ち、片手を背中に回し、別の白手袋がスープをテーブルの上にサーブした。

彼女はそのときにはもう涙ぐんでいた。母花の存在を知ったことよりももっと深い絶望と悲しみで、彼女は全身が氷のように冷えていた。知り合ってから今日までずっと、彼のことを、高尚とは言えないまでも、これほど卑劣だとは決して思っていなかった。母花の事柄についての嘘とでっち上げ、そして母花への誹謗《ひぼう》が、彼自身を卑劣の深淵に突き落としていた。彼女はそれを夫の善意の嘘とは考えなかった。彼女は問題を、他の女のように　**彼が他の女に対してどんなにクズだろうと私（妻）によくしてくれればそれでいい**　と考えたくはなかった。そういう観点はまったく受け入れられなかった。他人に自分の夫をビンタされて、自分では彼がネズミだと知っているのに、自分の巣ではうんちをしたことがないからといって、彼を真っ白なウサギだと思おうとしているようなものだ。それは愚かで狭隘《きょうあい》な考え方だ。夫は硬貨ではない。妻たるもの、自分のほうに向けられている面だけを見て、裏側の汚れを気にしないわけにはいかない。彼のことをすばらしいと思えなくなったら――彼女はネズミは好きになれない――彼を愛し続けることはできず、ベッドをともにするなどもってのほかだ。

　彼女がそのとき考えていたのは、これまでの年月、彼はいったいどれだけ彼女に嘘をついてきたのだろう、ということだった。彼の嘘にはまったく破綻がなかった。もしも事前に母花のことを知らなければ、まちがいなく彼の言葉を信じただろう。彼は愛情のこもった、やわらかく穏やかな声でしゃべり、周囲のロマンチックな環境にとてもマッチしていた。しょっちゅうこういうところに出入りしているのでなければ、この環境にこれほどしっくりはまっているはずがない。

　彼女はこういうところへ来るのは本当に初めてだった。独身のころよく行っていたのはカフェと図書館で、ひたすら必死に勉強していた。彼女をこういうところへ連れてきたがる人に出会ったこともなかった。ムーディーだがどうしても落ち着かなかった。料理の中には見たこともないものがあり、どう食べればいいのかさえわからなかった。杯に盛られたフォアグラを、お酒をかけて飲むものだと思った。周囲はみな優雅な外国人で、田舎から出てきたばかりのような気持ちにさせられた。食事を最後まで終えても彼女はまだ完全になじんでいなかった。だが彼の演技が彼女の注意力と、ひそかな悲しみをそらしてくれたことにはやはり感謝しなければならない。それらは彼女の今の実際の境遇を忘れさせてくれた。

このブイヤベースを飲んでごらんよ　彼は言った。

彼は母花にもこの料理を注文したことがあるにちがいない、と彼女は思った　このブイヤベースを飲んでごらんよ　というセリフも、こんなふうに母花にささやいたことがあるにちがいない。今のこの瞬間はただのコピーなのだ、と彼女は感づいた。もしかしたら彼の脳裏には母花の面影がちらついているかもしれない。彼女はますます落ち着かなくなった。その落ち着かなさは環境のせいではなく、自分の自尊心がいちいち挑発されるのを感じたためだった。彼女はもう夜のことを考えはじめていた。二人でベッドに入ったら、彼は母花と夜にやっていたことを同じように繰り返してやるのだろう。今日が記念日でなかったとしても、ロマンチックなディナーのあとはそういうことになるものだ。その瞬間彼女は反感が募り、まるですでに彼が彼女を求めているかのように思った。

私をここへ連れてくるべきじゃなかったわ　彼女は言った　こんな甘い口説き文句向きの場所

彼はわけがわからなかった　心をこめて選んだんだよ　西洋料理が好きだって言ってただろ

私そんなこと言ってないわ　彼はなんと彼女と母花を取り違えている、やはり首ったけだったのだ。

どうしたんだよ　今日の雰囲気をぶち壊したくないなら　はっきり言えよ　彼は言った　ここに来て席についてから　お前はどうも騒ぎを起こしたそうにしているな　今日またこうしていっしょに結婚記念日を過ごせるのは　本当に得がたいことだよ　お前だって俺の姿勢を見ただろ　俺は全身全霊でこの家を立て直そうとしているんだ

雰囲気を壊す　騒ぎを起こす　得がたいことだ　はあ？　自分の居場所を見つけたとたん　人を責めはじめるのね　あなたたちもあんな様子だったんでしょ　私があなたたちの雰囲気を壊したことがある？　私はとってもあなたに合わせてるわ　どっちが騒ぎを起こしてるのよ　どっちがトラブルを起こしてるのよ　私が騒がないのは　あなたにやられっぱなしでいるためだと　本気で思ってるの？　私が子どもを産めないから　永遠にあなたに申し訳ながって平身低頭すると　本気で思ってるの？　私がこんなだから　あなたの外でのことを許すと　本気で思ってるの？　あなたは女をほとんどわかっていないわ

わかった　話があるなら帰って話そう　まず食事を済ませてからだ　彼はその場を収めた。

彼女はグラスのワインを飲み干し、さらに水を半杯飲み、静かに座ったままもう満腹であることを示した。直前に言ったことは彼女が腹を立てている内容ではなかった。彼女が本当に腹を立てていたのは子宮の問題、あのときの不幸な中絶のことだった。どうしてあの怒りが、母花の件に瞬時に転移してしまったのか、彼女にはわからなかった。まるで彼女がもし子どもを産めたら、彼が母花のお腹を大きくしたはずはないとでもいうかのように。そこに因果関係などまったく存在しないのに。

彼女はあのときの出会いに腹を立てた。あの男を恨んだのではなかった。彼女も何が悪いのかわからなかった。もし自分が悪いというなら、それはあまりにも残酷だ。ともかく、あの悲しい事柄は、彼女の生活を永遠にかき乱し続ける。まるで借金取りの幽霊が、立ち去らないばかりか、彼女に子花を壊し、一線を越えた邪悪な罪を犯すようそそのかしたかのようだ。彼は死ぬまで彼女があんな邪悪な考えを起こしたことを知らないだろう。だが彼女はそう簡単に心安らぐことはできない。

彼女には子花を失った母花の悲痛が想像できた。とりわけ妻になり、母になろうとしたそのときに、男は結局去ってしまったのだ。彼女はもちろん彼が母花に八万元やったというでたらめを信じなかった。写真を見れば、あれが金銭を貪るいいかげんな花ではなく、本来なら陽の当たるまっとうな場所で咲く花で、いい教育を受けていることはわかる。ただおじさんの知識とユーモアに惑わされやすかっただけだ。

彼女はさらに確信していた。大部分の娘は、長期間だったり短期間だったり、優位に立ったり劣勢になったりの違いはあれど、既婚男性とむなしい時を過ごすのだ。病院で堕胎手術を待ちながら、言葉にならない苦痛を耐え忍んでいる娘がいったいどれだけいることだろう。

彼女はそのとき日本のホテルにいて、しだいに迫ってくる時間を前にして緊張し、焦っていた。脳裏には絶えず母花の影が浮かんでいた。彼女は気弱になったり強気になったりしていた。何度も計画を放棄しようと決めたが、財経ニュースの編集長と母花がいっしょにいる様子を思い浮かべ、彼女たちのあいだに彼女が入り込む隙はなく、自分が障害物ですらないことを思うと、心が奮い立った。彼女はあるときは自分であり、あるときは母花であり、あるときは母花と合体していた。その名前も知らない執行者に連絡をしようとしたら、携帯が便所に落ちた。自分の手が震え、全身がふにゃふにゃになっていることにも気づかなかった。

母花が病院にいるという知らせを受け取ると、頭がガーンと鳴った。

人はふつう深夜に七転八倒して苦しみながらある種の報復の計画を立てても、朝になると夜間のでたらめな考えを否定するものだ。だが彼女はずっと闇夜の中にいて、昼間の光が差し込むことはなく、すべてを処理してようやく彼女の世界に昼が訪れるかのようだった。自分が本当にそんなことをするとは、自分でも信じられなかった。ある瞬間、彼女は完全にあの子どもを失った母花になり、何年も前の自分になり、こらえきれず声もなく痛哭《つうこく》した。

彼女は自分の手が一輪の花の鮮血に染まっていると想像できなかったが、ともかく、もう汚点のある人間になっていた——いや〝汚点〟という語は軽すぎる、彼女は罪人、殺人犯、狂人だ。

裁判席に立って自分の判決を受け、魂が苦しみを受け入れはじめたとき、彼女はまた知らせを受け取った。執行者は彼女に、計画を実行する前に母花に事故が起こり、救急車が彼女を連れていったこと、母花の流産を病院で確認したことを告げた。それでも彼女の気持ちは少しも楽にならなかった――少なくとも自分の想念が子花を殺した、子花は彼女の呪詛《じゅそ》によって死んだ、と思った。

彼女は夫に破綻を見せなかった。彼女の最後の態度が彼の心を取り戻す鍵である。百点満点だ。彼女の本当の目的は彼を引き戻すことではなかったので、心理的に別の要素に影響されることはなかった。彼女は自分を見つめれば見つめるほど恐ろしくなった。鏡を見るのは美しく装うためではなく、自分の顔つきが凶悪になっていないか確かめるためだった。いつの日か、口から血がしたたり、顔中獣毛に覆われるのではないかと怖かった。いま思い返してみると、彼女こそ本当の役者だった。彼女はなんと生き生きと演じたことだろう。日本から戻ってきた日の最後の晩餐から、結婚記念日までの一幕一幕、彼女の演技は彼の数倍勝っていた。彼は演じるほどに虚偽の馬脚を現したが、彼女は演じるほどに血肉の真実をむき出した。もしかしたらそれこそが彼女自身なのかもしれない。彼女が演じたのは自分、一人の自分が観客になり、もう一人の自分が演じ、時には二人の自分が共演し、あるいは二人とも観客になっていたのかもしれない。

彼女は自分が舞台セットの暗い通路に入り込んだと感じた。演技を続けるべきか、それとも真実に立ち戻るべきかわからなかった。彼に真相を告げたら、彼はどんな反応をするだろうか。もし彼にも邪悪なエゴが潜んでいて爆発したら、破滅的なことになるかもしれない。彼女に対する彼の認識を完全に否定することになるから、彼の優しくてしっかりした妻が実は蛇蝎《だかつ》の心を持っているとわかったら、寛大でおおらかで穏やかな性格の妻が、実は狡猾極まる人間だったと知ったら、彼は彼女をバルコニーから突き落とすかもしれない、あるいは自分が飛び降りるかもしれない、あるいは彼女を突き落としてから自分も飛び降りるかもしれない。

勘定をトレイに載せて持ってきたウエイターが、カードを通してサインする彼の横で待っていた。彼が頭を垂れて自分の名前を書いているとき、彼女は鬢の端に数本の白髪を見つけた。ふたりとも四十過ぎであることを思い出し、思わず悲しみがこみ上げてきた。どんな悪魔が彼と彼女にこんな過ちを犯させたのか、幸せな日々を過ごさせてくれず、いわれもなくこんな悶着《もんちゃく》を引き起こしたのか。そしてまたどんな神秘のオーダーが、無辜《むこ》の子宮の生育権を奪い、終わることのない多くの後遺症をもたらしたのか。

14

廃墟になる寸前の新月写真館を残して、初冰は蘭渓鎮を離れ、広州のマウス街に店を借りてバッグやトランクを売る商売を始めた。戴新月は今にも倒れそうに傾いている店を、ひとりでおとなしく支えていた。仕事はあるとも言え、ないとも言えた。女に弱みを握られた男は、日々の生活がうまくいかなくてもやっていくしかなく、満足して楽しんでいるように見せかけるものだ。初冰はとっくに広州で男を作っているのさ、そうでなければあちらに行ってばかりいた挙げ句に、住み着いちまったりするかい？　と言う者もいた。しかし、そういう論法は通らないね、だったらどうしてすぐに離婚しないのさ？　処女好きの障碍者とずっといっしょでいることもないだろう、という反論がたちまち出てきた。確かに、彼女が新しい生活を求めるのを遮るものは何もない。人々は道義的に彼女の側に立っているとさえ言えた。彼らは聡明で有能で隣人に好かれる女性が幸せで満ち足りているのを喜んで眺め、幸せで満ち足りた家庭が崩壊するのも喜んで眺めた。だから、生活は絶えず彼らに新しい見どころを提供しなければならない。人々が戴新月を非難したのには、もうひとつ別の事情もあった。処女事件で店が壊されたことは、息子の戴為の勉学に影を落とし、彼は全国統一大学入学試験で二〇〇点というひどい点を取って〔満点は七五〇点〕、正々堂々ニートになった。

戴為は幼いころから戴新月が部隊や戦争の話をするのを聞いていたので、武器や戦争への嗜好が育まれたのかもしれない。彼の寝室は兵器庫のようで、数えきれないほどのおもちゃの銃、タンク、戦闘機があり、さらに弾丸、日本刀、アーミーナイフまであった。一部は初冰が広州から持ち帰ったものだった。彼は幼いうちは寝室でひとりでちゃんちゃんバラバラ、ドンパチやり、やがて通りで友だちとドンパチやるようになり、高校を卒業してからは本物のドンパチの道に入った。彼が腰に刃渡十センチ近いアーミーナイフを忍ばせており、気に入らないことがあればすぐに抜き出して人を刺すこと、姿を見せたとたん命知らずなやり方をすること、相次いで数人を負傷させ、二回留置所に入ってから、その名を轟《とどろ》かせるようになったことを、誰もが知っていた。

うわさによれば、彼は店を壊した者を調べあげ、日本刀を引っさげて自ら乗り込み、そいつを重度の障碍者にし、その筋の助けで、自分は逮捕を免れたのだという。彼の残酷さは誰もが知るところとなり、ほどなくして彼は、戴親分と呼ばれるようになった。

彼と彼の兄弟たちはみなスキンヘッドで、小競り合いをしていたギャンググループをすべて壊滅させて、統一し、誰に対してもみかじめ料を取ることを禁じた。彼は兄弟たちと命の危険を冒し、高利貸を行い、代理で借金を取り立て、もめごとを調停し、いざこざを丸く収め、まるで警察の仕事をする正義の徒のようだった。二〇一一年に戴新月が五十歳の誕生日を迎えると、歩道いっぱいに百卓のテーブルを設え、隣近所に大盤振る舞いした。爆竹が一晩中ならされ、深夜まで大騒ぎが続いた。戴親分の名声はこれでますます高まった。このとき彼は二十歳をちょっと過ぎたばかりだった。

結婚が決まったスキンヘッドたちは自発的に新月写真館に結婚写真を撮りに来た。別の客を連れてくることもあった。青息吐息だった新月写真館は活力を取り戻したようだった。戴親分は父親にいくばくかの金を与え、写真館をたたんで晩年を気楽に過ごさせようと思っていた。あるいは母親のところへ行ってもいいし、離婚してほかの相手を探してもいい。母親の再婚についても、戴親分には何の意見もなかった。彼はこんなことなら両親はいっそ離婚するほうがいい、それでも自分はあいかわらず彼らの子どもで、今まで通り彼らを愛する、それに彼らが離婚してそれぞれ再婚したら、父親と母親がもう一人ずつ増える、弟や妹が何人か増えないとも限らない、と思っていた。彼は子孫繁栄して親類縁者がたくさんいるのが好きだった。人々は、戴親分は外で顔が利くだけでなく、なんと家のことを取り仕切るのも開明的で筋が通っている、多くの子どもは両親の離婚再婚に反対で、それで反目しあって、頭をかち割ることだってあるのに、と言い合った。この件で戴親分は鎮の模範となり、その後離婚に反対する子どもがいると、戴親分のことを持ち出すようになった。

　最近ではもう、広州や深圳に行くのは珍しくも何ともなくなっていた。中にはあちらで働きながら、自分で車を運転して行き来している者もあった。彼らは広州ナンバーや深圳ナンバーの車で鎮に現れ、ひとしきり注目を浴びた。初冰についてのニュースは、こんなふうに行ったり来たりする中で伝わってきた。内容はおおかたポジティブなもので、中には手放しで褒めるものもあった。広州に行って半年もたたないうちに広東語がペラペラになっていた、彼女は生まれつきの商売上手だ、あの笑顔、口、一重まぶたにはお客を虜《とりこ》にする技がある。店の中にはきれいなバッグが兵隊みたいに高さ順に並んでいて、見やすく、いつもテレサ・テンの優しくしみじみとする歌が流れていて、ゆったりセンチメンタルな雰囲気を醸し出している。客はバッグを見ながら音楽を聴く。ほとんどの人はプレゼントにするためにバッグを買いに来ており、テレサ・テンを聞いているといたずらに心中の愛が高まり、少し散財してもいい気持ちになり、思わず財布を出して、嬉しい気分になるのだ。彼女は、お客に合わせて小物やキャンディー、駄菓子などのおまけをつけて、人々の心をつかむのがうまい。彼女は、たくさん買った客であろうと、少し買っただけの客であろうと、見るだけの客であっても　**またどうぞ**　と声をかけ、まるで自分の親戚を見送るようだ。

だがある人は、店に若い男がいて、照明器具の取り付けを手伝っており、二人が広東語で楽しそうに話しているのを見かけた。その男は彼女より四、五歳若く、パッと見たところ、戴新月の若いころバージョンのような風情があった。どういう関係かはわからないが、少なくとも顔見知りのようだった。照明会社が設置も請け負っていたのかもしれないし、あるいはただの電気工なのかもしれない。また、彼女より四、五歳年上の、がっちりした男が、レジカウンターの外で彼女と小声で話していたこともあった。何か深刻なことを話し合っているようだった。あるいはおいしいものを食べに行こうと彼女を誘っていたのかもしれない。だが彼女はいつも商売が忙しく、店を離れなかった。人々は、彼女が広州の店以外で、どのように生活しているかよく知らなかった。毎朝早くから出勤し、夜遅く帰宅し、その後の闇夜の数時間は、どう過ごしているのだろう。四十歳の、スタイル抜群の、ことのほか艶っぽくはつらつとした女性が、長いこと一人寝できるはずがない。戴新月は訪ねていったことがなく、彼女もめったに行き来しない。おとなしく本分を守って自分の体を寂しいままにしておけるものだろうか？　それは人々の好奇心の的だった。

外地に出ている人間は、ときおり同郷人を訪ねて故郷の言葉で話したくなる。わざわざバスに乗って彼女のところへおしゃべりに来る暇人もいた。あるとき人々は、彼女の店のシャッターが下ろされ、外に貼り紙が出ているのを見かけた。

急用で外出するため一日臨時休業いたします　明日は平常通り営業いたします

よその土地で暮らしている女が、とりわけそこで商売をやっている女が、一日分の収入を放棄してまで臨時休業するような緊急事態とはいったい何だろう。訴訟事件の一筋のかすかな手がかりのように、興味津々の人々が、この疑問点から推理し、想像をたくましくした。仕入れに行ったのだろうと言う者もいたが、近ごろは人間が実際に仕入れに行く必要はなく、ネット上で工場と取引し、直接商品を送ってもらうものだ。たぶん香港に遊びに行ったのだろうと言う者もいたが、両手で必死にお金を握りしめている彼女のような人間に商売を打ち捨て門を閉ざして遊びに行かせるなんて、トラを草食動物にするくらい大変なことだ。最後にある人が、意地悪い、隠された原因を思いついた。リングを外しに行ったのだ。疑問を呈したり反駁したりする理由を見つけ出せる者はなく、人々は一方的に結論を下し、まず論点を出してから、論証した。

　驚くべきことに、彼らの判断は大正解だった。彼女が自分の口から語ったことによれば、その日彼女は確かにリングを外しに病院へ行った。隠すまでもないことだった。だが、なぜリングを外そうとしたのかについては奥歯にものの挟まったような言い方だった。リングの使用期限が来たから思いきって取りに行ったのだと言っているようだった。健康診断の数値が良く、リングを外すタイミングでもないので、しばらく手術はできない、母親と同じように、リングが体内にめり込んでしまっているが、まだ完全に埋まってはいない。手術後は一週間休まなければならず、もうすぐゴールデンウィークだから稼ぎ時を逃したくない、痛みが怖いというのも手術に踏みきらなかった潜在的な理由だ。女の一生は子宮と一蓮托生で、子宮は女の健康の晴雨表である。毎月カレンダーに数本の赤線が引かれ、規律正しいかどうか常に注視する、どんな異常もある種の警報だ。中には子宮を摘出する者もいるかもしれないが、大多数の女の子宮は、妊娠、出産、避妊、流産、閉経など一連の子宮に関わる経験を積んでいく。

　彼女は嘘をついてはいなかったが、それは事情のすべてでもなかった。二年後人々はようやく彼女がリングを外しに行った本当の理由を知った。彼女は臨時休業したあの日から三ヶ月後にもう一度病院へ行った。勝手にリングを外すと法律に触れるので、彼女は個人営業の小さな診療所を訪ねた。リングは半分取り出せたが、半分は切れて中に残り、大出血して大病院に送られた。彼女はこのために大きな代価を支払い、苦しみ抜き、子宮を摘出してようやく命をとりとめたのだった。

そのころ彼女は、自分は子宮のない女だと思うと、家具のない空っぽの部屋を見ているような気がした。自分は女ではない、男でもない、人間ではない、怪物だ、とさえ思った。自分は空っぽの部屋だ、真っ白な壁の、どんな男も興味や関心を持ちそうにない、空っぽの部屋だと思った。後に、彼女が戴新月に告げたとき、後者はいつものように黙ったままで、何の意思表示もしなかった。彼にとっては、それはあってもなくてもいいものだった。彼は部屋さえない生活を送っていたのだから、部屋に家具があろうとなかろうと構うはずはなかった。

その後人々は、彼女より五、六歳年下の、あの電気工だか友だちだかが、彼女がリングを外した原因だと見定めた。彼女に離婚する気持ちがあったのはまちがいない。彼女は彼と、妊娠してからにしようと約束していた。というのも、それ以外に夫と離婚するのに十分な理由とエネルギーを与えてくれる方法はなかったからだ――彼女は愛情を重んじる人間で、過去の生活を捨てるためには外在的な力が必要だった。彼らは別居していたが、二人ともそのような生活方式に同意していて、波風はなく、互いに干渉しなかった。彼女はたとえこうなっても夫に義理を欠くことにはならないと思っていた。彼があの年にしでかしたことは彼女に恥をかかせたが、彼女は大目に見たのだ。人はそのときは彼女に離婚するだけの実力がなく、自分の家庭に依存していたのだと言うかもしれないが、それはやはり真実ではない。彼女は離れてもよかったのだ。今よりもうちょっと辛く、遠回りすることになったかもしれないが、彼女の有能さをもってすれば、発奮してできないはずはなかった。電気工は誠実そのものな電気工で、高校でその技術を学んでからずっと電気関係でやってきて、工事チームとともに内装や外装の工事を引き受けることもあり、彼は電気関係の配線を請け負っていた。それは非常に複雑な工事で、彼の話では、彼がそれまでに配線した電線は、広州から湖南の彼女の鎮にまで行って帰って来られるくらいになるという。

はじめはただ体の必要を満たすためだけだった。彼女は夫以外の男に出会ったことがなく、電気工は若くて働き者で、彼女にハラハラドキドキする夜を与えてくれた。そして心が動き、さらに結婚の話にまでなったのである。

彼女は広州がとても好きだった。彼女は自分がもはやあの小さな鎮の生活に戻れないとわかっていた。鎮での暮らしはどんどんはるか遠くなっていた。精力を集中させて広州の新しい変化についていかなければならない。彼女は二年以内にキャンピングカーで旅行に行くつもりで、さっそく運転免許試験に申し込み、早朝と夜間に運転のコーチを頼んで、店はふだんと変わらず営業した。話し上手で誠実な女の子を手伝いに雇おうかとも考えたが、その費用が惜しく、まだ自分でやっていけると思った。彼女はマウス街の七、八割がたの店と親しく、仲間内で一時的に店を空けなければならない者がいれば、互いに面倒を見あっていた。商売が暇なときには、数人の女たちが店先に集まり、おしゃべりして、瓜子を食べ、うわさ話に花を咲かせ、まるで鎮のような雰囲気だった。違いはただ、ここの女たちの話題が、自分の田舎のことだけでなく、広州のこと、全国のこと、さらには世界でどんな航空機事故があったとか、戦争だとか、スターが羽目を外して離婚し、子どもが生まれたといったことにまで及ぶというだけだった。もちろんいちばんよく話題にのぼるのは、やはり旦那と子どものことだったが。

皆は親しくなると寝室のことを話すようになり、自分が買った最新デザインのロマンチックな下着に、夫がどんなに驚いたか詳しく語ったり、ある女は、夜にロングストッキングだけになって、旦那に破かせたら盛りあがると思ったのに、旦那はそーっと脱がせてくれたと話した。皆は大笑いした。初氷はこういったことを、結婚後まもなく、アダルトビデオから学んで実行していたので、自分がとても進んでいたとわかり、心中得意だった。ストッキングを破く、制服を着る、目隠しをする、縛る……こういった技を彼女は電気工とも存分に楽しんでいた。

だが、リングを外してからすべてが変わった。まず彼女自身に心理的な障害が生まれた。子宮を失ってから、彼女の世界に対する欲望も切除され、天の半分は暗くなってしまった。まるで道行く人々にも、彼女の体内のぽっかりと空いたブラックホールが見え、そこには何もなく、陰気が充満していて、すべてが宙に舞う大気圏外のようで、どんな種を撒いても芽を出すことはないと知られているような気がした。彼女は自分がマウス街の女たちと違ってしまったと思った。彼女は自分の中に引きこもり、店でテレサ・テンを聞いて静かに時間を過ごし、お客に対しても、尋ねられれば答えるだけで、言葉少なだった。彼女は長い時間をかけてようやくこの現実を受け入れ、その空洞になじみ、顔色もしだいに良くなっていった。

彼女は電気工も居心地悪そうなことに気づいた。彼は逡巡し、怖がっているようで、なんとか数回彼女と会ったが、互いに喜びを得られなかった。彼にとって何か実質的な違いがあるのかどうか彼女にはわからなかった。もしかしたら一人で空き家に入り、一人ぼっちでいるような感覚になるのかもしれない。彼女は彼に尋ねたことはなかった。彼らは、子宮の問題についてまじめに語り合うこともなく、まるで行方不明になった子どもの話題を避け、子どもが突然帰ってくるのを心中ひそかに期待しているかのようだった。

ある晩、彼女は彼と決着をつけて、関係を終わらせようとしたが、電気工が拒んだ。彼女ははじめ、彼は彼女をとても愛していて別れたくないのだと思い、いわく言いがたい感動を覚えた。だが彼は田舎に家を建て、八万元借金があり、追い立てられて困っている、彼女に助けてもらえないか、と言い出した。彼らがいっしょになって一年もたっておらず、電気工は店のことをずいぶん手伝ってはくれたが、すべて彼が自発的にしたことだった。最後にとんでもなく高い工賃を払う羽目になろうとは、思いもよらなかった。もちろん彼女にも彼の言いたいことはわかった。彼はここで差し出した心と肉体に対する見返りがほしいのだ。八万元が彼の提示額だ。

そのときの市場相場からすれば、多いとは言えず、払うことはできる。だが彼女が差し出した心と肉体だって、見返りをもらいたいではないか？　彼女はそう彼に伝えた。彼は、市場相場を言うなら、男娼は娼婦より高いものだ、娼婦は一晩五百だが、男娼は一晩五千、つまり娼婦は男娼の十分の一だと言い、八万元の十分の九は七万二千とパッと計算してみせ、七万元もらえば文句は言わないよ、と言った。彼女はこれほど赤裸々で恥知らずなゆすり方に驚き、まるで恥じる様子もなく、本当にその道のプロみたいだと思った。そこで彼女はようやく彼はもともと彼女と商売をするつもりだったのだと理解した。彼のように若くて力のある人間にとって、ベッドで精を出すのは何より簡単だ。たぶん初めてではないはずだ。同じ時期に彼女一人ではなかったかもしれない。彼女は何回か彼と連絡がつかないことがあったのを思い出した。独身の男に携帯の電源を切る必要があるだろうか？　彼は彼女のところにいるときも携帯の電源を切っていた。仲間にしょっちゅうビールを飲みに誘われるのだと言われ、自分の女とよろしくやっていると考えたことはなかった。彼女は彼を信じ、彼は彼女の気を引こうとしてそうしているのだと思っていた。彼女はこのときようやく、外は落とし穴だらけなのだと理解した。自分は結婚経験があり、子育ての経験もあるが、恋愛ゲームにはまったく熟達していない。こういうことにも詐欺があるとは、しかもそれが自分の身の上に起こるとは、考えたこともなかった。

彼女は警察に通報もできず、助けを求めることもできず、大ごとにする勇気もなかった。彼のような人間は絶対に過激な行為には走らないと彼女は確信した。なぜなら、彼が差し出したのは本当の愛ではなく、単にお金が多いか少ないかの問題にすぎないからだ。そこで彼女はお客にカバンを売るときの心理を応用して、逆向きに考えた。彼女はお客が言う値段は、本当の心づもりより安いことを理解していた。例えばお客が八百元でカバンを買おうとするときは、実際には千元、千二百元でも話はまとまる。そのため彼女はいつも、だめだめ、仕入れだって八百じゃすまない、こうしましょ、今日最初のお客さんで、掛売りはしないから、千三百で売りますよ、と言う。するとお客は百元足し、彼女は百元値引きし、駆け引きを繰り返してお客が心づもりしている価格に近づき、千元で話がまとまるのである。

　そこで彼女は、七万元は払えない理由を縷々《るる》と述べ立てた。商売があまりうまくいっておらず、在庫がたまっている、家を改装し、息子の学費もかかる、四万しか出せないと。そして自分も少し譲歩し、相手には大きく譲歩させ、五万元で話をまとめた。

　電気工が去っていく後ろ姿を見ながら、彼女はひそかに自分の交渉能力の高さを誇っていた。翻って五万元損したことに思い至ってからも、阿Q精神を発揮し、ちょっと腹を立ててこう考えた。お金をやらずに、警察に通報し、ゆすりで訴えたら、彼はすごすご去っていったかもしれないが、後から報復してくる可能性もあり、何か不慮のことでも起きないかと、毎日気もそぞろだっただろう。

　これらのことはマウス街の女の一人しか知らなかった。この女は浙江《せっこう》出身で、ヒョウ柄の服が好きで、野生動物のようだった。彼女は自分も電気工のような男に出会ったことがあると話した。彼らは小金を持っている女ばかり狙い、さほど精通してもいない技術を隠れ蓑にして、虚を突いて入ってくる。例えば夫が身近にいない者、失恋して失意の底にある者に、彼らは時雨のように慰めを与えるが、後になって、愛情という名義で騙されていたのであり、何もかも無料ではなく、まったく割に合わないとわかるのである　手際よく処理して正解だったわね　あいつらはうまくいかないとハエみたいにあんたのまわりでブンブン飛び続けるから　もし野生動物のこういう話をもっと早くに聞いていれば、彼女もそうやすやすと騙されはしなかったのに。
外でやっていくには学費がかかる　これは洋服や湯呑に書かれている標語だ。彼女の勉強代は五万元だけにとどまらず、子宮、かけがえのない子宮まで差し出すことになった。彼女は彼が寝たベッドのリネン一式をきれいに洗いながら、洗濯機のウンウンいう音をバックに、低い声でひとしきり泣いた。

　彼女は突然鎮での生活が懐かしくなった。あそこではひどい目に遭ったことはなく、日々順当に、不足なくやっていけた。彼女は、自分が単身広州にやってきたのは、商売を始めるためだったのか、それとも結婚生活の中の不愉快さを回避するためだったのか、考えてみた。彼女は初めて、鎮を離れるという自分のやり方は戴新月と家庭を損なう行為であり、寛容を選択した以上は、良い方向へもっていくべきで、こんなふうに彼を冷遇し、さらに報復するように電気工と関係を持つべきではなかったと反省した。

　彼女は夫と愛を育みあった過去を振り返った。彼はずっと彼女に対して悪くなかった。一度の過ちですべての情愛をぬぐい去ることはできない。彼女は広州で夫と愛人の話をたくさん見聞きした。マウス街の女たちは、自分の家の醜聞を明かすとき、愛人といかにやりあい、最終的に勝利して家庭を守ったか、経験を語った。矛先は完全に別の女の方に向かい、夫を貶《けな》そうとする者はなかった。彼女たちは外の女を野良犬と呼び、家の中に盗み食いに来た野良犬に出くわしたかのように、情け容赦なく攻撃し、もう二度とやらないよう打ちのめした。だが彼女はそうは考えなかった。彼女はそういう関係から苦痛に満ちた本当の愛情が生まれるものだと思っていた。二十一世紀の社会は開放的で、恋愛は自由、思想はモダンだ。男女の情愛には、結婚という大きな障害を除けば、相思相愛の二人が結ばれるために越えられない壁などない。世界はめちゃくちゃで、どさくさ紛れに金儲けをする者もいれば、高ぶる感情を抑えきれない者もいる。彼女は自分がどちらにも少し関わっていたことを認識して、頭がくらくらして倒れそうになった。

　彼女は家に帰って養生したいと思ったが、自分をこんな状態にしたまま帰るのも恥ずかしかった。彼女は電気鍋を買って店内で滋養スープを煮込み、自分自身をケアしながら商売をした。彼女は人生でいちばん辛い時期を過ごしていた。この思いがけない特殊な事件は、彼女を軟弱に、また強固にした。彼女は苦労したことがなく、子どもを産むのも瓜が熟れて落ちてくるようで、他人が言うような痛くて死にそうというのとは違った。もし広州に来なければ、その後の生活はもっとずっと心地よかっただろう。息子は屋台骨を引き継いで家を支え、鎮の他の同世代よりものわかりがよく、早くも名を上げている。お役人とか銀行員とかいったまっとうな仕事ではないが、戴家の面目を立て、鎮の誰もが彼に一目置いている。

　はるか遠くの息子と家を思い、彼女は胸が温かくなり、そして落ち込んだ。

わたしは何をしているのかしら　自分から苦労を背負い込んで　翌日鏡を見ると、もみあげに白髪があった。また心が冷えた。

　彼女はそれでも踏ん張り続けたが、もう明確な目標はなく、ただ機械的に続けていただけだった。市内には次々と新しいマウス街ができ、商売は目に見えて落ち込み、客足も半分以下になっていた。ときには午後中誰も店に入って来ないこともあった。人々は新しいところへ行くのが好きなものだ。そして古いところは完全に忘れ去られる。ほどなくして、マウス街の全店舗が退去命令を受け取った。取り壊しのため、事業者はすべて三ヶ月以内に商売をたたんで立ち退かなければならないという。さらに翌月には大家が賃料を値上げしてきた。それも百や二百ではなく二割増しで、理由は不動産価格の高騰だった。借りる借りないはそちらしだいだという。最後のお祭り騒ぎが到来した。もうすぐ取り壊しだから在庫一掃の大安売りをするはずだと誰もがわかっていて、マウス街の細い通路は立錐《りっすい》の余地もないほど大混雑した。彼女も「在庫一掃八割引」の看板を掲げ、仕入れ値より安く売り出した。この客観的事実は彼女に正々堂々帰郷する理由を与えた。躊躇する必要はもはやなかった。

鎮へ帰ったその日、彼女はいつものようにご近所にたくさんのお土産を持ち帰り、さらに大切に残しておいた商品のいくつかを親しい友人に贈った。彼女はわざと、取り壊しで商売をやめざるを得なくなった、大家がドロンして、払い込み済みだった数ヶ月分の賃料がパーになった、と恨み節を述べた。また広州へ行くのかい？　と尋ねられると、彼女は、もう少ししてから考えるわ、と答えた。ある人が、行くのはおよしよ、外で稼ぐのは楽じゃない、写真館をしっかりおやり、別の商売をやってもいい、とにかく稼いだ分は全部自分の手元に入って、賃料を払う必要もない、家で着実にやるのは、外でさすらっているよりいいよ、と言った。彼女は、外では多少稼げたけど、あの程度のこと、大社長になったわけでもなし、上場企業になったわけでもなし、本当に大社長より大変、店の中のことも外のことも全部やって、値引き交渉をやりあって、数年で唇がずいぶん薄くなっちゃったわ、と言った。

苦労話をしそうになっていることに気づき、彼女は急いで注意深く踏みとどまった。不注意で言うべきでないことを言ってしまうのが怖かったのである。このときはまだ誰も彼女が子宮と離れ離れになったことを知らず、彼女の体にある真っ黒な空洞を見た人もおらず、人々はこれで彼ら夫婦の問題は解決したと思っていた。

とびきりきついあまっ子だなあ　強情に自分の男を何年もほったらかして　戴のご主人はここ数年でずいぶん老けた　彼女も白髪が交じりはじめている　本当に人間はうまくやっていけないものだねえ

人々はこんな感慨を抱いてまずはページをめくった。彼らは小柄な女性がばたばた忙しくして店先を片づけているのを目にした。入り口に二本の「金のなる木〔カイエンナツツのこと〕」を置き、花瓶にバラを飾り、マネキンの位置を直し、ガラスを磨き、床を拭き、両目はくるんとして、あふれんばかりの笑顔だった。だが彼女の目がニコニコしておらず、どこかをじっと見つめて心ここにあらずであるのに気づいた人もいた。だがそれもほんの一瞬のことで、何かに驚いて固まっているだけのようにも見えた。

戴親分は同居していなかったが、しょっちゅう戻ってきて、母親を抱きしめると、母さんとは呼ばずに、街で流行している女性への呼びかけ方を真似て　美人さん　スッポンを食べに行かないかい　などと言った。

彼女と戴新月の関係は、新婚のころのように睦《むつ》まじくはなかったが、ここ数年のように有名無実でもなかった。彼らは夫婦生活を続けた。波風のなかった老夫婦もこんなものだ。甘くも辛くもなく、ただ互いにずっと家族だとわかっている。ある晩彼女は彼に、子宮を失ったことを告げた。彼はどうして失われたのか訊きもせず、ただ、そんなものに使い道はないさ、人が失われなきゃそれでいいんだ、と言った。彼女はその場では詳しく話さなかったが、翌日の晩、あらかじめ用意しておいた作り話を彼に聞かせた。広州の医療チームが団地で無料の子宮内リング検査を実施していて、彼女のリングがもう使用期限切れで、しかも半分体内にめり込んでいることがわかり、すぐに手術をして取り出すよう言われた。結果的に手術は失敗し、半分は取り出せたが、もう半分が切れて体内に残り、それを取り出すために大出血した。命の危険を回避するため、医者が子宮を切除した。そのときは本当にもう家に帰れないだろうと思った。広州の大病院は、医療条件がよく、技術も進んでいたからよかったが、そうでなければ自分は本当にあちらで死んでいただろう。

そんな大変なことがあったのに　どうして家に一言も知らせなかったんだ　少なくとも息子に電話くらいしてもよかっただろうに　お前も外でずいぶん苦労したんだな　家に帰ってきたからにはもう大丈夫だ　彼の口調はあいかわらず淡々としていた。

15

その後王陽冥は呉愛香の世話をしてくれる人を雇おうと考えた。彼は妻がこの件で疲労困憊していることに心を痛めたのである。お金はあるから、二十四時間の付添を雇える。村内で機敏で心根のいい女性を探そう。毎月二、三千元支払えば、彼女がきちんとやらない心配はない。初月は少し考え、やはり良くないと思った。他人に世話してもらうのでは結局のところ家族ほど行き届かない。まして母親にはこんなにたくさん子どもがいるのに、病気になっても進んで付き添おうという者がいないのは、情理から言っても通らない。子ども世代の者たちは物笑いの種にされるだろう。もっと大変なことでも、やるべきことをやるのは当然だ、親孝行をお金で買ってはならない、こういうことは子どもが自分でやるべきだ、と彼女は思った。初月は母親の面倒を見る役割が自分ひとりの身に降りかかっていることについて、まったく恨みごとを言わなかった。王陽冥はいつも、前世の功徳でこんな賢妻をもらった、文句なしの生活だ、と感嘆していた。このころ彼らの子どもたちは、豊かになった羽根で巣立っていき、自分たちの高空で飛翔していた。彼の風水の仕事も以前ほど頻繁ではなくなり、長いあいだ仕事がないこともあった。だがすでに十分に蓄財しており、彼らは快適に老後を過ごしていた。彼は年をとり、外出を好まず、妻が丹精込めた花園の面倒を喜んで見て、草花をいじったり、おいしいものを作ったり、花鼓劇〔中国の南方で行われる地方劇の一種。湖南のものが代表的〕を聴いたりしていた。近所で人が亡くなると、葬式に出かけて、法事をする道士の歌を聴き、心中値踏みをした。歌がうまければ、初月に声をかけ、呉愛香といっしょに聴きに行かせた。下手ならば、戻ってくるとひとしきりけなした。

呉愛香も花鼓劇や法事の歌を聴くのが好きで、ドラや太鼓の音がするとじっとして動かなかった。ぼーっと地面を見つめ、聴き入っているようで、誰が話しかけても答えなかった。もっとも、彼女はふだんからそうだった。いつも物思いに沈んでいるような表情で、何かまだ考えを整理できていないとても重要なことでもあるかのようだった。しゃべりながら、指で足に字を書いていることもあった。突然大声で初月の名を呼ぶこともあった。だが初月が彼女のもとに駆けつけると、彼女は、あんたは誰だい、と尋ねるのだった。飲み込み方がわからなくなることもあれば、何椀もおかゆを食べたのに、お腹が空いた、と叫んでいることもあった。彼女は布を食べ、紙を食べ、手でつかめるものは何でも食べた。取りあげられると不満そうに泣いた。三歳の女の子のような細い、鋭い声だった。あるとき彼女はでたらめなことをしゃべり続けて、何も食べず、何も飲まず、夜も眠らず、精力旺盛だったが、三日で倒れてしまった。その後は二日間声もなく、口を固く閉ざし、まるで絶食して死のうとしているように見えた。アミノ酸点滴で持ちこたえ、病院で一ヶ月養生し、良くなって退院すると、おとなしく、聞き分けがよく、言いつけられたことをそのとおりにやるようになっていた。時々わけのわからないことをしゃべっていたが、どれも彼女の生活と関係のある、雑貨店、スカーフ、農場、蘭渓へ行くといったことで、語順はめちゃくちゃだったが、親しい者にはだいたい彼女の言いたいことはわかった。

初月と王陽冥は呉愛香の介護ですり減り、疲れ果ててしまった。初月は一晩中起きていて両目にくまができ、王陽冥も眠れず顔中どす黒くなった。呉愛香の見舞いに来た近所の人が、王陽冥の顔が異常に黒いことに気づき、夜の世話を数日交代しようと申し出た。王陽冥も自分の調子があまりよくないことに気づいていた。胸のようでもあり、喉のようでもあった。原因不明の微熱がしばらく続き、薬を飲むと少し治まるようだった。

呉愛香が退院した翌週、王陽冥が高熱で入院した。検査結果を手にした初月はショックのあまり壁にもたれたまましばらく動けなかった。

彼女は医師に向き合って窒息しそうになっていた。医師は、この病気の診断は容易で、末期になると余命は長くなく、短くて二ヶ月、長くても一年半、あらゆる癌の中で最も死亡率が高い、と説明した。

初月は痙攣を起こしたかのように、体中に力が入らず、今にも地面に倒れそうだった。彼女は人生で初めてこれほど重大なことにひとりで対処し、しかも事は生死に関わり、完全に気が動転していた。家に貯蓄があることを思い出して、命拾いの藁《わら》をつかんだ思いだった。お金があれば、北京のいちばんいい病院に行き、最良の医師を求めることができる。全財産をなげうってでも夫の病気を治したい。

彼女は初めて初玉に電話をかけた。初玉は驚いて、彼女が検査結果を一字一句読みあげるのを聞いた。初玉が話した内容は他の医師のものよりずっと厳しかった。彼女は情け容赦なく本当のことを言った。この病気は進めば進むほど進行が早い、じきに喉がふさがり、水一滴通らなくなる、支えを装着すれば二ヶ月くらい長く生きられるかもしれないが、クオリティ・オブ・ライフなどまったくなく、患者は痛くてたまらず苦しむだけだ。北京に治療に来ても、お金を無駄遣いするだけで、結果は同じことだ。少し前に、数億の財産のある企業家が同じ病気になったが、入院して三ヶ月で亡くなり、誰も何もできなかった。

家族だから言うけど　北京に無駄金を使いに来ることはないわ　お義兄さんの病気は末期の症状がはっきり出てる　残された時間は少ないから　きちんと寄り添ってあげなさい

助けずに手をこまねいていることなんてできないわ　わたしらがお金を貯めてきたのは何のためなの

助けないんじゃなくて　助けられないのよ　神さまだって救えないのよ

彼はまだ知らないわ

できるだけ早く伝える方がいいわ　やり残すことがないように

そんな残酷なこと　わたしの口からはとても言えないわ

彼はあんなにたくさんの生死を見てきたんですもの　打撃に耐えられないことはないわ　あなたも彼が必要でしょ　あなたたちはいっしょに向き合わなくてはいけないわ

そうよ　彼が決めてくれなきゃ　わたしは本当にどうしたらいいかわからないの　何年ものあいだ　彼はどんなこともきちんと処理してくれた　今回は難題だわ　こんなに大変なことになって誰にも助けてもらえない

元気を出して　本当にそうなったとしても　彼はとてもいい人生を送ったと言えるわ　あなたたち一家がいちばん幸せよ　何の騒ぎも起こったことがないんですもの

彼が八十、九十まで生きられるんだったら　騒ぎくらい起こったっていいわ

あなたはそう言うけど　彼が外で他の女のお腹を大きくしたりしてもニコニコしていられるの？あなたと離婚してほかの誰かと結婚しても平気なの？　お人好しさん　運が良かったわね　でなきゃ　どれだけひどい目にあったことやら

彼がそんなひどい人だったら　今こんなに辛く離れがたく思っちゃいないわ　彼はとっても良くしてくれて　きついことは一言も言ったことがない　二人の子どもたちのことも　爪先で弾いたことさえないの

たくさんの人があなたを羨ましく思っているわよ　彼に嫁いで　真っ白でふくよかにしてもらって　お金は全部あなたのもので　あんなに立派な家が建って　食べるものも着るものも思い通りあなたより幸せな女はいないわ

だからって何の役に立つの？　もうちょっと苦労してもいいわ　彼が生きていてくれるなら　どうにかもう五、六年でも生きてくれれば　五、六年間他のことには一切構わないで　彼を連れて全国各地をひたすら遊び回って　グルメして　旅行するわ

ああ　ほとんどの人があなたと同じよ　ふだんは何も考えていないけれど　最後になると生き方がまちがっていたと気づくの　幸いこの世に後悔につける薬はないけれど

なんでそんな言い方をするの

後悔につける薬があったら「大切にする」って言葉はなくなってしまうわ　時間は過ぎたら戻らない　人間はこの世で片道切符しか持っていない　過ぎ去ったらそれっきりのものもある　だからこそなのよ

そんなこと言って何の役に立つの

達観して　冷静になって　私を安心させてくれれば　何も言わないわ　早く現実を受け入れて現実に向き合いなさい　お義兄さんをごまかす必要はないわ　でも自分の感情に注意なさいね　メソメソ泣いていてはだめよ

初月ははじめからずっとすすり泣きをしていたが、その言葉を聞いて大声で泣きはじめた。自分は彼に十分良くしてやらなかった、ある年のある月のある日、いい服を見つけたが、値が張るのでもったいなく、買ってやらなかった、彼は豚肉の醤油煮込みが好きなのに、調理法を覚えて作ってやることもしなかった、彼に付いて芝居を観に行きもしなかった、と悔やんだ。

彼は畑仕事もやれば　風水も見て　まめに働いて　家の中のことも外のことも一手に取り仕切ってくれた　大した趣味もなく　ちょっとマージャンをしにいくだけだったのに　わたしが気にしていたら　それもやめた　花園で草むしりしたり枯れた葉っぱを取り除いたり　テレビのニュースを見たりするだけ　一度夜中に彼のいびきがうるさくてわたしが押したら　なんとベッドから落ちて

顔半分怪我してしまったの　それからはいびきもかかなくなって　夜ちゃんと寝られるはずがないわ　もし彼がこんな病気になるってわかってたら　こんなに早く逝ってしまうとわかってたら　ああ　後悔ばかりで胸が痛いわ

　初玉は静かに耳を傾け、彼女に話したいだけ話させていた。彼女は初月の気持ちが理解できた。彼ら夫婦は長い結婚生活で、離れたことがない。どの夜も二人でいっしょに一つのベッドで眠り、すべての日々を二人の手で作りあげてきた。この長い年月のあいだに彼らの心は一つになった。それが突然二つになるとなったら、痛く、耐えがたいのは当然だ。彼女がもう少し早く冷静になって最悪の心づもりをしていたら、本当に奇跡が起きて、驚喜が倍増したかもしれない。六年前、彼女は年若いリンパ癌の患者に出会った。何度も危篤に陥り、家族は後のことをきっちり準備して、すべての親族が最後の別れをするために病院に駆けつけた。患者の両親は自殺せんばかりに悲しみ、妻も死ぬほど泣いた。結局患者は死なず、今でも生きている。だが王陽冥の病気に奇跡が起こる確率はほとんどなかった。末期で、食べものの栄養を送る通路がふさがり、食管がただれ、二十日以内に癌細胞が全身に拡散すると考えられるからだ。

　納得がいかないわ　善行を重ねて功徳を積んでいる　彼みたいないい人が　どうしてこんな罰をうけなくちゃいけないの　病気になったらこんな治せない病気だなんて　生きていてくれさえすれば　毎日車椅子を押して彼にかしずくのだって喜んでするわ　どうしてほんの少しの希望も与えてくれないの　初玉　何か方法を考えてよ　アメリカに治療に行くのはどう？　アメリカは医学が発達してるから　アメリカに治療に行くわ

　初月　ちょっと冷静になって　具体的な状況を説明してあげるわ　いま中国の医療技術はアメリカと互角よ　アメリカ人だってこの病気になったらどうしようもないの　外国を盲信しちゃだめよ　それにね　アメリカに行くにはビザが必要　ビザを取るには予約して行列して面接を受けなくては

いけないの　スムーズにビザが下りたとしても十日や二十日はかかるわ　飛行機に十数時間も乗って病人を痛めつけることになる　専用機で専門の医療スタッフと医療機器をつけない限りね　あなたのその程度の貯金なんて国を出る前にすっからかんよ　ありえないことを考えるのはもうよしなさい　初月　もう電話を切って　とにかく気持ちを落ち着けて　病状をお義兄さんにどう伝えるかよく考えなさい　もしあなたがどうしても口火を切れないのだったら　私が伝えてあげてもいいわでもあなたが話すのがいちばんいいと思うわ　そうすれば彼にあなたの強さを見せることができるあなたが彼に心配をかけることはないと証明できる　彼がいちばん辛いのはあなたが受け入れられないことだってあなたもわかるでしょ　あなたが落ち着けばそれも良薬よ

うん　やっぱり自分で言うわ　初月は重いため息をついて電話を切った。部屋の隅に立ったまま動かず、病院を行き来する人を見つめて、ぼんやりしていた。

　髪が抜け落ちてしまった人、車椅子に乗っている人、医療用ベッドに横たわっている人、杖をついている人、包帯を巻いている人、頭から血を流している人がひっきりなしに行き来し、検査を受け、並び、番号を呼ばれ、代金を支払い、薬を受け取り、注射をしていた。数人が急患用のストレッチャーを押して救急室に駆け込み、後ろにはパニックになって泣いている女性が数人付いてきていた。彼女はそれらのさっと通り過ぎていく不完全なシルエット、悲しげな顔、どうしようもないという表情を見ながら、自分は彼らの誰よりも不幸だと思った。なぜなら彼女の夫には治療薬がなく、お金があっても役に立たず、この人たちみたいに医師にすがって薬をもらう希望さえないのだから。彼女は祖母の死以外経験したことがなく、祖母の死は人の心を安らかにする死で、落ち着いていた。みな彼女がもっといいところへ行った、もっといいところに帰った、と感じた。だが今は違う。彼女は周囲が薄暗く気味が悪く、地獄のように暗くて寒いと感じた。彼女はもう一度検査結果に目をやった。この死亡判決書、彼女は診断結果が打ち出された白い紙をひねってぼろぼろにしそうになった。びりびりに破って、不吉な知らせを破り捨てられるなら、両手で粉々にしただろう。

あなたの検査結果はどうだったの？　中年の女性がひとり近づいてきて尋ねた　うちの旦那は末期の肝臓癌なの　私もどうしたらいいかわからないわ　治療しても死ぬし、治療しなくても死ぬ治療すれば人も蓄えもなくなる　治療しなければ一縷の望みさえなくなる

一種の同病相哀れむ感情が知り合いになった患者家族におしゃべりをさせた。もしかしたら他人の苦痛を参照すると内心の不幸を軽減させるのかもしれない。初月は思わず目の前の女性に同情しはじめた。気の毒に彼女の夫はまだ四十六歳で、ようやく生活が落ち着いたところで、不治の病と診断された。王陽冥は彼より十数年多く生活を満喫したのだ。この家族の生々しい体験は、初玉の医師らしい冷静なアドバイスよりもずっと効果があった。中年女性の重たい後ろ姿が人混みの中に消えていくのを見送りながら、初月は夫が生き続けて、せめてあと数年彼女といっしょにいて、息子が結婚して孫ができるのを見届けてほしいと思った。

彼女は涙をぬぐい、鼻をかみ、ティッシュをゴミ箱に投げ込んで、長く息を吐いた——彼女は事実をありのままに夫に告げるつもりだった。彼に残された日は多くない。

そのとき初雲が検査結果を尋ねるために電話をかけてきた。初月は王陽冥に伝えるために準備したばかりの話を初雲に語った。初雲はそう聞いても信じず、あんなに元気なのに、そんな不吉なことを言うなんて、と言った。

一生懸命治療しなさい　前向きな気持ちでいなくちゃ　うちのお金を使ってもいいよ　足りなければみんなで都合するよ　北京に初玉を訪ねに行ったらどう？　病院は北京がいちばんだよ　地方じゃ治せなくても　北京だったら治せる病気がたくさんあるよ

わたし初玉にはもう訊いたの　アメリカに治療に行ったとしてもだめなんですって　まるっきり無駄金を使うだけなんですって　でもわたしは行きたい　行かなければ何の希望もなくなってしま

う

人を助けるのにお金を使わないなんてことありえない　それが無駄金だってどうしてわかるの

もしかしたらよ

もしかしたらって

もしかしたら治るかもよ

この病気は助かりようがないってわかってるんでしょ

うん　うちの村にも同じ病気の人がいて　診断されて一ヶ月半で亡くなった　でも今からへこたれてるわけにはいかないでしょ　同じ病気でも　違う人　違う体質なら　結果も違うかもしれない

あんたが言っているのは奇跡のことね

そういうことにしてもいいよ　彼に生きていてほしいと思うなら　今は奇跡を信じるしかないでしょ

わたしはもちろん彼に生きていてほしいわよ　でもわたしももういい年だけど奇跡なんて見たことないわ　奇跡ってどんな顔してるの

初雪はもう知ってるの？

今のところ彼女には話してないわ　誰にも助けられないんですもの

すぐにあたしが知らせるよ　あたしら家族みんなのことだもの　これまでもずっといっしょに方法を考えてきたでしょ　おばあちゃんが言ってたように　団結して愛し合うの

　王陽冥の見舞いに来た人々はみな、自分自身さえ信じていない、前向きな慰めの言葉をかけ、彼以外みなが知っている秘密を守った。誰もが明るい笑顔で、まるで入院しているのが災い転じて福であるかのようだった。初月が病状を伝える適当な頃合いを見つけられずにいるうちに、王陽冥のほうが自分からストレートに話しはじめた。

検査結果が良くなかったんだろ　俺が耐えられないと心配することはない　何もかも準備してある　昔だったら俺くらいの年齢は長生きのうちだ　それに　この人生で何ひとつ不足はなかった　彼は真っ黒な笑顔を見せた　俺がいびきをかくんでお前はよく眠れなかったろ　これからはぐっすり眠れるよ

彼の冗談に初月は涙がボロボロ出て、後ろを向いて涙をぬぐった。

慌てて子どもたちに知らせるんじゃない　あいつら仕事を放り出して駆けつけるだろうが　どうすることもできないんだ　あのなあ　初月　一歩ひいて考えてみると　俺はいいほうだ　朝に家を出て帰ってこられず　家族と最後の一言さえ交わせないなんてことだったら　どんなに残念か　俺たちにはまだ時間がある

初月は何も言えなかった。彼女には、彼が自分にあとどれだけ時間があると思っているのか、わからなかった。彼は自分の病状を結局のところどれだけ知っているのだろうか。彼女は尋ねなかった。彼に話すつもりもなかった。彼のほうも、あとどれだけだ、と尋ねはせず、毎日を最後の一日のようにして過ごした。

ちょっとタバコを吸いたいなあ　思うだけだよ　お前はタバコを吸わないから知らないが　タバコってのは気持ちいいんだよ

退院したら　タバコでも　お酒でも　好きなようにしていいわ　初月は言った　豚肉の醤油煮込みを作ってあげる　わたし初雲に教えてもらうわ　彼女すごく凝ってるのよ

閻魔大王が認めてくれるかな　もしそんな口福をまだ味わえるんだったら　菩薩様に一万回土下座して　お廟を建てるよ

そんな縁起の悪いことを言わないで　今の医学はこんなにも進んでいるんだから　早く発見しさえすれば　治らない病気はないわ　初月は突然彼の期限を言うのをやめた。あるいは心のなかに希望が生まれたのかもしれない　あなた大工の李《リー》さんのことを覚えているでしょ　彼の病気もあのころは聞くだに恐ろしい病気だったじゃない　でも今でもピンピンしてるわ　あなたは一生涯いいことをしてきたんだもの　閻魔大王だってそこまでひどいはずはないわ

お前　閻魔大王に付け届けを贈ろうなんて考えるなよ　王陽冥は言いおわるとひとしきり咳をした　閻魔大王が大工の李の賄賂を受け取ったとは思えないだろ　あの野郎はまったく情け容赦ないからさ

あなた話せば話すほどでたらめになるわね　初月は泣けばいいのか笑えばいいのかわからなかった　あなたみたいに自分の命を冗談のネタにする人なんていないわ

わかったわかった　まじめな話をしよう　医者は俺があとどれだけだと言ってるんだ？　彼は尋ねた　医者の話は　天気予報と同じくらい当てにならんと思うがね

初月は少し考えて答えた　お医者様ははっきりとおっしゃらないの　ただなかなか楽観できない手術はできないとだけ　化学療法の効果を見るしかないそうなの　体質によって薬に敏感に反応することもあれば　効果が薄いこともあるんですって

俺は敏感かなあ？　俺はこれまで注射を打ったことも薬を飲んだこともない　よく言うように注射を打ったこともないし　薬も飲んだことがないが　病気になったら大病だったってやつだな

あなたは絶対に薬に敏感で吸収力が強いわ　それに体質が良くて　筋骨たくましいもの　きっといい結果が出るわ

薬ってやつはお前のような感性は持ってないからなあ　特別扱いはしないだろうよ

後ろ向きなことを言って　冗談にも時と場合があるわよ　笑えないわ

王陽冥は頭を反対側に向け、彼女から目を背けてしばらく振り返らなかった。

彼は入院したときからどうもあまりいいかんじがしていなかったが、問題が食道に出るとは思ってもいなかった。死神がこのように差配し、相談の余地はなく、医師さえも抗うことはできなかった。一連の化学療法のあと、腫瘍は小さくなったが、王陽冥も壊れてしまい、二度目の化学療法を受けるのは無理だった。癌細胞は猛烈に反撃し、たちまち臓腑、骨を占拠し、腫瘍は再び膨らみ、支えを突き破って気管を貫通した。四十日後、王陽冥は自分のベッドの上で呼吸を止めた。

　初月は病院でいつも道に迷った。気が動転していて、歩いているうちにどこへ行くのだったか忘れてしまったり、そこに着いてから何のためにそこへ来たのか思い出せなかったり、半日ぐるぐる回って医務室を見つけられないこともあった。突然気持ちを抑えられなくなることもあったが、壁にすがって胸をかきむしりひとしきり泣いても、王陽冥の前ではできるかぎり明るく振る舞った。そのころ、医師も看護師も患者も家族もみなこの田舎の女性が死刑判決を受けた夫のために駆けずり回り、まるで火中から救い出そうというふうであることを知っていた。あるときは主治医に詰め寄り、夫にいちばんいい薬を使ってくれ、最良の治療をしてくれ、と頼んだ。まるで彼女の夫は大人物であるかのようだった。彼女にとって夫は大人物だったのだ。

　王陽冥が入院してから、人々は彼女が日に日に痩せていき、しかしスタイルはむしろ良くなっていくのを見た。彼女はもともと脚が長く、ここ数年は肉がついていたが、脚はあいかわらずまっすぐだった。脚がまっすぐだと人間ははつらつとするもので、ちょっと身ぎれいにすれば、昔の容色がある程度戻ってくる。五十歳近い農村女性で彼女のように見目のいい者は多くない。彼女のようにふだんから手入れをしている者も少ない。もとがもっときれいでも田舎の生活の厳しさには耐えられない。手では草引き、土いじりをしなければならないし、顔は風に吹かれ太陽にさらされ、骨盤は出産のために大きくなり、リウマチなどになれば、関節が変形して、手足を伸ばした姿は他人をぎょっとさせる。同じ原理で、平凡な容姿の女性でも、よく手入れをしていれば、全身から艶っぽさが漂ってくる。農村の女性で初月のように、毎日顔にいくつものケア製品をつけている者はいない。化粧水、美容エッセンス、美容オイル、アイクリームなどを塗り、一日おきにパックをする。机の上にはスキンケア製品がいっぱいに並んでいる。シャンプーは香りのいい輸入品で、頭半分の髪を黒々と洗いあげ、ボディーシャンプーも輸入品で、肌を白いながら血色良く清潔に保っていた。はじめのうち病院では彼女と王陽冥を親子だと思っている人がいた。その後このきれいな女の子がなんと色黒の老人の女房だとわかると人々は驚いた。そして妻の頭に欠陥があり、半分はかつらだとわかってはじめて　**そういうことだったのか**　と心中声を上げた。

人々はこの夫婦の愛情の深さを目の当たりにした。互いに賓客に対するように敬いあい、仲が良く、以心伝心だった。夫は一日中夜まで妻を笑わせ、シャレを言って、看護師たちをからかった。病室の人たちに物珍しい話を聞かせ、悲哀に覆われていた病室に陽気で楽しい雰囲気が加わった。彼らも王陽冥が日一日と衰えていくのを目にしていたが、治療がどんなに苦しくても、シャレを言い続けられるあいだは何でもなかった。最後に喉がつぶれて声を出せなくなったとき、彼の顔についに言うに言われぬ苦痛が浮かんだ――彼はその日が近づいていることを知った。

このころ初月は毎日医務室に医師を訪ね、なんとかいちばんいい薬を使ってもらおうとしていた。まるで医師がいい薬を隠していて彼女に使わせないでいるかのようだった。おそらくこの農村女性が心を尽くして疲れを知らずに夫の世話をしているのを見ていたからだろう、医師は格別にがまん強く、温和で親切な態度で、ご主人は最良の治療を受けています、数十日も持ちこたえておられます、解熱剤と栄養補給以外に、もう使える薬はないのです、体の他の器官に影響が出ていて、薬を使うと死を早めてしまいます、と話した。

子どもたちはそのときにはもう戻ってきており、いつ息がとまって亡くなってしまうかわからないからと、片時も離れず王陽冥に付き添っていた。

ある人は、名前と運命は関係があると考え、初月の名前が悪いのだと言った。初月つまり新月というのは欠けていることを表す、初満月という名前だったらおそらく頭の半分の髪の毛がなくなったりしなかったろうし、五十歳にもならないうちに後家になって、人生の欠如がもっとひどくなることもなかったろう。王陽冥が亡くなってからの最初の時期を、初月がどう過ごしたか、人々はわからなかった。おそらく何度も寝返りをうって眠れず、夜な夜な泣いては眠り、目覚めては泣き、夫の衣類や持ち物を見ては悲嘆にくれていたにちがいない。彼女はずっと彼のものを整理し続けていた。人々は彼女が彼の衣服をきちんと畳んで衣装箱に並べ、彼の革靴をピカピカに磨きあげ、彼の麦わら帽子のほこりを落として壁に掛けているのを目にした。王陽冥の話になると、まるでまだ生きていて、誰かに頼まれて風水を見に行っており、夕食時分にならないと戻らないかのようだった。彼女は彼が使っていた庭の農具をすべてきれいに整理し、彼が作った鋤で溝の草引きをした。もっともそこには引くべき草はなかったのだが。彼女は時々目をこすった。しばらくすると手に水ぶくれができた。上の息子は町に来ていっしょに暮らそうと言い、下の息子は彼女を雲南《うんなん》に連れていこうとしたが、彼女はどちらも断った。

今この家を離れるわけにはいかないよ　もし扉を閉めて　お父さんが入って来られず　わたしを見つけられなかったらどうするの？

四十九日を過ぎても、彼女はまだ離れたがらなかった。一周忌が過ぎて、ようやくあちこち出歩きはじめた。このときでも、誰も初月が再婚するとは思っていなかった。彼女はもう満五十歳で、孫息子が一人、孫娘が一人いた。二人っ子政策が解禁されると、二人の嫁はすぐに妊娠した。

それは二〇一六年の初頭のことだった。彼らがおめでたを母親に知らせにきたとき、彼女はちょうど旅行のための荷造りをしていた。「ゆうやけ熟年ツアー」に申し込み、上海と江南《こうなん》に行くのだという。彼女は初雪に連絡はしていなかった。というのもツアーの規約で勝手にグループから離れられなかったからだ。そのツアーグループで、遠出をしたことがないのは彼女だけで、他の人々はみな全国各地を旅していた。

ツアー旅行に申し込むと、初月は持っているかつらをすべて洗い、日に当てて乾かし、椅子に座って頭半分の髪をとかした。人々は彼女の異星人のような頭にすっかりなじんで、それほど目障りには思わなくなっており、彼女はもうかつらをしないつもりなのかとさえ思った。

人々は一連の判断に誤りがあったことに気づいた。彼女は改めてかつらをかぶり、旅行用の衣類と靴を準備し、村の人々に出かけてくると告げた。王陽冥の治療に使ったのは貯蓄のごく一部で、彼女の老後は息子がいなくても安泰だった。王陽冥は病床でお金の計算をしてみせた。自分の代わりにあちこち見に行ってくれ、国内が済んだら海外を見に行ってくれ。これまではお金を貯めることだけ考え、使わなかったが、使わなければ生活のためにならない。彼はまた、今後いい人に出会ったらいっしょになるといい、でなければひとりの生活は孤独だ、彼女がひとりであんなに大きな家に住んで、ひとりであんなに大きな花園の世話をして、ひとりで今後の数十年を生きていくのは見たくない、昔の社会は女にいろいろと不公平だった、因習やしきたりで女をがんじがらめに縛り、昔の女はみな本当に不幸だった、とも言った。

今の社会は文明的で開けてる　お前のおばあさんやお母さんの時代のようじゃない　あの人たちは苦労した　あんなに若いころからひとりで踏ん張って　俺がどうしてお前のおばあさんと喜んで雑談していたかわかるか　おばあさんは大変だと思ったからだよ　俺の母親も苦労した　お前のおばあさんやお母さんと大差なかった　俺はふだんからお前が苦労するところを見たくなかった　死んだらなおさらお前が苦労するところを見たくない　息子たちもわかってくれるさ　あいつらにはあいつらの生活がある　孫の世話とかいったことは　脇において　まず自分の生活を整えるんだ　それなら俺も安心だ

彼女は彼の言いつけを守り、あちこち見て回った。村でこんなことをしたのは、貯めたお金を惜しげもなく使ったのは、おそらく彼女が初めてだったろう。鶏を売り、豚を殺し、花園の世話をやめ、玄関に鍵をかけると十日や半月は帰って来ず、戻ると大小様々の包みを持ち帰り、お菓子や記念品を村人にばらまいた。彼女はしょっちゅういっしょに旅行に行った人と電話をし、旅仲間だと言っていた。彼女は彼らと話しはじめるときりがなく、一度電話をすると往々にして、春はどこに行こう、冬はどこに行こう、と話がまとまっていた。旅行に行かないときは、彼女はしょっちゅう鎮に買い物に行き、芝居を見物し、公園を散歩した。彼女は一枚の中国地図を買って母屋に貼った。東西南北がわからないので、大変苦労して、自分が行ったことのある場所を見つけ出し、鉛筆で地名に丸をつけた。野生の羊を囲い込むと、その羊は自分のものになるかのようだった。

　数年して地図は丸でいっぱいになり、どこもかしこも羊になった。中国南部の都市や有名な景勝地にはほとんど行きつくした。

　王陽冥の命日にロウソクを灯《とも》し、彼女は彼に今年はどこへ行ったか、来年はどこへ行くか、南部を回りおわったら北方へ行くつもりだと話した。彼女は彼といっしょにチベットやウイグル自治区にも行きたかった。というのもそこへ行ったことのある旅仲間の話によると、他の場所とはまったく違うのだという。彼女は彼らが撮った写真を見せてもらった。雪山、草原、淡いブルーの湖、どれも見たことのないものばかりだった。だが彼女は自分が出会ったある旅仲間のことは王陽冥に話さなかった。鎮政府を退職したばかりの幹部〔中国では引退後も機構に留まり、給与ももらう〕で、五年前に妻を子宮癌で亡くした人だった。癌は子宮を摘出しても再発し、彼の妻の命を奪っていった。彼は初月に夫の死で悲しまないように、このあたりにはもっとたくさん癌で亡くなった若者がいる、となだめた。彼が話してくれた統計データは驚くべきもので、彼女は知らないほうがよかったと思った。それは水質汚染と土壌汚染の結果だった。彼女は王陽冥に、その退職した幹部が彼と同じようにいい人で、旅行のあいだよく彼女の世話を焼いてくれ、容姿も少し彼に似ており、身長は同じくらいで、肌はもう少し白く、伴侶が亡くなる一ヶ月前の気持ちをそれぞれ話したとき、互いに心がひとつになったように感じたことを、まだ話していなかった。戻ってきてから彼女はしょっちゅう鎮に買い物に行ったが、ひとりで芝居を観たり公園を散歩したりしていたのではなく、退職した幹部が彼女の手をひいてこれらのことをいっしょにやっていたのだった。彼らは来年八月にウイグル自治区に行ったら結婚を考えようと約束していた。

　ウイグル自治区に行く前、退職した幹部は村にやって来た。村長も書記も彼を知っていて、たちまちさらに打ち解けた。彼女と退職した幹部の関係についてとやかく言う人は一人もいなかった。初月という名前は良くないが、運が強く持ちこたえた、いい人が一人去ったら、またいい人がやって来た、今では都市戸籍と農村戸籍の差はないが、それでもつまるところ農民は農民で、幹部は幹部だ、農民に幹部はやはり高嶺《たかね》の存在だよ、と言うだけだった。もちろん彼女が容姿も心根も良く、さほど老けておらず、応用がきかないガチガチ頭ではなかったからでもある。もし旅行に行かなければ、彼女は大地と添い遂げるしかなかったかもしれない。

　人々はもともと初月の残りの人生は彼女の祖母や母親と同じで、椅子に座って遠くの田畑を眺めながら日一日と死んでいくのだと思っていた。退職した幹部より前に、初月がある旅仲間に短期間心を傾けていたことを、人々は知らなかった。その旅仲間が乗っていたもう一台の観光バスが崖に落ち、彼は命を落とし、その件は終わったからである。それは四川《しせん》でのことだった。彼女と彼は同じバスに乗るはずだったが、そちらのバスの乗り心地が悪く、ある老婦人が車酔いして、誰も彼女と代わってやらなかったために、結局彼女の旅仲間が行ったのだった。老婦人の代わりに死んだとも言えた。彼女はしばらく彼のことを追想したが、深い情が育まれるほど長いつきあいではなかったので、すぐにぬぐい去ることができた。

このことがあってから、彼女はしばらく旅行が怖くなった。彼女は王陽冥が、朝出かけて夜戻ってこないような思いがけないことがあると言っていたのを思い出し、ぞっとした。彼女は冒険好きな人間ではなかった。王陽冥に嫁いでから、彼女の生活は平穏そのもので、一生のうち体に傷を負ったのは、二人の子どもの出産を終えて卵管結紮の手術を受けた一度きりだった。彼女は王陽冥が大八車で彼女を病院から連れ帰ってくれたときのことを思い出した。彼は後ろ向きに車をひいたり、車を前にして押したりして、彼女が目を覚ましていようと、眠っていようと、道々ずっと彼女に話しかけ続けた。面白い話ばかりで、布団の中から彼女の笑い声が聞こえると、満足そうにした。彼女が笑いもせず痛みで声を上げもしなければ、寝ているのだった。そういうとき彼は、車輪がゴロゴロと進むリズムに合わせて、適当に鼻歌を歌った。

病院から戻るには、二時間ほど歩かなければならなかった。王陽冥は自分の妻を押していただけでなく、生まれたばかりの赤ん坊もいて、顔にはぬぐいきれないほどの汗と喜びがあった。川堤は高く、牛や羊が青草の生えた坂で草を食んでいた。川の水は透きとおっていて、うろこのような波がゆらめいていた。しだれ柳が前に後ろにはためいていた。小鳥が一群の子どもたちのように木の枝の上でチッチッチャッチャッと嬉しそうにケンカしていた。初月の肌はつるつるで、彼はいつも力をこめないと彼女を抱きしめられなかった。熱い夜、彼女は布団の中ですいすいと滑り、彼は彼女を追い、水の中の二匹の魚のようだった。はじめ彼女はそんなふうではなかった。はじめは牛が四本の足を踏ん張って、どんなに追い立てても動かないみたいだった。両脚を開いて両手で彼の首を抱くべきだとは少しも知らなかったし、お尻を動かしてシーツをこすることも知らなかった。彼女はただ仰向けに寝転んで銃で撃たれたかのように微動だにしなかった。彼女が敏捷になったのは一人目の子どもを産んでからだった。敏捷で、彼は相手をするのが大変だった。彼女が銃で撃たれたようだったときより、彼は喜んで精を出した。彼女はさほど頭が良くはなく、一年あまりでようやく、これは二人のことで、女は横たわって男を満足させるだけではないと理解したが、誰に教わったわけでもない天賦の才には驚くべきものがあり、夜中に噛み合っているうちに突然彼の腰のものを口に含んでしばらく離さなかった。彼は日本兵が村に入ってくるのを見て両手をあげてうろたえている村人のようになった。これは客観的に見た効果である。感覚的には、彼は晴天の霹靂《へきれき》に打たれたように魂が飛び散り、数えきれないほどの小さな精霊になったようだった。その後、彼女はいつもそのようにした。彼も彼女にそうさせないではいられなかった。その後、彼も彼女に晴天の霹靂を味わわせた。こうしてすぐに彼女はまた妊娠し、法律に従って中絶し、また妊娠し、また中絶し、最終的に合法的に二人目の息子を産んだのだった。それも彼が彼女を崇《あが》め奉り、大切にして、畑仕事をさせなかった理由のひとつだった。彼は彼女の面倒をたいそうよく見て、彼女を色白でふっくらとさせた。その後そういう生活が規則、習慣になり、思いきって彼女に畑仕事をさせなくなった。彼女はこれらのことを思い出して、目の縁が赤くなった。彼は彼女を町の女性に育てあげたのである。

　彼は彼女が身ぎれいにしているのが好きで、他人が妻を褒めるのを聞くのが好きだった。彼女が他の男に誘惑される心配は少しもしなかった。彼は　**どんなに馬鹿な女でも　自分をこれほど愛している男から離れられるはずはないさ**　と言っていた。彼女も彼から離れようと思ったことはなく、たとえ想像の中でさえ、他の男に思いを抱くことはなかった。というのも彼は彼女の心と体を満たしていたからである。彼女はまた卵管結紮のあとの体の痛みを思い出した。おっぱいをやるために動くことさえできず、傷はずいぶんたっても赤いままだった。王陽冥はそれをミミズのようだとか、ムカデのようだとは言わず、彼女の体の傷を　**真っ白い雪の上に犬がおしっこしたみたいだ**　その汚い跡が雪の美しさを壊し、妻のつるつるした体を損なっていると言った。夜彼女の傷に触れて、思わず　**俺たちが産まなきゃそれでいいじゃないか　何もメスを入れなくても**　と恨みごとを言った。だがそれだけで、公の場でそんなことを言ったことはなく、誰かとそういう問題について語り合ったこともなかった。彼は金魚鉢の金魚のように、小さな空間の中でいろいろな思いつきを楽しんでいるだけで、大きな川や湖、大海に対して分不相応な考えは持っていなかった。その後あのことをするときの面倒がかなり減ったので少し慰められた　**手術にも少しはいいところがあるんだなあ　でも俺はお前のここが完全であってほしいよ**

　あるとき頼まれて鎮に風水を見に行き、街角で傷跡を消す軟膏《なんこう》を売っているのに出くわした。一ヶ月で効果があらわれ、八ヶ月か一年で傷跡は完全に消失するという。彼は大喜びで十個買ったが、結局ニセ薬売りに騙されたことが証明され、まるで初月のお腹の傷があの薬売りにつけられたとでも言うかのように、何度も罵った。数年たって、今度はテレビで、傷跡を消すコマーシャルを見た。使用前、使用後の対比で本当の人間がモデルになっており、今度は偽物ではないだろう、もし偽物だったらこのテレビ局は詐欺だ、詐欺集団だ、と思い、二クール分の治療薬を通信販売で買った。以前鎮で買ったものより何倍も高く　**効果がなければこんな高いものを売るはずはない**　と思ったが、高ければ高いほど安心だという心理は結局打ちのめされた。薬を塗ったら皮膚がちょっと熱くなっただけで、他には何の変化もなく、傷はあいかわらずそのままで、雪の上におしっこの跡がついていた。もう一回、彼はわざわざ湖南省西部へ行き、伝説的な苗《ミャオ》族の医者から薬草の粉薬を手に入れた。お湯で溶いて飲み、塗る。飲むと初月の顔には赤い発疹《ほっしん》が出て、便がカチコチになったが、傷はやはりそのままだった。

　彼は一生この無念を修復しようとし、なんとかして完璧な雪を取り戻そうという考えを捨てたことはなかったが、とうとう傷を消す良い方法は見つけられなかった。このしこりは亡くなるまで解けず　**子どもを一人にしておけばよかったな**　と言った。それは唯一試すことのできなかった方法だが、そう言っただけで、本当に息子をひとり諦めて彼女の体の完璧さと交換したいと願っていたわけではないだろう。

退職した幹部は彼女の完全無欠な雪のように白い肌を見たことがなく、その傷を何とも思わなかった。彼と無関係な歴史についても、多くを尋ねなかった。現在と未来こそ探求すべきものだったのだ。彼の両手も、彼女の体の探索にそれほど熱心ではなかった。まるで丘も平原も見慣れてしまえば珍しくなく、野ウサギが飛び出してくる可能性はなく、まして野獣が出てくるはずはないというふうだった。彼は彼女のあそこをいじくることだけが好きで、そこだけで十分なようだった。彼女と彼のあれは勢いがいいとは言えなかったが、ときおりピリッと電流が走ることもあった。くらくらするほどではなかったが、いくらかピリピリする感覚があれば互いに満足できた。退職した幹部はこの方面に控えめで、体にいい性愛術を信奉しており、彼女にその気があっても、夜は一度やるだけで、昼間は襟を正して端座し、決していちゃいちゃせず、こっそり卑猥《ひわい》なことを言ったりもしなかった。人生の怒濤《どとう》は彼女のところまで来るころにはちょろちょろ流れる程度しか残っておらず、彼はそのちょろちょろした細い流れも節約し、流れの痕跡がほとんど見えないこともあった。

それまで彼女は、男というものは王陽冥のようにいつもやる気満々で、六十歳になってもあれは長時間元気なのだと思っていた。体にいい性愛術など考えず、体内のあの数ミリリットルのものを仙薬と見なして細かく計算したりはしなかった。こういうことについて、彼らはいつも興が乗ったら存分に楽しみ、やりたいようにやった。幸い彼女は要求過多な人間ではなかった。亡夫ほど彼女の思うようにはしてくれないが、彼女は物事を丸く収めることができた。ただ時々、あるいは不適切なタイミングで、ベッドで、歩く道々、食卓で、この世のすべての場所で、今は亡き夫を思い出すだけだった。

彼女は退職した幹部に亡き夫がいかに良かったかも話した。彼が死んだ人間に嫉妬するとは思ってもいなかった。彼の嫉妬の仕方は、亡き妻の若かりしころの自慢話で対抗するというものだった。

彼は若いころ胸の大きな女の子が好きで、亡き妻の胸はピンと張ってまん丸で、隠しても隠しきれず、彼を虜にしたという。彼女の両親は役所の幹部だった。初月は退職した幹部の気持ちを察してから、王陽冥の話をしなくなった。だが亡夫の話をやめると、彼女と退職した幹部のあいだの紐帯も切れたようになり、何か障害物が厳然と存在していた。彼女と退職した幹部は二人とも円満な結婚生活を送っていて突然パートナーを失ったため、現状にそう簡単に幸福を感じられない、不幸な結婚をしていた人間とは違うのだ、と彼女もわかっていた。だが全体的にはやっていくことができた。彼女はもともとそれほど話し上手ではなく、見識も広くなく、退職した幹部の、この村の選挙はどうだ、あの村の道路工事はどうだ、どういう段階で村の幹部は賄賂を受け取るか、どういう段階で工事の親方はごまかすか、といった話に、まったく興味がないわけではなかった。水利工事の話もあった。用水路を誰の家の前から通すかで、全村で会議し、揉めにもめるという。彼は不気味な話もしてくれた。ある女が自分の家の前に死人を埋められたくなくて、掘られた穴に飛び込み何を言っても出てこず、男たちは穴の外でケンカした。墓穴というのは気軽に横になるものではなく、その女は悪運がついて、その後病気になり、すぐに死んでしまって、自分が勝ち取った墓穴に埋められた。

　初月は村で起こったことを聞くのが好きだった。鎮の政府機関で起こった政治闘争にピンクの要素が入った話も喜んで聞いた。どの幹部が女に手を出して女で職を失ったか、どの幹部が女とやって飛び級で昇進したか、どの事務室主任が女性秘書のお腹を大きくし、平たくし、職位を保ったか。すべては日ごろの人となりしだいで、善人か悪人か、人に恨まれているかどうかによるという。彼女は政府機関の桃色事件に女が登場すると、女は二の次となり、人々は女を忘れ、ただ幹部の結末だけに注意を向けていることに気づいた。村で同じようなことがあれば、結果は違う。人々は女にだけ注目し、女が悪いと言い、男は見えないところへ追いやられる。退職した幹部も彼女の話はもっともだと認めたが、実は同じことが異なる形になっているだけである。
そのほか、彼女と彼は食の問題でもいささか合わなかった。退職した幹部は、鶏肉、鴨肉、タウナギ、ドジョウ、スッポンを食べず、とりわけ辛いものを食べられず、まったく湖南人らしくなかった。だが彼は彼女に歩み寄り、卓上にお湯を一杯置き、辛すぎる料理はまずお湯をくぐらせることにした。洗うと赤い油が水に浮き、透明な水が見えなくなった。食に関する問題はこうしていとも簡単に解決した。

実は退職した幹部は若いころは辛いものが大好きだった。だが健康診断で数値が少し悪く出て、酒タバコを含めて、いくつかの食べものを断った。何の数値が悪いのか、深刻なのか危険なのか、そういったことを彼は初月にまったく話さなかった。いよいよ結婚という話になったとき、退職した幹部のほうに問題が出てきた。彼の子どもたちが教養のない農村女性との再婚に反対したのである。はじめのうち彼は子どもたちが再婚に反対しているのか、教養のない農村女性との結婚に反対なのか、よくわからなかった。最終的に子どもたちの真意がはっきりし、どんな女性であれ同居には反対しないが、結婚には反対なのだとわかった。看取りをしない、埋葬もしないといった脅し文句さえ出てきた。

人々は、子どもたちが退職した幹部を結婚させたくないのは、結婚すれば彼の不動産と財産の一部を他人に持っていかれるからだと推測した。彼らの表向きの理由は、彼が騙されているのではないか心配だから、というものだった。というのも、彼らが住んでいるエリアは近い将来、どの家庭も戸籍の人数に応じて家屋の取り壊しの補償金が出ることになっていたからである。何の貢献もなかった女が、結婚を錦の御旗に大金を騙し取るつもりでないと誰が保証できるだろう、というわけだ。

圧力に抗しきれなかったのか、自分でもたじろいだのか、退職した幹部は動揺し、観察期間を延ばし、結婚を取り下げた。初月は鎮に行かず、彼も村に来なかった。たちまち何事もなかったかのようになった。その後、事情をよく知る人が、わざわざ初月に、退職した幹部は重い心臓血管病で、いつコロッと死んでもおかしくない、彼の息子たちが彼らの結婚に反対なのは、彼女が彼らの財産を狙っていると疑っているからだと告げた。

　初月はそれを聞いてびっくりした。彼女は彼がどういう不動産や財産を持っているのかまったく知らなかった。生まれてこの方これほどひどい侮辱を受けたことはないと思った。これでは亡夫まで侮辱されていると思った。彼女の夫はこんなに大きな家を建ててくれ、家には花園があり、貯蓄もあり、衣食には困らない、彼は彼女に尊厳をもってパートナーを探すよう勧めたのであって、他人の金品を得るためではないし、まして詐欺などもってのほかである。世の中の人々にとって結婚はもう道具に成り果てているのだと彼女は思った。もし鎮がどんどん発達し、経済状況がもっと良くなったら、人々は結婚をますます信用しなくなるだろう。結婚それ自体を財産の問題として扱い、自分より貧しい人に出会えば結婚詐欺か、財産狙いかと恐れ、自分よりお金のある人に出会えば結婚詐欺とか、財産狙いだと言われるのではないかと恐れる。そうでなければ、彼ら自身の心をお金の中に落としてしまうかである。彼女はひどく腹を立てたわけではなかったが、王陽冥の遺影に心のうちを語り、最後にこう言った。

　あなたみたいな人を探そうったって　あなたの七、八分程度の人だって　たぶん見つけられないわ　もう相手を探すのは面倒　言いおえると、王陽冥が反対する声を聞いたかのように、さらに言いつのった　無理をさせないでちょうだい　わたし本当にもう探したくないの　はじめは簡単なことだと思ってたけど　若いときの相手探しよりずっと複雑で大変　外の人たちが何を考えているのか　どうしてそう考えるのか　わたしにはちっともわからない　どうして自分に関係ないことを一生懸命考えなくちゃいけないのある日の午前中、彼女は電話で連絡せずに直接鎮に行き、公園の湖のほとりに退職した幹部を訪ねた。彼女は彼がいつもそこで魚釣りをしていることを知っていた。それまで彼女は、釣りをしている彼はとてもスマートだと思い、彼と水がすぐ近くで見つめ合っているようなかんじがとても好きだった。だが今回は、釣りをすればするほど彼の様子がたそがれていくことに気づいた。彼はそこで座ったまま腐りはじめていると彼女は思った。骨が腐乱する音が聞こえたような気さえした。彼女はその感覚を彼に伝えたい、どんどん老けていると伝えたいと思ったが、その必要はないとも思った。彼女は彼を若々しくするために来たのではない。彼は教養ある退職した幹部だ。農村の女に日々をどう過ごすべきか教えてもらう必要はない。彼の子どもたちもおそらくそのように考えているだろう。

　彼女はきれいな水を張った空っぽの桶を見た。もう一つの小さな桶にはミミズと蛆が入っていた。彼は餌ときれいな水が張られた桶のあいだに座って彼女と話をした。彼の目は波といっしょに揺れるブイをじっと見つめていた。それはずっと動いていて、ずいぶん遠くまで行ったのに、まだ元の場所にあるようだった。彼女と彼の気持ちに少し似ていた。彼女はこのとき初めて意識した。彼女と彼は肌の上にとどまっているだけだ。これまでも血の中に入り込んだことはなかったし、永遠にそうはならない。

　若いときの結婚には両親の同意が必要だけど　年をとってから結婚するには子どもたちの許しが必要です　生きるのは大変　幸いわたしの子どもたちはわたしを支持してくれていて　わたしが幸せを見つけることを切望してくれています　わたしが騙されるのではと恐れたりはしていません　でも同じ米を食べていても人はそれぞれ　違う考え方の人がいるのはよくわかります　わたしの夫はわたしにお金を残してくれて　一生かかっても使いきれません　少しお金を出して村の廟を修理するつもりなんです　わたしらの世代の風水が良いようお守りくださることを祈って

彼女は退職した幹部にこれだけ話すと、彼との付き合いを断った。数ヶ月後、彼女は退職した幹部が買い物の道すがら転んで亡くなった、脳溢血《のういっけつ》だった、という知らせを聞いた。その後彼女は、結婚してもいいと思う人に出会うことはなく、残念だとも思わなかった。

清明節に息子たちが父親の墓参りに帰ってきた。彼らはすでにきれいな墓を建てて、墓碑を刻み、獅子の石像を置いていた。墓の上には紫の花をつける草が植えられ、春になると一面花の絨毯のようになった。周囲のバラは初月が植えたものだった。道に菊の花の種をまき、毎年芽を出して花をつけると道の両側から歓迎しているようで、墓参りに来るよその人たちもおかげを被った。彼女はしょっちゅう散歩をして、墓まで行くと折り返して家に帰った。

彼女はごちそうを作った。豚肉の醤油煮込みも作れるようになり、息子たちの父親は食べられなかったが、父親の息子たちが食べた。父たる人もきっと満足しているだろう。食卓に夫の楽しいおしゃべりがないことに、彼女は少しずつ慣れていった。彼女の息子たちは父親の気さくなユーモア精神を受け継いでおり、一家で食事をし、おしゃべりをすると、笑い声が絶えなかった。彼らは世間話をしていたが、突然話題が変わって、母親のパートナー探しの話になった。

彼らはもともと母親が自分で意中の人を見つけることを望んでいた。だが年月がたっても結果が出ず、かなり焦っていた。彼らは彼女と同年輩の四川の男性に目をつけていた。誠実な人柄で、働き者で、町に仕事を持っていた——仕事があるかどうかは二の次だった、母親を楽しませてくれればそれでよかった——四川の男性は二〇〇八年の地震の際に家庭を失い、単身故郷を離れ、ずっと外で商売をやっていた。あの悲しみの地に戻るつもりはまったくなかった。彼らは彼と知り合って二年ほどで、素性をよく知っていると言え、彼と母親はお似合いだと考えていた。

初月は考えもせずに首を横に振った　**お父さんは亡くなる前にわたしに他の相手を探すようおっ**

しゃった　わたしがひとりぼっちで寂しいだろうと心配してね　あちこち探したけど　お父さんほどいい人はいないよ　お前たちもこの件をどうにかしようとしてくれなくていい　わたしは一人であっちこっち行って　花を育てていればそれでいい　お前たちが子どもの面倒をみてほしいというなら　ここへ置いていけば面倒をみてあげるよ　お前たちのところに行っていっしょに暮らすつもりはない　長くいっしょにいると必ず食い違いが出てくるからね　わたしは家にいるよ　家ほどいいところはない　時間があるときに顔を見に帰ってきておくれ　お父さんの誕生日と命日を覚えておくんだよ　おいしいものを作ってあげるよ　そんなふうにやっていければ十分　お前たちが言うように別の相手を探せば　つれあいはできるけれど　面倒も増える　どの子どもたちもお前たちのように情理をわきまえているわけじゃない　干渉しだしたら両親が決める結婚よりもひどいんだよ　年をとってひとりでやっていく力がなければやっぱり窮屈なもんだ　子どもたちに臨終になっても看取ってやらないと脅されて　死んでも埋葬してやらないぞ　とさえ言い出すんだよ　いったいどうやって大きくなったんだか　そんな子どもを育てたのも親の責任だね　お前たちを見ているとお父さんがどんなに立派だったかよくわかるよ　他人に親切に　これがお父さんがいちばんよくおっしゃってたことだ　お前たちはみんなそうしている　お前たちなら自分たちの子どもをそういうふうに育てられるよ　王家はどの世代も文句なしの善人　他人がひどいからって自分がひどくなっちゃいけない　他人がずるいからって自分がずるくなっちゃいけない　他人がお金ばかり見ているからって自分がお金ばかり見るようになっちゃいけない　この世がまるっきり雑草に覆いつくされるはずはない　うちから違う花を咲かせるんだったら　本分を忘れてはいけない　花の世話を長年やってきて　わかったことがある　花が好きな人は草が好きな人よりずっと多い

　息子たちも嫁たちもお母さんのおっしゃるとおりだと賛成した。彼らは、母親は中学しか出ていないが、高等教育を受けた連中よりもずっと情理に通じている、町の人間は田舎の人間よりお金に目がくらんでいる、と思った。父と母の血を引いているからには、絶対に両親の美徳を忘れられないと思った。彼らは町でのことをいくつか話した。それらの悲劇はすべてお金と関係しており、避ければ避けられるものだった。そこで彼女は彼らに退職した幹部の件を話した。息子たちはそれを聞いてため息をつき、母親に何がなんでもいい相手を見つけてほしい、そうでなければ自分たちは外にいて安心できないと思った。あの四川の男性は本当にとてもいい、背丈は高くもなく低くもなく、太ってても痩せてもおらず、タバコは吸わず、ときおり少し酒をたしなみ、彼らと話が合う。

　彼女はかたくなで、いつか会ってみようかしらね、とお茶を濁すような受け答えをしていたが、数日もたたないうちに、息子は本当に車を運転して彼女を迎えに来て、町へ連れていった。彼女が思いもよらなかったことには、見たところなかなか気持ちのいい人で、村の幹部のように知識が豊富で、服装もこざっぱりしていた。

　二回目は四川の男性のほうから約束を取りつけてきた。彼はバスで鎮まで来て、二人は小さな料理屋で食事をし、京劇を観に行き、すべてがごく自然に起こった。その後彼女は、彼がパッと見の気持ちの良さ以上に気持ちが良く、いくらか亡夫に似ていて、いっしょに過ごす時間を石臼でひいても、砂が混ざったり、ギシギシ音をたてたりしないことに気づいた。

　彼らの関係が比較的親密になってきたとき、彼は畑が好きで、事業を起こしたいのだと話した。近ごろは田畑を打ち捨てて都会に商売に行っている人が多いので、荒れた田んぼを借りて掘り、養殖をすれば、経済的な見通しはさらに明るいという。彼は町で働きながらここ数年ずっとこの件を考えていたのだった。販売経路を蓄積し、ルートをつかんで、独学で養殖技術を学んでいた。彼は田舎で彼女といっしょにこの事業を行うことを望んだ。もちろんいっしょに暮らすのだ。町で何年もさすらいながら、彼はずっと落ち着けなかった。泥土の匂いが懐かしく、鉄筋コンクリートと騒がしさ、混沌が嫌いだった。村の秩序、夏の夜の蛙の鳴き声、咲き乱れる野花、穀物の成長、どれも彼が頭の中で日夜思い描いているものだった。彼の故郷は美しいのだが、彼は二度とそこで暮らしたくはなかった。あの年の地球の振動は彼を心底震えあがらせ、どうしてももう一度そこで暮らすことはできなかった。彼らのところからはたくさんの人が出てきており、そこに留まっている人もたくさんいた。彼は神に、留まった人々に気を配りつつ、外へ出て商売をやっている人々をも守ってほしいと祈っていた。

彼女は話を聞いて涙をこぼした。外のことに無関心な彼女でも、あのときの地震は知っていた。実は彼女も家で揺れを感じ、近所の古い家にはヒビが入ったところもあった。彼女はテレビでたくさんの家庭が悲惨な目にあったことを知った。王陽冥ははじめ二千元、その後さらに三千元寄付した。今彼女は生き残った一人に出会い、本当に大地震と関係が生じたのである。彼女は彼を気の毒に思い、心から彼が好きになった。彼女はまた彼の養殖計画も気に入った。それは王陽冥が生前考えていた蓄財方法とほとんど同じで、ただ六十歳にもなってとてもやれず、実行していなかったのだ。

初月は四川の男性と結婚の手続きをしてから、村で披露の宴を開いた。料理は四川の男性が作り、彼の四川料理は大好評だった。初月も豚肉の醤油煮込みを作り、客たちはおいしいおいしいと絶賛した。その日は村のたくさんの男たちが酔っ払い、たくさんの女たちも酔っ払った。まるで彼ら自身が結婚して、嬉しくてたまらないかのようだった。再婚をにぎやかに祝うのは田舎ではめったにないことだった。ふつうはこっそりと証明を受け取り、家族だけで一回お祝いの食事をして終わりだった。だがこの二人足したら百歳になる新婚の老人男女は正々堂々としていた。それには初月の息子たちの功労もあった。彼らがこんなにぎやかに母親を結婚させたのは、皆に見てほしかったからである。

ひとりぼっちの老人は　孫の世話をしていれば　すばらしい生活　というわけではないのです

彼らにも温かさが　愛情が　必要なのです　彼らにも皆の祝福が必要なのです

息子があいさつすると、熱烈な拍手が湧き起こった。彼はバラを一輪取って四川の男性に彼の花嫁に捧げさせた。

酒席がちょっと盛りあがり、人々は花婿花嫁をからかいはじめ、みなの前でキスするよう迫った。

四川の男性は幸せのあまり涙目になった　私馮明徳《フォンミンドー》は、今日ほど良い日を迎えられようとは思ってもおりませんでした　私にとってこれは新しい命の始まりです　私は初月に特に感謝します　彼女は世界でいちばんいい女性です　私は必ず彼女を大切にします　王木《ワンムー》、王土《ワントウー》にも感謝します　あなたがたの父親になるのは私の幸運です　親類の皆さん友人の皆さんのご信頼とご厚情に感謝します　皆さんどうぞよろしくお願いいたします

四川の男性は、笑顔で何度も涙をぬぐった。

何人かの女はもらい泣きして、笑いながら目をこすった。退職した幹部の件について、口さがない人は、こう言った。あの人と結婚しなくてよかったわ、でなければまた未亡人になっていたか、未亡人にならなかったとしても、あの親戚たちにどんなにいじめられていたか知れない。初月は神様が気にかけてくださっているからそんなひどいことになるはずがない。四川の男性は退職した幹部より若くて有能で、事業も起こせて、近隣も発展させてくれる、人柄は善良で純朴で、頭もいい。退職した幹部は長生きしたとしても、一日中何もしないで、水の中に釣り糸を垂らしているだけ、どんな女だって彼といっしょにいたら退屈してしまう。ああいう男は釣りが好きな女を探して、二人で湖畔でブイを眺めて、二つの彫像みたいになっているのがお似合いだ。

最後に誰かが王陽冥のことを思い出した。一人の男が完全に彼に取って代わろうとしている。こういう結末を彼は本当に見たかったのだろうか？

四川の善人は仁義をわきまえていて、酒席が始まる前に、まず王陽冥の墓へ行って酒や料理を供

え、ロウソクを灯し、墓の前でたくさんの花火を上げ、天地を振動させるくらい盛大に爆竹を鳴らし、彼によく聞こえるようにした。花火を鑑賞していた人が、笑ってこう言った。王陽冥がもし突然墓から這い出てきたら、二人は兄弟になるのか恋敵になるのか、酒を酌《く》み交わして楽しく語り合うのか、拳を上げて戦いはじめるのか。どの光景もみな喜んで見物するだろう。初月のような女はそういうケンカに値するが、ケンカが終わったら、勝敗にかかわらず、二人の戦士は兄弟になるというのも、人々が期待していることだった。

　ほどなくして二台の掘削機が村に入ってきた。荒れた田んぼが池に変わり、スッポンと小さな伊勢海老が投入された。蛙は養殖のメインだった。灌漑《かんがい》用に田んぼに溝を掘り、逃げ出すのと外敵の侵入を防ぐために四方をネットで囲んだ。白いネットは、遠くから見ると、田んぼに淡い霞がかかっているようだった。四川の善人は以前北京の簋街《きがい》で蛙のピリ辛焼きを食べたことがあり、ずっと蛙を養殖したいと考えていた。ビジョンが現実になるのにわずか五年の距離しかなく、理想の実現までもう三年かかった。王村は市でも有名な養殖村になった。蛙をおいしく食べるなら王村産、スッポンを食べるなら王村産、伊勢海老を食べるなら王村産、と評判になり、数年で全国各地で売れるようになった。四川の善人はホルモン剤入りの飼料で成長促進させたりせず、自然のままに育てた。他人が三ヶ月で食用に供するところを、彼は八ヶ月から一年かけて育てた。あいつらは囲われている野生動物にすぎないからさ、と彼は言っていた。

　郷政府は続けざまに王村に、名高いスッポン村、名高い蛙村、名高い伊勢海老村、という三つの栄誉を与えた。市政府は、名高い蛙の郷、スッポンの郷、伊勢海老の郷として、郷政府を三回表彰した。みなは　**スッポン村**　**スッポンの郷**　という言い方に多少不本意なものを感じていたが〔スッポンの中国語「王八〔ワンパー〕」は罵り言葉〕、目を奪う鮮やかな紅色の栄誉証書を見ると、やはり掛け値なしにある種の誇りを感じた。

　四川の善人は一連の特殊な割烹《かっぽう》技術で台所を握り、夫婦二人は蓮の花が咲いている家の玄関先に幌《ほろ》をかけて屋台を出し、それぞれの名前から一字を取って　**明月農家楽**　と名づけ、池から直接生け捕って、その場でさばき、調理した。興味のある人は自分で獲物を捕る体験もできた。味つけは、四川風味、湖南風味、広東風味があり、好きなものを選べた。冬には燻製《くんせい》の干し蛙や魚の干物を作り、また違った味わいだった。たくさんの人が評判を聞いて車に乗って訪れ、食べおわると生きたのや干したのを土産に買って帰り、口コミが広がっていった。お客の中には風水先生の王陽冥を知っている人もいて、ここがもともと彼の地盤だったと知ると、彼は本当に風水をわかっていたとますます確信した。自分の家をこんなに良い場所に建て、自分が死んだあとにもこれほど信頼できる後継者を持てたとは。パワーにあやかろうと、おいしいものを食べながら、建築や用地をどう工夫しているのか考察し、秘訣を盗み取ろうとする者がいても、排除しなかった。

　四川の善人の養殖とレストラン経営はこんなふうに始まった。彼らはお金を稼ぐと屋台をたたみ、二階建ての建物を新しく建ててレストランにした。装飾を一新し、どのテーブルにも赤いバラを挿した白い花瓶を置いた。レストランの看板は以前と同じ　**明月農家楽**　だった。開店の日は午前中ずっと爆竹を鳴らし続け、外に花籠をずらっと並べ、近所の者はまた大いに食べ大いに飲み、酔っ払って樹の下に倒れた。このころには四川の男性は土地の言葉を話せるようになり、村人ともすっかり親しくなり、音が近い方言で卑猥なことを言う当地のシャレも言えるようになった。彼らも彼の四川訛り　**何**　**むかつく**　**どうして**　**気持ちいい**　などを覚えた。その後、池のほとりにはいつも、タバコを吸いながら彼と中途半端な四川語を話している数人の男たちの姿が見られるようになった。彼らのおしゃべりは、上がったり下がったりしている蛙の鳴き声と混ざり合い、風に乗って初月の耳に入ってきた。彼女はその雑音の中から、いつも正確に夫の声を聞き分けられた。そういうとき、彼女の顔には、高ぶる感情のようなものが浮かんでいた。

彼らのレストランは拡張してからも、外からコックや従業員を雇う必要はなかった。閻鷹がコックになり、出資もした。初雲もやって来て、テーブルを拭いたり食器洗いをしたりしながら料理もした。一族で大きなレストランを順調に機敏に切り回した。

これは二〇一八年のことである。そのころ閻真清はとっくに障碍者になっていた。

16

閻真清がひとり村に残ってカビが生えたようになっている様を人々がどう描写しようと、初雲は仕事を辞めて家に帰りはしなかった。彼は健康体の男で、自分をカビさせない能力がある、昔のあの、鶏の去勢から戻ってくると稼いだお金を一銭も残さずすべて母親に渡し、二人だけでヘトヘトになるまでおしゃべりし、ようやく思い出したように彼女のところへやって来た傲岸不遜を、もう一度ちょっと発揮すればいい、と彼女は思っていた。年齢を重ねるにつれて、昔受けた扱いの不当さがますますはっきり感じられていた。彼女はのんびりした性格だが、死んでからようやく自分が夫と姑に馬鹿にされ、虐げられていたと気づくほどのんびりはしていなかったし、ほっと息をつくのはさらに十年、二十年待ってからでいいというほどのんびりしてもいなかった。彼女は何年ものあいだ耐え忍んできた。なぜなら子どもに縛られてどこにも行けず、また彼女たちのような育児中の農村女性に残されている活路はどこにもなかったからである。子どもを手放せない女性の天性をダシにして、子どもを結婚の人質と見なし、女性が出ていくのは結構だが、子どもは残していけ、という者もある。纏足の祖母の旧社会のころから改革開放の青春時代まで、彼女たちはあいかわらず同じような問題に向き合っているのである。

彼女がのんびり屋なのは、のんびりするよりほかなかったからである。彼女はただ耐え忍び、いつかきっと解放されると信じることしかできなかった。もし彼女がせっかちだったら、彼女は何度も死んでいただろう。彼女も、生まれた時代が悪かったと嘆いたことがなかったわけではない。少なくとも初雪や初玉のように一九七〇年代に生まれていたら、暮らし向きはまったく違っていただろう。彼女たちは、本当に他人より頭が良かったわけではなく、生まれつき運が良かったわけでもなく、時代が彼女たちにより多くの扉を開き、より多くの道を整えたのである。彼女のころには、離婚は社会道徳的に許されなかったし、彼女が大きなお腹で嫁入りしたことも少なからず陰口をたたかれた。当時は外の状況も村とさほど変わらず、仕事のチャンスはなく、町に出て商売をやる流行もなかった。条件がいい女性は家のミシンを砦《とりで》にしてカラカラと踏んだ。貧しい女性は毎日ぼさぼさ頭で、顔を垢まみれにして、田んぼで、畑で、台所で、大車輪だった。すべての人がひとつの覆いの中で暮らし、愉快なことも不愉快なこともみないっしょくたで、日が昇り、日が沈んだ。

昔のことを思い出すと、彼女はいつも窒息感を覚え、抜け出した、というのと、老けてしまった、というアンビバレントな感覚に襲われ、しばしばどうしたらいいかわからなくなった。もし願いが叶う魔法の箱があったら、彼女はきっと、現代の女の子に生まれ変わり、喜色満面で、彼女自身以外誰も彼女の歩みを止められない人生を願っただろう。まず、自分の部屋がある。わいわいうるさい妹たちといっしょにぎゅうぎゅう詰めではない。自分の衣装簞笥と独立した掃き出し窓があり、妄想たくましくしていても邪魔をされないし、鏡に向かってしなを作っていても誰かに見られたり笑われたりしない。来宝に見られて、姉ちゃんのあそこには黒い毛が生えてるよ、と言われないように、布団にもぐって服を着替える必要もない。来宝がブラジャーを頭にかぶって飛行士ごっこをすることもない――そんなプライベートな空間があったら、そこで男の子と密会することもできる、扉を閉めれば彼らが何をしているか誰にもわからない。

彼女は闇真清との最初のデートを思い出した。二人きりになれる機会はまったくなく、弟や妹がまとわりついているのでなければ、祖母と母親が、彼らが二人きりになったのを見つけたとたん、監視員のようにわざとらしく行動し、油断のない目つきで　**お前たちが何をしようとしているのかわかっているよ　そんな考えはやめにしな**　という厳しさを浮かべていた。さらに祖母は時々咳払いをして警告音を発した。夜回りのように　**戸締まり用心　火の用心**　と叫びまではしなかったけれども。母親は神出鬼没で、窓の前を横切ったかと思えば、裏門で鶏を追っていた。彼女と闇真清はほとんど話をしなかった。そのため結婚前にきちんとした恋愛期間はなかった。もし、語り合い、理解し合う、十分な時間があったら、彼が過保護でスポイルされた能なしの怠け者であることをきっと見抜けていただろう。

今では彼女も母親の当時の年齢だが、母親に心の内を語る機会はなかった。母親は認知症が年々ひどくなり、何に対しても、うなずきもせず、反対もしなかった。王陽冥が病気になってから、初月は二人の病人の面倒を見きれなくなり、皆の同意を得て、母親を元の家に戻し、人を雇って面倒をみてもらい、時間がある者が見舞いに行き、短期間付き添うことになった。人々が見たところ、当初、いちばんよく来たのは初雲だった。来るたびに、母親を入浴させ、髪をとかし、服を洗い、家の中や外をきれいに片づけ、車椅子を押して散歩したり、古い槐《えんじゅ》の木の下で涼ませたりした。あるとき母親が彼女のことを認識したようだったので、彼女は母親に離婚してひとりでやっていくつもりだ、自分たちは結婚も感情もとっくに死んでしまっている、あるいは生きていたことなど一度もなかったのかもしれない――単に二人の人間がいっしょに寝て子どもをつくり、暮らしていくことを結婚とは見なさないならば、と話した。

母親はタイミングよくうなずいた。

彼女は続けて話した。以前にも一度離婚しようと思ったことがあるが、それほど決意は固くなかった。卵管再開通手術をして、自分によくしてくれる男と結婚して子どもを産んであげようと思い、北京に行ったこともある。すんでのところで、生き地獄から抜け出して、わざわざオオカミの巣穴に入り直すような愚かなまねはせずに済んだ。今回離婚しようというのは、誰のためでもなく、とにかくひとりでやっていきたいのだ。家のことが落ち着いたらもう一度閻真清と話をするつもりだ。王陽冥が不治の病にかかったのがあいにくのタイミングだったと言うつもりはない。この重大な決断を彼女にもう一度よく考えさせようという天のお告げだと思う。

母親はずっとうなずいていた。ひとりでうなずきゲームをやっているようだった。

王陽冥が化学療法を受けていたとき、閻真清は病院に一度見舞いに行き、丁重な態度で、ほとんど話もせず、現金二千元を枕の下に押し込んで立ち去った。お金のことで彼がこれほど太っ腹なのは初めてだった。このお金は初雲とは無関係で、彼が自分の命を危険にさらして稼いだものだった。王陽冥の体が衰えると、閻真清の彼に対するわだかまりはにわかに解け、それまでの無形の嫉妬や恨みは正反対の側に向かった。王が病に伏せり、衰弱して、以前とは様変わりしたことで、ある種の強烈な同情心と責任感が湧き起こり、彼は自ら手を差し伸べてこの姻戚を助けるときだと決めたのだった。

以前は、劣等感と嫉妬とその他の複雑でいわく言いがたい理由で、彼は初家のすべての親族に対して、付かず離れずの態度を取っていた。彼らも彼のことを気に留めていないようで、裏では鶏の去勢屋と呼んでいた。彼が鶏の去勢だけでなく、楽器もひけるということを、彼らは知らなかった。彼は二胡をひくことができ　**二泉映月**　**空山鳥語**　**聴松**　**良宵**　といった名曲はどれもお手のものだった。彼の十本の手指はすらっと長く、何をやっても器用だった。結婚してから彼は初雲に二胡の腕前を披露した。初雲はその悲しげな調子の、まるでお葬式の泣き声のような興ざめさせられるかんじが好きになれなかった。彼は彼女にこれらの曲の意味を話し、彼女に鑑賞させようとし、どれほど感動的か語った。彼女は、感動的かどうかなんて自分には関係ない、ひとりで畑仕事をやらなくてはいけないから鑑賞している暇はない、と答えた。彼は、じゃあお前は畑をやってろよ、俺は側でひいてお前に聴かせてやる、と言った。

　彼は本当にそうした。彼が丸椅子に腰かけて得意げにひいているのが掃き出し窓の向こうに見えた。初雲は畑で頭を垂れて土を耕していた。耕すごとに演奏は速くなっていき、二胡に急かされているみたいになったとたん、ガーンと音がして、鋤が窓辺に飛んでいった。彼女は本当に二胡を聴くのが嫌いだった。とりわけ働いているときに、あの悲しげな曲調を聴くと泣きたくなった。その後は彼がひとりで憂さ晴らしにひいているのもだめで、二胡を聴くと気持ちが乱れ、何も言わずに頭を壁にぶつけた。彼女がなぜそれほど二胡を受けつけないのか、彼にはわからなかった。もし彼の演奏がうますぎて、彼女が音楽にしびれているのであれば、それも一種の享受と言えるが、享受しているならば、頭を壁にぶつけるのはおかしいし、地面でのたうち回ることもあったのだ。他人には二胡が彼女にどう作用しているのかわからなかった。その後二胡の弦が　ネズミ　に嚙み切られたが、彼は修繕しなかった。というのも、修繕しても、あの大きな　ネズミ　がまた嚙み切り、いつの日か二胡そのものも粉々に嚙み砕いてしまうだろうとわかっていたからだ。

　そして彼は二胡をしまい込んで隠し、二度と触らなかった。だがそれでもだめだった。彼がひいた旋律は彼女の脳に刻みつけられてしまった。仕事をしているときに彼が靴下と靴を履いて日傘を差してあぜ道を行ったり来たりし、母親とおしゃべりをしているのを見ると、二泉映月の旋律が作用を起こし、腰を曲げて田植えをしている体が震え、田んぼの端まで行っても震えは止まらず、腰も伸びなかった。彼女が田んぼからもみを担いで平地に戻り、彼がもたれ椅子に半分寝そべってうちわをあおぎながら大声で、冷たいお茶を飲めよ、と言うのを見ると、二胡の曲調がまた彼女にまとわりついた。彼女は木の下に立って、遠くをしばらく眺めてからようやく空の籠を担いで田んぼに戻るのだった。彼女は時々わけもなく息子のお尻を叩くことがあったが、叩きおわるとしっかり抱きしめた。二胡は彼女の夢の中にまで深く入り込んで、夜中に彼女が彼の足元で痙攣を起こし、彼が彼女を踏みつけて起こしたことも何度かあった。踏みつける以外、彼らのあいだに交わされる言葉はなかった。彼は彼女の屹立《きつりつ》する鉄壁に穴をうがつのは難しいと感じていた。人々は彼女がのんびり屋だとだけ知っていて、彼女が癇癪《かんしゃく》を起こしているところを見たことはなかった。ふだんの彼女の人柄、物事の処理の仕方から、人々は彼女にいい印象を持ち、牛馬みたいに頑丈で、どんなことも脇目もふらずにしっかりやる、と評していた。彼もそこに何か悪意があるようには感じなかった。彼は手指が敏感だったが、手指で人の心はわからず、夜に彼女の体でうまくない演奏をして、一瞬彼女を掌握できたような気がするだけで、それも夜が明ければ雲散霧消するのだった。彼はこの方面のことでは母親から何の教育も受けていなかった。彼の母親が亡くなった際、初雲は目のふちさえ少しも赤くしなかった。彼女の目つきは呉愛香が姑を亡くしたときにそっくりだ、ただ呉愛香は目のふちを赤くしただけでなく、入棺、出棺のときは声を上げて泣いたが、それ以外のほっとしたようなところはそっくりだ、と言う人もいた。

　人々は皆、初雲が家の主導権を握れば、すぐにこの腰をかがめたことのない夫のものぐさを調教し、精神的に断乳させ、苦労をさせるだろうと思っていた。人々は、初雲が彼を追い立てて田んぼに入らせるのを目にした。彼は初めて田んぼに入った耕牛のように、田んぼをめちゃくちゃにして全身泥まみれになった。片天秤を担げば、中のものがゆらゆら動いて用水路に落っこちた。脱穀機を使えば、力が足りないので脱穀機がカラカラ回っているだけだった。彼が縛った草は、手に提げたとたんバラバラになった。彼のいちばんのお得意は、あぜ道に腰を下ろして休み、大声で疲れたと言い、水を飲んで涼み、労働で色が変わった自分の手指を眺めることだった。彼女はもちろん昔の桃色の十本の手指を覚えていたが、今ではまったくいいと思わなかった。その桃色の十本の手指は、彼女の生活に何の価値も生み出さなかったからだ。他人は彼が野良仕事をしている様子を見て笑い転げ、もうよしな、と言った。初雲もやり直さなければならないのでますます疲れた。彼はいつまでたっても何ひとつ覚えず、初雲は彼を田んぼから追い払い、もう当てにしなかった。閻真清は心おきなくひげを払いのけておかゆをすすり、嫖客《ひょうかく》のように髪をとかして日々を過ごした。だが、家の暮らし向きは日に日に悪くなっていき、彼自身もだんだん薄汚くなっていき、とうとう何の役にも立たない老人になった。

　これらは、初雲が本当に恨んでいたことではない。二人目を産んで卵管結紮をした際、彼は彼女の入院に付き添いに行かなかった。彼女はベッドに横たわり、水を飲むのも難しかったが、姑に指図はできず、姑も彼女に水をやろうとは思いつかず、ただ病院の料金明細書を凝視して計算し、声に出して計算し、心のなかで計算し、ペンを使って計算し、一回計算したらまた計算し直し、毎回病院は数元多く取っていると思っていた。看護師がやって来て、彼女の唇がひび割れていることに気づき、病人に水を飲ませてやるよう家族に注意してようやく、言われたとおりにした。医師は卵管結紮は小さな手術で何の問題もない、戻って数日休めばすぐ正常になる、と言った。医師の言葉で姑の耳に入ったのはこれだけで、家に帰って閻真清に伝えたのもそれだけだった。数日して、やらなければならない野良仕事があり、初雲が起きてこなかったので、閻真清は彼女を去勢豚と呼び、お上品ぶっているのだと思って、彼女の体にかかっているシーツをめくった。赤ん坊が泣かなかったら、彼女をベッドから引きずり下ろしかねなかった。そのとき彼は傷が化膿《かのう》している嫌な臭いに気づいた。初雲は姑が息子の隣で寝ている女を誰であれ好きになるはずがないとわかっていた。聞き分けのいい息子もそそのかされているにちがいなかった。

女の腹の上の長々とした傷を見て、彼は驚いた。というのもそれは彼の想像を超えており、母親が言うほど簡単なこととは思えなかったからだ。しかし妻が訴えているほどひどいようにも見えなかった。

こんなふうに寝っ転がっていたら稲が芽を出しちまうぞ　起きて働け　傷口がなかなかふさがらないなあ　お前の実家の連中は誰も来やしない　まったく嫁に行った娘は流れていった水と同じってやつだな

彼がそう言った翌日初玉が来た。まるでいくつもの村越しに彼のセリフを聞きつけたかのようだった。そのとき初雲はお腹をさらけ出しており、赤ん坊が脇の下で寝そべって乳を飲んでいた。初玉はまだ年端もいかぬ子どもだったが怒りをあらわにした。それから彼女はめったに初雲の家に来なくなった。彼女は彼らの家そのものが傷口の化膿する臭いを発していると思いこんだ。彼女は祖母に見たままを伝え、初雲の病気はひどく、お腹が腐っているのに、彼らは彼女を病院に連れていかない、彼女はきっと彼らの家で死んでしまうだろう、と話した。戚念慈は　あれは生きているうちは闇家の人間　死んだら闇家の霊だ　誰もあそこへ嫁に行けと言ったわけでなし　あの人たちもあれを死なせはしないよ　種まきやら稲刈りやらで当てにしているからね　と初玉を慰めた。事実は確かにそのとおりで、初雲は元気になり、来る年も来る年も田畑の収穫を家に担いで帰った。彼女はめったに実家に帰ってこなかった。実際、帰るのも帰らないのもしっくりしなかった。へその緒が切れたら胎児はもう子宮に戻れないようなものである。

ゆっくりと歩道を歩きながら、闇真清は脳裏で王陽冥の醜い顔を思い返していた。顔の肉が突然削ぎ落とされたように、頬骨と眉骨が飛び出し、クロスをかぶせたテーブルに酒坏の形状が浮き出ているようだった。彼らはこんなにも長い年月姻戚だったのに、じっくりと酒を酌み交わして、会話を弾ませたこともなかった、と彼は思った。彼がはじめのうちこの遺体を拭き清めるのが生業《なりわい》の黒い顔の男を馬鹿にしていたのはまちがいではなかった、黒い顔の男のほうも自分から動きはしなかった。彼は花を摘み取ってから、戚念慈にだけ慇懃《いんぎん》に接し、三番目の妹の夫である戴新月や田舎の親戚たちともほどほどにしか付き合わず、おおかた初雲に全権を委任して、顔を見せることさえ渋った。

閻真清は王陽冥がもうすぐ死ぬことに思いを馳《は》せた。彼の暗い人生観はまたいっそう暗くなった。

車が道端の樹木の枝をかすめるように、肩に誰かがぶつかり、ちょっとよろけたが、体勢はすぐにもとに戻り、彼は機械的に歩き続けた。頭の中では自分のことを考えていた。彼はもう一度どこかでお金を都合しようと思っていた。人々は、背の高い田舎の老人が頭を垂れて視覚障碍者用通路を歩いており、目の不自由な人が道を渡るように、信号も見ず、何かショックを受けているのか、あるいは空腹で足が動かないかのようであるのを目にした。彼は無意識のうちに以前に活動したあたりに来ていた。彼はそこでそれなりのお金を稼いだ。金額は大きくはなかったが、数年やっていけるくらいは十分あった。車を降りてきた運転者に殴られたことは一度しかなかった。彼は後になって、彼のようなやり方は　**当たり屋**　と言われており、専門にそれをやるグループもあり、三人から五人ほどでチームを組み、一人が車にぶつかりに行き、他の数人は通行人のふりをして助けに駆けつけたり、親類のふりをしてお金をふっかけたりし、そのためにわざと足の指を折る者もいる、ということを知った。彼もハンマーでどれかの骨を折り、運の悪い運転者から大金をせしめてやろうと思ったことがあったが、生来痛いことが嫌いで、トゲが刺さっても当たり散らす上に、本当に自分に障碍を負わせてしまうのではないかと心配だった。

彼の視力はどんどん悪くなっていた。通りの看板はどれもぼやけていて、側まで近づいてようやくはっきり見えた。ある瞬間、彼は何も考えておらず、頭の中ではただ風がビュービュー吹いて、ほこりや樹の葉が渦を巻いて飛んでいた。道を行く二人が天気の話をしているのが聞こえた。一人は天気予報によると明日は気温が零下七度まで下がるらしい、まずみぞれで、その後大雪になるらしい、と言っていた。もう一人は、そうだな、もう空模様が変わりはじめているよ、と言っていた。一本の電信柱の前を通り過ぎたとき、彼は突然寒気を感じた。彼の体は気温の降下の引っかき傷を捉えた。それは頭のてっぺんから足の裏まで覆いつくした。

改革開放の春風が大地を暖めてから、大地は冷えなくなり、長年気温が零下になることはなかった。雨後の筍《たけのこ》のようにたくさんある、一年中煙を吐いている工場が空を焼き、大地を熱し、環境を熱した。蘭渓鎮から市内までの数キロの道にある精米工場は毎日精米していた。そのあたりの空からは毎日灰の雪が降り、道路がきれいになることはなかった。彼は異常気象だろうか、どうして突然こんなに気温が低くなったのだろう、何か大事が起こるにちがいない、と思った。一年の四季のうち、彼は冬がいちばん嫌いだった。家には電気ヒーターがあり、浴室には暖房機付換気扇が取り付けられていたが、冬のあのがらんとした陰鬱さは消しようがないといつも思っていた。骨身にこたえる北風がどこかから吹き込んでくると、もっと荒涼たるかんじがした。

年越しの数日は家族全員戻ってきて、大人も子どももいっしょに円卓を囲み、食べて飲んで、食事が終わると大人はマージャンをし、子どもは携帯ゲームで遊ぶ。腰を下ろして彼と遊んだり、話をする者は一人もいなかった。ある年、年越しを終えると、どうして始まったのかよくわからないが、初雲が子どもたちといっしょになって昔のことで彼と決着をつけようとし、彼らが結婚してから起こった大小様々なことを閻燕に聞かせた。覚えていないこともあれば、大したことではないと思うものもあった。しかし閻燕は、もし今後お母さんに優しくしなければ、彼女も彼に遠慮しないと脅した――いったいこれは娘が父親に向かって言う言葉だろうか。彼らの世代の生活はみなそうだったのだ。自分が娘の母親を粗末に扱ったとは思えない。あのころはみな貧しくてみな苦労していて病気を診てもらったり漢方薬を買うお金はなかった。病気になったらがまんするしかなく、娘の母親の傷口が炎症を起こしたのなら家の井戸水で洗えば済むことではないか。息子の閻鷹は閻燕のようにむごい言い方はしなかったが、態度はあきらかに母親の味方だった。

お母さんはこれまでの重労働のせいで体を悪くしている　年をとってあちらこちらガタが来ている　お母さんを我が家の重点保護対象にするべきだ　僕としてはお母さんが何をしようと　すべて支持する

彼らはこのように彼と一線を画し、陣営をはっきりさせ、彼を孤立させた。ふだんはほとんど彼と連絡を取らず、最近どうしているか、お金はあるか、尋ねもしなかった。彼らは、田舎の生活にお金はかからない、タバコや酒はゆっくりとした自殺だからすべてやめるようにと言い、彼が生きていく上での最後の楽しみを奪おうとした。彼が唯々諾々とするはずはなく、せいぜい子どもたちが親孝行に酒やタバコを持ってきてくれるのを期待するのをやめるだけだった。その程度の生活能力は彼にもあった。通りに行って、運転が下手なカモにぶつかれば、しばらくのあいだ楽しむことができた。彼がそんな新興の仕事をしているとは、誰も知らず、彼の上等な酒やタバコは、子どもたちが持ってきてくれたのだと思っていた。彼はひそかに自分がこの仕事の創業者だと思っていた。彼はその人生で多くの秘密を持ち、ほとんど漏らしていなかった。村の人々は彼を理解しておらず、妻子とも隔たりがあった。もしかしたら亡くなった母親だけが彼の知己だったのかもしれない。彼は母親が恋しかった。寒い冬はとりわけ恋しかった。母親の彼に対する寵愛《ちょうあい》を思い出した。毎日寝る前に湿って冷えた布団を暖めてくれた、朝起きると衣類は暖められており、布靴もほかほかだった。彼女はいつも彼のためにいろいろなものを暖めてくれ、彼を春のぬくもりで包んでくれた。彼の手足にはほかの子どものようなしもやけができたことはなかった。彼は母親が生きていてくれれば、家中ぬくぬくで、ニコニコと食事をしていただろうに、と思った。

閻燕の家がそう遠くないところにあることを彼は知っていたが、訪ねるつもりはなかった。彼女のむごい言葉がまだ彼の脳裏を駆けめぐっていた。彼は息子の家にも行きたくなかった。彼らが喜ばないことはわかっていた。彼はむしろ妻に会いに行きたいと思ったが、彼女がどこにいるのか知らなかった。こうして彼は何の目的もなく通りを歩いていた。天気がまた寒くなったようだった。彼は衣服が薄くなったような気がした。そのとき彼はベッドで横たわっているのが自分だったらと願った。ふだん会いもしない人たちに取り囲まれ、彼らは彼の言いなりで、身をかがめて何を食べたいか尋ねたり、額を触って熱がないか確かめたり、布団を直してくれたり、牛乳を暖めてくれたり、赤ん坊の面倒を見るように世話してくれる。王陽冥が病院でそういう待遇を受けているのを見たとき、彼の心はまた嫉妬にさいなまれた。息子の嫁さえ彼の傍らに座って血行が良くなるよう彼の手をさすったり、点滴の針で青くなった手の甲をもんで腫れを引かせてやったりしていた。初月は駆けずり回り、息子は傍らに座って彼と話をしていた。父親と息子があんなふうに兄弟のように、あんな口調で歓談できるとは思ったこともなかった。彼はそこから自分と息子の距離を見て取り、その隔たりはすでに固まっており、自分が生きているあいだに氷解することはないと知った。暖かな情景は彼を突き刺した。それも彼がそそくさと二千元を押しつけて立ち去った原因だった。

　王陽冥の妻は彼を見送りに出てくると、すべてはご縁だから、いっしょに数十年やってきて、離婚してもしなくても同じですよ、どちらも結婚の責任は果たした、初雲のしたいようにさせてあげてください、老夫婦に孫もできたのだから紙切れ一枚にこだわることはありませんよ、と彼を慰めた。それで彼は初めて、初雲が自分と離婚するつもりであることを知った。初月が知っているのだから、他にも知っている者が何人かいるかもしれないが、彼自身は初耳だった。彼は驚かなかった、あるいは初月の前では表情をあらわにしなかったと言ってもいい　**死に別れほど辛いことはないよ**

生きている人間のゴタゴタなんて大したことじゃない

彼は、この突如もたらされた知らせを脇におき、どうやって初月を慰めるか考えていた。脳裏にいくつかの言葉がよぎった。例えば、後家をやるのはそんなに大変なことじゃないよ、あんたの祖母さんも母さんも何十年も後家を通しただろ、明らかに不適切な例の挙げ方だ。お力落としのありませんよう、といっても王陽冥はまだ死んでいない。現代の医学技術の発達を信じて、楽観的でいることだよ、と言うのは無神経すぎる、こんなときに誰が楽観的になれるものか。こういう病気になったからには、あんたも達観して、自分を大切にすることだね、ではずいぶん不人情だ。というわけで、彼は結局何も言わなかった。

その後、頭の中は、初雲がどうして自分と離婚したがるのか、という猜疑《さいぎ》心《しん》でいっぱいになり、もう少しで階段を踏み外して転げ落ちるところだった　俺はあいつの仕事に干渉していない　あいつに金も要求していない　あいつは十日か半月に一度帰ってくるか　一年に一度きりのこともある　何もかも好きにさせてやっている　外に男がいるんでもなけりゃ　どうして離婚したがるものか　考えすぎて頭が痛くなったが、王陽冥が不治の病を患っていると思えば慰められた　ベッドの上で死を待っているのに比べりゃあ　離婚なんて運がいいほうだ　もし王陽冥に離婚するのと死ぬのとどっちがいいか選ばせたら　離婚と答えるのはまちがいない　彼は少し気分が良くなり、適当にいくつかの通りを歩いた。冷たい空気のせいでキンタマに貼りついた下着まで冷たく感じ、突然頭がすっきりして、自分に反駁を加えた　なんだって二つのひどいことを俺が引き受けなきゃならないんだ　病気は王陽冥のことだ　離婚は俺のことだ　集中力を保ってこの件をやらなきゃならん

彼は寒さで考えられなくなり、襟を立てたり、肌着をズボンの中に入れたり、本物の浮浪者のように両手で自分を抱きしめたり、目を覚ましたら世の中はすっかり変わっていたというような表情で寒風が吹きすさぶのを見たりしていた。同じ寒風が自分の家のまわりを吹きめぐり、あの人気のない、きれいに片づけてくれる女のいない冷たい部屋にもぐりこむことを思うと、家に帰ろう

という気持ちもしぼんでしまった。

彼はあてもなくふらふら歩いていた。頭の中にこれまでの数十年の生活の光景が映画のように映し出されているのを見ていた。歩くうちに彼は歩道を降り、どんどん道路の真ん中まで歩いていって、歩きながら気色の悪いブレーキの音、人々の叫び声を聞いた。空以外何も見えず、やがていくつかの顔が空に浮かんだ。

彼は一時的に記憶を失い、突き刺すような痛みで目を覚まし、自分が病院に戻っていることに気づいた。数時間前に羨んだ光景が現実になっていた。

彼は病院のベッドに横たわり、妻と子どもたちが彼を取り囲み、泣いているようだった。彼は全身に痛みを感じた。自分の脚が包帯で巻かれ、切り株のようにそこにあるのが見えた。彼らは水をつぎ、果物を剥き、医師を呼んでいた。彼は起きあがろうとしたが、体がベッドに貼りついているようで、話そうとしても口を塞がれているようで、目玉を動かせるだけだった。だがそれでも彼の気持ちは十分に伝わった。彼はまず初雲を見た。彼女は涙をぬぐった。離婚したがっているような様子は毛筋ほども見当たらなかった。だがこんなことになって、障碍を負った者と離婚する理由ができたはずだ。彼は通りをぐるぐる歩いていたとき、離婚の制限をいろいろ考えていた。例えば、数十万の慰謝料を払わせるとか、家を出るときは身ひとつで瓦一枚持っていかせないとか、死んでも家の土地には埋葬させない、火葬場で焼いて箱に収めるだけで、どこに安置しようと関知しない、とにかく自分の家には入れさせない、などである。しかし今、彼は考えを変えた。

すぐに同意してやろう　あいつを苦しめないように　彼の目は潤み、目玉を反対側に動かすと目のふちから涙がこぼれ出た。

闇真清は王陽冥の葬儀に参列できなかった。彼が入院してから一ヶ月後に後者は死んだが、彼は病院でまだ手足を動かせずにいた。彼は葬儀が盛大に行われ、王陽冥の古いお客も知らせを聞いて駆けつけたと耳にした。葬儀の芝居は数日数晩続き、それだけで王陽冥が聞き飽きそうなほどで、土地の者も存分に楽しんだ。にぎやかな数日のあと、彼は生前自分で見定めた場所に埋葬された。埋葬のとき、初月は悲嘆のあまり卒倒し、かつらまで地面に落ちた。しかし人々は可笑《おか》しいとは思わず、誰かが拾い上げて彼女の頭に載せ直してやった。長らく行方不明だった初来宝も葬儀に現れ、線香先生の職責を果たした。

　人々は来宝が老けたことに気づいた。ようやく四十になる人間が老人のようで、顔にはほこりの詰まった深い溝が刻みつけられていた。彼がどこにいるのか、どう暮らしているのか、誰も知らなかった。葬儀が終わっても彼は家に戻らなかった。というのもどこかでまた銃声が聞こえたからだ。埋葬が済んで、人々はようやく王陽冥が本当に逝ってしまったと感じ、村中がひっそりと静まり返った。棺桶の担ぎ手の話では、王陽冥は病気で骨と皮ばかりになり、おそらく二、三十キロしかなかったという。

　翌年の春、初月の花園の赤いオランダカイウに白い花が二つ咲いた。

彼が帰ってきたわ　彼女は近所の人たちに言った。

奇妙な咲き方で、初月の解釈以上に合理的な答えは見つからなかった。

闇真清は春に退院した。惜しいかな彼にぶつかったのはただのサンタナで、事故を起こした人は車を売って二十万かき集めて賠償した。初雲はさらに強要するに忍びなかった。つまるところこの件は言ってみれば闇真清の責任であり、車の持ち主はとばっちりとも言える。彼女は夫がいわゆる**当たり屋**　で、しかも初めてではない、といううわさを聞いて、車の持ち主が賠償金を減らそうとしてでっち上げたデマだろうと思った。ドライブレコーダーを見ると、夫は車を避けておらず、その瞬間の運転者の視線は隣の女の子の体の上に落ちていた。彼女は　**当たり屋**　という言い方を真に受けなかったが、夫のあの尋常でない様子も説明できなかった。彼は夢うつつのように、何も見えず、何も聞こえていないようで、より正確に言うと、死のうとしている人のようだったのだ。

交通警察は聞き取り調査で、夫は最近どんな様子だったか、ふだん頭の働きはちゃんとしているか、交通事故に遭う前に何をしていたのか尋ねた。疑っているような口調だった。彼らはさらにいくつかの事件を調べあげていた。彼女の夫はいくつかのさほど深刻でない交通事故に関わっており、車の持ち主は彼がわざと事故を起こしたのではないか、つまり後に社会で　当たり屋　と言われるようになった者ではないかと疑っていた。彼女は彼らに、夫には何の問題もない、田舎の老人が町に行けば、車の往来が激しくぶつかりがちである、田舎なら目をつぶって歩いていても何も起きない、問題は町に車が多すぎることだ、運転者は忙しく、急いでいて、精神を集中させていない、と伝えた。

あの運転者が車内の女の子とふざけて、脇見をしていなければ　うちの人はいま病院で横たわってはいませんよ　体が麻痺《まひ》するか半身不随になるか今はまだわかりません　命がけで当たり屋をする人間がいるはずはないでしょ

彼女は口ではそう交通警察に対応したが、心の中には別の葛藤があった。王陽冥が入院すると、彼は何も言わずに二千元渡した。あのお金はどうやって工面したのか。ここ数年彼女が彼に渡した生活費はカツカツで、あまりが出るはずはなかった。彼の高級タバコや高級酒の出どころを尋ねたこともなかった。彼がその後、金をくれ、と彼女に言わなかったのもおかしい。村ではひっきりなしに冠婚葬祭があり、気持ちはお金で示さなければならず、この家に数百、あの家に数百、一年もすれば数千元が飛んでいく。彼が借りたと言ったので、彼女は借金を返すようにと彼にお金を渡した。その後こっそり近所の人に、夫が借金をしたか尋ねてみたが、彼らは皆そのようなことはないと言った。

その後当たり屋の件が村にも聞こえてきて、人々はいくつかのことに納得がいき、彼の高級タバコや高級酒の来歴をはっきり知った。なるほどそういう仕事をしていたのだ。命がけで当たり屋をやる人間がいるはずはない、あれはまちがいなく交通事故だったという人もいた。闇真清はご近所とあまりうまくいっておらず、嫌いな人に対しては、その人の悪い面ばかりに目を向けがちである。この件が一段落すると、彼はもう警察に厄介をかけることもなくなり、以前どういうことをしていたかなど、大して重要ではなくなった。

賠償金は治療で使いきり、もし初家の人々が団結して愛し合うという家訓を厳格に守らなかったら、彼は残りの人生をベッドで寝たきりで過ごすことになっていただろう。入院の後期には彼は王陽冥のお金をかなり使った。退院後彼はまず王陽冥の墓参りに行った。彼の脚はもう動かず、下半身は死んだ樹のようで、車椅子に乗って初雲に押してもらって行ったのだった。

彼女が振り返ると彼は泣いていた。彼の悲しみは彼の王陽冥に対する気持ちをはるかに超えていた。もしかしたら自分の境遇のために、あるいは命に対するある種の総括として、泣いていたのかもしれない。彼女は彼を遮らなかった。短いあいだに、家族にこれほどたくさんのひどい災難が続き、彼女自身も受け入れきれないと感じていた。ただ、度重なる悲しみに鍛えられ、彼女の心にはタコができ、もはや敏感ゆえに砕けたり、悲しみをあらわにすることはなかった。

離婚協議書を書いてあるんだろ　サインするよ　彼は落ち着くと、そう切り出した。

こんなときに何を言っているの　彼女はちょっと驚いた。

自分の面倒は自分でみられる　彼は言った。

彼女は何も言わず、彼を押して墓地を離れた。車椅子の車輪が爆竹の紙くずを踏み、跡が一筋残った。

昔は、この時期には、果てしない田野一面に黄金色の菜の花が咲き乱れ、あるいは紫色のカキツバタが咲き、蝶や蜜蜂が飛んでいた。現在の田んぼはしらくも頭のようで、ここがひとかたまり禿げ、あそこがひとかたまり禿げ、そうでなければ草ぼうぼうだった。どこを向いても人影は見えず、家畜さえ一頭もいなかった。さびれた家が田野のはずれに横たわり、空っぽの掃き出し窓が黒々としていて、人が出入りする気配はなかった。たくさんの人が田んぼを捨てて都市へ行き、残された空き家が田野を見張っていた。閻村も、王村も、張村も、李村も、どの村もみな同じだった。

お前が外へ行っていた数年のあいだに　村もう昔の村ではなくなった

とにかく生きていくしかないわ

お前には本当にすまない　一生苦労させて　借りが多すぎて返せないよ

彼女は足を止め、両肩をすくめて頭をうずめ、しばらく顔を上げなかった。

もうお前の足手まといにならないよ　彼は言った。

どういうこと　彼女は尋ねた。

離婚にサインする　それが今お前のために俺ができる唯一のことだ　彼は言った。

彼女はまた沈黙した。そのまま彼を押して前へ進んだ。

そんなことができるもんなら楽だわ　彼を押してずっと歩いていって　一生そうやって最後までいけたら大したもんだね　彼女は言葉にできない複雑さと苦渋を感じていた。

田野の荒れた風はすがすがしい息吹を帯びていた。村の中は静まり返って、犬の鳴き声さえしていなかった。彼女は昔のことを少しも回想しなかった。昔の経験に苦痛も疎ましさも感じなくなったからではない。彼女が考えていたのは明日、明後日、そして未知の、あるいは長くも短くもあるすべての日々のこと、荒れた田んぼをどう利用するか、ということだった。

ナス　サヤインゲン　トウガラシ　ヘチマの種をまく季節よ　時期を誤ると　夏のおかずがなくなってしまう　彼女は淡々とした声で言った。

17

声もなく終わった恋愛から初玉がようやく立ち直ったのは、少なくとも半年以上あとのことだった。朱皓の態度がなぜ麦わら帽子の男と話をしてから変わったのか、彼女はもう気にならなかった。以前はよく、昼となく夜となく、胸をジリジリと焼かれた。というのも彼女は彼を深く愛していたからである。この件は自分が独り相撲を続けるしかないと気づいたとき、彼女はその駆け回る野生の馬をどうやって引き戻せばいいのかわからなかった。彼を愛していた日々に、彼女はこの野生の馬をたくましく育て、自分の三十年以上の心のかいばを、一本残らず捧げた。彼女と彼は同じ病院におり、彼女は彼の部署も、住まいも知っていたが、会いには行かず、ただ彼が彼女に何が起こったのか話してくれるのを待っていた。彼女は彼の彼女に対する思いをわかっていた。彼らの愛の強さは互角で、互いにそれを自慢し合ったものだった。その日はいつか必ず来る。彼が別れようと言っていない以上、彼らの関係も切れてはおらず、ただ特殊な方式で前進しているだけだ。

彼女は病院の新聞で、彼がどんな医学会議に参加するか、国外でどんな学術討論を行うか、目にしていた。彼女はその度に、彼は会議から戻ったら自分を訪ねてきて、そこで得た収穫や発見について、話してくれるだろうと思った。彼が北京にいる時間はもっと長く、向かいの医学棟は歩いて五分の距離である。彼女の診療科と彼の診療科には接点がなく、婦人科疾患と脳溢血がまったく関係のない病気で、体内で影響しあうことはないのに似ており、ことさらデートの約束でもしなければ、偶然出会う確率は低かった。一度だけ、彼女は別の診療科から出てきたところで、彼が身を翻した後ろ姿を見かけた。彼が彼女を見たかどうかはわからなかったが、心臓がドキドキして、胸が苦しくなった。彼女は携帯電話に残っている彼のメッセージを何度も見た。最初のメッセージから最後のメッセージまで、スタンプもすべて残してあった。彼が置いていった本を読み、彼が本に書きつけたメモを読んだ。彼が本に挟んでいた万年筆をなでた……彼女はこれらの非常食で暗い洞穴で過ごす苦しい雨季をしのいだ。

病院が彼を表彰すると聞いて、彼女は嬉しくもあり、また憂鬱でもあった。というのも結局彼がその喜びを彼女と分かち合わなかったからである。彼はどんなふうにお祝いをするだろうと想像し、彼女は本能的に、彼が誰か女性と二人きりで祝うはずはないと確信した。自分の口からもうおしまいだと彼女に告げない限り、彼がそんなことをするはずはない。彼はもしかしたら時間が解決してくれるのを待っているのかもしれない。赤血球が増え、白血球が減るのを待っているのかもしれない。あるいは正反対に、彼女と彼のあいだの病因を観察し、治療法を探っているのかもしれない。彼は絶対にジャックダニエルを何口か飲んでいるはずだ、あのスモーキーな味わいが好きなのだ。彼が飲みすぎたことは一度もない。寝る前に歯を磨きおえてからマウスウォッシュを使うはずだ。朝ひげを剃るときにつけるフォームは果物の香りがする。彼はいつもこざっぱりしている。衣装箪笥にはシャツとネクタイが並んでいて、数秒でコーディネートを仕上げることができる。ある女性医師は彼に告白し、何人かの看護師はひそかに彼に熱を上げていた。彼は彼女だけが好きだ、白い肌の、初玉という名の、南方出身の、一重まぶたの女の子だけが好きだと言った。

彼女はすべてのディテールを覚えていた。すべては脳裏に深く刻まれ、傷になり、思い出すと血がにじんだ。彼女は何事もないふうを装って、病人を診察していたが、心の中では自分も病人だと思っていた。恋患いを治す薬がほしかった。回復までどれくらいかかるのか、再発の可能性はあるのか、きっちりとした診断がほしかった。それは歯痛のように彼女をさいなんだ。彼女は親友にうちあけもしなかった。彼女たちはどこかで彼を待ち伏せし、彼女の状況を伝え、彼の優しさを引き出そうとし、かえって彼女の尊厳とイメージを決定的に壊してしまうにちがいない。彼女は決して、問題を解決するのに他人の手を借りなければならないような女ではない。

　あるとき、夜中に起きだして、東直門から天安門まで歩いた。眠りに沈んでいる道路を踏みしめていくと、時間という屍を踏んでいるようだった。たまに自動車がビューンと通り過ぎていき、メスが屍の腹を切り裂いて、腹部からあふれ出た静寂が早朝の車輪に轢《ひ》かれ、地底に沈んでいくかのようだった。ひとりでオペラを観に行き、少しのあいだだけすばらしい歌声に没入することもあった。彼といっしょにしたことをすべてひとりでもう一遍やってから、彼女の彼に対する思いはますます強まった。

　ある日、シャワーを浴びていて、彼女は玉を外すのを忘れ、うっかり落として半分に割ってしまった。彼女の祖母は、もし玉が砕けるようなことがあったら、決して悲しんではいけない、玉には魂があり、主人に代わって災難を引き受けてくれるのだ、と言っていた。彼女は後から玉が彼の災難の身代わりになったことを知った——もし玉に魂があればだが——彼は高速道路で交通事故に遭い、乗っていた五人のうちただ一人生き残り、軽傷だったのだ。交通事故から一週間後、彼は彼女の前に現れた。互いに口をきかなくなってから一年になっていた。

　彼女は約束の喫茶店に着いた。そこは彼らが初めてデートし、口づけしたところだった。屋外の裏庭に、芝生と、とても高いアオギリの木がある。夏の夜の月光が射し込み、月あかりのもとで、すべてが詩情と美しさに覆われていた。一匹の蛍が彼女についてテーブルのそばまで飛んでくると、彼の体にとまった。去年の夏、農場で蛍を探した一幕と今この瞬間がつながり、彼らはお互いのあいだに時空の隔たりなどなかったかのように、彼女が辛い日々を過ごしたことなどなかったかのように、かたく抱き合った。

庭中にコオロギと昆虫の鳴き声がしていた。

彼女は割れた玉の話をした。驚くべきことに、玉が砕けたのと交通事故は、違う空間で、同時に起こっていた。どうやらこの件は伝説にできそうだ。戚念慈が何年も前に玉を初玉に与えたのは、彼女の未来の夫を災難から救うためだったのだ。彼はさらに美しい結末にしたがった。彼女のお祖母さんが天国から彼の命を救ってくれたのだと。

その日の夜、彼らは彼の家に帰った。セックスをしているとき以外は、とめどなく話し続けた。彼女は去年農場で別れてからの日々のことを、洗いざらい言葉にしそうな勢いだった。彼は一冊の日記を取り出し、この一年間、自分は日記の中で生きていた、片時も彼女から離れていなかった、彼女もそのはずだ、と言った。彼女は日記を持ち帰り、まるまる一週間読んだ。それまでのすべての答えがわかった。彼はどちらも選べず、沈黙を選んだのだった。沈黙しているうちに彼女が去れば、彼は受動的にその結果を受け入れ、彼の人生最初の難題を解決し、ひとつの苦痛から別の苦痛に入り込む。

日記には麦わら帽子の運転手が出てきた。彼は彼らの会話を記録しており、その内容に彼女は驚きのあまり呆然とした。運転手は、祖母がウサギにキノコを食べさせ、そのウサギが一匹残らず死んでしまったことを強調していた。さらに運転手は、朱皓の両親に事故が起きる前、農場のはるか遠くから、杖をついてのろのろと歩いている老女を見かけており、彼女がたったひとりでわざわざ遠くの農場まで来たからにはきっと何かやりたいことがあったにちがいない、と語っていた。麦わら帽子の運転手にしたところで、推理と憶測を重ねているにすぎなかったが、彼は一貫して自分の恩人を毒殺した犯人は祖母ではないかと考えていた。

朱皓は少なからぬ人を訪ね、様々なうわさ話を聴き、たくさんの情報を集めたが、確かな証拠はつかめなかった。しかし心はすでに運転手の結論に傾いていた。彼は上の世代が作った面倒ごとの荒縄にがんじがらめに縛られ、身動きがとれず、交通事故で殻を破られるまで、サナギのようになっていたのである。彼はものごとの内側にはひそかな関係と影響がまちがいなくあると思っていた。玉が砕けたこと、車が横転したこと、サナギが破れたこと、すべてがほとんど同時に起こった。彼を縛っていた縄は自然に切れた。彼はまず初玉に電話をかけたが、携帯電話はとっくに壊されていた。

彼女に罪はない　上の世代の仇を　僕は愛で溶かそう　彼は日記にそう書き、線を引いていた。日付は彼らの逢瀬の前日だった。

彼女は日記を読み、大学時代に瓊瑤《けいよう》〔台湾の恋愛小説家。多くの作品が映画化、テレビドラマ化されている〕の小説を読んだときよりももっとひどく泣いた。何か人に言えない事情があるにちがいないとわかってはいたが、恋愛小説のセオリーのようなことが本当に自分たちの身の上に起ころうとは、思ってもみなかった。仮に上の世代に本当に怨恨があったのだとしても、玉が災難の身代わりになって、祖母が仇敵《きゅうてき》の息子を救い、地下の人々はもう握手して和解している、と彼女は思った。

一篇一篇の日記は、彼から彼女へのラブレターで、相思相愛の証《あかし》だとも言えた。彼らの結婚の知らせはあっという間に親類や友人たちに伝わった。結婚写真の一部は海外で撮影され、そのうちのひとつは、尖った屋根に青い芝生の、彼の母校だった。とても長いウエディングベールが地面を覆い、鳩がベールについたパールをついばんでいた。

ある日、看護師たちは、いつも淡々と落ち着いていて、急患対応でもせいぜい早足で歩く程度の初主任が、突然、お尻に火でも着いたかのように、廊下を走り出し、二十分後に、厳粛な足取りと表情で、もとの場所へ戻ってくるのを目にした。たちまち皆は一大事が起こったことを知った。妊娠出産を毛嫌いしていた初医師が妊娠したのだ。彼女は患者に処方箋を書きながら、突然猛烈に空腹感を覚え、いつもと違う体の様子にピンと来て、カレンダーを確認し、時計のように正確な月のものがもう十日も遅れており、事故が起きたことを知った。最後の患者を診おわっても、彼女は悶々としてデスクを離れず、クモの巣にかかった蛾のように身動きできなかった。幸運な一夜が、思いもかけないものを醸成したのだ。彼女の頭の中は、出産年齢、妊婦、授乳、産後一ヶ月の養生、といったことでいっぱいになり、自分が蔑んでいたメス動物が形成されつつあることを理解した。

　看護師が数人いっしょに入ってきてお祝いを述べ、医師たちも数人相次いでやってきて同じようなことを言い、パソコンの使用時間を減らし、放射性物質のある研究室に入らないように、最初の三ヶ月が重要で、彼女のような高齢の妊婦はさらによく注意しなければならない、と忠告した。まるで彼女が突然割れ物になり、皆が彼女を割ってしまわないか心配しているかのようだった。彼女は彼らの相手を済ませると、車を運転して家に帰った。環状三号線に乗ると、ひどい渋滞で、交通情報ラジオが前方は事故渋滞なので迂《う》回《かい》するようにと放送していた。しかし彼女は車の川に飲み込まれ、進むことも戻ることもできなかった。彼女の実際の境遇に似ていた。事は彼女が未婚のときに考えていたほど簡単ではなかった。同僚たちの、おめでとう、という声に包まれ、彼女は**おめでた**　とは何なのか考えないではいられなかった。彼女は逃げるように病院を出た。というのも祝福を受けて自分がぐらついていることに気づいたからである。泥土に埋まった電信柱を揺らすと、周辺にじわじわと亀裂が生じていくのに似ていた。彼女の観念は、大地にしっかり根を張った古木ではなく、ひげ根っこ一本も生やすことのない電信柱だったのだ。

　彼女は彼に思い至った。これは彼女と彼のふたりの子どもだ。以前この問題について考えていたときには、具体的な愛情や人間に考えが及んでいなかった。愛情は墨汁のようにゆっくりと画仙紙に染み込み、紙の質を変え、白紙を絵に変えた。出産育児への嫌悪感は色あせ、画仙紙はゆっくりと乾いて新しい色あいになった。彼女はこのときまだぼんやりとしており、喜びを感じているとは言えなかったが、慌てふためいていると言うのも正しくなく、大きな石が湖の真ん中に投げ込まれ、すべてが揺れ動いているかのようだった。

彼は飛行場で飛び立とうとしているところで、家に帰ってくるのは夜九時だった。彼を待っているあいだ、彼女はびくびくしたり、甘い気持ちになったりした。彼女はどうしてこんなときにまだ愛情の蜜が入り込んできて、彼女の恐れをついばむのか、理解できなかった。彼女の昔の観念は浸《しん》蝕《しょく》されつつあり、持ちこたえられなくなりそうだった。

自分自身が完全に覆される危険があった。

彼女は自分がかつて語った、生育に関する辛辣で酷薄な言葉をはっきり覚えていたが、今では自分が嘲笑っていた区域に片足を踏み入れようとしていた。彼女はまた初秀の妊娠事件のときの自分の態度を思い出した。自分の言葉は刃物のように冷たく無情で、初雪を刺激した。彼女は彼女たちを説き伏せようと、コントロールを失った牛が陶磁器店に突進するかのように、狼藉《ろうぜき》を働き、自分は生育をする動物には絶対にならないと、大言壮語していた。

彼女は頭がぐちゃぐちゃになり、家の近くのレストランでジャージャー麺を食べ、家に帰るとすぐに卵を二つゆで、牛乳を一杯注いだ。無意識のうちにすでに自分を妊婦と見なしており、歩き方さえゆっくりしてきていた。

彼女は何かが以前と違っているのを感じていた。夜が更けていく様子さえも変わり、バルコニーの草花も昨日と違って見えた。壁時計はそろそろと進み、他人に迷惑をかけないようにしているかのようだった。家具は眠りこけている巨獣のように静かに横たわっていた。彼女はそんなふうに彼女と彼がいっしょに暮らしている空間を見つめ、外が完全に真っ暗になり、部屋の中が薄暗くなるまで見つめていた。彼がそこに掛けている洋服は直立する影のようで、彼女は服に向かって話しかけた。彼女の言葉はこの上なく弱々しく、自分でもなじみがないと感じるほどだった。まるで誰かが彼女の体に入り込んで彼女を支配したかのようだった。彼女はその見知らぬ誰かからなんとか逃れようとしたが、その誰かは絶えず彼女に母性と命を強調し、彼女の喉を締め、彼女を服従させた。まるで異教徒にその宗教を捨てさせようとしているかのようだった。

妊娠三ヶ月になっても、彼女はまだ考えを整理できていなかった。彼はすべての権限を彼女の手に委ね、母親になるにせよならないにせよ、彼女の選択を尊重することにしていた。しかし大部分の時間、彼女は何も考えていなかった。彼女は思考能力もエネルギーも失っていた。つわりが彼女を制御し、猛烈な嘔吐《おうと》と吐き気で、まるで懲罰を受けたかのように髪を振り乱した。飢餓感と吐き気が胃の中でのたうち回った。彼女は呪いをかけられて水に溺れた人が両手でめちゃくちゃに何かをつかもうとしているみたいになった。

こんなに大変なことだったなんて　彼がそう言ったこともあった。

だがある日突然、風波は収まり、小舟は上下に揺れるのをやめ、静かに停泊した。彼女は食欲旺盛になり、驚くべき量を食べた。曇天を脱した顔には陽光が差していた。そのときにはもう、彼女はお腹に手を添えるようになっており、顔に肉がつき、体はむくみはじめていた。それと同時に、彼女と言い争っていたあの見知らぬ誰かが、もう消え失せていることに彼女は気づいた。彼女は安らかな妊婦だった。すべての妊娠した女性と同じように、脚を少し開き、八の字で歩き、陽の光のもとで木々を見つめ、花の香りを嗅いだ。

ある晩、彼女は枕にもたれかかってもう一度彼の日記を読んでいた。いまだかつてない甘い幸福を感じ、彼らの結婚という客船は大海原を穏やかに進んでいて、暴風や荒波でも揺さぶることはできないと思った。その瞬間、初めての胎動があり、彼女は大声を上げた。喜びのほかに、恐れもあったが、すぐに落ち着きを取り戻した。それからは、毎日お腹をなでて語りかけ、自分が煩わしく思っていた、くどくどした女性になっていることに気づかなかった。彼女は周囲の子どもに目を向けるようになり、赤ん坊を見かけると近寄っていって、赤ん坊の柳の芽のように細くやわらかく、淡い黄色の弱々しい声を聞いた。彼女はすでに全身全霊を、母親になるということに傾けていた。

村の人たちはそのことを意外には思わなかった。彼らがとっくに言っていたように　この関門から逃れられる女はいない　そうでなければ天はなぜ女に子宮を造り　男には造らなかったのか　人間の体の器官にはそれぞれ職務がある　人間がこの世でそれぞれ責任を持っているのと同じさ　責務を果たさなければ人の道にはずれる　善意で嘲笑する人もいた　彼女はひとつ思い違いをしていたのさ　結婚をひどいと言うのは結婚した人間だけ　子どもは大変　産まないほうがよかった　と言うのは子持ちだけ　そう言っておけば無難だってことを　わかっていなかったのさ

18

実はこの村にはとてもきれいな名がある。槐花《かいか》堤《てい》という名だ。川堤に沿って歩き、村名が刻まれた石碑を通り過ぎると、正式に槐花堤区域に入る。川堤の左側にはしだれ柳が並び、右側には古い槐の木が、空を覆って太陽が見えないほど生い茂って並んでいる。槐は花が咲くと、小さな花がやわらかで美しく、香りが四方に漂い、葉が落ちると種と鳥の糞も地面に落ちる。鳥たちは村の入り口の古い槐の木が好きで、そこに集まって、村を出入りする者についてピーチクパーチク語りあった。鳥たちは誰よりも村の事情をよく知っていたが、飛び出していってすっぱ抜こうという鳥は一羽もいなかった。鳥の糞が誰かの肩に落ちれば、悪いことが起きるというお告げだった。そんな迷信を信じない人が、石を拾って木に投げつけると、木からもっとたくさんの糞が落ちてきた。

落葉、花びら、鳥の糞と種は混ざり合って伸され、鳥の糞ピザになる。様々なタイプの車輪、人間、動物がそれを踏みつけ、ぶどう酒造りみたいに、汁が出てベトベトになる。最終的には干からびて、粉々になり、風が世界各地に運んでいく。村の人々は、槐の木の下一面の鳥の糞ピザに耐えられなくなり、とうとう二〇一六年に木々を切り倒してしまった。出来あがった空き地は、たちまち新しい墓に占拠され、夜道を行く人はみな、幽霊に通行料を取られるのではないかと怖がった。以前、人々は、槐の木を見さえすれば村名の来歴を理解できた。木を切り倒してからは、うんちくを垂れなければならなくなり、古い槐の木の列を懐かしみ、賛美する口調になった。村の指導者たちが槐の木を切り倒したわけは簡単で、真新しい農村風景を作りたかったのである。その役に立たない老木の列は村の入り口を塞ぎ、鳥を引き寄せ、鳥は野菜を食べ、穀物を荒らし、糞が美観を損ねていた。同じ時期に、他にもたくさんの老木を切り倒し、根をコンクリートで覆い、新芽が出ないようにした。

　古い槐の木が切り倒された次の元宵節《げんしょうせつ》の朝に、呉愛香はしばらく喉をゴロゴロ言わせたあと、永遠に静かになった。槐花堤の正月はまだ終わっておらず、人々は思う存分楽しんで、甘い眠りを貪っていたところを、ごうごうと響く女の泣き声で起こされ、すぐに初安運の妻が亡くなったことを知った。ここ数日、人々は頻繁に呉愛香を見舞いに行き、彼女がもう死にかかっているのを見て取って、葬儀のために予定を空けていた。ある人が彼女の脚に触ってみて冷たくなっているのを確認し、一両日中だろうと推測した。生活経験はいつも教科書より正しい。脚を触った人は、泣き声を聞きつけると　**元宵節までもたないとわかっていたよ**　と得意げに言って、家事を放り出して現場に駆けつけた。

　人々は女の泣き声が、はじめはすべてを押し流すような怒濤の勢いの大合唱で、続いて、それぞれ特色ある流れに分かれていくのを耳にした。泣き方のタイプには、民族的なもの、美声のもの、演芸風のもの、ロック調のものがあり、さらにイリアン・パイプスのような嗚咽も混ざって、たっぷり十分あまり続いた。呉愛香の親族、友人が家を埋めつくし、騒ぎを見に来た者は割り込めず、ただ外で、声や言葉から、どの声が誰の泣き声か、どの声が誰の叫び声か判断することしかできなかった。呉愛香はふだん特に親密な娘がいたわけではなかったが、泣いている者の情感には、おのずと深浅があり、それぞれの経験と、生死離別にどれほど感慨を覚えるかによって違っていた。泣きたがりもいれば、そうでない者もおり、泣き声が大きいほど愛情が深いというわけではなかった。

初冰は生まれつき、弔いの場で泣くのがうまく、人々は戚念慈の葬儀でその才を目にしていた。しかし今回は少し違った。というのも広州のような大都市で数年働き、あんな経験をしたため、母親の体内のリングのことを思うと、艶っぽく、ほとばしるように泣くことはできず、感情を内に秘めて、愁いに沈みがちだった。子宮がなくなり、体内の共鳴を生み出す容器もなくなったかのようで、声は弱々しく、用をなさなかった。

イリアン・パイプスのような澄んだ音をたてているのは初秀だった。嗚咽する声は、初雪の鼻孔から出ていた。彼女は自制心のある人で、おおかた他人の泣き声に感染してそんな泣き方をしたのであり、そうでなければ声も立てなかっただろう。人々は、美声の泣き声の主は初雲だと聞き分けた。ふだん声はそう大きくないが、泣きだすと大声だった。民族的な泣き方をしているのは初月で、泣き声をリードしていた。その他の、演芸風だったり、ロック調だったりするのは、呉愛香の実家の親戚で、健康で豊満な農村女性たちだった。初玉の泣き声は誰もとらえられなかった。というのも彼女はちょうど二人目を妊娠中で、あまり悲しんではいけなかったからだ。少し前に、二人っ子政策の列車に駆け込み乗車したところで、四十歳過ぎのハイリスク年齢をものともせず、出産恐怖症転じて、出産勇者になっていた。人々は彼女の幼稚園児の息子を見た。彼女は出産の際、骨盤が狭すぎてもう少しで命を落とすところだったらしい。

ひとしきり痛哭したあと、皆は、劇の一幕が終わったかのように、お茶を飲んで一休みしに行った。部屋には、遺体をぬぐって経帷子《きようかたびら》を着せる人が残った。

人々は家の中から外へあふれ出てきた。春の陽射しが、いま過ぎていったばかりの痛哭と悲しみを色あせさせた。人々は、顔を寄せ合ってひそひそと、葬式にはもってこいの天気だ、と称賛した。春の太陽は一粒の新芽で、まだ風雨にさらされておらず、すがすがしさが鼻をついた。人々は犬のように空気のにおいを嗅ぎ、大きく口を開けて呼吸し、物憂げに葬儀委員会に加わり、分担を相談した。葬儀の請負人が、葬儀を仕切るときだけ使う黒いカバンをたすき掛けにして、遺族の主だった者を呼び、どれくらいの等級の葬儀をやるつもりか、つまり結局死者のためにいくら支払うつもりか尋ねた。

初家では、どれくらいお金をかけるかについて意見が合わず、議論は長引いた。ひとつの考え方は、お母さんはうら寂しい人生を送った、高級な葬儀をやってあげなければ申し訳が立たない、というものだった。もうひとつの考え方は、いたずらに見栄を張って、派手にお金を使ったところで、生きている者にも、死者にも、意味がない、安らかに土の中に入れればそれでいいではないか、というものだった。結局、戚念慈のときより小規模というわけにはいかないということで皆が納得した。請負人は嬉々として予算をはじき出し、人員を配置した。俗に手際が良いと言えば葬儀請負人である。

人々は興味津々初家の娘たちとその家族を観察した。多くの人にとって初月の新しい夫を見るのは初めてだった。彼から目を離さず、とりわけ彼と初月が話をしているときには、彼の目に愛情があるか、念を入れて注視して、こそこそと議論した。四川の男性は本当に初月に優しく、五十過ぎの老夫婦が若者さながらにべたべたしていた。初冰と戴新月は何ということもなかった。彼らのスキンヘッドの息子は妻と二人の息子を連れてきて、超然としていた。翌日たくさんの若いスキンヘッドが鎮から弔問に来たが、きちんとしていて、死者に対して慎み深かった。初雪と財経ニュースの編集長は、つまるところ知識人であり、礼儀正しい話し方をした。呉愛香の遺影は初雪が描いたもので、オレンジ色のスカーフを頭に巻いていた。一重まぶたが淡々と前を見つめ、一幅の名画のようだった。もともと朱皓を知っていた人たちは、みな彼に挨拶しにいった。自然に彼の両親の当時の話になり、あのころあんたはまだ小さかったから、と言った。言いたいことを呑み込んでいるニュアンスがあった。車椅子の閻真清は昔と変わらず、初家のことは手をこまねいて傍観するだけで、気持ちがあっても力がなく、あちらに押しやられ、こちらに押しやられ、結局木の下に車椅子を停めて、生姜胡麻茶を飲んでいた。

　人々の目には、初雪と財経ニュースの編集長は、初玉夫妻に劣って見えた。人々は、子どものいない家庭は不完全で、いささか不幸でさえあり、お金があっても、テレビに出られても、子どもがいない穴を埋めることはできないと考えていた。実は、二人はすでに離婚していた。誰も彼らの関係に変化があったことを知らなかった。あの西洋レストランでのロマンチックではないディナーのあと、家に帰り、初雪は日本滞在中もくろんでいたことを彼に打ち明け、前もって母花に事故が起きたものの、自分が母花を流産させようとしていたことを認めた。彼は椅子から立ちあがり、書斎に閉じこもると、その晩はそこで夜を過ごした。翌日は寝具を持って書斎に入り、また書斎で寝た。そんなふうに一週間が過ぎ、彼女が別れ話を切り出し、彼は同意した。彼らは平静に離婚証書を受け取った。どちらも自分から家を出ていこうとはせず、相手に出ていくようにも求めなかった。彼らはそんなふうに以前と変わらずいっしょに暮らし、同じベッドで眠り、以前と同じように暮らした。まるで時間の歯車に挟まってしまったかのように。

　初来宝は翌日帰ってきた。呉愛香はすでに棺桶に横たわって絹織物をかけられていた。彼は彼女の顔を覆っている紙銭をめくって彼女を見て、改めて覆い、籠を持って線香先生の仕事を始めた。

まず、すでに掘られている墓穴に行って線香を燃やし、ロウソクを灯し、紙銭を焼いて穴に入れた。田野に清らかな風が吹き、黒い灰が蝶のように空へ飛んでいき、数匹の蝶が彼のあとを追いかけた。彼は根気よく自分がやるべきことをやり、死者を前にしても悲しまなかった。母親に対しても同じだった。というのも彼は、自分という線香先生が面倒をみてやれば、誰もが安らかに行くべきところへ行けると信じていたからだ。

その日から、遺族と親戚たちは麻の衣服を身にまとい、喪に服した。それは村人にとっては、役者が衣装を身につけ、すてきな芝居がまもなく上演されるということである。人々は芝居の筋が平板なところで家のことを片づけに戻り、豚に餌をやり、洗濯を終えると、クライマックスになる前に改めて戻ってきた。遺族に財力があればあるほど、葬儀は見応えがあるものだ。人々がざっと計算したところでは、喪服を身につけている人々は百人以上で、頭に白布を巻き、白い服を身につけている血縁の親族が半分を占めていた。司祭が、ひざまずいてえ、と大声を上げると、全員が地面いっぱいにぎっしりとひざまずいた。見物している者は脇によけるしかなく、あぜ道や、用水路の横は見物客で埋まった。

舞台がしつらえられ、本当の役者が化粧を済ませ、太鼓や楽器の演奏が始まった。人々は正月気分がまだ続いているような気持ちになり、この思いがけない贈りものに笑いが止まらなかった。

農村の葬儀の風俗の流れはどこも同じである。遺族にお金があれば、どう使って見物客を楽しませるかが、円満な葬儀であるかどうかの徴《しるし》になる。そのため弔いの詠唱、法事、芝居のほか、ブラジャーとＴバックショーツのヌードダンスもプログラムに加えられた——高齢の男性観衆は、こんなに簡単に、若い娘の細い腰、ヘソ、お尻、娘たちの体の肉がブルブル揺れるのを見られるとは思いもよらず、ある老人はそれを見て中風になった。後にこの葬儀の話になると、酒席の格式だけでなく、この中風になった老人を話題にしないわけにはいかなかった。というのも彼は一週間後に亡くなったからである。

人々には、いわゆる野辺送りの葬列の壮観さを描写する語彙がなく、ただ一言簡単に方言で　にぎやかに送った　と言う。それは最高に盛りあがったことを表す言葉である。うまい言い方をする人もいた。白竜が長い堤を動き回っているみたいだと。白一色の遺族たちは、野辺送りのために道沿いにずらっとひざまずき、葬儀屋の指示に機械的に従い、ひざまずいてえ、と言われれば、ひざまずき、泣いてえ、と言われれば、声を上げて泣き、葬儀用の布で涙や鼻水をぬぐった。冷たい風が地面の紙くずを巻きあげた。

更年期みたいなの　初月は隣の初雲に言った　不安になったりイライラしたり　脂汗が出たりするの

あたしは去年閉経したけど　特に何もなかったわ　初雲は答えた。

あっという間に　わたしらも　おばあちゃんクラスの人間ね

一生　やりがいなんて何もなかったわ

とにかく毎日暮らしていくだけ

初玉のお腹の子は男の子かしら女の子かしら？

女の子よ

ふーん

彼女たちの世代になれば　子宮にはもう何の負担もかからなくなるわね

さあ　それはどうかしら？

訳者解説

本作の作者、盛可以《せいかい》（ション・コーイー、Sheng Keyi 一九七三・七・四 - ）は、中国のいわゆる「七〇後（一九七〇年代生まれ）」を代表する作家の一人で、これまで一貫して、女という性に規定される身体を持ちつつ、意志を持って体当たりで生きる女性、とりわけ下層の女性に目を向けてきた。

盛可以は本作の舞台にもなっている中国湖南省益陽の蘭渓鎮に生まれた。農村で過ごした子ども時代は、文化的に恵まれた環境だったとは言えず、孤独で、愁いに沈みがちだったという。筆を執ったのは二十一歳のときで、農村を離れてイノベーション都市深圳に移住し、証券会社に勤めながら散文を書き始めた。盛可以はそのときの心境を、「高学歴の同僚たちを前にして著作で対抗しようとするコンプレックスがあった」と語っている。しかしその証券会社ではリストラに遭い、記者、編集者などの職を転々とした後、二〇〇一年、二十八歳のときに、本格的に文筆の道に入る決意を固める。背水の陣を敷いて東北地方に移り住み、極寒の地で引きこもって執筆に精を出し、長篇小説二作と多くの短篇小説を書き上げた。（「盛可以：私は昨日の自分は好きではない、明日の自分のほうが好きだ〈盛可以：我不喜欢昨天的自己、更喜欢明天的自己〉」中国作家網、二〇一八年一月一〇日）

これらの作品は、二〇〇二年以降、次々と発表されていったが、盛可以の小説が中国文壇の第一線に登場したのは、『収穫』二〇〇二年第六期に掲載された短篇小説「TURN ON」からと言ってよいだろう。「TURN ON」は、恋人のために料理をしたいと思いながら、なぜか恐怖を感じてどうしてもガスコンロに火をつけることができない女性を描いた作品で、性別役割分業に揺さぶりをかける秀作である。掲載誌の『収穫』は、作家の巴金《はきん》（パーチン、Ba Jin　一九〇四 - 二〇〇五）と靳以《きんい》（ジンイー、Jinyi　一九〇九 - 一九五九）が一九五七年に創刊し、巴金が生涯編集長を務めた純文学雑誌で、作家の立場に立って、多くの名作、名作家を世に送り出してきた媒体として名高い。

盛可以はその後、着々と作家としての地位を固め、長篇小説『水乳』（『収穫』二〇〇二年増刊秋冬巻長篇専号特大号初出、二〇〇三年春風文芸出版社より単行本）で、二〇〇三年に「第一回華語文学メディア大賞」の「最も潜在力のある新人賞」を受賞した。「華語文学メディア大賞」は自由な報道姿勢で知られた『南方都市報』が二〇〇三年に設立した、純文学のための賞で、第十七回まで受賞者が出ている。

長篇小説『北妹』は盛可以の初期の代表作である。雑誌『鍾山』の二〇〇三年増刊秋冬巻「新生代長篇小説特大号」に「活下去（生きていく）」とのタイトルで掲載され、二〇〇四年に長江文芸出版社から単行本が出版された。「北妹」とは、広東以北から広東に出稼ぎに来た若い女性を指す言葉である。湖南から深圳とおぼしき都市に出稼ぎに来た、胸の大きな少女を主人公に、「北妹」たちの様々な境遇を描く。刊行こそ『水乳』に遅れているものの、盛可以の長篇第一作である。『北妹』は、執筆から約十年後の二〇一二年に、イギリスのペンギン・ブックスから“Northern Girls : Life Goes On”というタイトルで英訳出版され、第六回マン・アジア文学賞にノミネートされた。マン・アジア文学賞は、ブッカー賞を出しているマン・グループが、二〇〇七年から二〇一二年まで、英語で書かれた、もしくは英語に翻訳された、アジアの優れた小説に与えていた賞である。

盛可以はここから海外で注目されるようになり、長篇小説だけでも、『北妹』の英訳（Penguin　二〇一二年）、ロシア語訳（Hyperion　二〇一六年）、チェコ語訳（Verzone　二〇一八年）、『死亡賦格

（Death Fugue）』（国内未刊行）の英訳（Giramondo 二〇一四年）、イタリア語訳（Fazi 二〇一九年）、スウェーデン語訳（Bokförlaget Wanzhi 二〇一九年）、『野蛮生長』（北京十月文芸出版社 二〇一四年）の英訳（Penguin 二〇一八年）、イタリア語訳（Fazi 二〇一八年）、スウェーデン語訳（Bokförlaget Wanzhi 二〇一九年）、『福地』（四川文芸出版社 二〇一六年）のフランス語訳（Philippe Picquier 二〇一八年）、ロシア語訳（Inostranka 二〇一六年）と、多くの翻訳が出版されているという。

『北妹』の英訳が刊行された二〇一二年は、盛可以にとって、言わば当たり年で、中国国内においても、雑誌『人民文学』とネット文学を提供するオンライン・プラットフォーム「盛大文学」が呼びかけた企画「若手作家・未来大家ＴＯＰ20」の一人に選ばれ、また短篇小説「白草地」で第二回郁達夫小説賞短篇小説賞を受賞した。

さて、『子宮』は、中国湖南省の農村を舞台に、清朝時代に生まれた纏足の祖母から、祖母に仕えた母、五人姉妹と弟の妻、その娘たちまで、四世代にわたる初家の女性たちの運命を描いた大河小説である。妊娠出産や生育に関わる事柄が軸になっており、盛可以の長篇第九作目になる。

まず雑誌『収穫』の二〇一八年第五期に『息壌《そくじょう》』というタイトルで掲載され、翌二〇一九年一月にやはり『息壌』というタイトルで人民文学出版社から単行本として出版された。息壌とは、中国の神話に出てくる魔法の土で、自ら増殖する力を持ち、鯀《こん》と禹《う》が洪水を治めるのに用いたとされている。ここでは繁殖能力の比喩になっている。作者がもともとつけていた題名は『子宮』だったが、編集者の意見で『息壌』になったという。本作は二〇一九年四月に、台湾の九歌出版社から刊行されており、九歌出版社版のタイトルは『子宮』である。『息壌』『子宮』のいずれも本作の含意に合致しているが、本書では日本の読者に親しみやすいと思われる『子宮』を採用した。翻訳にあたっては、提供を受けた原稿に基づいて訳し、人民文学出版社版、九歌出版社版を適宜参照した。

これまで日本で紹介されてきた盛可以の作品には、短篇小説の「手術」(拙訳、桑島道夫・原善編『現代中国文学短編選』鼎書房 二〇〇六年)、「淡黄柳」(久保京子訳、『火鍋子』七〇号、二〇〇七年)、「経験を欠いた世界〈缺乏经验的世界〉」(拙訳、川上未映子責任編集『早稲田文学増刊女性号』通巻一〇二六号 二〇一七年)があり、さらに二〇二一年秋に、『小説導熱体』第四号(中国同時代小説翻訳会編 二〇二一年一〇月三〇日刊、白帝社)が【特集「70後」の注目作家❖盛可以】で盛可以を大きく取り上げた。この特集には、エッセイ集『春はなぜまだ来ないの〈春天怎么还不来〉』から「年をとるほど、心は無垢になる〈人越老、心越赤〉」他十一篇のエッセイ(舩山明音訳)、短篇小説「佛肚」(多田麻美訳)が取り上げられ、立松昇一が解説「盛可以の作品について」を寄せている。立松は「彼女の作品の根底に流れているのは『低層』といわれる教育を受けていない、発言権のない、自ら声を出せない、閉ざされた環境にいる女性たちへの暖かな眼差しだ」と、盛可以の魅力を伝えている。

盛可以は九歌出版社版『子宮』に収められた「彼女たちは別の緯度の私だ――盛可以『私はなぜこの本を書いたか』を語る〈她們是另一个維度的我――盛可以談『我為什麼寫這本書?』〉」で、本作の創作の経緯を述べている。それによれば、盛可以は二〇一八年の旧正月に合わせて実家に帰り、父親の遺影の前でこの作品を書いた。一月二八日から書き始め、母親に食事の世話をしてもらいながら、毎朝五時半に起きると、まず犬の散歩に行き、その後夜九時までパソコンに向かい、旧暦の大晦日も元日も一日も休まず五十日間書き続けるという、並々ならぬ集中力で、自分を追い込んで、この大部な小説を完成させたという。

生まれ故郷を舞台に、生まれ故郷で書いた作品だけに、本作は盛可以の故郷への思いと深く関わっている。『春はなぜまだ来ないの』（訳林出版社 二〇一四年）は、画才もある盛可以が故郷ののどかな農村風景を描いた水墨画にエッセイを添えたもので、古き良き農村への盛可以の懐旧の念が認められる。しかし、彼女の故郷への思いは愛憎相半ばしており、次のようにも述べている。

> 実は長年ずっと、私は故郷から逃げ続け、遠くを目指していました。今回戻って執筆したのは、とても勇気を奮い起こしてのことでした。なぜかと言うと、以前は故郷に帰るたびに、ここに閉じ込められて出られなくなるのではと怖くてたまらなかったのです。私はいつもそういう恐怖を感じていました。ですが、遠くで生活できるようになると、帰ってくる勇気、この場所に向き合う勇気が出てきました。ずっと逃げてきたから、今回は自分自身に向き合うことにしました。幼いころの暗い影、成長してからの恐怖も含めた自分自身です。（「故郷に帰って別の緯度の自分を発見する——盛可以、新作『息壤』を語る〈回故乡发现另一维度的自己 ——盛可以谈新书《息壤》〉」荊楚網、二〇一九年三月一〇日）

幼いころから故郷で見聞きしてきたこと、身近な人々の体験も、この作品の重要な要素になっている。本作執筆のインスピレーションを与えたのは、七人の子持ちで、三十歳過ぎで未亡人になった近所の老婦人だという。まだ年端もいかないころ、雄鶏の去勢を見た盛可以は、卵管結紮もきっとこんなふうに簡単なんだろうと思ったそうだが、実際には卵管結紮はそれほど甘いものではなかった。手術後に頭のてっぺんから足元まで布団をかけられて、大八車で運ばれて帰ってきた女性や、卵管結紮を嫌がって泣き叫ぶ女性を目にするなど、見聞を広めるにつれて、盛可以は、卵管結紮、子宮内リング装着、堕胎といった言葉に戦々恐々とし、自分は結婚も出産もしないと思い定めていったという（前掲「彼女たちは別の緯度の私だ」）。

　つまり『子宮』は、盛可以が自身の内面奥深くにしまいこんでいた恐怖に向き合い、書きあげた小説である。必然的に彼女が生きてきた時代、その時々の社会状況が包摂されており、自己探求の物語であるとともに、中国社会の縮図であり、女性の生殖機能をテーマとするがゆえに、国境を越える普遍性をも備えた作品と言えるだろう。

『子宮』に登場する女性たちの人生は、十人十色で、しかしながら、女であることがその人生を規定しているという点で、つながっている。フィクションであるから作中の年代や年齢は必ずしも一貫しているわけではないが、登場人物の年齢とそこに託されている時代や社会背景に目を向けると、本作は俄然面白くなる。以下登場人物を追っていこう。

　キーパーソンである祖母戚念慈は、二〇〇〇年元旦に享年百五歳で亡くなったとされており、十九世紀の生まれである。若くして寡婦になり、古い貞操観念を墨守して生きてきた。女性ながら辣腕で、息子が死んでからは、初家に君臨し、家族を支配する。

　母親呉愛香は、娘を六人生んだ後（一人は夭逝）、待望の男児を出産し、子宮内リングを装着する。するとそれが不幸の始まりであったかのように、夫が不審な死を遂げる。ちょうど一九七六年、毛沢東が死去した中国激動の年のことで、呉愛香は三十歳を過ぎたばかりだった。呉愛香はその後、性欲のはけ口のない体を持て余しながらも、姑に従順に仕え、後家を守り通す。

　小浜正子『一人っ子政策と中国社会』（京都大学学術出版会　二〇二〇年）は、中国の計画出産政策について、独自に収集したインタビュー資料に基づいて、概要を示した労作である。特に第六章「『遅れた』農村における計画出産の紆余曲折」は、湖南省北部の農村のケーススタディであり、『子宮』の舞台付近で計画出産政策がどのように施行されていたか、実際を知ることができる。同書の湖南省の調査先では、七〇年代初めから計画出産が推進されるようになり、七〇年代半ばに徐々に強化されたという。呉愛香が子宮内リングを装着した前年の一九七五年には、全国的にも計画出産のキャンペーンが展開されていた。呉愛香は子だくさんで、かつ男児を得たため、生殖コントロールに応じたと考えられる。

長女の初雲は、一九六五年生まれで、十七歳で結婚、一男一女を産み、一九八五年に卵管結紮手術を受けている。『一人っ子政策と中国社会』によれば、湖南省では一九八〇年代、二子以上産んだ後は卵管結紮を主とする方針であったといい、初雲は政策どおりに身を処している。初雲は一家でただ一人の労働力であったため、彼女の頭には夫のパイプカットという選択肢がよぎるが、夫と姑は冷ややかだ。生殖コントロールの問題を女性の身体への措置で解決するのは趨勢であったようで、『一人っ子政策と中国社会』でも指摘されている。

次女の初月は、一九六六年生まれ、十七歳で結婚した。男児を二人産んで二子になると、やはり卵管結紮している。初月を溺愛する夫は、妻の美しい腹にできた傷跡を口惜しがる。不満めいた気持ちはあるが、大それた考えはなく、公の場でそれを口にすることもない。

三女の初冰は、傷痍軍人と結婚して鎮に移住し、都市戸籍を得る。男児を出産しており、一人っ子である。初冰は、出稼ぎ先の広州で、無理に子宮内リングを外そうとして失敗し、子宮を摘出するはめになる。

四女の初雪は、一九七〇年生まれで、農村を離れて上海に行く。二〇〇三年三十三歳のとき、不倫の果てに中絶して、生殖能力を失う。婚姻という体制の内部にあっても出産が厳しいコントロール下にある中国で、婚姻によらない妊娠の活路はなかった。

末娘の初玉は、一九七五年生まれと思われる。中国は二〇一五年末に一人っ子政策を廃止するが、初玉はこの政策変更の流れに四十代で乗り、第二子を妊娠したとされている。

弟の初来宝の妻頼美麗は、一九九〇年代末に女児を出産している。第一子出産後、すぐに妊娠、中絶、再び妊娠して臨月まで隠し通す。『一人っ子政策と中国社会』によれば、湖南省では八〇年代に「第一子が男なら一人、女なら間隔を空けて二人まで」の「一・五子」規定が浸透していったといい、第一子出産後に子宮内リングを装着、四年以上間隔を空ければ第二子を出産できるが、二子以上出産後は卵管結紮することが推奨されていた。ただし、中国の計画出産政策は、現実に強制力を有しているものの、法的には推奨にとどまる。また実際、逃げおおせて出産に成功すれば、罰金を課されても、子どもの命は保証された。初来宝と頼美麗は、コンドームの使用法の講習を受けているが、頼美麗が子宮内リングを装着した形跡はない。二人とも知的障碍があり、姉たちは結婚などで巣立っており、構う人がいなかったのだろうか。母親の呉愛香は子宮内リング装着による後遺症がひどく、生涯それで苦しんだので、あるいは嫁に子宮内リングを装着させなかったのかもしれない。小説では、婦女主任がやってきて臨月の頼美麗に堕胎を求め、手術させられる「明日」だけ逃げれば大丈夫と、持てる知力の限りを尽くして冬山に逃げた頼美麗は命を落とす。

　頼美麗の悲惨な死は、中国の計画出産政策の最も暗い部分を示しているが、『一人っ子政策と中国社会』の事例を見ると、最近ではしだいに、多くの子どもを望まない人、男児にこだわらない人も増えてきているという。卵管結紮のような女性の身体に多大な負担を強いる方法よりも、多額の罰金が人々の観念を変えたらしい。価値観が変わった時代の若者である初来宝と頼美麗の娘初秀は、行きずりの男の子どもを身ごもって、あっけらかんとしている。検査の結果胎児に問題が見つかり、初秀はやむを得ず分娩誘発の処置を受けるが、決して自分の経験を恥じることはなく、晴れやかな表情をしている。盛可以は、「自己が独立し、解放されていなければ、女性に真の喜びはない」（〈女性只有自我独立 与自我解放 才有真正的快乐〉羊城晩報 二〇一九年三月一〇日）と述べており、初秀を通して、女性が向かうべき方向を示そうとしているのかもしれない。

深圳を第二の故郷と呼ぶ盛可以だが、二〇一〇年に北京に居を移した。二〇一六年には、前年設置された人民大学文学院の大学院「クリエイティブ・ライティング（創造性写作）」コースに第二期生として入学し、修士号を取得している。このコースの担当教員は、日本でもよく知られている閻連科《えんれんか》（イエン・リエンコー、Yan Lianke 一九五八－）、劉震雲《りゅうしんうん》（リウ・ジェンユン、Liu Zhenyun 一九五八－）、梁鴻《りょうこう》（リアン・ホン、Liang Hong 一九七三－）、張悦然《ちょうえつぜん》（ジャン・ユエラン、Zhang Yueran 一九八二－）で、盛可以は、閻連科らのストーリーテリングの技術、梁鴻の郷土中国への関心などを吸収したと思われる。『子宮』にはその成果が表れており、盛可以の物語を紡ぐ才はますます磨かれ、円熟味が出てきたように感じられ、今後が楽しみである。

最後になってしまったが、この解説を書くにあたり、作者の盛可以さんにいくつかの質問をさせていただいたところ、盛可以さんはご多忙にもかかわらず、大変快く応じてくださった。また疑問点の調整もお許しいただいた。特に記して感謝申し上げる。

翻訳にあたっては、河出書房新社編集部の矢島緑さんに大変お世話になった。矢島さんの熱い思いと、本作の価値についての直感的確信がなければ、しばしば遅れてご迷惑をおかけしどおしだったこの翻訳作業を終えることはできなかった。本当にありがとうございました。

訳文をチェックしてくれた夫の鈴木将久にも、心から感謝する。

盛可以の長篇小説としては本邦初訳となる本作が、一人でも多くの読者の手に渡り、独立した、解放された自己として、命を燃やして生きる人の放つ光を、感じていただきたいと願っている。

二〇二二年五月　訳者

著者略歴
盛 可以（せい・かい　Sheng Keyi）
1973年、中国湖南省生まれ。『北妹』『水乳』などこれまで９作の長篇を発表。英国を始め各国で翻訳され、受賞歴多数。本作が長篇初邦訳となる。

訳者略歴
河村昌子（かわむら・しょうこ）
1969年生まれ。お茶の水女子大学大学院人間文化研究科博士課程修了。博士（人文科学）。明海大学外国語学部中国語学科教授。専攻は中国近現代文学。著書『巴金―その文学を貫くもの』、共訳書に梁鴻『中国はここにある―貧しき人々のむれ』等。

本文中の『老人と海』の一節は、福田恆存訳（新潮文庫）を参考にしました。

子宮

2022年10月20日　初版印刷
2022年10月30日　初版発行

著　者　盛 可以
訳　者　河村昌子
装　丁　芥 陽子
発行者　小野寺優
発行所　株式会社河出書房新社
〒151-0051
東京都渋谷区千駄ヶ谷2-32-2
電話　03-3404-1201（営業）
03-3404-8611（編集）
https://www.kawade.co.jp/
組　版　株式会社創都
印　刷　株式会社暁印刷
製　本　大口製本印刷株式会社

Printed in Japan
ISBN978-4-309-20869-5